EMILY STOPP

DU BIST DAS *Licht* IN MEINER WELT

EMILY STOPP

DU BIST DAS *Licht* IN MEINER WELT

Starfall Love 1

LAGO

Bibliografische Information der Deutschen Nationalbibliothek
Die Deutsche Nationalbibliothek verzeichnet diese Publikation in der Deutschen Nationalbibliografie. Detaillierte bibliografische Daten sind im Internet über http://d-nb.de abrufbar.

Für Fragen und Anregungen
info@lago-verlag.de

Originalausgabe
1. Auflage 2022
© 2022 by LAGO Verlag, ein Imprint der Münchner Verlagsgruppe GmbH
Türkenstraße 89
80799 München
Tel.: 089 651285-0
Fax: 089 652096

Redaktion: Christiane Geldmacher
Umschlaggestaltung: Isabella Dorsch
Umschlagabbildung: Shutterstock.com/lavendertime
Satz: Helmut Schaffer, Hofheim a. Ts.
Druck: CPI
Printed in the EU

ISBN Print 978-3-95761-211-3
ISBN E-Book (PDF) 978-3-95762-304-1
ISBN E-Book (EPUB, Mobi) 978-3-95762-305-8

Wir produzieren
nachhaltig
www.m-vg.de

Weitere Informationen zum Verlag finden Sie unter

www.lago-verlag.de
Beachten Sie auch unsere weiteren Verlage unter www.m-vg.de

»We would be together
and have our books
and at night
be warm in bed together
with the windows open
and the stars bright.«

Ernest Hemingway

Playlist

»When We Were Kids« – Walking on Cars

»Someone« – Kelly Clarkson

»Quite Miss Home« – James Arthur

»Right Her« – Ashes Remain

»You Belong With Me« – Taylor Swift

»Better Days« – Good Weather Forecast

»Stargazing« – Kygo, Justin Jesso

»Let Your Tears Fall« – Kelly Clarkson

»Life Without You« – Stanfour, Esmée Denters

»Paper Rings« – Taylor Swift

»Run To You« – Lea Michele

»Heartbeat« – Christopher

»Right Now« – Nick Jonas, Robin Schulz

»Castaway« – 5 Seconds of Summer

»Best of Me« – Blake Rose

»New Rules« – Dua Lipa

»Sick Boy« – The Chainsmokers

»No Turning Back« – For King & Country

»Push My Luck« – The Chainsmokers

»Wonderwall« – Oasis

»Real Life« – Christopher

»The Man« – Taylor Swift

»Only You« – Hurts

»Wings« – Birdy

Für meine beste Freundin,
die Lorelai zu meiner Rory,
für die beste Mama auf der Welt.

Prolog

Enna

Kleine Mädchen träumen.

Sie träumen von Königinnen und Zauberfeen, von Magie, großen Schlössern und Palästen. In ihrer Vorstellung rettet der Prinz seine Prinzessin vor den Monstern, die sie verfolgen, während sie ihn zugleich von seinen eigenen Dämonen befreit. Die Mädchen wünschen sich, dass all die Märchen wahr werden, die ihnen jeden Abend vorgelesen werden. Vielleicht träumen sie auch davon, auf einem riesigen Drachen zu reiten, mit Schwertern zu kämpfen und als starke Heldinnen aus diesen Kämpfen hervorzugehen.

Vor langer Zeit war auch ich eines dieser Mädchen, jedoch musste ich nicht nur von meinem Prinzen träumen – ich hatte ihn immer bei mir, wir gingen Hand in Hand durchs Leben.

Es mag sich kitschig anhören, aber: Mein bester Freund Finn war mein Retter, mein Beschützer. Ich war sein Anker, seine Vertraute. In unserer Welt bekämpfte er die Monster, die mich nachts verfolgten, und ich stand dabei an seiner Seite, was auch geschehen mochte. Er war es, der mir jeden Abend eine Geschichte vorlas. Die bösen Monster, die um uns herum ihr Unwesen trieben, konnten mir dann nichts mehr anhaben. Die Dunkelheit, die uns umgab und die mich in Angst und Schrecken versetzte, wurde verdrängt von seiner warmen und beruhigenden Stimme, durch die ich mich in eine andere Welt träumte. In eine Welt, in der die Angst keinen Platz fand.

Jeden Abend war es eine andere Geschichte, in die er mich entführte. Finn erzählte mir von Alice, die einem Kaninchen in seinen Bau folgte und gleich darauf in eine magische Welt fiel. An einem anderen Tag las er vom Wunderkind Matilda, das sich mit drei Jahren das Lesen selbst beibrachte, oder von der Holzpuppe Pinocchio, die sprechen konnte.

Meine liebste Erzählung war die eines Kindermädchens, das mit einem Schirm geflogen kam und die Kinder in magische Abenteuer begleitete. Diese Geschichte lasen wir am häufigsten und obwohl ich sie irgendwann auswendig konnte, zauberte sie mir immer wieder ein Lächeln ins Gesicht – das tut sie noch heute.

Während Finn mir vorlas, kuschelte ich mich eng an ihn. Manchmal schlief ich währenddessen ein, doch meistens waren die Geschichten so spannend, dass ich ihm stundenlang zuhörte.

Finn und ich waren unzertrennlich. Er wusste genau, wann ich seine Nähe brauchte, er war es, der mich jeden Tag zum Lachen brachte. Dieser kleine Junge war mein Fels, mein bester Freund, der große Bruder, den ich nie hatte und mir doch immer so sehr gewünscht habe, mein liebster Mensch auf Erden. Mit ihm war alles leichter, bei Finn konnte ich einfach ich selbst sein. Jeder Tag mit ihm war ein Geschenk. Er war mein Licht in der Dunkelheit. Ich war mir sicher, dass er für immer bei mir bleiben würde, um meine Welt zum Leuchten zu bringen.

Bis dieser eine Tag im November meine Welt in Stücke zerriss, indem er mir die Menschen nahm, die ich am meisten liebte. Die wenigen Sekunden, in denen sich alles drehte, fühlten sich für mich wie Stunden an. Was blieb, waren nur Bruchstücke meiner Erinnerungen:

ein lauter Knall, das Geräusch von splitterndem Glas und ein Schrei, von dem ich nicht mehr weiß, ob es mein eigener war. Schließlich das Aufheulen von Sirenen und ein unendlicher Schmerz in meinem Körper und in meinem Herzen. In der Zeit danach hätte ich meinen besten Freund, den Jungen mit den vielen Locken, am meisten gebraucht.

Doch er war nicht mehr da.

Mit einem Schlag hatte ich zwei der Menschen verloren, die mir die Welt bedeuteten. Einer war für immer gegangen, der andere nur aus meinem Leben verschwunden, und dennoch schmerzten beide Verluste in gleichem Maße. Nach und nach rappelte ich mich auf und versuchte, wieder das Mädchen zu werden, das ich einmal gewesen war. Ein Mädchen, das Träume hat, sich sicher und geborgen fühlt.

In gewisser Weise gelang es mir, mich selbst nicht komplett zu verlieren, irgendwie weiterzumachen. Und doch setzte sich meine Welt im Inneren nicht wieder vollständig zusammen. Die Jahre zogen an mir vorbei wie die Seiten eines Buches, die vom Wind immer weitergeblättert werden, unaufhaltsam. Ich wurde vom Kind zur erwachsenen Frau und die Ängste, die mich schon als kleines Mädchen verfolgten, blieben in mir.

Das Licht war verschwunden. Die Dunkelheit aber war geblieben. Auch wenn sie nicht immer mein Lachen überschattete, spürte ich sie doch stets in meinem Inneren. Wie eine dunkle Wolke, die die Sonne verdeckt, sie aber doch nie ganz verschwinden lässt.

Ich versuchte, mich daran festzuhalten, dass all die Geschichten, die Finn mir früher vorgelesen hatte, immer ein gutes Ende genommen hatten, und hoffte, dass auch meine eigene Geschichte glücklich enden würde.

Und das Hoffen lohnte sich, es wird sich immer lohnen.

Denn eines Tages fand ich mein Licht wieder.

KAPITEL 1
Willkommen zu Hause

Enna

Mit letzter Kraft hebe ich den letzten Umzugskarton aus Dads Transporter und stelle ihn auf dem Bürgersteig neben mir ab. Bereits seit einer halben Ewigkeit sind wir damit beschäftigt, all meine Bücher, Kleidung und Dekoration, die ich zu Hause liebevoll in Kisten gepackt habe, aus dem Auto in meine Wohnung zu transportieren. Meine liebsten Romane, Kleider und Pullover, die wenigen Grünpflanzen, die ich mein Eigen nenne, meine Kerzen und Bilderrahmen.

All diese Dinge bringen wir heute in meine Wohnung.

Meine Wohnung. Wie seltsam sich das anhört.

Die kleineren Kartons hat Dad bereits nach oben getragen, nun stapeln sich nur noch vier Kisten vor mir. Noch immer kann ich es kaum fassen, dass ich in wenigen Tagen Studentin der **Starfall University** sein werde. Endlich erfülle ich mir meinen Traum, Literatur zu studieren, und das in einer der für mich schönsten Städte – in Starfall. Bald kann ich mich in Büchern vergraben und dafür auch noch mit Punkten belohnt werden. Was kann es Schöneres geben?

Ich drücke die Klappe des Kofferraums nach unten und sie schließt sich mit einem lauten Knall. Erleichtert atme ich aus und drehe mich wieder in Richtung meiner Kartons. Ich puste mir eine meiner verschwitzten braunen Haarsträhnen aus dem Gesicht, um die schwarze Schrift auf den Deckeln der Kisten lesen zu können. Neben drei Bücherkartons steht noch einer vor mir, den ich dick und schwarz mit **Kissen** beschriftet habe. Gerade als ich ihn hochheben will, höre ich die Stimme meines Dads über mir gespielt entrüstet rufen: »Enna, du sollst die Kisten doch nicht heben! Die sind viel zu schwer für so kleine Mädchen wie dich!«

Ich werfe einen Blick nach oben zum offenen Fenster, in dem er lehnt, und kann deutlich sehen, wie sich ein freches Grinsen auf seinem Gesicht abzeichnet.

Ich tue ebenfalls so, als wäre ich entrüstet, stelle den Karton wieder vor mir ab und stemme die Hände in meine Hüften. »Hast du mich etwa gerade *klein* genannt?«, frage ich ihn entsetzt, meine linke Augenbraue nach oben gezogen.

Als er zu lachen beginnt, stelle ich mich auf meine Zehenspitzen, in der Hoffnung, einige Zentimeter an Körpergröße zu gewinnen. Mit meinen ein Meter sechzig bin ich wirklich nicht gerade ein Riese, doch als *klein* lasse ich mich deshalb noch lange nicht bezeichnen.

Mein verzweifelter Versuch, zumindest *etwas* größer auszusehen, scheint ihn noch mehr zu amüsieren. Sein Lachen wird lauter, woraufhin ich nicht mehr ernst bleiben kann und mit einstimme.

Mit Dad zu lachen, gehört für mich zu den schönsten Dingen auf dieser Welt.

»Du weißt doch, wie sportlich ich bin«, bringe ich schließlich eine Lüge über meine Lippen, die uns beiden bewusst ist. Ich war schon immer diejenige, die sich im Schulsport verzweifelt an die Kletterstange klammerte. Während alle anderen an der Stange nach oben kletterten, als wäre es das Leichteste der Welt, hatte ich schon damit zu kämpfen, mich wenige Sekunden lang nur daran festzuhalten. Von meiner kläglichen Anzahl an Klimmzügen und meinen ewigen Versuchen, zumindest *einen* Liegestütz hinzubekommen, möchte ich gar nicht erst anfangen. Ich mag meine schlanke Figur, doch zu mehr Kraft oder Sportlichkeit hat sie mir leider nie verholfen – sehr zum Leidwesen aller meiner bisherigen Sportlehrer. Doch irgendwann habe ich gelernt, zu akzeptieren, dass meine Talente einfach woanders liegen und dass das absolut in Ordnung ist.

Noch immer sieht Dad grinsend zu mir herunter. Gerade als ich wieder etwas entgegnen will, verschwindet sein Kopf aus dem Fenster. Wenige Sekunden vergehen, dann taucht er unten an der Eingangstür des Hauses auf und kommt zu mir herübergeschlendert. Er betrachtet den Karton, der noch immer direkt vor meinen Füßen auf dem Boden steht.

»Kissen«, liest er vor. »Den darfst du tragen, der dürfte leicht genug sein.«

Ich rolle mit den Augen und schlage ihm spielerisch auf den Arm. Ich hebe den großen Karton hoch und laufe zum Haus, wobei ich ihn auf meinen Unterarmen balanciere und hoffe, dass wir heil in meiner Wohnung ankommen – der Karton *und* ich.

Obwohl Dad und ich vor einigen Wochen für die Wohnungsbesichtigung schon einmal hier waren, bleibe ich noch einmal kurz stehen und betrachte mein neues Zuhause, als würde ich es zum ersten Mal sehen. Es befindet sich in einer kleinen Seitenstraße am Rand von Starfall, ist umzäunt von einem weißen Gartenzaun und umgeben von großen Bäumen, deren Blätter in den schönsten Herbstfarben leuchten. Das Haus selbst ist wahnsinnig schön. Die Wände sind in einem warmen Cremeton gestrichen, dunkelbraune Holzrahmen umranden die Fenster. Schon vor einer langen Zeit habe ich mein Herz an Altbauten verloren. In dieses Haus habe ich mich sofort verliebt. Bereits im ersten Moment wusste ich, dass ich hier leben möchte. Weil ich nicht der Typ für eine WG bin, war für mich von Beginn an klar, dass ich mir eine eigene Bleibe suchen möchte. Dank zahlreicher Ferienjobs konnte ich mir schon einige Mieten ansparen, zudem habe ich das große Glück, dass meine Eltern bereits nach meiner Geburt ein Sparbuch für mich eingerichtet haben. Dank der Unterstützung der beiden kann ich mir diese kleine Einzimmerwohnung leisten, die perfekt für mich zu sein scheint. Ein Wohnhaus, in der Nähe des Campus und sehr zentral – ideal für mich, die gern ihre Ruhe hat und dennoch lange Wege meidet und alle Geschäfte schnell zu Fuß erreichen können möchte. Ich werde mich bald nach einem Nebenjob umsehen, doch erst einmal möchte ich in Ruhe ankommen.

Neben der Haustür steht in großen schwarzen Ziffern die Hausnummer 2 – meine Glückszahl, seit ich denken kann, und ein weiterer Grund, weshalb ich mich für diese Wohnung entschieden habe.

Trotz meines Wunsches, eine eigene Wohnung zu beziehen, bin ich seit Tagen wahnsinnig aufgeregt und auch ängstlich, wenn ich daran denke, dass ich ab heute allein leben werde. Kurz schließe ich meine Augen, atme einmal tief durch und erinnere mich daran, dass ich mir vorgenommen habe, mutiger zu sein. Ich möchte mich freuen und mich nicht schon wieder meinen Ängsten hingeben. Ich habe mich schließlich ganz bewusst für Starfall entschieden, um mein eigenes Leben zu beginnen. Die Stadt der Sterne scheint mir der perfekte Ort dafür zu sein, die Dunkelheit, die mir solche Angst macht, endlich näher an mich heranzulassen und mich ihr Stück für Stück zu nähern. Vielleicht kann Starfall mir dabei helfen, auch das Schöne an ihr zu erkennen und das Licht wiederzufinden, das mir einst verloren ging.

Die Sterne haben schon seit einer langen Zeit eine besondere Bedeutung für mich – sie bringen Licht in die Dunkelheit und beruhigen mich. Ich wünsche mir von diesem Ort, dass er mir die Kraft gibt, mutiger zu sein.

Mit meinem Knie drücke ich den Karton ein wenig nach oben, sodass er einen besseren Halt in meinen Händen findet, und betrete den Hausflur. Meine Wohnung befindet sich im Dachgeschoss, weshalb ich ganze drei Stockwerke hinaufsteigen muss. Die Treppenstufen knarren bei jedem Schritt unter mir.

Vor meiner Wohnungstür stelle ich die Kiste auf meiner Fußmatte ab. Ich will gerade den Schlüssel umdrehen, den Dad im Schloss hat stecken lassen, als mein Blick auf mein Klingelschild fällt. **Enna Wilson** steht in meiner Handschrift darauf – *mein* Name, auf *meinem* Klingelschild, an *meiner* ersten eigenen Wohnung. Ein verrücktes Gefühl.

Lächelnd sperre ich die Tür auf, trage den Karton in mein Zimmer und stelle ihn dort vor meinem Kleiderschrank ab. In den letzten Wochen ist Dad mehrmals für mich hergefahren, um mir so viele Autofahrten wie möglich zu ersparen, weil er weiß, wie schwer es mir fällt, entspannt in ein Auto zu steigen. Zu tief sitzen die Geschehnisse der Vergangenheit in meinem Inneren. Auch die heutige Fahrt verlief alles andere als entspannt. Mehrmals mussten wir anhalten, weil ich eine Pause brauchte. Ich bin dennoch stolz, es bis hierher geschafft zu haben.

Nach und nach hat Dad in den vergangenen Wochen meine Möbel aufgebaut, sodass ich mich nun dank seiner Hilfe ganz dem Einräumen und Dekorieren widmen kann – zwei Leidenschaften von mir. Als ich noch ein kleines Mädchen war, habe ich mindestens einmal in der Woche die Möbel meines Kinderzimmers umgestellt. Im Leben bin ich zwar kein Fan von Veränderungen, doch neu dekoriert und umgeräumt habe ich schon immer gern.

Ich laufe zum Fenster und schiebe den weißen Vorhang zur Seite, um dem Licht der Sonne Eintritt in mein neues Zuhause zu gewähren. Meine Hände auf das Fensterbrett gestützt, schaue ich nach draußen und genieße den atemberaubenden Ausblick auf das große Feld und die dahinterliegenden Wälder. Die Natur hatte schon immer eine beruhigende Wirkung auf mich. Die Septemberluft kühlt angenehm meine Wangen, die durch die Anstrengung des Treppensteigens ganz heiß geworden sind. Es ist angenehm, nicht mehr so heiß wie im Sommer, aber auch noch nicht zu kalt, um nicht lüften zu können. Für einen kurzen Moment schließe ich die Augen und spüre, wie mein Herzschlag sich verlangsamt, während ich tief ein- und ausatme. »Hallo, Starfall«, murmle ich und erwische mich selbst dabei, wie sich ein zuversichtliches Lächeln auf meinem Gesicht ausbreitet.

Eine Viertelstunde später haben Dad und ich auch die letzten Kartons in die Wohnung getragen. Während er in der Küche mit der Bedienungsanleitung meiner neuen Kaffeemaschine kämpft, sitze ich im Schlafzimmer auf dem Boden, vor mir meine Kommode und rings um mich herum die Umzugskisten. Meinen Kleiderschrank habe ich bereits eingeräumt. Das ging schnell, da ich nicht so viele Kleidungsstücke besitze und alles so ordentlich verpackt habe, dass ich die gestapelten Haufen nur aus den Kisten nehmen und in den Schrank legen musste.

Ich liebe meine eigenen Systeme, die mein Leben ordnen. Schon immer war ich eine Perfektionistin, was mich häufig selbst an mir stört, doch in diesem Fall hat mir meine kleine Macke, wie ich sie immer liebevoll bezeichne, einiges erleichtert. Ich bin gut darin, Pläne zu erstellen und Dinge zu ordnen, egal, ob sie sich in meinem Kopf oder außerhalb davon befinden.

Gerade widme ich mich der Kiste, die ich mit **Nachttisch/Kommode** beschriftet habe. Während aus der Küche immer wieder verzweifelte Laute zu mir dringen, mache ich mich daran, auch diesen Karton auszupacken. Dad kann ich ohnehin nicht helfen, denn von Technik habe ich genauso viel Ahnung wie er von Büchern – nämlich gar keine.

Bei der Erinnerung daran, wie er mich angesehen hat, als ich ihm versicherte, dass unbedingt *alle* meiner über vierhundert Bücher mit nach Starfall reisen müssten, muss ich schmunzeln. Sein Gesichtsausdruck war in etwa vergleichbar mit dem, den er früher immer dann aufgesetzt hat, wenn ich ihm nach weniger als vierundzwanzig Stunden eröffnete, dass ich schon wieder ein neues Buch beendet habe, und ihn darum bat, mit mir zur Buchhandlung zu laufen, um ein neues zu kaufen – pures Entsetzen, gefolgt von einem Lachen darüber, was für ein buchverrücktes Kind er doch hat.

Aus dem Karton vor mir fische ich mein Tagebuch und lege es auf meinen Nachttisch. Daneben stelle ich meine Leselampe, die ich mir vor einigen Jahren in einem hübschen Secondhandshop an der Küste gekauft habe. Als ich nach dem nächsten Gegenstand greife, schließt sich meine Hand um einen Bilderrahmen. Vorsichtig ziehe ich ihn aus dem Karton, umfasse ihn mit beiden Händen und lege ihn behutsam in meinen Schoß. Ich betrachte das Foto, und sofort füllen sich meine Augen mit Tränen.

Das Bild zeigt meine Mum und mich auf der Wiese im Garten unseres Hauses. Ich war neun Jahre alt, als es entstand. Uns umgeben eine Menge Gänseblümchen, ich sitze auf Mums Schoß, sie hat ihre Arme um mich geschlungen und wir lachen beide in die Kamera. Wahrscheinlich hat Dad kurz davor wieder einen Witz gemacht, um uns zum Lachen zu bringen.

Liebevoll streiche ich über das Glas. Die Erinnerung an meine Mum schmerzt so sehr in meinem Herzen, als wäre sie erst gestern von uns gegangen. Man sagt, die Zeit heile alle Wunden, und das mag in gewisser Weise stimmen, doch der Schmerz wird wohl nie ganz vergehen. Er wird immer ein Teil meines Lebens sein, ein Begleiter neben all den schönen Erinnerungen an die Frau, die mir das Leben und so viel Liebe geschenkt hat.

Kurz drücke ich den Bilderrahmen an meine Brust, dann stelle ich ihn vorsichtig auf meinen Nachttisch und suche in meiner Hosentasche nach einem Taschentuch, um mir die Tränen abzuwischen.

»Enna?«, vernehme ich plötzlich die Stimme meines Dads hinter mir. Ich drehe mich zu ihm. An den Türrahmen des Zimmers gelehnt steht er da und betrachtet mich besorgt. »Ist alles okay?«

»Ich denke schon«, antworte ich und blicke wieder auf das Foto auf meinem Nachttisch. Langsam kommt Dad zu mir, kniet sich hinter mich und umschlingt mich mit seinen starken Armen.

»Du weißt, dass deine Mutter immer bei dir ist. Sie mag vielleicht nicht direkt neben uns stehen, doch ich bin mir sicher, dass sie uns vom Himmel aus beobachtet.« Er streicht dabei sachte mit seinen Fingern über meine Unterarme.

»Meinst du?« Fragend drehe ich meinen Kopf und sehe ihn aus noch immer feuchten Augen an.

In seinem Blick liegt eine unglaubliche Sicherheit. »Das weiß ich ganz sicher«, antwortet er und lächelt. »Wahrscheinlich hat sie mich gerade ausgelacht. Das würde mich nicht wundern. «

Fragend sehe ich ihn an. »Wieso?«

»Sie hätte jeden Grund dazu. Immerhin habe ich gerade zehn Minuten lang versucht, deine Kaffeemaschine in Gang zu setzen, nur um dann festzustellen, dass ich den Stecker auch in die Steckdose stecken muss, um sie anschalten zu können.« Er zuckt mit den Schultern.

Ich beginne aus vollem Herzen zu lachen. Als er mit einstimmt, kann ich gar nicht mehr aufhören. Wir verlieren uns in einem Strudel aus Tränen der Trauer darüber, dass Mum diesen Moment nicht mit uns erleben kann, und Tränen der Freude, weil wir uns haben und aneinander festhalten können, ganz egal, was auch geschehen mag.

Irgendwann stehen wir auf und Dad zieht mich in eine seiner festen väterlichen Umarmungen. Nur hier bei ihm fühle ich mich geborgen und sicher.

»Ich bin sehr stolz auf dich, mein Schatz«, flüstert er in mein Haar und gibt mir einen Kuss auf meinen Scheitel.

»Danke, Dad.« Ich drücke mein Gesicht an seine Brust und atme den typischen herben Geruch ein, der ihn stets umgibt. Sanft löse ich mich von ihm und sehe, wie sich etwas in seinem Blick verändert. Ich meine, leichte Panik darin zu sehen, und will ihn schon fragen, was denn los ist, als er seine Hände auf meine Schultern legt.

»Ich muss noch mal schnell los, Enna. Eine Sache habe ich ganz vergessen.« Dad dreht sich hektisch um, läuft in den Flur und ich ihm direkt hinterher.

»Was denn?«, frage ich, doch er schnappt sich nur seinen Autoschlüssel von der Kommode im Flur und läuft zur Wohnungstür. Er bleibt kurz stehen und dreht sich noch einmal um. »Ich bin in etwa einer halben Stunde wieder da. Nicht wegrennen!« Mit diesen Worten wendet er sich von mir ab und verlässt die Wohnung.

»Wohin sollte ich denn bitte rennen?«, rufe ich ihm noch lachend hinterher, doch da schließt sich auch schon die Haustür hinter ihm.

Die Zeit allein nutze ich, um meine Kartons weiter auszupacken. Dabei fällt mir eine kleine Kiste in die Hände, in der ich meine Fotosammlung transportiert habe. Ich liebe es, Momente festzuhalten. Schöne Zeiten können viel zu schnell vorbei sein, doch später möchte ich mich noch genau an sie erinnern können. Meine Fotos helfen mir dabei, möglichst viele Details einzufangen und Erinnerungen nie mehr gehen zu lassen.

Ich öffne den Deckel der Kiste und breite all die Bilder vor mir auf dem Teppich aus. Anschließend kippe ich die vielen kleinen Klammern neben mich, die ich unter den Fotos in der Kiste verstaut habe, und schnappe mir die ersten Polaroids. An der großen Lichterkette, die Dad bereits vor einigen Tagen an der Wand hinter meinem Bett befestigt hat, beginne ich, einige Fotos festzuklammern.

Immer mehr Bilder schmücken nun meine Wand, darunter welche von Dad und mir, einige mit Grandma und Grandpa und dazwischen Aufnahmen meiner Bücher- und Naturfotos, die ich so gern schieße. Mittlerweile ist kaum noch Platz für weitere Bilder, dennoch nehme ich die letzten drei aus der Kiste. Ich betrachte das erste Foto mit einem warmen Gefühl im Bauch, denn es zeigt meine Mum und meinen Dad an ihrem Hochzeitstag. Mum trägt ein rosafarbenes Kleid und strahlt in die Kamera, Dad hat seine Arme um sie gelegt und sieht einfach nur stolz und verliebt aus.

Die beiden haben mir früher erzählt, dass Mum sich weigerte, mit dem Strom zu schwimmen und ein weißes Brautkleid zu tragen. Nach ewigen Diskussionen mit Dads Eltern besuchten alle gemeinsam ein Geschäft für Festmode. Als sie Mum dann in diesem hübschen rosa Kleid sahen, waren alle einverstanden mit ihrem Wunsch, kein Weiß zu tragen. Es sah so hübsch aus! Sie hat schon immer ihren eigenen Kopf durchgesetzt und manchmal wünschte ich, sie hätte ein wenig mehr ihrer Entschlossenheit an mich weitergegeben.

Auf dem zweiten Foto steht Mum in der Küche und knetet einen Pizzateig, während mein siebenjähriges Ich neben ihr auf der Arbeitsfläche sitzt und ein Stück Paprika verdrückt. Das Naschen von den Zutaten für die Gerichte, die sie so gern kochte, gehörte bei uns immer mit dazu. Häufig blieben kaum noch Würstchen für die Nudelsoße übrig, weil ich sie schon verputzt hatte, bevor sie ihren Weg in die Pfanne finden konnten.

Ich vermisse meine Mum so sehr.

Als ich das dritte Foto über die anderen zwei lege, um es mir genauer anzuschauen, bekomme ich augenblicklich eine Gänsehaut. Der Mensch, der mich darauf im Arm hält, ist schon lange kein Teil meines Lebens mehr. Ein Kloß bildet sich in meinem Hals. Immer noch. Nach all der Zeit reicht es aus, ein Foto von ihm zu betrachten, um meine Welt ins Wanken zu bringen.

Das Foto entstand an einem fünften April, meinem vierzehnten Geburtstag. Im Hintergrund ist ein Schokokuchen zu sehen, auf dem diese Zahl in Form von hübschen Kerzen steht. Eine Krone auf dem Kopf und meine damals noch langen braunen Haare zu zwei Zöpfen geflochten, die sanft auf meine Schultern fallen, lache ich in die Kamera. Und der Grund für dieses Lachen ist Finn – mein bester Freund, der mich mit einem Arm umschlungen hält, mit der anderen Hand goldenen Glitzer auf mich niederrieseln lässt und mich dabei verschmitzt angrinst. Auf seinem Kopf trägt er ebenfalls eine Krone, denn wir teilen uns denselben Geburtstag. Obwohl wir schon Teenager sind, albern wir immer noch herum wie Kinder. An diesem letzten Geburtstag, den wir gemeinsam verbrachten, wurde Finn sechzehn Jahre alt und hat mir genauso viel Freude geschenkt wie in all den Jahren davor, obwohl er schon zwei Jahre älter war als ich. Weil ich es mir gewünscht habe, hat er sich auch an diesem Tag eine Krone aufgesetzt und sich eine Kuchenschlacht mit mir geliefert.

Der Verlust meines besten Freundes schmerzt mich beinahe genauso sehr wie der Schmerz, den ich empfinde, wenn ich an meine Mum denke. Finn war mein Anker, wie mein großer Bruder, bis er genau in der Zeit nicht an meiner Seite war, in der ich ihn mehr denn je gebraucht hätte. Und noch immer versteht das kleine Mädchen in mir nicht, weshalb er gegangen ist. Und wenn ich ehrlich zu mir selbst bin, muss ich erkennen, dass das große Mädchen es genauso wenig versteht.

Und dennoch gehört Finn ebenso zu meiner Geschichte, denn er nimmt noch immer einen großen Platz in meinem Herzen ein. Auch wenn ich nie ganz verstanden habe, weshalb er nach seinem Umzug damals nie wieder Kontakt zu mir aufgenommen hat, erinnere ich mich lieber an die schönen Zeiten, die wir miteinander geteilt haben.

Vielleicht hat mich der Tod meiner Mum genau das gelehrt: Die schönen Erinnerungen zu behalten und den Schmerz dadurch loszulassen. Also gehe ich zur Lichterkette und befestige das Polaroid mit den anderen beiden ebenfalls daran. Anschließend trete ich einige Schritte zurück und betrachte zufrieden mein Werk.

Mein Leben spiegelt sich an der Wand wider. Nicht perfekt und deshalb genau das: perfekt.

Eine Weile später habe ich alle Kartons ausgepackt, abgesehen von den Unmengen an Bücherkisten, die sich noch immer an meiner Wand stapeln. Gerade will ich mir die erste vornehmen, als ich höre, wie sich der Schlüssel in der Haustür dreht.

Dad habe ich in den letzten Minuten voller Fotos und Erinnerungen ganz vergessen. Noch immer frage ich mich mit einem Blick auf die Uhr, was er denn so Wichtiges zu erledigen hatte, und vor allem, weshalb er nicht nur eine halbe, sondern mittlerweile fast eine ganze Stunde lang weg war. Sein Kopf erscheint im Türrahmen.

Er hat ein dickes Grinsen im Gesicht.

»Dad! Da bist du ja wieder. Wo warst du denn?«

»Augen zu!« Er stellt sich hinter mich und bedeckt meine Augen mit seinen Händen.

Was hat er sich nun schon wieder einfallen lassen?

Ich schließe sie und nicke.

Dad entfernt sich, ich halte die Augen weiter geschlossen, obwohl es mich immer nervös macht, wenn ich nichts sehen kann und sich diese schwarze Wand vor meine Augen schiebt. Doch ich vertraue Dad und lasse mich auf seine Überraschung ein.

Ein lautes Niesen ertönt.

»Gesundheit!«, rufe ich und lächle in mich hinein. Wenn Dad niest, ist das gefühlt mindestens genauso laut wie der Ausbruch eines Vulkans.

Er kommt zurück, mit leisen Schritten auf dem Parkett. Er muss sich die Schuhe ausgezogen haben, denn er bewegt sich beinahe lautlos.

»Setz dich langsam auf den Boden, Enna.«

Ich komme seiner Aufforderung nach und setze mich vorsichtig im Schneidersitz hin. Dad scheint es mir gleichzutun. Wieder muss er niesen, diesmal klingt das Geräusch allerdings gedämpft.

»Okay, mein Schatz. Jetzt darfst du.«

Langsam öffne ich zunächst mein rechtes Auge. Dad sitzt tatsächlich vor mir auf dem Boden, scheint aber nichts in seinen Händen zu halten. Ich öffne auch mein zweites Auge, kann aber noch immer keine Überraschung erkennen.

Gerade als ich ihn danach fragen will, vernehme ich ein leises Geräusch hinter ihm, das aus dem Flur zu kommen scheint. Wüsste ich es nicht besser, hätte ich behauptet, dass das eben ein Miauen war. Dad gibt keinen Mucks von sich. Er schaut mich nur an, immer noch ein Grinsen auf dem Gesicht.

»Dad, was tun wir hier?«, frage ich ihn schließlich.

»Wir warten«, antwortet er ruhig.

Plötzlich schiebt sich ein kleiner pelziger Kopf hinter dem Türrahmen hervor. Gleich darauf folgt ein weiteres Geräusch, von dem ich nun mit Sicherheit sagen kann, dass es sich definitiv um ein Miauen handelt.

Dem kleinen grauen Kopf folgen ein grauer Körper und ein grauer Schwanz. Ich kann es kaum glauben – mein Dad hat mir eine Katze geschenkt. *Oh mein Gott!*

Ich muss all meine Beherrschung zusammennehmen, um kein Quieken von mir zu geben. Sprachlos schaue ich dem kleinen pelzigen Tierchen dabei zu, wie es langsam und vorsichtig hereintappt. Ich traue mich kaum zu atmen aus Angst, die Katze zu verschrecken. Mit ihrem Näschen schnüffelt sie in der Luft herum, ganz behutsam setzt sie ein Bein vor das andere, bis ihr Blick schließlich auf uns fällt. Ihr Schwanz gleicht dabei einer Klobürste und innerlich lache ich über diesen Vergleich. Ganz langsam strecke ich eine Hand in ihre Richtung. Kurz scheint sie zu überlegen, doch dann kommt sie auf mich zu und streicht ihr Köpfchen an meinem Handrücken entlang. Ganz behutsam und vorsichtig.

Nun breitet sich auch auf meinem Gesicht ein Grinsen aus, das mindestens genauso breit ist wie das von Dad.

»Du bist verrückt!« Ich blicke zu ihm auf, den Tränen nahe, schon zum zweiten Mal innerhalb so kurzer Zeit.

»Nein, Enna. Du bist verrückt. Verrückt nach Katzen, und das schon immer.«

Wir müssen beide lachen. Ich wollte tatsächlich schon immer eine eigene Katze haben. Unser Nachbarskater Sammy kam im Sommer immer durch den Gartenzaun zu uns gekrochen. Als ich klein war, habe ich oft mit ihm gespielt und später dann geschmust, wenn ich an sonnigen Tagen auf unserer Hollywoodschaukel saß und er zu mir kam. Leider konnten wir nie eine eigene Katze haben, denn Dad hat eine starke Tierhaarallergie. Jetzt macht sein mehrmaliges Niesen auch Sinn.

»Wie heißt sie denn? Oder ist es ein *Er*?«, frage ich Dad. Der Kopf des kleinen Tieres schmiegt sich noch immer an meine Hand.

»Es ist eine *Sie*. Vor einigen Monaten wurde sie vor dem Tierheim hier im Ort ausgesetzt. Die Mitarbeiter schätzen ihr Alter auf etwa zwei Jahre. Am besten überlegst du dir selbst einen Namen für sie. Die Pfleger im Tierheim haben sie Gloria genannt, aber diesen Namen empfinde ich als sehr ...«

»… unpassend«, vollende ich seinen Gedanken, und wir müssen beide lachen.

Mittlerweile ist die Katze zu Dad gelaufen und schmiegt sich nun auf seinen Schoß. Sie scheint ihn bereits sehr lieb gewonnen zu haben, denn ihr leises Schnurren ist zu hören. Zumindest so lange, bis Dad erneut heftig niesen muss. Erschrocken schaut sie durch den Raum und macht sich ganz klein, rappelt sich dann aber wieder auf und tapst in den Flur hinaus. *Vielleicht hat sie Hunger? Apropos …*

»Dad, ich habe doch gar kein Futter hier! Und auch kein Katzenklo. Nicht einmal Spielzeug! Spielen Katzen in dem Alter denn überhaupt noch? Was, wenn …«

»Enna, beruhige dich«, unterbricht er mich schmunzelnd. »Ich habe mich selbstverständlich um alles gekümmert. Das Tierheim war so freundlich, mir die ersten Vorräte und die Grundausstattung gleich mitzugeben. Die ersten Tage kommt ihr zwei also über die Runden.« Liebevoll sieht er mich an.

Ich bin so gerührt und glücklich, dass ich all meine Liebe für diesen großartigen Menschen in eine feste Umarmung lege. Natürlich hat er an alles gedacht und sich um das Wichtigste gekümmert. Ich drücke meinen Dad an mich und murmle ein leises »Danke« an seine Schulter.

»Gern, mein Schatz.« Er erwidert meine Umarmung und streicht mir mit einer Hand zärtlich über den Kopf. »Jetzt ist es wohl langsam an der Zeit, dass ich dich allein lasse.«

Langsam löst er sich von mir. Wir erheben uns und Dad legt seine Hände auf meine Schultern, sieht mir fest in die Augen.

»Ich wünsche dir alles Glück der Welt, Enna. Du wirst dein neues Leben hier meistern. Wenn du noch etwas brauchst oder dich einsam fühlst, du weißt, dass ich nur einen Anruf entfernt bin, ja?« Fragend sieht er mich an. Auch wenn er es nicht direkt angesprochen hat, weiß ich, dass er sich meiner Ängste sehr wohl bewusst ist. Dass er dennoch an mich glaubt und mir zutraut, dass ich das hier schaffen kann, macht mir unendlich viel Mut.

Ich bemerke, wie sich Tränen in meinen Augen sammeln. Weil ich nicht schon wieder weinen möchte, schiebe ich Dad sachte in Richtung Flur. »Du musst jetzt gehen, sonst muss ich wieder heulen.« Dad lacht, dreht sich dann um und gemeinsam gehen wir in den Flur. Meine Katze hat sich dort neben der Kommode auf dem Boden zusammengerollt und schläft.

Meine Katze – wie schön das klingt. Ein weiteres *Mein* in so kurzer Zeit. An nur einem Tag so unglaublich viele Veränderungen, die zugleich beängstigend und wunderschön sind. Meine erste eigene Wohnung, eine neue Umgebung, neue Routinen, ein eigenes Haustier … Ich nehme mir fest vor, all diesen Dingen mit offenen Armen zu begegnen.

Während ich die zwei großen Tüten betrachte, die Dad neben der Haustür abgestellt hat, zieht er sich Schuhe und Jacke an. Ich linse in eine der beiden Tüten hinein und entdecke Spielzeug und einige kleine Dosen Katzenfutter. Grinsend wende ich mich Dad zu, als er seinen Autoschlüssel in die Hand nimmt und unsicher vor der Wohnungstür stehen bleibt. Er zieht sein Handy aus der Hosentasche und beginnt, darauf herumzutippen. Ein leises Fluchen entfährt ihm.

»Was machst du denn da?«, frage ich ihn erstaunt.

Verzweifelt sieht er mich an. »Ich versuche, mein Handy auf laut zu stellen, aber ständig öffnet sich dieses blöde Fenster.«

»Gib mal her.« Ich nehme ihm das Smartphone aus der Hand, stelle es auf laut und gebe es ihm lachend wieder zurück. Erleichtert atmet er aus.

»Ruf mich an, wenn etwas ist, Enna. Ich bin jederzeit erreichbar und nur eine Dreiviertelstunde Autofahrt entfernt. Denk daran, immer alle Kerzen auszumachen, wenn du dich schlafen legst oder das

Haus verlässt. Wenn du abends Angst bekommen solltest, dann kannst du deine Lichterkette anschalten. Ach, und die Kaffeemaschine ...«

»Halt, Stopp!«, unterbreche ich ihn lachend. »Es wird mir gut gehen, Dad. Ich bin jetzt erwachsen und außerdem nicht allein.«

Mit einem leisen Miauen unterstützt mich meine Katze und sofort wird mir warm ums Herz. Sie braucht dringend einen Namen. Kurz hebt sie ihren Kopf, steht auf und streckt sich, nur um sich gleich darauf wieder zusammenzurollen und weiterzuschlafen.

»Siehst du?« Ermutigend sehe ich Dad an.

Er kommt zu mir, gibt mir einen letzten Kuss auf die Stirn, dreht sich dann um und öffnet die Wohnungstür. »Mach's gut, mein Schatz.« Er tritt in den Hausflur, und ich lehne mich in den Türrahmen.

»Bis bald, Daddy«, verabschiede ich ihn und sehe ihm zu, wie er die Treppen nach unten steigt.

Ich schließe die Wohnungstür, laufe in meine Küche und beobachte meinen Vater durch das Fenster, wie er zu seinem Wagen läuft. Als würde er spüren, dass ich ihm nachschaue, dreht er sich ein letztes Mal zu mir um und winkt mir zum Abschied zu. Ich winke zurück, dann steigt er in seinen Wagen und fährt die Straße entlang, bis er im Wald verschwindet und ich ihn nicht mehr sehen kann.

Im Flur setze ich mich neben das Tier, das ab heute meine neue kleine Freundin sein wird, und lehne mich an die geschlossene Küchentür. Ich streichle meiner Katze behutsam durch das wuschelige graue Fell und höre ein leises Schnurren. »Willkommen zu Hause«, flüstere ich ihr leise zu.

Und während ich sie weiterkraule, erinnere ich mich an den Tag, an dem ich diese Worte zum letzten Mal ausgesprochen habe – zu einem kleinen Jungen mit einer Menge Locken auf dem Kopf.

KAPITEL 2
Etwas Magisches

Finn

Dreizehn Jahre zuvor – 2007, Juni

Ich sitze auf der Veranda unseres neuen Zuhauses, während meine Eltern unsere großen Kisten ins Haus tragen. Es ist superwarm heute und die lange Autofahrt hat mich richtig zum Schwitzen gebracht. Meine Locken fallen nass in mein Gesicht und es nervt mich, dass ich sie immer wieder zur Seite schieben muss. Generell bin ich schon seit heute Morgen genervt und habe schlechte Laune.

Während Mum und Dad sich seit langer Zeit schon auf den heutigen Tag freuen, bin ich einfach nur traurig darüber, dass wir umziehen. Alle meine Freunde musste ich zurücklassen. Hier muss ich nun nach dem Sommer auf die neue Schule gehen. »Das wird toll«, hat Mum immer wieder versprochen, während ich mich gefragt habe, ob ich je wieder so gute Freunde finden werde.

Dad trägt jetzt die letzte Kiste ins Haus und ruft Mum zu, dass er sich erst mal um die Garage kümmert, damit er später das Auto reinfahren kann. Mum antwortet ihm, dann tritt sie aus dem Haus auf die

Veranda und lässt sich neben mich auf die Holzdielen fallen. Ihre Hand legt sie auf mein Knie und beginnt, mich zu streicheln. Das macht sie sehr oft und meistens beruhige ich mich dadurch tatsächlich ein bisschen.

»Na, mein Kleiner? Wie gefällt dir unser neues Haus?« Sie legt einen Arm um mich und sieht mich fragend an.

Ich zucke nur mit den Schultern. Bisher habe ich mir noch nicht einmal mein neues Zimmer angeschaut. Darauf habe ich keine Lust. Vor wenigen Wochen noch habe ich meinen achten Geburtstag mit meinen Freunden gefeiert, in meinem Zuhause. Dass ich von nun an in diesem Haus hier leben werde, in einer völlig anderen Stadt, in der ich niemanden kenne, kann ich mir einfach nicht vorstellen.

Mum muss mir ansehen, dass ich traurig bin, denn gleich darauf versucht sie, mich aufzumuntern. »Dein Zimmer hier ist viel größer als das in der alten Wohnung. Wir haben einen riesigen Garten, in den du deine Freunde nach der Schule zum Spielen einladen kannst. Ist das nicht toll?« Sie stupst mich mit der Schulter an.

»Welche Freunde denn?« Den Blick auf meine Füße gerichtet, reibe ich meine Schuhe aneinander. Ich kenne doch hier niemanden.

»Ach, Finn. Mit der Zeit wirst du auch hier neue Freunde finden, glaub mir!«, antwortet Mum.

Ich hoffe sehr, dass sie damit recht hat.

»Wollen wir ein bisschen Fußball spielen, bis dein Dad mit der Garage fertig ist?«

»Okay«, antworte ich wenig euphorisch, aber wenn Mum mir schon einmal anbietet, mit mir Fußball zu spielen, muss ich die Gelegenheit nutzen. Sonst nerve ich sie immer, bis sie entweder irgendwann nachgibt oder Dad schickt, um mit mir zu spielen.

Sie verschwindet im Haus und kommt kurz darauf mit meinem Fußball unter ihrem Arm wieder raus. Gemeinsam laufen wir in den Garten hinter dem Haus. Einige Zeit kicken wir den Ball abwechselnd hin und her. Als ich ein Tor erziele, bekomme ich tatsächlich etwas bessere Laune.

Irgendwann ertönt ein lautes Rufen aus unserem Vorgarten. Wir unterbrechen das Spiel, um nachzusehen, von wem es kommt. Mum läuft über den Rasen nach vorn, ich trotte hinter ihr her. Als wir um die Hausecke gehen, entdecke ich eine Frau, die etwa im Alter meiner Mutter ist, und ein Mädchen, das sich an ihrer Hand festhält. Beide haben braune Haare, nur mit dem Unterschied, dass die der Frau viel kürzer sind als die des Mädchens.

»Oh, hallo. Bitte entschuldigen Sie das laute Rufen, aber scheinbar funktioniert Ihre Klingel noch nicht.« Die Frau kommt auf uns zu. Mit der einen Hand hält sie noch immer das Mädchen fest, auf der anderen balanciert sie etwas, das aussieht wie ein Kuchen. Freundlich lächelt sie uns an. »Wir sind nebenan eingezogen und wollten uns gern vorstellen. Ich bin Olivia und das hier ist meine Tochter Enna«, sagt sie und deutet mit dem Kopf in Richtung des Mädchens.

Unsere Mütter begrüßen sich, dann bückt Mum sich zu dem Mädchen hinunter.

Enna. Was für ein besonderer Name. Er klingt sehr schön.

»Ich bin Vera, und das ist mein Sohn Finn«, stellt Mum uns schließlich vor, woraufhin die Frau ihre Tochter loslässt und mir die Hand reicht.

»Hallo, Finn.« Sie schaut zwischen Mum und mir hin und her. »Wie schön, dass wir uns kennenlernen.«

Olivia überreicht Mum den Kuchen, den ich interessiert anschaue. Schokolade. Ich liebe Schokolade.

Mum bedankt sich bei Olivia, die sich schließlich neben Enna kniet. »Magst du Finn Hallo sagen, mein Schatz?«

Schüchtern nickt das Mädchen, dreht sich zu mir und streckt mir ihre Hand entgegen. »Ich bin Enna«, stellt sie sich vor.

Ich ergreife ihre Hand. »Hey, Enna. Ich bin Finn.« Wir schütteln uns kurz die Hände, dann ziehen wir sie beide beschämt wieder zurück. Wie peinlich.

»*Dürfen wir Sie zum Kaffeetrinken einladen? Mein Mann ist gerade noch in der Garage beschäftigt, aber er ist sicherlich gleich fertig. So hätten wir auch gleich eine Gelegenheit, Ihren Kuchen zu verputzen*«, *bietet Mum Olivia lächelnd an.*

»*Wenn es Ihnen keine Umstände macht, sehr gern.*« *Ennas Mum strahlt. Die beiden scheinen sich super zu verstehen.*

Gemeinsam laufen unsere Mütter zur Terrassentür und verschwinden im Haus. Unsicher bleiben Enna und ich nebeneinander stehen.

»*Wir sind jetzt also Nachbarn, ja?*«, *frage ich sie, damit irgendjemand von uns beiden etwas sagt. Gleich darauf merke ich, wie sinnlos meine Frage war, doch Enna nickt nur und lächelt mich schüchtern an.*

»*Wie alt bist du?*«, *frage ich sie schließlich.*

»*Ich bin sechs, und du?*«

»*Ich bin acht, aber erst seit ein paar Wochen*«, *antworte ich.*

»*Ich hatte auch erst vor Kurzem Geburtstag.*« *Enna lächelt mich an.* Sie ist wirklich hübsch mit ihren langen braunen Haaren.

»*Echt? Wann hast du denn Geburtstag?*«, *frage ich sie.*

»*Am fünften April*«, *antwortet sie strahlend. Ich strahle zurück. Wie* cool ist das denn?

»*Ich auch! Das ist ja mega!*«

Wir müssen beide lachen, und auf einmal finde ich unseren Umzug gar nicht mehr so schlimm. »*Ich würde dir gern mein neues Zimmer zeigen, Enna. Hast du Lust, es dir anzuschauen?*« *Kurz habe ich Angst, dass sie gar nicht mit mir kommen möchte, doch dann grinst sie mich an und nickt. Obwohl ich mich bisher nicht dafür interessiert habe, habe ich plötzlich doch Lust, mir mein neues Zimmer anzuschauen. Ich merke, wie sich meine Laune bessert, einfach, weil ich so glücklich darüber bin, Enna kennenzulernen.*

Gemeinsam rennen wir über die Wiese um das Haus herum bis zum Hintereingang. Wir ziehen unsere Schuhe aus und lassen sie auf der Terrasse liegen, dann hüpfen wir über die Schwelle in die Küche.

»Mama, Finn und ich haben am gleichen Tag Geburtstag! Ist das nicht cool?«, ruft Enna ihrer Mutter zu. Weg ist das schüchterne Mädchen von eben. Auf einmal ist Enna laut und lächelt, und irgendwie gefällt mir das. Ihre gute Laune steckt mich direkt an und ich fühle mich direkt etwas weniger einsam.

In diesem Moment weiß ich, dass ich eine neue Freundin gefunden habe – ein ganz besonderes Mädchen mit den längsten braunen Haaren, die ich je gesehen habe.

Enna

Am nächsten Morgen stehe ich schon früh auf. Meinen Wecker habe ich auf sieben Uhr gestellt, damit ich genügend Zeit habe, um meine restlichen Kartons auszupacken. Am Nachmittag möchte ich endlich Starfall erkunden.

Die erste Nacht allein in meiner Wohnung war weniger schlimm für mich als erwartet. Meine Lichterkette vertrieb die Dunkelheit und außerdem war ich so müde, dass ich direkt in den Schlaf fand. Keine Albträume, keine Panik. Das ist ein Fortschritt.

Meine Angst vor der Dunkelheit und die Erinnerungen an den Unfall suchen mich meistens abends heim. Nur selten begleiten sie mich auch durch dunkle und triste Tage. Ich weiß, dass es Nächte gibt, in denen ich ohne Probleme schlafen gehen kann, und andere, die für mich zum blanken Horror werden, weil ich kein Auge zubekomme und in Panik verfalle. Dass ich diese Nacht in einer fremden Wohnung ohne Angst überstanden habe, macht mich unglaublich stolz.

Meine Katze hat die ganze Nacht auf dem Teppich direkt neben meinem Bett geschlafen. Ihre Anwesenheit hat mir eine unglaubliche Ruhe gegeben, das Gefühl, nicht allein zu sein und eine kleine Beschützerin an meiner Seite zu haben. Jetzt stehe ich in der Küche und bereite mir einen Kaffee zu, wie ich es auch zu Hause jeden Tag getan habe. Ohne mein morgendliches Koffein geht bei mir nichts. Kaffee ist meine Energie, die ich brauche, um gut in den Tag zu starten. Es geht mir wie Lorelai Gilmore, die mit ihrer Mütze auf dem Kopf in Luke's Diner steht und ihn um einen Kaffee anbettelt. Ungefähr so fühle ich mich jeden Morgen.

Während ich darauf warte, dass sich die Maschine meldet und ich mir meine Tasse schnappen kann, beobachte ich meine Katze, die in aller Seelenruhe ihr erstes Nassfutter verdrückt. Sie scheint ein gemütliches Tier zu sein und damit perfekt zu mir zu passen. *Ob Dad das geahnt hat, als er sie aussuchte?*

»Wir beide werden uns gut verstehen«, sage ich zu ihr. »Wahrscheinlich noch besser, wenn wir endlich einen Namen für dich gefunden haben.«

Die Maschine piept, ich schnappe mir meine Tasse und gehe damit nach nebenan, wo ich mich auf mein bereits gemachtes Bett setze. Ich trinke einen großen Schluck Kaffee und atme den herben Geruch tief ein. *Herrlich.*

Mein Blick fällt auf mein Handy, dessen Blinken mir gleich zwei neue Nachrichten anzeigt. Ich lese zunächst den Text, den Dad mir vor einigen Minuten geschickt hat, und tippe zurück, dass es mir gut geht und die Katze gerade ihre erste Mahlzeit in ihrem neuen Zuhause einnimmt. Kurzerhand schicke ich ihm noch ein Foto meiner Kaffeetasse hinterher. Gleich darauf antwortet er mit einem Katzen-Emoji und einem roten Herz, auf den Kaffee reagiert er mit einem sich übergebenden Emoji – er konnte meine Sucht noch nie nachvollziehen, weshalb seine

Reaktion der von Luke Danes gleicht, wenn Lorelai die dritte Tasse Kaffee in Folge bei ihm bestellt. Dieser Vergleich erinnert mich daran, dass ich bald mal wieder eine Episode *Gilmore Girls* schauen sollte. Die zweite Nachricht ist von Hanna. Sie fragt, ob ich mich schon gut eingelebt habe, und berichtet, dass sie gestern Abend direkt von ihrem neuen Nachbarn zu einer kleinen Wohnungsparty eingeladen wurde. Wir sind einige Jahre auf der Highschool in die gleiche Klasse gegangen und haben zusammen unseren Abschluss gemacht. Nun beginnt auch sie ihr Studium, allerdings in einer anderen Stadt. Ich freue mich über ihre Nachricht und tippe eine kurze Antwort. Hanna war mir in den letzten Jahren immer eine gute Freundin, aber wir sind sehr unterschiedlich. Manchmal fühle ich mich einsam in Gesprächen mit ihr, weil ich immer das Gefühl habe, dass sie ungern über ernstere Themen spricht. Hanna ist ein lebenslustiger Mensch, ich bin ebenso fröhlich, aber auch wahnsinnig schüchtern und eher zurückhaltend. Seit dem Sommer haben wir nicht mehr viel Kontakt, aber das ist in Ordnung. Ich freue mich dennoch, dass sie sich nach mir erkundigt hat und wünsche ihr einen spannenden Uni-Start.

Ich trinke meinen Kaffee aus und gehe anschließend ins Bad, wo ich mir mein Gesicht wasche und meine Zähne putze. Schließlich schnappe ich mir meine Haarbürste vom Badewannenrand und kämme meine noch von der Nacht verstrubbelten Haare. Zufrieden betrachte ich meine Frisur im Spiegel. Als kleines Mädchen habe ich meine langen braunen Haare geliebt, doch jetzt liebe ich es noch mehr, wie sie mir in leichten Wellen nur noch bis auf die Schultern fallen.

Wieder zurück in meinem Zimmer tausche ich meinen kuscheligen, dunkelblauen Pyjama gegen eine gemütliche schwarze Jogginghose und ein Unterhemd. Auf dem Haufen mit meinen T-Shirts krame ich nach einem meiner liebsten Stücke – mein schwarzes Taylor-Swift-Fan-Shirt, auf dem in großen weißen Buchstaben **Shake it off** geschrieben steht. Ich habe ihre Musik schon immer geliebt, besonders als ich noch jünger war. Und noch immer ist diese Frau eine absolute Inspiration für mich – als Musikerin und als Mensch.

Wenige Minuten später sitze ich auf meinem flauschigen, weißen Teppich neben dem Bett. Um mich herum stehen die restlichen Kartons, in denen sich all meine Bücher befinden, und vor mir reihen sich meine weißen Bücherregale aneinander. Hier werden meine über vierhundert Schätze gleich ihr neues Zuhause finden.

In der nächsten Stunde befreie ich jedes meiner Bücher aus den Kartons, die ich gleich darauf zusammenfalte und auf meinen Kleiderschrank schiebe. Anschließend beginne ich damit, die Bücher ins Regal zu stellen. Dabei sortiere ich nach Genre und Autoren, denn Ordnung muss sein, besonders in meinem Bücherregal! Von Fantasy über Liebesromane bis hin zu Kinderbüchern ist alles dabei.

Als ich meine Ausgabe von *Mary Poppins* aus dem Karton ziehe, halte ich kurz inne. Behutsam streiche ich über das Cover des Buches, aus dem Finn mir so oft vorgelesen hat. Ich habe diese Geschichte geliebt und tue es noch immer. Ich stelle das Buch mit dem Cover nach vorn neben meine aneinandergereihten Kinderbücher.

Es macht mir wahnsinnig viel Spaß, meine Bücher einzuräumen. Auf meinem Handy habe ich zwischendurch meine Taylor-Swift-Playlist gestartet, passend zum Shirt. Gerade läuft einer meiner Lieblingssongs: *Everything has changed*. Er bedeutet mir unglaublich viel. Wie ironisch, dass er auch noch so gut zu Finn und mir passt. Unsere erste Begegnung in seinem Garten vor vielen Jahren, als wir beide noch Kinder waren, werde ich nie vergessen. Sofort habe ich mich in der Nähe dieses kleinen Jungen wohlgefühlt und meine Schüchternheit neben ihm direkt abgelegt …

Ich schüttle die Erinnerung von mir ab und widme mich der letzten Kiste, in der sich meine Klassiker befinden. Vorsichtig stelle ich all die Geschichten in mein Regal, die mich am meisten bewegen. Schließlich fällt mir meine Schmuckausgabe von *Stolz und Vorurteil* von Jane Austen in die Hände. Elizabeths und Mister Darcys tragische Liebesgeschichte berührt mich immer wieder aufs Neue. Meine Katze kommt ins Zimmer geschlichen. Sie miaut einmal laut, gesellt sich zu mir auf den Teppich und kuschelt sich an mein Bein. Mein Blick wandert zwischen dem Buch in meinen Händen und dem süßen grauen Tierchen neben mir hin und her. Und auf einmal weiß ich es einfach.

»Hey, Süße?«, wende ich mich fragend der Katze zu und beginne, sie sanft zu kraulen. »Was hältst du davon, wenn ich dich Beth nenne?« Ihr Schnurren deute ich als ein klares »Ja«.

Einige Stunden später stehe ich bewaffnet mit dem Stadtplan von Starfall vor meinem Wohnhaus. Nachdem ich mein Bücherregal fertig eingeräumt und noch ein wenig mit Beth gekuschelt hatte, beschloss ich, mir nun endlich die Stadt genauer anzuschauen. Ich war zwar schon einmal mit Dad hier gewesen, um meine Wohnung zu besichtigen, doch vom Zentrum von Starfall habe ich bisher nur Fotos aus dem Internet gesehen. Bevor in zwei Tagen mein Studium beginnt, möchte ich nun den Ort kennenlernen, in dem ich die nächsten Jahre leben werde. Also habe ich mir den Stadtplan von der Website der Uni heruntergeladen, um mich zurechtzufinden.

Mein neues Zuhause liegt nur wenige Gehminuten von Starfalls Zentrum entfernt. Auf der Website der Universität wird damit geworben, dass hier alle wichtigen Orte nah beieinanderliegen und zu Fuß gut zu erreichen sind – der Vorteil einer Kleinstadt eben.

Konzentriert betrachte ich den Stadtplan. Die wichtigsten Orte sind liebevoll eingezeichnet und durch kleine Wege miteinander verbunden. Links unten entdecke ich sogar das Starfall-Schild, an dem

Dad und ich gestern am Ortseingang vorbeigefahren sind und das Besucher in der Stadt begrüßt.

Ich beschließe, mir zu Beginn den Campus anzuschauen, damit ich auch gleich den Weg zur Universität kenne, und anschließend nach einem Café zu suchen, um dort eine Kleinigkeit zu essen und meinen zweiten Kaffee des Tages zu mir zu nehmen. Mein knurrender Magen erinnert mich daran, dass ich gestern Mittag zum letzten Mal etwas Richtiges gegessen habe, abgesehen von einem kleinen Snack am Abend. Mit meinem kleinen Rucksack auf dem Rücken, in den ich eine Trinkflasche, mein aktuelles Buch und mein Portemonnaie gestopft habe, mache ich mich auf den Weg.

Die Straße, in der ich wohne, ist wirklich hübsch. Bunte Häuser reihen sich aneinander, viele Wohnungen, aber auch eine Menge kleiner Geschäfte. Ich laufe an einer Bäckerei, einem kleinen Klamottenladen und einem Uhrmacher vorbei und freue mich darüber, dass ich all diese Geschäfte in nur wenigen Schritten erreichen kann. Um mich herum schmücken bunte Blumen die Straße. Schon jetzt verliebe ich mich in die Atmosphäre dieser Stadt mitten in der Natur. Die vielen Altbauten, schwarzen Laternen und kleinen Läden machen Starfall zu einem gemütlichen Städtchen. Immer wieder tauchen die Sterne, die dieser Stadt und ihren Bewohnern so viel bedeuten, in Form von Dekorationen auf. Im Schaufenster einiger Läden hängen Lichterketten, an denen Sterne baumeln, und die Kreidetafel vor der Bäckerei wirbt mit dem berühmten Stern-Gebäck mit Zimt, über das ich schon so viel gelesen habe und in dessen Genuss ich hoffentlich bald kommen werde. Das schöne Gefühl, das diese Stadt in mir auslöst, breitet sich angenehm in meinem gesamten Körper aus.

Heute scheint die warme Septembersonne, weshalb ich in Jeans, Langarmshirt und nur mit einer dünnen Jacke bekleidet die Wohnung verlassen habe. Ein leichter, angenehmer Wind weht und ich bin froh darüber, meine Haare doch noch zu einem kurzen Pferdeschwanz gebunden zu haben, um sie nicht ständig aus meinem Gesicht wischen zu müssen.

Auf dem Weg zum Universitätsgebäude schlendere ich durch die vielen kleinen Gassen von Starfall. Mein Blick wandert über die Gebäude hinaus über die Berge und Wälder. Die Blätter der Bäume sind nun nicht mehr dunkelgrün, stattdessen haben sie einen goldgelben Farbton angenommen und leuchten in der Sonne. Nur schwer kann ich mich von diesem beruhigenden Anblick losreißen, schaue aber schließlich aus Neugierde auch auf die Menschen um mich herum. Die Mehrheit von ihnen müssen Studenten sein, denn genau wie ich laufen sie mit dem Stadtplan in den Händen durch die Gegend, zeigen auf Gebäude und tragen Rucksäcke bei sich, einige ziehen sogar einen Rollkoffer hinter sich her. Der Unterschied zwischen mir und ihnen besteht darin, dass die meisten in kleinen Gruppen herumlaufen, während ich auf mich allein gestellt bin. Doch das macht mir nichts aus: Ich möchte die Stadt ohnehin erst mal allein erkunden, um alles in mich aufsaugen zu können. Dennoch hoffe ich natürlich, hier rasch Anschluss zu finden. Meistens brauche ich eine Weile, um mit anderen Menschen warm zu werden, muss mich an sie gewöhnen, bevor ich mich öffnen kann. Doch mit der Zeit habe ich gelernt, dass das vollkommen okay ist. Manche Menschen brauchen einfach mehr Zeit und ich gehöre zur zweiten Gruppe.

Nach etwa einer Viertelstunde Fußmarsch stehe ich schließlich vor dem imposanten Gebäude, das ich bald täglich betreten werde. Um mich herum tummeln sich eine Menge Menschen – Studenten mit ihren Eltern und einige Gruppen von ganz aufgeregten Erstsemestern. Alle schauen auf das Gebäude der Universität, als würde gleich etwas Spannendes passieren. Dabei liegt die **Starfall University** ruhig vor uns. Und dennoch strahlt sie einfach etwas Magisches aus.

Vor dem Haupteingang des Altbaus ist ein riesiges Tor, neben dem ein Messingschild mit der Aufschrift **Starfall University – Your way to the stars** hängt. Augenblicklich frage ich mich, ob auch ich hier meinen Weg zu den Sternen finde, die dieser Stadt so viel bedeuten. Links und rechts vom Eingang wehen zwei große Flaggen, auf denen die gleiche Aufschrift steht, vor einem dunkelblauen Hintergrund und umgeben von gelben Sternen. Ich bemerke, wie einige Studenten ihre Handys zücken und tue es ihnen gleich. Mein Foto sende ich direkt an Dad, zusammen mit einem Herz-Emoji. Ich entschließe mich dazu, einmal um das Gebäude herumzulaufen. Interessiert schaue ich mich um. Ich gehe an den vielen Wohnheimen vorbei, die um das Hauptgebäude herum verteilt liegen, getrennt durch eine weite Wiese. Einige Studenten liegen auf ihren Picknickdecken und genießen die Septembersonne, andere laufen wie ich durch die großen Alleen. Es sieht einfach wundervoll aus – wie in einem Schlossgarten.

Neben einem riesigen Baum bleibe ich schließlich stehen. Der Stamm misst bestimmt zwei Meter im Durchmesser. Ich lasse meinen Blick an der Rinde bis ganz nach oben in das goldgelbe Meer aus Blättern wandern und schließlich wieder zurück nach unten. In meiner Vorstellung sehe ich Rory Gilmore an den Baum gelehnt sitzen und etwas in ihr Notizbuch schreiben. Vielleicht habe ich hiermit meinen eigenen Studier-Baum gefunden, wie die Studentin in meiner absoluten Lieblingsserie. Ich muss lächeln, werfe spontan meinen Rucksack auf die Wiese und setze mich an den dicken Stamm des Baumes.

Ich nehme mir bewusst die Zeit, den Campus zu betrachten und all die glücklichen Menschen um mich herum zu beobachten, höre, wie Freunde einander rufen, zwei Mädchen, die singend Arm in Arm nur wenige Meter entfernt vorbeilaufen. In meinem Bauch kribbelt es in freudiger Erwartung auf das, was noch kommt.

Dieser Tag hat etwas Magisches.

KAPITEL 3

Ein Herz aus Zimt

Enna

Die Zeit, in der ich einfach nur an den Baum gelehnt auf dem Campus saß, habe ich genossen. Mein Gefühl sagt mir schon jetzt, dass Starfall eine Stadt ist, in der ich mich wohlfühlen werde.

Eine halbe Stunde später habe ich den gesamten Campus abgelaufen und bin nun auf dem Weg zu einem Café, das auf dem Stadtplan markiert ist. Eine Weile muss ich danach suchen und verlaufe mich auch einmal – in Starfall sieht gefühlt jede Straße gleich aus – doch schließlich stehe ich davor.

C&C – Coffee & Cake steht in geschwungenen Buchstaben über dem Eingang. Vor dem Café sind Holzbänke und große Blumenkästen aufgestellt. Durch die bodentiefen Scheiben kann ich direkt ins Innere schauen und bin sofort begeistert. Es gibt bunt gepolsterte gemütliche Sitzgelegenheiten, Lichterketten und leckeres Gebäck am Tresen, dessen Duft mir jetzt schon in die Nase steigt. Kurzerhand trete ich durch die große Tür in den Laden.

Sofort umhüllt mich der Geruch von gebrühtem Kaffee, den ich so sehr liebe, zusammen mit dem Duft von frisch gebackenem Kuchen und Zimt.

Langsam trete ich ins Innere des Cafés und schaue mich neugierig um. Direkt vor mir erstreckt sich eine lange Theke an der hinteren Wand des Raumes. Dahinter sind viele Regale befestigt, auf denen sich bunte Tassen und Teller türmen. Auf dem Tresen stehen eine riesige Kaffeemaschine und eine kleine Kasse. In einer Vitrine gleich daneben ist der Kuchen, bei dessen Anblick mir das Wasser im Mund zusammenläuft. Jeder Tisch hat eine andere Form und es stehen die unterschiedlichsten Stühle darum, dennoch wirkt die Einrichtung nicht chaotisch, sondern einladend und gemütlich. *Hier werde ich meinen Kaffee genießen können.*

Neben mir sind nur wenige Leute im Café, was mich gleich entspannt. Ich bin kein Fan von engen Räumen und Menschenmassen – sie machen mich nervös, deshalb meide ich Situationen, in denen ich damit konfrontiert werde. Hier scheint das aber zum Glück nicht der Fall zu sein.

Ich entdecke einen freien Tisch am Fenster. Meinen Rucksack stelle ich auf den Boden, krame mein Handy und mein Buch daraus hervor und lege beides auf den Tisch. Gerade als ich überlege, ob es in diesem Café eine Bedienung gibt oder ich mich an der Theke selbst bedienen muss, höre ich ein herzliches Lachen, das aus Richtung Theke zu kommen scheint. Kurz darauf sehe ich eine junge Frau, die die Kellnerin sein muss. Sie ist ungefähr in meinem Alter. Ihre blonden Haare hat sie zu einem Dutt auf ihrem Kopf zusammengefasst, der Pony fällt bis zu den Augenbrauen sanft in ihr Gesicht. Sie trägt eine schwarze Schürze um ihr weißes Kleid, darunter eine schwarze Strumpfhose und weiße Sneakers.

Es ist mir schon beinahe peinlich, wie ich sie anstarre, doch die Frau ist eine echte Schönheit. *Irgendwie erinnert sie mich an Taylor Swift*, schießt es mir durch den Kopf.

Strahlend kommt sie auf mich zu und ich kann nicht anders, als sie

ebenfalls anzulächeln. An meinem Tisch zieht sie einen kleinen weißen Notizblock und einen Stift aus ihrer Schürze.

»Willkommen im C&C. Was darf ich dir denn bringen?« Immer
noch lächelnd sieht sie mich an.

Jetzt, wo sie so direkt vor mir steht, bin ich mir nicht mehr so
sicher, ob ich nicht wirklich mein musikalisches Idol vor mir stehen
habe. Vor lauter Verwunderung kommt mir kein Wort über die Lippen. Mein Schweigen scheint sie als Unsicherheit zu verstehen.

»Wir machen wirklich leckeren Kaffee! Vielleicht möchtest du eine
Tasse? Die Kuchen in der Vitrine habe alle ich gebacken. Wenn du
mich fragst, sind sie sehr lecker! Da hätten wir zum Beispiel eine Erd-
beer-Sahne-Torte, wenn du etwas Frisches essen möchtest. Ich habe
aber auch Muffins gebacken, Schoko und Vanille, und es gibt natürlich das typische Starfall-Gebäck.«

»Ich hätte gern einen Milchkaffee und ein Stück vom Erdbeerkuchen.« Mir ist nach etwas Fruchtigem und das Starfall-Gebäck kann
ich auch demnächst noch probieren, beschließe ich kurzerhand..

»Eine sehr gute Wahl. Ich bin sofort wieder bei dir!« Mit diesen
Worten dreht sie sich um und verschwindet in Richtung Theke.

»Gott, Enna«, murmle ich leise und hoffe, dass sie meinen kurzen
Aussetzer nicht bemerkt hat.

Um mich von dieser peinlichen Situation abzulenken, checke ich
meine Nachrichten. Auf mein Foto von der Universität, das ich ihm
vorhin geschickt habe, hat Dad mir getextet:

**Ich sehe dich am Montag schon mit einem riesigen Rucksack
voller Bücher zum Eingang laufen. Hab einen schönen Tag!**

Meine Mundwinkel ziehen sich nach oben. Mein Dad kennt mich
einfach zu gut. Ich antworte ihm, dass ich ihm ebenfalls einen schö-

nen Tag wünsche, und sehe, wie Taylor Swift mit einem Tablett in den Händen wieder an meinen Tisch kommt.

»Hier sind einmal dein Kaffee und das Stück Kuchen. Lass es dir schmecken!«, sagt sie und stellt beides vor mir ab. In den Milchschaum des Kaffees wurde liebevoll ein Stern aus Zimt gestreut. *Wie schön!* Ich bedanke mich, woraufhin sie mich erneut anlächelt. Sie strahlt so eine Herzlichkeit aus, dass ich mich dazu entschließe, ihr meine Peinlichkeit von eben zu erklären.

»Bitte entschuldige, dass ich dich eben so angestarrt habe«, beginne ich. »Es ist nur so, dass du einer Musikerin extrem ähnlich siehst und …«

»Taylor Swift?«, unterbricht sie mich lachend, woraufhin ich verwundert nicke. »Das höre ich öfter mal.«

»Du siehst ihr zum Verwechseln ähnlich«, stelle ich fest und stimme in ihr Lachen mit ein.

»Es ist mir eine Ehre.« Sie drückt sich das nun leere Tablett an die Brust und verbeugt sich vor mir.

»Heißt das, du magst ihre Musik?«

»›Mögen‹ ist gar kein Ausdruck für meine Liebe zu ihrer Musik. Ich höre ihre Songs zu Hause rauf und runter! Taylor ist der Grund dafür, dass ich mich viel zu häufig mit meinem Bruder streite.« Sie beugt sich zu mir herunter. »Er hasst ihre Musik«, flüstert sie mir entgegen, als wäre das etwas Verbotenes.

»Wie kann man ihre Musik hassen?«, frage ich entsetzt.

»Mein Bruder schreibt selbst Songs, vielleicht liegt es daran.« Taylor 2.0 zuckt mit den Schultern. »Konkurrenzdenken oder so. Wahrscheinlich weiß er selbst ganz genau, wie gut sie ist, möchte es sich aber nicht eingestehen.«

»Wenn du mich fragst, dann verpasst er was«, sage ich.

»Definitiv.« Wir lächeln uns wissend an.

Obwohl wir erst wenige Worte miteinander gewechselt haben, fühle ich mich in ihrer Nähe wohl. Sie strahlt eine unglaubliche Wärme aus und hat es geschafft, dass ich mich ihr bereits nach wenigen Minuten ein Stück weit geöffnet habe.

»Ich bin übrigens Enna.« Mutig strecke ich ihr meine Hand entgegen. Sofort nimmt sie diese in ihre und beugt sich zu einer kurzen Umarmung zu mir herunter. Bei jeder anderen hätte mich diese plötzliche Nähe überfordert, doch nicht bei ihr, also erwidere ich ihre Umarmung.

»Freut mich sehr, Enna. Ich bin Mira.« Kurz schaut sie sich im Café um, scheint aber festzustellen, dass alle Gäste versorgt sind. Dann lässt sie sich auf den Stuhl direkt neben meinem fallen. »Eigentlich Miranda, aber so nennen mich nur meine Eltern.«

»Mira klingt schön. Der Name passt zu dir.« Ich lehne mich in meinem Stuhl zurück.

»Besser als Taylor?«, fragt sie mich, woraufhin wir beide loslachen.

»Bist du neu in der Stadt?« Neugierig sieht Mira mich an.

»Ich bin erst gestern hergezogen, um an der Starfall University zu studieren.«

Sie lehnt sich in ihrem Stuhl zurück und verschränkt spielerisch die Arme.

»Lass mich raten. Literatur?«

Verwundert und überrascht schaue ich sie an. »Woher weißt du das?« *Sieht man mir etwa so sehr an, dass ich ein Bücherwurm bin?*

Lachend deutet sie auf mein Buch auf dem Tisch, das ich durch unser Gespräch ganz vergessen habe. Seit einigen Tagen lese ich voller Begeisterung *Anne auf Green Gables*, nachdem mich die dazugehörige Serie so sehr begeistert hat. In der Regel sind die Bücher für mich immer überzeugender als die Verfilmungen, und auch hier ist das wieder der Fall.

»Ups. Tja, da habe ich dir das Raten wohl ziemlich einfach gemacht, was?«, frage ich Mira grinsend. Sie nickt. »Und du?«, stelle ich die Gegenfrage. »Ich bin wirklich schlecht im Raten, aber immerhin weiß ich schon mal, dass du gern backst.«

»Ich liebe Backen! Beinahe jeden Tag probiere ich neue Kreationen aus. Das ist übrigens ein weiterer Streitpunkt zwischen meinem Bruder und mir, denn die Küche sieht nach meinen Backsessions immer katastrophal aus.« So oft, wie sie ihn erwähnt, scheinen ihr Bruder und sie sich sehr nahezustehen.

»Dann studierst du vielleicht etwas in Richtung Ernährungslehre?«

»Ich studiere Jura«, entgegnet sie. Während sie über ihr Hobby sprach, hatte sie ein Strahlen in den Augen. Jetzt meine ich, Zweifel darin zu erkennen.

Ich entschließe mich, ein anderes Thema anzuschneiden. Ein weniger verfängliches. »Du wohnst also mit deinem Bruder zusammen?«

»Genau. Wir leben in einer WG mit seinem besten Freund«, antwortet sie, und – schwupps! – ist ihr Lächeln wieder da. Innerlich klopfe ich mir auf die Schulter.

»Das klingt toll. Eine spannende WG-Konstellation.«

»Wir drei sind ein Herz und eine Seele und haben immer eine Menge Spaß zusammen. Du müsstest die Jungs mal erleben, wenn sie …«

Ein plötzlicher Windstoß zieht durch das Café und ich höre, wie sich die Tür hinter mir öffnet und wieder schließt. Mira sieht lächelnd auf und winkt jemanden heran.

Wenige Sekunden später steht ein Typ neben unserem Tisch und zieht Mira, die bereits aufgestanden ist, in eine freundschaftliche Umarmung. Er kehrt mir den Rücken zu, trägt Jeans und eine schwarze Strickjacke mit Kapuze.

»Hey, Kuchenfee!« Er zieht an der Schleife ihrer Schürze, die sich daraufhin löst. Mira schlägt ihm auf den Oberarm und die beiden lachen. Sofort breitet sich eine Gänsehaut auf meinem Körper aus. Dieser Typ hat eine unglaublich warme und angenehme Stimme. *Und dieses Lachen ...*

Mira bindet ihre Schürze in geübten Handgriffen schnell wieder zu, danach lässt sie den Blick von ihm wieder zu mir wandern. Sie zieht dem Typen, der noch immer mit dem Rücken zu mir steht, den dritten Stuhl an unserem Tisch hervor, setzt sich selbst wieder auf ihren Platz und wendet sich mir zu.

»Enna, das ist der besagte beste Freund meines Bruders. Das dritte WG-Mitglied sozusagen«, stellt sie ihn mir vor.

Nun scheint auch er Notiz von mir zu nehmen und dreht sich lächelnd zu mir um.

Als sich unsere Blicke begegnen, scheint die Welt um uns herum für einen Augenblick stillzustehen. Er betrachtet mich eine Zeit lang, wobei das Lächeln auf seinem Gesicht Stück für Stück verschwindet. Wie in Zeitlupe weicht es einem erstaunten Gesichtsausdruck. Ich lasse meinen Blick von seinem Gesicht über sein Shirt bis zu seinen Sneakers und schließlich wieder nach oben wandern.

Als unsere Blicke sich erneut treffen, bin ich gefangen. Gefangen im unglaublichen Grün seiner Augen, in die ich schon unzählige Male geschaut habe. Ich erkenne ihn, wie könnte ich das nicht tun? Und dennoch hat er sich verändert, so sehr verändert. Und obwohl die Frage nach dem Grund seines Verschwindens aus meinem Leben und die damit verbundene Verzweiflung noch immer in meinem Kopf herumschwirren, sehe ich in diesem Moment nur den Menschen vor mir, der mir einmal die Welt bedeutet und den mein Herz so lange vermisst hat.

Mein Beschützer. Mein Licht.

Finn.

Fünf Jahre zuvor – 2015, Februar

Ich stehe an meinem Fenster und schaue auf die Straße hinaus. Heute hat es den ganzen Tag geschneit. Überall liegen große Haufen Schnee und noch immer fallen die weißen Flocken vom Himmel.

Eigentlich liebe ich den Winter und den Schnee, doch heute kann selbst meine liebste Jahreszeit kein Gefühl der Wärme in mir wecken. Auf der Straße steht ein großer Umzugswagen, in den Finns Eltern Unmengen an Kartons stapeln. Im Minutentakt laufen sie vom Haus zum Wagen und wieder zurück. Eigentlich möchte ich ihnen gar nicht dabei zuschauen, und dennoch tue ich es. Vielleicht sehe ich ihn noch ein letztes Mal.

Es vergehen weitere Minuten, ohne dass ich den Jungen sehe, den ich doch nur noch einmal anschauen möchte. Gerade will ich aufgeben und mich wieder an meine Schularbeiten setzen, als Finn aus dem Haus tritt.

Es sind erst wenige Wochen vergangen, seit ich ihn zum letzten Mal gesehen habe, und trotzdem habe ich das Gefühl, dass er irgendwie älter aussieht. Kann er in dieser kurzen Zeit gewachsen sein? Noch mehr, als er es in den letzten Monaten ohnehin schon tat?

Finns Eltern ziehen die Haustür hinter sich zu, bleiben noch einen Moment vor dem Haus stehen und betrachten es. Schließlich drehen sich die beiden um, rufen Finn etwas zu, das ich durch mein geschlossenes Fenster nicht verstehen kann, und steigen dann ins Auto.

Finn schaut ebenfalls noch einmal zum Haus, bevor auch er zum Wagen geht. Langsam läuft er über den schneebedeckten Rasen auf die Straße zu, sein Blick ist nach unten auf seine Schuhe gerichtet. Er läuft zu der Tür, durch die auch seine Eltern vorn in den Umzugswagen gestiegen sind, zieht sich mit der einen Hand die rote Mütze vom Kopf und rauft sich mit der anderen die Haare zusammen.

Ich rechne damit, dass er einfach einsteigt und die Tür hinter ihm zu-

fällt, doch zu meiner Überraschung bleibt er vor ihr stehen und dreht sich in meine Richtung.

Als hätte er gespürt, dass ich ihn beobachte, schaut er zu meinem Fenster hoch. Ich möchte mich hinter meinem rosa Vorhang verstecken, doch ich kann mich einfach nicht bewegen. Die Zeit scheint für einige Sekunden stillzustehen. Es fühlt sich an, als würden Finn und ich uns stundenlang anschauen, bis er schließlich langsam seine linke Hand hebt und mir unsicher ein letztes Mal zuwinkt.

Ich winke zurück. Eine Träne kullert meine Wange hinunter, während sich die letzten Monate in meinem Kopf abspielen, wie ein Film. Die letzte Szene, die ich vor meinem inneren Auge sehe, ist der Schulball vor einigen Wochen. Der Ball, auf den ich eigentlich mit Finn gehen wollte, den ich dann aber doch allein besuchte. Der Abend, an dem ich meinem besten Freund sagen wollte, wie unglaublich viel ich für ihn empfinde. Vielleicht sogar mehr als Freundschaft. Ich frage mich, wie die letzten Wochen verlaufen wären, hätte ich die Gelegenheit dazu gehabt, ihm zu sagen, wie ich für ihn fühle.

Als Finn sich nun umdreht, in den Wagen steigt und die Tür mit einem lauten Knall hinter ihm zufällt, entfährt mir ein Schluchzen. Der Umzugswagen setzt sich in Bewegung, fährt die Straße entlang und nimmt nicht nur die vielen Kartons, sondern auch meinen besten Freund mit. Den Jungen, von dem ich glaubte, dass er meine erste Liebe sein könnte. Von dem ich nie erfahren werde, ob es ihm genauso ging.

Meinen Beschützer. Mein Licht.

Finn.

Finn

Wie erstarrt stehe ich da und schaue in ihre Augen. In den letzten Jahren habe ich jeden Tag mit meinen Erinnerungen an sie gekämpft. *Wie oft habe ich versucht, sie zu vergessen?*

Sehr oft. Vergeblich.

Enna.

Ich kann kaum glauben, dass sie nun nach all der Zeit wieder vor mir steht. Und noch weniger kann ich glauben, dass sie tatsächlich noch schöner geworden ist, als sie es als Kind schon war. Ihre braunen Haare trägt sie jetzt kürzer. Sie ist gewachsen, reicht mir aber noch immer nur bis zur Brust. Schon damals war ich größer als sie, daran hat sich bis heute nichts geändert.

Obwohl ich am liebsten wegsehen würde, kann ich nicht anders, als sie weiterhin anzuschauen. Aus ihren tiefbraunen Augen sieht sie mich an, während ich in ihrem Blick eine Mischung aus Verwirrung und Freude erkenne. *Freut sie sich wirklich darüber, mich wiederzusehen? Nach allem, was geschehen ist?*

Ich weiß nicht, was ich denken soll. Weiß nicht, was ich fühlen soll. Aber in erster Linie weiß ich nicht, was ich zu ihr sagen soll. Ich bin ein anderer Mensch als damals. Es hat sich viel verändert, seit wir uns zum letzten Mal gesehen haben, und dennoch ist alles noch so, wie es damals war: Wir waren beste Freunde. Doch dieser eine Tag im November hat alles verändert. Ich bin immer noch der Junge, der sie verlassen hat.

Ein Fingerschnipsen zwischen uns reißt sowohl Enna als auch mich aus unserer Starre. »Hallo? Enna! Finn!« Verwirrt und belustigt sieht Mira zwischen uns beiden hin und her.

»Habe ich was verpasst oder warum starrt ihr beide euch so an?«

Aus dem Augenwinkel sehe ich, dass Enna mich wieder ansieht, doch dieses Mal traue ich mich nicht, ihren Blick zu erwidern. Ich weiß, dass ich mich erneut darin verlieren würde. Ich kann nicht in ihre Augen schauen, sie so nah bei mir wissen.

Ohne auf Miras Frage einzugehen, krame ich mein Handy aus meiner Jackentasche und gebe vor, eine Nachricht darauf zu lesen.

»Mist! Ich habe eben einen wichtigen Anruf verpasst. Da muss ich sofort zurückrufen, entschuldigt ...«

»Von wem denn?«, fragt mich Mira skeptisch, weil sie mich einfach zu gut kennt.

»Bis später«, murmle ich nur, und bevor sie noch etwas erwidern kann, stürme ich zur Tür hinaus.

Ich laufe am Café vorbei um die nächste Ecke. Dort lehne ich mich an die Hauswand und atme einmal tief durch. Ich raufe meine Haare. Die Welt um mich herum gerät ins Wanken, durch meinen Körper schießen Entsetzen und Panik. Plötzlich ist alles wieder da, was ich so lange versuchte zu verdrängen und das mich doch nie ganz losgelassen hat.

Nach all den Jahren stand sie heute wieder vor mir.

Meine beste Freundin. Meine kleine Kämpferin.

Enna.

KAPITEL 4

Hemingway

Enna

Wie erstarrt sitze ich auf meinem Stuhl und schaue noch immer die Stelle an, an der Finn noch vor wenigen Sekunden stand. *Ist das hier gerade wirklich passiert oder halluziniere ich?*

»Enna?«, holt mich Mira schließlich aus meinen Gedanken.

Erst bringe ich kein Wort heraus, weil sie Taylor Swift so ähnlich sieht, und anschließend führe ich ein Starr-Duell mit ihrem Mitbewohner. Ich will mir gar nicht ausmalen, wie verrückt ich auf sie wirken muss. Entschuldigend blicke ich sie an und überlege, wie ich ihr die Situation erklären kann, ohne zu viel von mir preiszugeben.

»Entschuldige. Das muss eben wirklich schräg auf dich gewirkt haben.«

Mira schaut zur Ladentheke, an der ein neuer Gast auf sie wartet.

»Ich bin sofort wieder bei dir«, versichert sie mir und verschwindet, um den Gast zu bedienen.

Ich nutze die kurze Zeit, um meine Gedanken zu ordnen. Meine Augen geschlossen, atme ich einmal tief durch.

Es ist alles okay, Enna. Du hast ihn wiedergesehen. Es war nie ausgeschlossen, dass dieser Moment irgendwann kommen könnte.

Als ich mich halbwegs unter Kontrolle habe, überlege ich, wie viel ich Mira erzählen möchte. *Hat Finn etwas von mir erzählt? Weiß Mira, dass es mich gibt?*

Ich nehme einen großen Schluck von meinem Kaffee, den ich bisher noch gar nicht angerührt habe. Er schmeckt genau so, wie ich ihn am liebsten trinke, und ich beruhige mich sofort, als sich seine Wärme in mir ausbreitet.

Mira taucht wieder an meinem Tisch auf, zieht ihren Stuhl näher zu mir heran und setzt sich neben mich. Mit einem Arm stützt sie sich auf dem Tisch ab, ihre andere Hand legt sie behutsam auf mein Knie. Wir kennen uns zwar erst wenige Minuten, dennoch vertraue ich Mira instinktiv.

»Finn und ich, wir kennen uns«, erkläre ich ihr schließlich.

»Wirklich?«, fragt sie überrascht.

Ich nicke. »Wir haben in unserer Kindheit mehrere Jahre nebeneinander gewohnt. Wir waren beste Freunde damals.«

»Wie schön! Ich kann mich nicht daran erinnern, dass Finn dich mal erwähnt hat.« Nachdenklich schaut Mira aus dem Fenster. Finn scheint also wirklich nichts von unserer Freundschaft erzählt zu haben. Der Gedanke daran versetzt mir einen Stich.

»Immerhin sind schon fünf Jahre vergangen und wir waren damals fast noch Kinder«, spiele ich die Situation herunter.

»So, wie er dich eben angesehen hat … Ich kenne ihn gar nicht so sprachlos. Normalerweise quatscht er jeden direkt an die Wand.« Sie lacht.

»Genau so war er früher auch«, erwidere ich.

Mira scheint zu merken, dass ich nicht genauer ins Detail gehen möchte. Es war sicherlich nicht zu übersehen, dass eine Menge ungesagter Dinge zwischen Finn und mir stehen, doch sie drängt mich nicht, mehr zu erzählen.

»Nun iss aber mal dein Stück Kuchen, Enna!«, fordert sie mich stattdessen auf. »Ich muss doch wissen, ob er schmeckt.«

Nickend ziehe ich das Stück Erdbeerkuchen näher zu mir heran und schiebe mir mit der Gabel etwas davon in den Mund. Sofort breitet sich der Geschmack von saftigen Erdbeeren auf meiner Zunge aus.

»Mhm. Der isch wirklisch lecka«, antworte ich mit vollem Mund.

Mira lacht. »Es freut mich, dass es dir schmeckt.«

Während ich das restliche Stück Kuchen esse und meinen Kaffee austrinke, unterhalten wir uns. Zweimal lässt Mira mich kurz allein, um einen neuen Gast zu bedienen und einen Tisch abzukassieren.

Mira erzählt mir von ihrem Traum, irgendwann eine eigene Bäckerei zu eröffnen. Bei ihrem Backtalent, von dem ich mich heute bereits selbst überzeugen durfte, kann ich mir das gut vorstellen.

»Ich möchte irgendwann eine eigene Buchhandlung eröffnen und dort all meine Lieblingsbücher verkaufen«, offenbare ich ihr dann auch meinen Traum. Ein Lächeln breitet sich auf meinem Gesicht aus.

»Das klingt toll.« Kurz scheint Mira zu überlegen, dann leuchten ihre Augen plötzlich auf. »Suchst du vielleicht noch nach einem Aushilfsjob neben dem Studium?«

»Es wäre schon schön, wenn ich mir noch etwas dazuverdienen könnte. Ich habe zwar einiges an Geld angespart, um meine Wohnung hier bezahlen zu können, aber das reicht nicht ewig.«

»Ich habe da eine Idee.« Freudig sieht sie mich an.

Jetzt bin ich aber neugierig.

»Gleich hier um die Ecke gibt es einen kleinen Buchladen mit einem ganz lieben Besitzer. Ich lese zwar nicht so oft, aber wenn ich mir ein Buch kaufen möchte, tue ich es immer dort!«

Es beruhigt mich zu wissen, dass es in Starfall einen schönen Buchladen gibt. Ein Fan vom Onlinebestellen bin ich nicht. Ich unterstütze lieber die Buchhandlungen, in die ich so gern gehe.

»Vor Kurzem war ich mal wieder dort und habe beim Hinausgehen einen Aushang gesehen. Ernest sucht eine Hilfskraft, jemanden, der gern liest und ihm ab und an in der Buchhandlung aushelfen kann. Immerhin ist er mit seinen fast siebzig nicht mehr der Jüngste und könnte Hilfe gebrauchen!« Begeistert sieht sie mich an.

»Meinst du, ich könnte mal nachfragen? Das klingt nach einem perfekten Job für mich!«

»Na klar!«

Kurzerhand ziehe ich den Stadtplan aus meinem Rucksack und lege ihn vor uns auf den Tisch.

»Kannst du mir zeigen, wie ich von hier aus zur Buchhandlung komme?«, frage ich Mira und krame gleich darauf noch einen Stift aus meinem Rucksack.

Mira zeichnet eine dicke Linie vom Café zu einem Punkt, der tatsächlich nur einige Häuser weiter liegt.

»Es ist ganz einfach«, meint sie und beginnt, mir den Weg zur Buchhandlung zu erklären. »Keine Sorge, du wirst sie sofort erkennen.«

»Ich danke dir.« Nachdem ich nun den Kuchen aufgegessen habe, trinke ich den letzten Schluck meines Kaffees und krame mein Portemonnaie aus dem Rucksack hervor.

»Wie viel bekommst du?«

Mira winkt ab.

»Das geht aufs Haus. Taylor Swift würde dir den Kaffee mit Sicherheit auch spendieren, meinst du nicht?«

»Ganz bestimmt«, erwidere ich lachend. »Ich danke dir, Mira.«

»Sehr gern.« Sie steht auf und streicht sich ihre Schürze glatt. »Gibst du mir kurz dein Handy?«

Während Mira darauf herumtippt, falte ich den Stadtplan wieder zusammen und packe Stift und Buch wieder zurück in meinen Rucksack. Eigentlich wollte ich die Zeit im Café ja nutzen, um einige Seiten zu lesen, doch wenn ich jetzt darüber nachdenke, bin ich froh, dass ich mich stattdessen mit Mira unterhalten habe. Mit Anne kann ich auch noch heute Abend Zeit verbringen und für einige Kapitel nach Green Gables verschwinden.

»Ich habe meine Nummer eingespeichert«, sagt sie und gibt mir mein Handy zurück. »Vielleicht wollen wir ja mal etwas zusammen unternehmen? Bei all dem Testosteron um mich herum könnte ich eine gute Freundin gebrauchen.«

Mein Herz macht einen kleinen Hüpfer. Sie hat mich eben als ihre *Freundin* bezeichnet. Wie schön! Noch nie habe ich zu einem fremden Menschen direkt so eine besondere Verbindung gespürt. Ich hoffe so sehr, dass es Mira ähnlich geht.

»Supergern! Ich schreibe dir später eine Nachricht, dann hast du auch meine Nummer«, antworte ich, ziehe meine Jacke an und stecke mein Handy ein.

»Alles klar. Es war schön, dich kennenzulernen, Enna.«

Wir umarmen uns kurz, dann verabschiede ich mich und trete aus dem Café. Noch immer scheint die Septembersonne und wärmt mich, während ich mich, den Stadtplan wieder in den Händen, auf den Weg zur Buchhandlung mache. Meine Gedanken wandern schnell zu Finn.

Ob er wohl auch gerade an mich denkt?

Finn

Vor der WG versuche ich verzweifelt, meinen Schlüssel in das Schloss zu bekommen, bis er mir aus der Hand fällt.

»Verdammte Scheiße.« Ich bücke mich danach und endlich gelingt es mir, die Tür aufzuschließen.

Drinnen knalle ich die Haustür hinter mir zu, nur um festzustellen, dass ich den Schlüssel habe stecken lassen. Ich fluche laut, öffne die Tür wieder, ziehe ihn ab und werfe ihn dann auf die Kommode im Flur. Die Haustür knalle ich vor lauter Wut zu.

»Da hat aber jemand richtig gute Laune!«, ruft Jase mir aus unserem Wohnzimmer zu.

»Du hast ja keine Ahnung«, murmle ich leise und ziehe meine Schuhe aus, bevor ich ebenfalls ins Wohnzimmer gehe und mich neben ihn auf die große graue Couch fallen lasse.

Jase schaltet den Fernseher auf stumm. Nun flackert ein Footballspiel lautlos über den Bildschirm. Er scheint darauf zu warten, dass ich ihm meine schlechte Laune erkläre.

»Was ist los, Finn?«, fragt er mich wenige Augenblicke später dann doch. Scheinbar hat er gemerkt, dass ich das Thema von mir aus nicht anschneiden werde.

»Lass mich raten. Du hast mal wieder Stress mit Rachel?«, vermutet er, als ich immer noch stumm auf den Fernseher starre.

»Heftiger«, bringe ich schließlich hervor.

»Was ist heftiger als ein Streit mit Rachel?«, fragt er lachend.

Jase weiß, wie häufig ich mich mit meiner Freundin streite. Wir sind erst wenige Monate zusammen, doch ständig gibt es irgendwelche Punkte, an denen wir aneinandergeraten. Rachel ist eine Frau, die genau weiß, was sie will, und ich bin wohl ein Kerl, der nicht genau weiß, was er will. Nicht mehr.

»Enna«, sage ich schließlich, den Blick noch immer starr auf den Fernseher gerichtet.

»Schon wieder ein Flashback?«, vermutet Jase.

Ich schüttle nur den Kopf, und so langsam scheint mein bester Freund die Geduld zu verlieren.

»Mann, Finn, muss ich dir jetzt wirklich alles aus der Nase ziehen?

Ich verstehe, dass du schlecht drauf bist, aber ich schwöre dir, wenn du mir nicht sofort …«

»Sie ist hier, verdammt!«, rufe ich und springe von der Couch auf.

»Enna ist hier in Starfall. Sie stand direkt vor mir, Jase.« Nervös fahre ich mir mit den Händen durch die Haare.

»Was?!«, entfährt es ihm. »Enna ist hier? *Die* Enna? *Deine* Enna?«

»Ja, sie ist hier. Aber sie ist schon lange nicht mehr *meine* Enna. Seit fünf Jahren nicht mehr, um genau zu sein.«

»Scheiße, Mann.« Jase lässt sich in die Kissen zurückfallen.

Besser hätte ich es nicht ausdrücken können.

»Ich war bei Mira im Café. Neben ihr saß ein Mädchen, das ich zu Beginn gar nicht bemerkt habe. Als ich mich umdrehte, sah ich sie.«

Mittlerweile laufe ich im Zimmer auf und ab. Ich kann gerade einfach nicht still sitzen bei all den Gedanken, die mir durch den Kopf schießen.

»Fünf Jahre, Jase. Seit fünf verdammten Jahren habe ich sie nicht mehr gesehen. Ich dachte, dass ich endlich mit diesem Mist abschließen kann. Und jetzt ist sie hier.«

»Okay, Finn. Du musst dich dringend beruhigen und jetzt einen kühlen Kopf bewahren.« Jase drückt mich neben sich wieder auf die Polster der Couch.

»Wie zur Hölle soll ich bitte ruhig bleiben?«

»Tief durchatmen und nachdenken.«

Jase hat recht. Es bringt mir nichts, jetzt durchzudrehen. Also atme ich einmal tief ein und aus, was mich tatsächlich etwas beruhigt.

»Hat sie dich auch erkannt?«

»Sofort. Als unsere Blicke sich begegneten, schien alles um uns herum stillzustehen. Ich habe mich in den letzten Jahren verändert, sie sich auch, dennoch nicht genug, um einander nicht mehr zu erkennen.«

»Okay.« Kurz scheint Jase über seine nächsten Worte nachzudenken. »Meinst du, sie erinnert sich wieder?«

»Ich weiß es nicht.«

»Worüber habt ihr euch unterhalten?« Jase sieht mich gespannt an. »Wir haben uns gar nicht unterhalten«, sage ich und ernte dafür einen verwirrten Blick.

»Wieso das denn? Hat Mira wieder die ganze Zeit gequatscht?«, fragt Jase mich lachend.

»Um genau zu sein, habe ich Enna nur angestarrt und dann die Flucht ergriffen.«

»Das ist nicht dein Ernst, Mann.« Entsetzt sieht Jase mich an. »Du hast sie einfach stehen lassen? Ihr habt euch nicht einmal begrüßt? Gar nichts?«

Wieder schüttle ich nur mit dem Kopf, woraufhin Jase sich seine rechte Hand an die Stirn knallt.

»Ich war einfach total überfordert! Was hätte ich denn bitte nach all der Zeit zu ihr sagen sollen?«

»Ein einfaches *Hallo* wäre ein Anfang gewesen«, sagt Jase lachend und scheint gleich darauf zu merken, dass seine lockere Bemerkung bei mir nicht die gewünschte Wirkung zeigt. »Wie sieht sie denn aus, nach all den Jahren?«, schiebt er unsicher hinterher.

Damals war Enna hübsch mit ihren langen braunen Haaren und ihren stets roten Wangen, doch die Frau, die heute vor mir stand, war nicht nur hübsch – sie war bildschön. Natürlich werde ich das Jase jetzt nicht direkt auf die Nase binden.

»Ja.« Ich versuche, eine gleichgültige Miene aufzusetzen, was mir nicht besonders gut zu gelingen scheint.

»Arme Rachel. Ob sie das verkraftet?« Es ist kein Geheimnis, dass Jase noch nie viel von meiner Freundin gehalten hat, weshalb es mich nicht wundert, dass er sich einen Kommentar in diese Richtung nicht verkneifen kann. Rachel ist manchmal launisch und kann ganz schön stur sein, doch irgendwie mag ich genau das an ihr.

»Jetzt mach kein Drama daraus, Jase. Sag mir lieber, was ich jetzt tun soll.«

Schon bevor wir beschlossen, eine WG zu gründen, war Jase meine erste Anlaufstelle bei Problemen und hat mir bereits viele Male aus der Patsche geholfen. Ich bin sehr froh, ihn in meinem ersten Semester an der Starfall University getroffen zu haben. Direkt am ersten Tag sind wir uns über den Weg gelaufen, haben immer mehr Zeit zusammen verbracht und waren direkt auf einer Wellenlänge. Dass ich mich mit seiner Zwillingsschwester Mira genauso gut verstehe, führte schnell zu unserer Entscheidung, uns eine Wohnung zu teilen. Außerdem ist Jase der einzige Mensch, neben meinen Eltern, dem ich die Ereignisse von damals anvertraut habe. Seine Meinung ist mir in den letzten Monaten wichtig geworden.

»Du magst sie noch«, reißt er mich aus meinen Gedanken.

Das ist keine Frage, sondern eine Feststellung und ich weiß, dass er damit richtigliegt. Mir etwas anderes einzureden, würde keinen Sinn machen. Enna ist mir nie aus dem Kopf gegangen und auch wenn ich versucht habe, sie mit aller Kraft daraus zu verdrängen, ist es mir doch nie gelungen. Also nicke ich.

»Wenn du mich fragst, bringt es rein gar nichts, ihr jetzt aus dem Weg zu gehen. Finn, ehrlich. Enna war so lange ein so wichtiger Teil deines Lebens. Dann war sie eine Zeit lang weg, aber jetzt ist sie wieder da. Du kannst sie ignorieren und ihr aus dem Weg gehen, solange du willst, aber aus deinem Kopf wirst du sie nicht bekommen.«

Es fällt mir schwer, es zuzugeben, aber Jase hat recht. Ich wäre gern wieder ihr Freund oder zumindest in irgendeiner Art und Weise Teil ihres Lebens. Doch zugleich habe ich unglaubliche Panik davor, ihr wieder näherzukommen.

»Das stimmt wohl. Ich habe sie nie vergessen und das werde ich auch nie. Aber was, wenn sie sich erinnert, Jase? Wie soll ich ihr das alles erklären?«

»Eins nach dem anderen, Finn. Vielleicht solltest du damit beginnen, beim nächsten Mal, wenn ihr euch seht, nicht gleich wieder abzuhauen.« Er schaut mich belustigt an.

»Ich weiß. Das war wirklich keine Glanzleistung ...«

Ich stimme unsicher in sein Lachen mit ein.

»Du weißt, dass du immer mit mir reden kannst, Finn.«

»Ich weiß. Danke, Mann.«

»Jetzt ist aber erst mal Schluss mit dem Rumgeheule. Schauen wir uns das restliche Spiel an?« Er deutet mit der Fernbedienung auf den Fernseher, auf dessen Bildschirm noch immer das Footballspiel läuft.

Während wir uns die letzten Minuten des Spiels anschauen, befinde ich mich in Gedanken in einem Café. Und vor mir steht ein Mädchen, dessen Blick ich mich nicht entziehen kann.

Verdammt.

Enna

Bereits fünf Minuten nachdem ich das Café verlassen habe, erreiche ich die Buchhandlung. Noch immer bin ich völlig durch den Wind. Finn nach all der Zeit wiederzusehen, hat meine Welt auf den Kopf gestellt. In mir streiten sich die freudige Erwartung, ihn vielleicht bald wiederzusehen, und das seltsame Gefühl, das sein plötzliches Verschwinden in mir ausgelöst hat.

Zeit, mich auf das Hier und Jetzt zu konzentrieren. Vor der Buchhandlung bleibe ich stehen und werfe einen neugierigen Blick auf das Gebäude. Mira hat recht: Dieses Geschäft ist definitiv nicht zu übersehen. Zwischen all den anderen Altbauten sticht das **Starfall Books** mit seinem leicht rötlichen Anstrich und den grünen Pflanzen, die sich die Fassade entlang nach oben ranken, deutlich hervor. Die umliegenden Gebäude sind eher hell und schlicht gestrichen und nur der Buchladen ist von massiven Pflanzenranken überzogen. Durch die großen Schaufenster kann ich einige wunderschöne Ausgaben bekannter Klassiker erkennen. Bereits von außen betrachtet lädt das **Starfall Books** dazu ein, sich in ferne Welten zu träumen. Ich trete näher an die Glasscheibe heran und betrachte die ausgestellten Bücher. Als ich eine ganz besonders hübsche Ausgabe von Jane Austens *Emma* entdecke, breitet sich ein Lächeln auf meinem Gesicht aus. *Hier könnte ich mich wohlfühlen.*

Unsicher trete ich von einem Fuß auf den anderen. Mit meinen Händen halte ich die Gurte meines Rucksacks umklammert. Mein letztes Vorstellungsgespräch ist schon eine ganze Weile her. Ich überlege krampfhaft, wie ich mich am besten vorstelle und den Besitzer der Buchhandlung von mir überzeugen kann.

Bevor ich es mir vor lauter Nervosität noch anders überlege, drücke ich die schwere Tür der Buchhandlung auf und betrete das Geschäft.

Wie auch schon zuvor im **C&C** hüllt mich sofort ein angenehmer Duft ein, diesmal der von bedrucktem Papier, den ich so sehr liebe. Langsam laufe ich weiter in die Buchhandlung hinein. Der Laden ist nicht besonders groß und dennoch sehr geräumig. Überall stehen Regale voll mit Büchern, über denen jeweils in großen Buchstaben ein Schriftzug geschrieben steht. Doch im Unterschied zu anderen Buchhandlungen werden die Bücher hier nicht in bestimmte Genre-Kategorien eingeordnet. Ich lese einige der Überschriften, in die ich mich sofort verliebe: **Something for the heart**, **Stories for dreaming children** und **Magical Worlds**.

Ich laufe um die Ecke eines Bücherregals und entdecke dort eine weiße Wand, auf der in schwarzen Buchstaben ein Zitat geschrieben steht. Langsam bewege ich mich rückwärts, um den Satz lesen zu können und pralle dabei gegen etwas. Erschrocken drehe ich mich um. Mir gegenüber steht ein älterer Mann, dem der Schreck ins Gesicht geschrieben steht. Er wirkt auf mich sofort sympathisch. Ich bin also nicht gegen *etwas*, sondern gegen *jemanden* gestoßen. Er hat einen mittellangen weißen Bart und weiße Haare. Die Falten des Alters umspielen seine Augen und er hat leichte Segelohren, die ihm niedlich vom Kopf abstehen.

»Bitte entschuldigen Sie!« Besorgt sehe ich ihn an. »Habe ich Ihnen wehgetan?«

Er lacht laut und herzlich auf, wobei er sich die Hände auf seinen kleinen runden Bauch presst. Unsicher stimme ich in sein Lachen ein.

»Es geht mir gut. Wir scheinen hinten wohl beide keine Augen zu haben, was?«

Wieder lacht er, und schon zum zweiten Mal steckt er mich direkt damit an.

Ich strecke ihm meine Hand entgegen. »Ich bin Enna«, stelle ich mich vor.

»Es freut mich, dich kennenzulernen, Enna.« Er greift nach meiner Hand und schüttelt sie. »Ich darf doch Du sagen, oder?«

»Natürlich, Mister ...«

»Ernest«, vollendet er meinen Satz lächelnd.

»Ich bin erst gestern in die Stadt gezogen und nun auf der Suche nach einem Job. Mir wurde berichtet, Sie suchen eine Aushilfe für die Buchhandlung?«, platze ich direkt mit meinem Anliegen heraus, bevor ich den Mut verliere.

Ein erfreutes Grinsen breitet sich auf seinem Gesicht aus.

»Ganz richtig! Hast du Interesse?«, fragt er mich hoffnungsvoll.

Der Job scheint wohl nicht so begehrt zu sein, wenn er sich so sehr über mein Interesse freut.

»Auf jeden Fall! Ich liebe Bücher und Ihre Buchhandlung ist wirklich sehr gemütlich. Es würde mich sehr freuen, Ihnen hier zur Hand zu gehen, Mister Ernest.«

Erneut bricht er in ein schallendes Lachen aus. Verwirrt schaue ich ihn an. Wieder hält er sich beim Lachen den Bauch, doch dieses Mal scheint er gar nicht mehr damit aufhören zu können. Irgendwann bemerkt er mein verdutztes Gesicht und erklärt seinen Ausbruch.

»Bitte entschuldige, Enna. Aber Ernest ist mein Vorname.«

Wie peinlich. Ich muss nun über meinen eigenen Fehler lachen. Meine Wangen nehmen mit Sicherheit gerade die Farbe einer Erdbeere an – einer sehr reifen Erdbeere.

»Ernest also, ja?«, versichere ich mich lieber noch einmal.

»Genau. Wie Ernest Hemingway, nur ohne Hemingway.«

»Der alte Mann und das Meer. Ich liebe diese Geschichte.« Verträumt schaue ich durch das Fenster hinaus.

»Da kennt sich aber jemand aus. Du sammelst Pluspunkte!« Begeistert sieht er mich an. »Jemand, der dieses Buch gelesen hat und es wertschätzt, muss eine ganz besondere Bindung zu Wörtern haben.«

Diese besondere Bindung habe ich tatsächlich. Schon immer habe ich nicht nur gern gelesen, sondern auch unglaubliche Freude daran gehabt, mich mit Worten und ihrer Herkunft zu beschäftigen. Ich liebe es, neue Wörter zu entdecken und sie zu berührenden Sätzen aneinanderzureihen. Deshalb fiel mir die Wahl für eine Studienrichtung auch nicht schwer.

Sprache ist meine Welt, ebenso wie Bücher.

Ich danke Ernest für seine lieben Worte und drehe mich schließlich in Richtung des Zitats, das ich mir vor unserem Zusammenstoß durchlesen wollte. In großen schwarzen und geschwungenen Buchstaben steht es an der Wand geschrieben und bereits mit den ersten Worten berührt es mich tief in meinem Herzen.

»We would be together
and have our books
and at night
be warm in bed together
with the windows open
and the stars bright.«

Obwohl es nur Worte sind, die an einer Wand geschrieben stehen, sammeln sich Tränen in meinen Augen. In diesen Zeilen finde ich mich wieder, sie scheinen ein Teil von mir zu sein, obwohl ich sie nie zuvor gehört habe.

»Berührende Worte, nicht wahr?« Auch er betrachtet die Zeilen an der Wand.

»Von wem sind sie?«, frage ich ihn, den Blick noch immer auf die Wand gerichtet.

»Von Hemingway. Ich teile nicht nur meinen Vornamen mit ihm. Seit ich denken kann, ist er auch eines meiner größten Vorbilder. Der Mann wusste einfach, wie man schreibt und fühlt.«

»Da haben Sie recht«, erwidere ich, noch immer in meine Gedanken versunken.

»Darf ich fragen, was dich an seinen Worten so sehr berührt?« Er sieht mich an, immer noch ein leichtes Lächeln auf den Lippen.

»Sie erinnern mich an meine Kindheit. An meinen besten Freund. Sie scheinen wie für uns geschrieben zu sein.«

Ein letztes Mal betrachte ich das Zitat, dann drehe ich mich zu Ernest um. »Entschuldigen Sie, ich hatte eben eine überraschende Begegnung und bin noch immer völlig durch den Wind …«

»Das muss dir doch nicht peinlich sein«, erwidert er liebevoll. »Immerhin sind das hier sehr starke Worte.«

Mein Blick bleibt an einer Wandmalerei auf der gegenüberliegenden Seite des Geschäfts hängen. Ein Liebespaar hält sich in den Armen, im Hintergrund der Sternenhimmel. Ein friedlicher Anblick, bis ich hinter den beiden Männer erkenne, die mit Speeren aufeinander zurennen. »Was bedeutet dieses Bild?«, frage ich Ernest interessiert.

Zufrieden seufzt er neben mir. »Wie gern ich diese alte Geschichte erzähle … Es ist aber eine sehr traurige. Diese beiden«, Ernest deutet auf das Liebespaar, »gehörten vor vielen Hundert Jahren zwei verfeindeten Stämmen an.«

»Wow.« Schon immer hatte ich etwas übrig für romantische und spannende Geschichten, und auch jetzt hänge ich an Ernests Lippen, als er fortfährt.

»Ajana wurde damals nach der Göttin der Liebe und Schönheit benannt. Sie war die hübscheste Frau in ihrem Stamm, der Schatz ihrer Familie. Jolon gehörte einem anderen Stamm an. Die Väter der beiden waren seit Jahren verfeindet. Doch Ajana und Jolon verliebten sich ineinander. Zunächst versuchten sie mit allen Mitteln, diese Liebe geheim zu halten, doch wie du dir sicher vorstellen kannst, ging das nicht lange gut.«

»Was ist passiert?«

»Die Väter erwischten die beiden, als sie zusammen im See schwammen, den wir heute als **Starfall Lake** kennen, mitten in der Nacht, unter dem Sternenhimmel.«

»Die beiden kamen aus Starfall?«

Ernest nickt. »Sie lebten hier, aber natürlich lange bevor es unsere Stadt überhaupt gab.« Er atmet einmal tief durch, dann spricht er weiter. »Ajana und Jolon wurden erwischt. Ihre Väter waren außer sich vor Wut und verboten den beiden den Kontakt zueinander.«

»Hätten die zwei nicht fliehen können?«, frage ich hoffnungsvoll, doch sofort schüttelt Ernest den Kopf.

»Die Väter der beiden waren die mächtigsten Männer ihrer Stämme. Sie hätten Jolon und Ajana überall gefunden. Also fügten sie sich ihrem Schicksal, zumindest für eine Weile. Irgendwann merkten die beiden aber, dass sie ohneeinander nicht leben wollten, und nahmen sich das Leben, um endlich in Liebe vereint zu sein.«

»Aber wie …«, beginne ich, völlig im Bann der Geschichte.

»Die beiden starben und trafen sich im Tode wieder. Sie waren endlich vereint und leuchten bis heute gemeinsam am Himmel. Wir in Starfall glauben daran, dass die zwei als Einheit vereint im Polarstern am Himmel leuchten und von ihren vielen Sternenkindern umgeben sind.«

»Das ist eine wundervolle Geschichte, Ernest.«

Er nickt und lächelt friedlich. Wir stehen noch eine Weile nebeneinander, schweigen und betrachten das Bild.

Schließlich sage ich das, was sich in diesem Moment richtig anfühlt. »Ich würde wahnsinnig gern in Ihrer Buchhandlung arbeiten, Ernest.«

»Und ich würde mich sehr darüber freuen, Enna.«

Zurück in meiner Wohnung, stelle ich den Rucksack im Flur ab, werfe Jacke und Schuhe von mir und lasse mich auf mein Bett fallen. Die letzten Stunden waren unglaublich schön, aber auch intensiv und verwirrend. Die Begegnung mit Finn geht mir einfach nicht mehr aus dem Kopf, genauso wenig verschwindet das Kribbeln aus meinem Bauch, das ich seitdem spüre. Dennoch freue ich mich über meinen Mut in den vergangenen Stunden. Bereits an meinem zweiten Tag in Starfall habe ich eine Freundin und auch noch einen Job gefunden. Ich bin stolz darauf, mich heute aus meiner Haut gewagt zu haben, und das gleich mehrmals. Dennoch bleibt die Erinnerung an das Aufeinandertreffen mit Finn besonders in mir haften. Es fühlt sich einfach unwirklich an, als hätte ich alles nur geträumt. Doch das Gefühl, das ich in mir trage, wenn ich mich an seine Augen zurückerinnere, ist einfach zu intensiv, um es nur geträumt zu haben.

Es war real.

Er *war real.*

Ein leises Miauen reißt mich aus meinen Gedanken. Beth ist neben mich aufs Bett gesprungen und schaut mich erwartungsvoll an.

»Na, meine Kleine, wie war dein Tag?«

Auf meine Frage antwortet sie mit einem Schnurren. Wir kuscheln noch eine Weile, dann laufen wir zusammen in die Küche. Ich öffne meinen Kühlschrank, nur um festzustellen, dass er noch immer leer ist. Aus meinem Korb mit Verpflegung für die ersten Tage krame ich Knäckebrot und zwei Äpfel – nicht gerade ein Festessen, aber meine erste Mahlzeit in meiner eigenen Wohnung und daher dennoch etwas Besonderes für mich. Ich öffne außerdem eine Flasche mit frischem Orangensaft und gieße mir ein Glas ein.

Während ich an meinem kleinen Küchentisch sitze und mein Abendbrot genieße, sitzt Beth neben mir auf dem Boden und frisst ihr Nassfutter, wobei sie genüsslich schmatzt. Lächelnd esse ich mein Brot und meine Äpfel und spüle anschließend gleich das Geschirr ab. Beth ist in der Zwischenzeit aus der Küche gelaufen. Dem Geräusch aus dem Badezimmer nach zu urteilen, benutzt sie gerade ihr Katzenklo. Möglichst geräuschlos schleiche ich in den Flur und schiele um die Badezimmertür. Beth scharrt gerade mit ihren Pfötchen ihr Geschäft zu. Meine Katze fühlt sich wohl schon wie zu Hause – genauso wie ich –, stelle ich glücklich fest.

Der Tag heute war wirklich aufregend und anstrengend. Ich möchte mich nun einfach nur noch im Bett einkuscheln und vielleicht einen Film schauen, bis ich irgendwann einschlafe. Im Bad springe ich unter die Dusche und seife meine Haare mit meinem Lieblingsshampoo ein. Sofort steigt der Duft nach Kamille in meine Nase und ich atme ihn tief ein, während das warme Wasser angenehm über meinen Körper läuft. Anschließend trete ich in ein Handtuch gewickelt aus der Dusche und creme mich mit einer pflegenden Bodylotion ein. Nachdem ich meine Haare gekämmt und meine Zähne geputzt habe, dämmert es draußen bereits. Ich schäle mich aus dem Handtuch in meinen Pyjama und schlurfe ins Zimmer. Dort schalte ich meine Lichterkette ein, um schon einmal vorbeugend die Dunkelheit zu vertreiben. Dann werfe ich mich glücklich und erschöpft auf mein Bett. Das wird definitiv mein Lieblingsplatz in meiner Wohnung. Ich liebe meine große bequeme Matratze und kann mich so schön in die vielen Kissen kuscheln.

Ich beschließe, Mira eine kurze Nachricht zu schicken.

Hey, Mira. Hier ist Enna. Ich danke dir für die schöne Zeit heute und auch für deinen Tipp – ich habe den Job bekommen!

Dann lasse ich meinen Blick aus dem Fenster schweifen, in die Dunkelheit, die sich langsam über die Stadt legt. Wie so oft sorgt die bevorstehende Nacht für ein ungutes Gefühl in mir, von dem ich hoffe, dass es nicht in Panik umschlägt.

Neben mir steht mein Laptop. Eigentlich schaue ich gerade *Teen Wolf*, eine wirklich spannende Fantasy-Serie, doch normalerweise schaue ich die Serie am Tag, denn sie spielt größtenteils in der Nacht und ist wirklich gruselig. Sie würde jetzt wohl nicht dazu beitragen, dass ich mich sicherer fühle. Ich ziehe mir also den Laptop auf den Schoß und klicke mich stattdessen zu einer Folge *Gilmore Girls*.

Obwohl ich diese Serie bestimmt schon fünfmal komplett geschaut habe, sorgt sie immer dafür, dass ich mich geborgen fühle. Ich lasse die zweite Folge der vierten Staffel laufen und beobachte, wie Rory Gilmore ihren ersten Tag an der Uni erlebt. Doch selbst meine Lieblingsserie kann mich heute nicht richtig beruhigen, weil die Gedanken um Finn durch meinen Kopf kreisen und keine Ruhe geben wollen.

Immer intensiver spüre ich, wie sich neben den wirren Gedanken auch die typische Angst in mir ausbreitet, von der ich froh war, sie in der vergangenen Nacht nicht gespürt zu haben. Doch Angst ist ein unkontrollierbares Gefühl. Sie kommt und geht, wann sie es will, lässt mich oft machtlos zurück.

Ich versuche noch eine Weile lang, mich auf die Episode zu konzentrieren, bis ich es irgendwann aufgebe, in die Küche laufe und mir eine warme Milch mit Honig zubereite. Zurück im Zimmer, kuschle ich mich in meine Kissen und wärme mich an der Tasse in meinen Händen. Ich schließe die Augen und versuche, mich durch meine Atmung zu beruhigen. Irgendwann stelle ich die nun leere Tasse auf meinen Nachttisch, lege mich auf die Seite und schaue noch eine Weile aus dem Fenster, bis mir vor lauter Müdigkeit die Augen zufallen.

KAPITEL 5
Erinnerungen

Enna

Ich öffne die Augen. Um mich herum schwarze Dunkelheit. In meinem Inneren spüre ich nichts als Angst. Meine Augen brauchen einen Moment, um sich an die Finsternis zu gewöhnen, dann erkenne ich langsam Schemen, die sich darin abzeichnen.

Direkt vor mir liegt die nasse Straße, auf der sich das Licht der Laternen spiegelt. Ich schaue aus dem Fenster eines Autos, die Scheibe ist zerbrochen und um mich herum liegen Unmengen Glassplitter.

Irgendwann spüre ich neben meiner Angst auch noch etwas anderes: Schmerz. Er breitet sich in meinem Körper aus – von meinem Kopf, durch meine Brust bis nach unten in meine Füße. Verzweifelt versuche ich, mich zu befreien, doch es gelingt mir nicht. Ich bin eingequetscht, unfähig, mich auch nur einen einzigen Zentimeter zu bewegen.

Es dauert nicht lang, dann verwandelt sich die Angst in meinem Inneren in Panik. Ich weiß weder, wo ich bin, noch was geschehen ist. In diesem Augenblick weiß ich nur eines: Ich möchte zu meiner Mum. Ich möchte, dass sie mich in den Arm nimmt und mir sagt, dass alles wieder gut wird. Ich möchte sie an meiner Seite haben und nicht mehr allein sein, mich beschützt fühlen.

Verzweifelt rufe ich nach ihr, doch sie scheint mich nicht zu hören. Rufe ich überhaupt? Oder stelle ich es mir nur vor? *Gerade als ich merke, dass ich erneut das Bewusstsein verliere, sehe ich sie. Sie steht vor mir auf der nassen Straße, trägt ihr geliebtes gelbes Sommerkleid, ihre kurzen braunen Haare liegen auf ihren Schultern. Nicht einmal Schuhe hat sie an. Rings um sie herum fallen Schneeflocken vom Himmel.* Ist ihr denn nicht kalt?

»Enna.« Lächelnd sieht sie mich an. »Ich liebe dich. Vergiss das nie.«

Ich möchte sie so vieles fragen. Warum sie hier ist, warum ich hier bin und warum mein Bauch so unglaublich wehtut. Ich möchte, dass sie mich zu sich zieht, auf ihren Schoß, um mich zu trösten, wie sie es immer getan hat, als ich noch klein war. Doch nichts von alldem geschieht.

Stattdessen bewegt sie sich langsam rückwärts und entfernt sich immer weiter von mir. Ich höre das Aufheulen von Sirenen weit in der Ferne.

»Mum!«, rufe ich verzweifelt mit letzter Kraft nach ihr.

Und dann ist sie verschwunden.

»Mum!«, rufe ich erneut und fahre erschrocken aus dem Schlaf hoch. Mein Herz schlägt mir bis zum Hals und das Atmen fällt mir schwer. Tränen laufen mir über das Gesicht, das ich mit den Ärmeln meines Pyjamas trockne.

Alles ist gut, Enna. Du hast nur geträumt.

Albträume wie dieser verfolgen mich seit dem Unfall vor fünf Jahren. Es läuft immer gleich ab: Ich träume, schrecke dann aus dem Schlaf, versuche, mich zu beruhigen und wieder in der Realität anzukommen, was mir meistens sehr schwerfällt. Meine Träume fühlen sich extrem real an und ich benötige oft mehrere Minuten, um mich wieder in das wahre Leben zurückzuholen.

Nun sitze ich in meinem Bett und versuche, meinen Herzschlag wieder in einen normalen Rhythmus zu bringen. In meinem Schoß halte ich eines meiner vielen Kissen krampfhaft umklammert. Beth muss sich vor meinem Schrei erschrocken haben, denn nun liegt sie nicht mehr neben mir auf dem Bett, sondern daneben auf dem Teppich.

Noch immer läuft meine Serie über den Bildschirm meines Laptops, die Episode ist mittlerweile eine andere. Lorelai und Rory laufen lachend durch die Straßen von Stars Hollow auf dem Weg zu Luke's Diner. Ich drücke auf Pause, schlage meine Decke zur Seite und stehe auf. In der Küche mache ich mir eine neue heiße Milch mit Honig, stelle mich an die Wand gelehnt ans Fenster und schaue nach draußen. Die Straße liegt ruhig da. Es ist dunkel, nur die Laternen werfen ihr Licht auf den Fußweg.

Nach einer Weile habe ich mich wieder gefangen und lege mich zurück in mein Bett. Nun bin ich allerdings hellwach und erkenne nach einigen Minuten, in denen ich mich hin und her geworfen habe, dass das mit dem Einschlafen wohl erst mal nichts mehr wird.

Eine Nachricht von Mira ist gekommen.

Hey, Enna. Es war schön heute mit dir. Gerne wieder!
Und meinen herzlichen Glückwunsch zum Job!
Sehen wir uns morgen?

Lächelnd blicke ich auf ihre Nachricht. Ich bin unglaublich glücklich darüber, dass Mira mich wiedersehen möchte, und das so schnell schon. Kurz überlege ich, was ich für den morgigen Tag geplant habe. Ein Blick auf die Uhrzeit zeigt mir, dass es bereits der heutige Tag ist. Ich sollte wirklich dringend schlafen.

Ich würde mich freuen! Hast du Lust, mit mir einkaufen zu gehen?
Mein Kühlschrank schreit nach Lebensmitteln!

Mit der freudigen Erwartung, Mira morgen wiederzusehen, finde ich wieder in den Schlaf. Und diesmal bleiben die Albträume aus.

Am nächsten Morgen wache ich auf und stelle erschrocken fest, dass es bereits elf ist. So lange wollte ich eigentlich gar nicht schlafen, doch nach meinem blöden Albtraum war es wahrscheinlich gut, noch mal eine ordentliche Mütze voll Schlaf zu bekommen. Trotz der rund sechs Stunden Schlaf bin ich wahnsinnig müde.

Anstatt aufzustehen, drehe ich mich zur Seite und stopfe mir ein Kissen unter den Kopf. Mein Handy blinkt auf dem Nachttisch.

Sehr gern. Dann zeige ich dir gleich den besten Supermarkt im Ort. Gibst du mir deine Adresse? Dann hole ich dich ab! Um eins?

Ich schicke ihr meine Adresse. Ich habe noch zwei Stunden Zeit, bevor Mira mich abholt. Ich richte meine Kissen und die Decke und mache mich auf die Suche nach Beth, die ich schlafend im Flur finde. Neben der Kommode scheint sie am liebsten zu liegen. Im Vorbeigehen streichle ich ihr Köpfchen, woraufhin sie mich anbrummt und aufsteht, nur um sich kurz darauf wieder zusammenzukugeln.

Nachdem ich eine große Tasse Kaffee getrunken habe, fühle ich mich schon besser und mache mich anschließend im Bad zurecht. Meine Haare binde ich zu einem hohen Pferdeschwanz, gönne mir eine warme Dusche, putze meine Zähne und entscheide mich heute für etwas Schminke. Normalerweise gehe ich ganz ohne Make-up aus dem Haus. Nur wenn ich mal Lust darauf habe, trage ich einen leichten Concealer und etwas Wimperntusche auf – so auch heute.

Zurück im Zimmer, schäle ich mich aus meinem kuscheligen Pyjama und suche mir ein Outfit für den heutigen Tag aus. Kurzerhand entscheide ich mich für eine dunkelblaue Jeans und einen lang-ärmligen schwarzen Pullover – schlicht, aber schick.

Die restliche Zeit verbringe ich mit Lesen, bis es irgendwann an der Tür klingelt. Ich laufe zum Türöffner, halte ihn einige Sekunden gedrückt und dann taucht auch schon Mira im Treppenhaus auf. Lächelnd kommt sie auf mich zu und zieht mich zur Begrüßung in eine herzliche Umarmung.

»Bist du bereit für deinen ersten Einkauf in Starfall?«, fragt sie mich grinsend.

»Und wie!« Ich greife hinter mich nach meiner Jacke und meinem Rucksack, in den ich vorhin noch Einkaufsbeutel gepackt habe.

Auf dem Weg zum Supermarkt unterhalten wir uns über den morgigen Tag. Ich erzähle Mira, welche Veranstaltungen ich besuchen möchte und in welchen Gebäuden diese jeweils stattfinden. Natürlich habe ich meinen Plan bereits auswendig gelernt, um bestens vorbereitet zu sein. Irgendwann schlägt Mira vor, dass wir uns vor unseren ersten Kursen auf dem Campus treffen, damit sie mich zu meinem Hörsaal begleiten kann, wofür ich ihr sehr dankbar bin. Wir beschließen, heute Abend noch mal zu schreiben, um uns auf eine Uhrzeit zu einigen.

Nach einer Viertelstunde stehen wir schließlich vor dem Lebensmittelgeschäft. Wir holen uns einen Einkaufswagen und ich krame in meinem Rucksack nach dem Einkaufszettel, den ich mir vorhin noch schnell geschrieben habe.

Während wir durch die Gänge laufen, unterhalten wir uns über Miras Studium. Ich bin dankbar, dass sie mir nun doch etwas darüber erzählt, nachdem sie gestern dem Thema eher ausgewichen ist.

»In welchem Semester studierst du denn?«, frage ich Mira schließlich.

Ich schnappe mir eine Packung Erdbeeren und lege sie zu dem restlichen Obst in den Einkaufswagen.

»Jetzt im dritten. Ein Jahr habe ich also schon hinter mir.«

»Das klingt, als würde es dir nicht so viel Freude machen, richtig?«
Ich werfe Mira einen Blick von der Seite zu, den sie schulterzuckend
erwidert.

»Jura zu studieren ist nicht schlecht. Ich habe später gute Berufs-
perspektiven, und verdienen würde ich auch ganz gut.«

»Aber?« Ich greife nach einer Packung Spaghetti. Mira nimmt sie
mir kurzerhand wieder weg und legt mir stattdessen eine andere Sorte
in die Hand.

»Die sind viel besser«, sagt sie und beantwortet schließlich meine
Frage, während wir zum nächsten Regal laufen. »Es ist nicht das, was
ich mir für mich vorstelle. Ich studiere gern Jura, aber noch viel lieber
würde ich etwas anderes lernen.«

»Was würdest du denn lieber tun? Etwas anderes studieren?«

»Trinkst du gern Tee? Wenn ja, musst du diesen hier probieren!«
Sie zeigt auf eine Packung Früchtetee. Auf mein Nicken hin reicht sie
sie mir.

»Am liebsten würde ich gar nicht studieren, sondern eine Ausbildung machen.«

Sofort taucht ein Bild von Mira in meinem Kopf auf, wie sie in
einer Bäckerei hinter dem Tresen steht und ihre eigenen Backwaren
verkauft. Ihren Traum, von dem sie mir bereits erzählt hat, konnte ich
bisher gar nicht mit ihrem Jurastudium in Verbindung bringen.

»Darf ich raten?«, frage ich sie, und als sie nickt, äußere ich meine
Vermutung. »Du würdest gern eine Ausbildung zur Bäckerin machen,
oder?«

»Genau. Um genau zu sein, bezeichnet man das Ganze als Ausbildung zur Konditorin.«

Wir müssen beide grinsen.

»Genau diese Ausbildung meinte ich.« Begeistert erzählt sie mir, wie so eine Ausbildung ablaufen würde, während wir meinen Einkauf fortsetzen.

»Darf ich dich fragen, weshalb du studierst, wenn du viel lieber diese Ausbildung machen würdest?«

»Klar darfst du. Die Antwort ist simpel: Meine Eltern möchten, dass ich studiere. Ihrer Meinung nach sollte ich etwas *Vernünftiges* lernen.« In die Luft malt sie Anführungsstriche.

»Was ist denn an einer Ausbildung unvernünftig?«

Meine Eltern haben mich immer in meinen Träumen unterstützt. Als kleines Mädchen wollte ich immer Tierpflegerin werden, was Mum und Dad mit einem Lächeln quittierten. Einige Jahre später hatte ich mir in den Kopf gesetzt, einen eigenen Blumenladen zu eröffnen, woraufhin Mum mir ein Buch mit einem Register der verschiedensten Blumensorten schenkte. Selbst als ich noch Prinzessin werden wollte, blieben die beiden ernst und sprachen mir Mut zu, so unrealistisch dieser Wunsch auch war. Und als ich beschloss, Literatur zu studieren, war Mum zwar nicht mehr bei uns, doch Dad unterstützte mich. Gemeinsam sparten wir das nötige Geld, um meine Wohnung und das Studium finanzieren zu können. Meine Familie stand immer hinter mir. Scheinbar hatte Mira dieses Glück nicht erfahren.

»Ich glaube an dich«, sage ich und bleibe einfach mitten im Gang stehen.

Lächelnd sieht sie mich an. »Danke, dass du das sagst.«

Ich drücke sanft ihre Hand, dann gehen wir weiter.

»Mein Bruder war zum Glück immer an meiner Seite und einer der wenigen Menschen, die an mich glauben.«

Verständnisvoll nicke ich und werfe eine Packung Zwieback in den Wagen.

»Neben Finn«, fügt Mira hinzu.

Die bloße Erwähnung seines Namens jagt mir eine Gänsehaut

über den Rücken. Noch immer habe ich ständig seine grünen Augen vor mir. Seit gestern geht er mir einfach nicht mehr aus dem Kopf. Ich greife nach einer Packung Milch und stelle sie in den Wagen. Die Arme verschränkt, steht Mira an eine Kühltruhe gelehnt, zwischen uns der Einkaufswagen. Verwundert sehe ich sie an.

»Ich habe noch nie eine Frau gesehen, die ein Grinsen auf dem Gesicht hat, während sie Milch in den Händen hält.« In ihrem Blick liegt Belustigung.

Kurz überlege ich, wie offen ich Mira gegenüber sein kann – immerhin ist Finn nicht nur ihr Mitbewohner, sondern auch der beste Freund ihres Bruders. Dann erinnere ich mich daran, wie ehrlich sie eben zu mir war, und beschließe, es auch ihr gegenüber zu sein. Außerdem war Finn mein bester Freund und die seltsamen Gefühle, die gerade in mir toben, sind doch in dieser Situation ganz normal.

»Ich habe Finn unglaublich vermisst in den letzten Jahren.«

Bei den Getränken greife ich nach einem großen Packen Orangensaft und stelle ihn unten in den Einkaufswagen. Ich bleibe daneben stehen und lege meine Hände auf das kühle Metall. Dann schaue ich Mira an, die nun am anderen Ende des Wagens steht.

»Vor einiger Zeit ist meine Mum gestorben.« Der Supermarkt mag nicht der passendste Ort sein, um mich meiner neuen Freundin anzuvertrauen und vom Tod meiner Mum zu sprechen. Doch wann ist denn schon der richtige Zeitpunkt dafür?

»Ich war vierzehn Jahre alt. Wir hatten einen schlimmen Unfall. Ich habe überlebt, aber Mum war sofort tot.« Ich kann nicht verhindern, dass mir Tränen in die Augen steigen.

Mira sieht mich mitfühlend an und gibt mir die Zeit, die ich brauche, um fortzufahren. Sie drängt mich nicht, und das schätze ich sehr.

»Als ich einige Tage später aus dem Krankenhaus entlassen wurde und zurück nach Hause kam, wollte ich niemanden bei mir haben – niemanden, außer Finn«, fuhr ich schließlich fort. »Doch er kam nicht zu mir. Und kurze Zeit später zog er mit seinen Eltern weg.«

Mira sieht mich an. Noch immer liegt Mitgefühl in ihrem Blick. Sie scheint nach den richtigen Worten zu suchen, um auf meine Worte zu reagieren. Schließlich geht sie einfach um den Einkaufswagen herum, löst sanft meine Hände von dessen Rand und schließt mich in ihre Arme. In langsamen Bewegungen streicht sie mir über den Rücken, was mich augenblicklich beruhigt. Miras Umarmung gibt mir wieder neue Kraft.

Manchmal sind da auf einmal keine Worte mehr, die gesagt werden können. In solchen Momenten kann man nur mit Zuwendung antworten, so wie Mira es gerade macht. Sie könnte in diesem Augenblick nicht besser für mich da sein.

Langsam löst sie sich von mir. Sie zieht sich den Ärmel ihrer Strickjacke über die Hand und wischt mir damit vorsichtig die Tränen von den Wangen. Ich sehe, dass auch sie mit ihren Gefühlen kämpfen muss.

Plötzlich müssen wir beide kichern.

»Wir stehen gerade neben unzähligen Flaschen in einem Supermarkt und heulen.«

Aus Dankbarkeit streiche ich ihr mit der Hand liebevoll über den Arm, dann schieben wir den Einkaufswagen in Richtung Kasse.

Jede mit zwei Tüten bewaffnet, machen wir uns schließlich auf den Weg zurück zu meiner Wohnung. Während wir die schweren Einkäufe schleppen, unterhalten wir uns über ganz banale Dinge wie unsere liebsten Künstler und Serien. Dabei entdecken wir eine gemeinsame Leidenschaft für die Serie *Jane the Virgin*, die ich schon vor einer Weile gesehen habe und die Mira vor Kurzem erst begonnen hat anzuschauen. Natürlich klären wir dabei auch die alles entscheidende

Frage: Team Michael oder Team Rafael? Wir sind uns schnell einig, dass Rafael das Rennen macht.

Immer wieder legen wir kleine Pausen ein, um die Tüten kurz abzustellen und zu verschnaufen, doch irgendwann kommen wir vor meinem Wohnhaus an. Ich krame meinen Schlüssel aus meinem Rucksack, schließe die Haustür auf und mit letzter Kraft tragen wir die Einkaufstüten bis nach oben in meine Wohnung.

»Wollen wir noch einen Kaffee zusammen trinken?«, frage ich Mira, die mein Angebot dankend annimmt.

Wir stellen die Tüten in der Küche ab. Mira hilft mir dabei, die Einkäufe einzuräumen, anschließend gebe ich ihr eine kleine Führung durch meine Wohnung. Im Zimmer angekommen, bleibt sie erstaunt vor meinem Bücherregal stehen.

»Du hast vergessen zu erwähnen, dass du in einer Buchhandlung wohnst«, sagt sie und geht an meinen Regalen entlang, um sich all die vielen Buchtitel anzuschauen, bis sie einen überraschten Laut von sich gibt und ein Buch aus dem Regal zieht. »Wenn ich bleibe«, liest sie den Titel laut vor.

»Hast du es gelesen?«, frage ich sie und trete zu ihr.

»Gelesen nicht, aber den Film habe ich geschaut. Er ist so toll!«

»Das ist er. Aber das Buch ist noch besser!«

»Wirklich?« Mira streicht mit ihrer Hand über das Cover.

»Du kannst es dir gern ausborgen und dich selbst davon überzeugen.«

»Echt? Danke!« Glücklich presst sie sich das Buch an die Brust.

Lachend drehe ich mich wieder in Richtung Küche, um unseren Kaffee zuzubereiten. Ich schalte die Maschine an und hole gerade zwei Tassen aus dem Schrank, als ich ein entzückendes Quietschen aus dem Zimmer vernehme. *Da hat wohl jemand Beth entdeckt.*

Während der Kaffee in die erste Tasse läuft, gehe ich zurück ins

Zimmer. Dort finde ich Mira und Beth kuschelnd auf meinem Bett vor. Mira sitzt auf der Matratze, ihre Beine baumeln an der Seite herunter, Beth hat sich bereits an sie gekuschelt.

»Wer ist das denn?«, fragt Mira mich, als sie mich im Türrahmen entdeckt.

»Darf ich vorstellen? Das ist Beth.«

»Hallo, kleine Beth«, begrüßt Mira meine Katze. »Sie schnurrt. Heißt das, sie mag mich?« Hoffnungsvoll sieht sie mich an.

»Sie mag dich ganz bestimmt.« Grinsend laufe ich in die Küche zurück und stelle nun die zweite Tasse unter die Maschine. Diesmal warte ich, bis der Kaffee durchgelaufen ist, und gehe dann mit beiden Tassen zurück ins Zimmer.

Unbeschwert quatschen wir noch eine Weile über Beth. Ich erzähle Mira, wie mein Dad mich mit ihr überrascht hat und wie sehr ich mich schon jetzt in dieses kleine Wesen verliebt habe. Nebenbei trinken wir unseren Kaffee. Irgendwann steht Mira auf und beginnt, sich die vielen Fotos an meiner Lichterkette anzuschauen.

»Hier seid ihr, du und Finn!« Sie deutet auf das Foto unseres Geburtstags.

Lächelnd trete ich neben sie. Ich erinnere mich immer wieder gern an unsere Zeit zurück, obwohl die Erinnerungen meistens mit einem leichten Ziehen in meinem Magen verbunden sind, das mich an den Schmerz erinnert, den ich nach Finns Verschwinden empfunden habe. Doch dieser Schmerz ändert nichts an all den schönen Erinnerungen, die ich mit Finn verbinde. Das könnte er nie.

»Warum habt ihr beide eine Krone auf?« Vorsichtig löst Mira das Foto aus der Klammer und nimmt es in die Hand.

»Das Foto entstand an unserem Geburtstag.«

»Ihr habt am gleichen Tag Geburtstag?« Begeistert sieht sie mich an. Ich nicke. »Wie cool!«

Eine Weile betrachten wir dann schweigend das Foto, bis Mira es vorsichtig wieder an die Lichterkette klemmt. Mit ernstem Gesichtsausdruck dreht sie sich dann wieder zu mir.

»Hör mal, Enna. Ich weiß nicht genau, was damals geschehen ist«, beginnt sie schließlich. »Ich kenne den Finn von früher nicht, aber den von heute. Und der ist einer der ehrlichsten und liebenswürdigsten Menschen, die ich kenne.«

»Finn ist ein guter Mensch«, gebe ich ihr recht. »Er war immer für mich da. Zumindest, bis er es auf einmal nicht mehr war.«

»Aber weißt du, was ich sicher weiß?«, fragt sie mich. »Du bedeutest ihm noch immer genauso viel wie damals.«

Verwirrt und etwas zweifelnd sehe ich sie an. »Woher weißt du das? Hat er gestern noch mit dir gesprochen?«

»Nein, aber Finn verschlägt es nie die Sprache und noch nie zuvor hat er so fluchtartig das Café verlassen. Er ist mein Mitbewohner und ein enger Freund, ich kenne ihn sehr gut.«

»Er war wirklich schnell weg.«

»Seine Augen sprachen Bände, als er dich angeschaut hat«, sagt Mira lächelnd.

»Ach ja? Was haben sie dir denn gesagt?« Ich lache.

Aufrichtig sieht sie mich an. In ihrem Blick liegen weder Belustigung noch Witz. Sie möchte, dass ich ihren Worten glaube, das sehe ich ihr an.

»Endlich ist sie wieder da«, antwortet sie, und ich kann gar nicht anders, als zu lächeln.

KAPITEL 6

Der Polarstern

Finn

Wie gebannt lausche ich meinem neuen Professor, der sich uns als Mister Atkins vorgestellt hat, bei seinem Vortrag über Sternbilder und mache mir dabei Notizen. Ich sitze erst seit einer halben Stunde in dieser Vorlesung und habe schon jetzt zwei Seiten meines Notizbuches vollgeschrieben.

Bereits seit einigen Wochen freue ich mich auf diesen Kurs. Prof. Atkins ist ein absoluter Spezialist auf dem Gebiet der Astronomie und ich freue mich, nun von ihm lernen zu dürfen. Bisher wurde uns eine Menge über die Geschichte der Astronomie und die astronomischen Instrumente erzählt, was zwar sehr spannend, aber auch irgendwie eintönig war. Umso begeisterter bin ich darüber, dass wir uns in diesem Semester neben der Theorie auch viel mehr mit der Praxis beschäftigen werden.

Auf dem Plan für das Studienjahr, das mit dem heutigen Tag beginnt, stehen Stern- und Planetenentstehung sowie Kosmologie. Es wurden bereits mehrere Ausflüge zum **Starfall Lake** angekündigt. Starfall ist allgemein bekannt als einer der Orte im Land, an denen man die Sterne am besten beobachten kann, denn hier gibt es nur eine sehr geringe Störung durch Licht – einer der Gründe, weshalb für mich schon einige Jahre vor Beginn meines Studiums klar war, dass ich hier studieren möchte.

Noch immer bin ich sehr froh darüber, durch meine Praktika und guten Noten ein Stipendium für die **Starfall University** erhalten zu haben. Allein könnte ich die hohen Studiengebühren niemals stemmen, die unsere renommierte Universität verlangt.

»Wer von Ihnen kann mir sagen, was wir unter einem Protostern verstehen?«, wendet sich Prof. Atkins fragend an unseren Kurs.

Ich sehe mich um. Niemand scheint die Antwort zu kennen, also hebe ich meine Hand.

»Bitte!«, fordert mein Dozent mich auf, zu antworten.

Ich richte mich auf meinem Stuhl auf und versuche, so laut wie möglich zu sprechen, damit mich alle verstehen können.

»Ein Protostern ist so etwas wie ein Kinderstern. Er wächst immer weiter, bis er irgendwann so viel Masse angesammelt hat, dass er aufgrund der hohen Temperatur, die in seinem Inneren entsteht, die Wasserstofffusion zündet«, antworte ich auf seine Frage.

Nach und nach drehen sich immer mehr Köpfe in meine Richtung. Meine Mitstudenten scheinen sich über meine Antwort zu wundern, immerhin haben wir dieses Thema noch nicht behandelt. Allerdings interessiere ich mich so sehr für Sterne, dass ich die Astronomie als meine Leidenschaft bezeichne. Schon als kleiner Junge habe ich jeden Abend durch mein Fernrohr, das meine Eltern mir zum Geburtstag geschenkt hatten, die Sterne angeschaut. Neben meinen Hausaufgaben habe ich Astronomie-Bücher gewälzt und mich im Internet schlaugemacht, weshalb mir die meisten Themen des Studiums bereits bekannt sind.

»Sehr gut. Da kennt sich aber jemand aus.« Prof. Atkins nickt mir anerkennend zu und führt seinen Vortrag fort. Zufrieden krame ich unauffällig mein Handy aus der Hosentasche. Eine neue Nachricht von Rachel blinkt auf dem Display auf.

Sehen wir uns nachher zum Lunch?

Über meine Antwort muss ich kurz nachdenken. Eigentlich hatte ich mich für die Mittagspause schon mit Jase verabredet, doch ich möchte Rachel ungern versetzen. Gestern habe ich mir bereits eine Ausrede dafür einfallen lassen, dass ich nicht noch mal bei ihr vorbeikommen konnte, denn mit meinen Gedanken war ich ganz woanders. Da ich es aber für keine gute Idee halte, Rachel und Jase an einen Tisch zu setzen, schreibe ich ihm schnell, dass wir uns später beim Training sehen und ich mit Rachel esse. Meiner Freundin antworte ich, dass wir uns vor der Mensa treffen.

Nach meinem Kurs besuche ich eine Statistik-Vorlesung, die weniger spannend ist als die erste. Der Dozent erzählt etwas über Datenmengen, und wieder mache ich mir fleißig Notizen, hier aber mit weniger Begeisterung. In Mathe habe ich definitiv den meisten Übungsbedarf. Zahlen waren noch nie mein Ding.

Zwei Stunden später verlasse ich meine dritte und somit letzte Vorlesung vor der Mittagspause. Ich laufe über den Campus in Richtung der großen Mensa, um mich dort mit Rachel zu treffen. Mein Blick gleitet über die Wiese und bleibt an einem Mädchen hängen, das an einen Baum gelehnt sitzt. *Enna*, denke ich und spüre, wie sich eine Gänsehaut auf meinen Armen ausbreitet. Ich würde sie gern auf die Temperaturen schieben, allerdings ist heute ein sehr angenehmer Septembertag und ich trage ein schwarzes Langarmshirt, das mich definitiv nicht frösteln lässt.

Enna scheint voll und ganz in das Buch vertieft zu sein, das in ihrem Schoß liegt. Ich freue mich darüber, sie zu sehen, doch dann fällt mir wieder ein, wie seltsam mein Abgang auf sie gewirkt haben muss. Seit gestern Nachmittag kreisen die Gedanken in meinem Kopf unaufhörlich darum, dieses Verhalten wiedergutzumachen. Ich werfe also einen kurzen Blick auf mein Handy und stelle fest, dass ich etwas zu früh dran bin. Nach meinem gestrigen Gespräch mit Jase bin ich fest entschlossen, mich bei Enna für mein plötzliches Verschwinden im Café zu entschuldigen. Also laufe ich auf sie zu und mein Herz schlägt plötzlich schneller.

Sie scheint so in ihr Buch vertieft zu sein, dass sie mich gar nicht bemerkt, außerdem hat sie Kopfhörer in den Ohren. Vorsichtig, um sie nicht zu erschrecken, lege ich ihr eine Hand auf die Schulter. Es fühlt sich zugleich fremd und doch wie selbstverständlich an, sie nach all der Zeit wieder zu berühren.

Enna zuckt zusammen. So viel zu meinem Vorhaben, sie nicht zu erschrecken.

Sie zieht sich die Kopfhörer raus und stoppt die Musik mit einem Klick auf ihrem Handy. Ihr Buch liegt nun offen in ihrem Schoß.

»Entschuldige, ich wollte dich nicht erschrecken.«

Enna sieht zu mir auf, die Überraschung steht ihr ins Gesicht geschrieben. »Alles gut! Ich war nur so versunken in mein Buch.«

Ich gehe neben ihr in die Hocke. »Hey, Enna.«

»Hey, Finn.« Sie schenkt mir ihr Lächeln, das noch immer so bezaubernd ist, wie ich es in Erinnerung habe.

»Es tut mir leid, dass ich einfach so abgehauen bin. Das muss sehr komisch auf dich gewirkt haben.«

»Schon okay. Ich war ehrlich gesagt auch etwas überfordert in diesem Moment.« Enna streicht sich eine kurze braune Haarsträhne hinter ihr Ohr, die der Wind in ihr Gesicht gepustet hat.

»Es ist seltsam, oder?«, fragt sie mich schließlich.

»Was meinst du?«

»Das hier. Wir. Nach all den Jahren.« Mit ihrer rechten Hand deutet sie zwischen uns beiden hin und her.

»Oh ja«, gebe ich ihr schmunzelnd recht.

In ihren Augen sehe ich all die unausgesprochenen Fragen, die sie mir nicht stellt. Ich erkenne in ihrem Blick, wie sehr sie mein damaliges Verschwinden noch immer beschäftigt, und kann dieses Gefühl so unendlich gut nachvollziehen. Denn auch meine Gedanken kreisten in den vergangenen Jahren oft darum, wie unsere Freundschaft endete. Und noch immer habe ich den Wunsch, ehrlich zu Enna zu sein, ihr von meinen damaligen Dämonen zu erzählen. Doch noch immer fühle ich mich dazu nicht in der Lage.

Um mich nicht erneut in ihrem Blick zu verlieren, greife ich nach dem Buch in ihrem Schoß und klappe es zu, um mir das Cover anzuschauen.

»Finn!«, ruft Enna. »Ich habe keine Ahnung, auf welcher Seite ich eben war!«

Empört greift sie neben sich ins Gras und hält mir ihr Lesezeichen vor die Nase.

Und plötzlich ist das Eis gebrochen. Ich muss losprusten. Auf einmal fühlt es sich so vertraut an, kaum vorstellbar, dass wir uns ganze fünf Jahre nicht mehr gesehen haben. Schon früher habe ich sie gern mit Kleinigkeiten aufgezogen, immer auf eine sehr liebevolle Art, sodass wir beide am Ende lachen mussten – so wie jetzt.

»Das ist nicht lustig!«, ruft Enna und schlägt mit ihrem Lesezeichen nach mir.

Als wir uns wieder beruhigt haben, werfe ich endlich einen Blick auf das Buchcover.

»Cinder und Ella«, lese ich den von Blumen umringten Titel laut vor und drehe das türkisfarbene Buch in meinen Händen. »Ernsthaft, Enna?«

»Hey, das ist eine wirklich bewegende Liebesgeschichte!«, verteidigt sie das Buch, nimmt es mir wieder weg und blättert darin herum. Wahrscheinlich sucht sie die Seite, auf der ich sie unterbrochen habe. »Vielleicht überzeugt mich ja stattdessen dein Musikgeschmack. Was hörst du gerade?«, frage ich sie.

Enna legt das Lesezeichen in ihr Buch, atmet erleichtert durch, klappt es zu und reicht mir schließlich ihr Handy. Am unteren Rand des Displays sehe ich, dass sie vorhin den Song »Better Days« von Good Weather Forecast gestoppt hat.

»Die höre ich auch gern«, sage ich und will Enna gerade fragen, welchen Song der Band sie am liebsten mag, als ich jemanden meinen Namen rufen höre. Ich drehe meinen Kopf und sehe Rachel, die auf uns zugelaufen kommt. Ihre langen schwarzen Haare trägt sie heute offen und der gerade geschnittene Pony fällt ihr wie immer auf die Stirn.

Obwohl es schon seit Beginn unserer Beziehung nicht immer einfach ist, bin ich gern mit ihr zusammen. Auch ich bin nicht fehlerfrei und manchmal habe ich das Gefühl, dass wir ständig aneinandergeraten, weil wir uns in vielen Dingen unterscheiden. Dennoch haben wir auch einige Gemeinsamkeiten und schöne Momente, die wir miteinander teilen. Normalerweise verbringe ich deshalb auch gern Zeit mit meiner Freundin. Umso überraschter bin ich, dass ich nun schon fast enttäuscht darüber bin, dass sie mein Gespräch mit Enna unterbricht.

Sie beugt sich zu mir herunter, um mir einen ausgiebig langen Kuss zu geben. Es fühlt sich komisch an, meine Freundin zu küssen, während Enna direkt neben uns sitzt.

Während des Kusses habe ich automatisch eine Hand an Rachels Wange gelegt, mit der ich sie nun sanft von mir schiebe. Beinahe enttäuscht sieht sie mich an, dann wandert ihr Blick zu Enna.

»Rachel, das ist Enna. Enna, das ist meine Freundin Rachel«, stelle ich die beiden einander vor.

Kurz gibt es eine leichte Verwirrung in Ennas Blick, doch die ist schnell wieder verschwunden. Jetzt lächelt sie meine Freundin an und reicht ihr die Hand.

»Hey«, sagt Rachel nur, ohne nach Ennas Hand zu greifen. Dann dreht sie sich wieder mir zu. »Gehen wir essen?«, fragt sie schließlich.

Verdutzt sehe ich meine Freundin an, dann wende ich mich entschuldigend Enna zu. »Es war schön, mit dir zu quatschen.«

»Das fand ich auch.« Sie schenkt mir ein Lächeln, das mir sagt, dass sie mir Rachels kühle Reaktion nicht übel nimmt. »Lasst es euch schmecken.«

»Danke. Bis bald, Enna«, verabschiede ich mich von ihr.

»Bis bald«, murmelt sie und stopft sich gleich darauf die Kopfhörer wieder in die Ohren.

Rachel schlingt einen Arm um mich und gemeinsam laufen wir in Richtung Cafeteria. Sofort beginnt sie, mir von ihrem aufregenden Tag zu erzählen, und ich erwische mich dabei, dass ich ihr nur mit halbem Ohr zuhöre.

Bevor wir das Gebäude betreten, werfe ich unauffällig einen Blick zurück zu dem Baum, an dem wir eben noch standen – doch Enna ist schon verschwunden.

Enna

Auf Mira wartend, sitze ich auf einer gemütlichen kleinen Parkbank auf dem Campus und esse mein Brot, das ich mir heute Morgen geschmiert habe. Um mich herum strömen Studenten in alle Richtungen, die meisten laufen aber zum Universitätsgebäude, denn die

Mittagspause ist gerade vorbei und die nächsten Kurse beginnen in wenigen Minuten. Für mich endet jetzt bereits der erste Tag an der Uni – und er war unglaublich aufregend.

Mira und ich haben uns vor dem Hauptgebäude getroffen, dann hat sie mir den Weg zu meinem ersten Vorlesungssaal gezeigt und ich musste mich schweren Herzens von ihr verabschieden. Ich habe drei Vorlesungen besucht und jede einzelne davon genossen. Wir haben zwar heute erst mal einige organisatorische Dinge geklärt, doch die Themen für das erste Semester klingen unglaublich spannend. Besonders mein Dozent in amerikanischer Literaturwissenschaft, Prof. Rogers, scheint unglaublich nett zu sein mit seiner offenen und humorvollen Art. Von ihm haben wir heute eine lange Liste bekommen mit Büchern, die wir für dieses Semester lesen müssen.

Gerade liegt diese Liste auf meinem Schoß. Mit einem Stift streiche ich all die Buchtitel durch, die ich bereits zu Hause im Regal stehen habe. Die meiste Literatur habe ich tatsächlich bereits gelesen, darunter *Die Abenteuer des Tom Sawyer* und *Der große Gatsby* – beides Titel, die ich sehr mochte.

Ein Quieken entfährt mir, als sich von hinten Arme um mich schlingen. Ich drehe den Kopf und schaue in Miras warme Augen.

»Na? Wie war dein erster Tag als Studentin?«, fragt sie mich erwartungsvoll und wirft sich neben mich auf die Bank.

»Toll«, beginne ich. »Die Dozenten scheinen sehr nett zu sein und die Inhalte für das erste Semester klingen unglaublich spannend.« Ich halte ihr meine Literaturliste vor die Nase. »Ich darf ganz viel lesen!«

Schmunzelnd sieht sie erst auf meine Liste und kramt dann in ihrer Tasche nach einer Brotdose, aus der sie ein belegtes Sandwich zieht.

»Ich habe vorhin Finn und seine Freundin getroffen«, sage ich so beiläufig wie möglich und beiße ein Stück von meinem eigenen Brot ab.

»Du hast also Rachel kennengelernt«, stellt Mira fest. Fragend sehe ich sie an und ziehe dabei eine Augenbraue nach oben. »Magst du sie nicht?«

»Lass es mich mal so ausdrücken: Rachel ist ein sehr spezieller Mensch und sie gehört nicht gerade zu meinen besten Freundinnen.«

»Sie war ziemlich distanziert, um ehrlich zu sein.« Bedrückt schaue ich auf mein Brot.

»Rachel ist superlaunisch, das darfst du nicht persönlich nehmen.« Mira zuckt mit den Schultern und hält mir ein Stück Karotte hin, das ich dankend entgegennehme.

»Wie lange sind die beiden denn schon zusammen?«

»Noch nicht besonders lange, ein paar Monate.« Sie knabbert nun selbst an einer Möhre. »Wenn du mich fragst, passen die beiden nicht wirklich zusammen. Finn ist so ein lieber Kerl und Rachel ist ... sie ist einfach Rachel.«

Ich bin niemand, der sofort über einen Menschen urteilt, den er gar nicht kennt. Dennoch habe natürlich auch ich einen ersten Eindruck von Finns Freundin bekommen, und der war leider nicht besonders positiv.

»Hör zu, Enna. Ich möchte Rachel bei dir keinesfalls in ein schlechtes Licht rücken. Dennoch sollst du wissen, dass sie wirklich sehr abweisend sein kann. Nimm dir das nicht zu Herzen.«

Nickend schiebe ich mir den letzten Bissen meines Brotes in den Mund. Kurz sitzen wir schweigend nebeneinander und essen beide unsere Karotte auf.

»Ist er glücklich?«, frage ich Mira nachdenklich.

»Ehrliche Antwort?«

Ich nicke.

»Finn ist glücklich, wenn er mit seinen Freunden zusammen ist. Er liebt sein Studium und ist ein unglaublich herzlicher Mensch«, beginnt Mira. »Ich glaube aber nicht, dass Rachel besonders viel zu seinem Glück beiträgt. Er mag sie und scheint etwas in ihr zu sehen, was uns anderen verborgen bleibt, sonst wären die beiden kein Paar. Aber als Freunde haben er und Rachel wesentlich besser funktioniert.« Es tut gut zu hören, dass Finn in Mira und Jason enge Vertraute gefunden hat und sich bei seinen Freunden wohlfühlt. Über seine Beziehung weiß ich viel zu wenig, als mir darüber ein Urteil bilden zu können, und außerdem geht diese mich auch gar nichts an.

Plötzlich fällt mir auf, dass ich bisher noch gar nicht weiß, was Finn eigentlich studiert. Eine Vermutung habe ich, dennoch können sich seine Leidenschaften in den letzten Jahren auch komplett geändert haben. Auch wenn ich bezweifle, dass Finn seine Liebe zu den Sternen in den vergangenen Jahren abgelegt hat, ist es dennoch möglich.

»Sag mal, was studiert Finn eigentlich?«, frage ich Mira also.

»Astronomie.«

Lächelnd schaue ich in den Himmel. »Das passt zu ihm. Die Sterne hat er schon immer geliebt.«

Sieben Jahre zuvor – 2013, September

In eine dicke Decke eingekuschelt, sitze ich auf meinem Bett und höre ein Hörbuch. Gerade erzählt mir die Stimme, die aus meinem kleinen CD-Player tönt, wie Maggies Vater Mo in Tintenherz *Figuren aus einem Buch in die reale Welt hineinliest, als es leise an meinem Fenster klopft.*

Augenblicklich setze ich mich auf und schaue zum Fenster. Durch die geschlossene Scheibe kann ich Finn erkennen, der mich angrinst. Sofort laufe ich zum Fenster und öffne es. Der frische Septemberwind pustet in den Raum und mir wird kalt, denn ich habe nur ein dünnes Trägertop und eine Pyjamahose an.

»Hast du Lust auf Sternegucken?«, fragt Finn mich. Er hockt auf dem großen Ast des Baumes, der direkt vor meinem Fenster steht. »Heute sieht man den kleinen Bären besonders gut.«

Lächelnd nicke ich. Ich liebe es, wenn Finn mir die Sterne zeigt und mir so ein kleines bisschen meiner Angst vor der Dunkelheit nimmt. Also greife ich nach meiner kuscheligen Strickjacke, ziehe sie mir über und klettere aus dem Fenster zu ihm auf den Baum. Wüssten Mum und Dad, was wir hier tun, würden sie es sicher unterbinden, aber die beiden sind schon vor einer Weile ins Bett gegangen.

Finn und ich klettern den Baum hinunter. Er trägt nur eine dünne Jogginghose und sein weißes Lieblingsshirt mit der Aufschrift **Future Astronomer**. Vor einigen Wochen hat er mir erzählt, dass er später unbedingt die Sterne erforschen möchte, kurz darauf haben seine Eltern ihm dieses Shirt geschenkt, das er seitdem beinahe jeden Tag trägt. Ich bewundere ihn dafür, dass er mit vierzehn schon weiß, was er später einmal werden möchte, und hoffe, dass es mir in zwei Jahren genauso geht wie ihm jetzt. Finn springt vom letzten Ast und nimmt meine Hände, um mir nach unten zu helfen. Nebeneinander setzen wir uns ins Gras und lehnen uns an den dicken Baumstamm.

»Schau mal«, sagt Finn und zeigt mit dem Zeigefinger seiner linken Hand in den Himmel. »Siehst du den ganz hellen Stern dort oben?«

»Ja, ich sehe ihn«, antworte ich. »Was für einer ist das?«

»Das ist der Polarstern. Er ist der hellste Stern im kleinen Bären. Dort, wo er zu sehen ist, geht es nach Norden.«

Während Finn mir das Sternbild erklärt, lege ich meinen Kopf an seine Schulter und ziehe meine Strickjacke fest um mich. Mit ihm an meiner Seite fühle ich mich sicher.

Ich höre Finn gespannt zu, bis mir irgendwann die Augen zufallen. Mit meinem Kopf an seiner Schulter und seiner Stimme, die dafür sorgt, dass es in mir ganz warm wird, schlafe ich ein und erinnere mich am nächsten Morgen gar nicht mehr daran, wie ich irgendwann in meinem Bett gelandet bin.

An meinen Traum in dieser Nacht erinnere ich mich aber noch genau: Ich träumte davon, dass Finn in vielen Jahren noch immer in die Sterne schaut und mit seiner Begeisterung und seinem Wissen viele Menschen begeistert. Und ich träumte von einem großen Bären, den die Sterne am Himmel bilden und der seine Bärenfreunde genauso beschützt wie Finn mich.

KAPITEL 7
Chaos in der Küche und im Herzen

Enna

Während 5 Seconds of Summer ihren Song »Castaway« singen, tanze ich mit einem Geschirrtuch bewaffnet durch meine Küche und trockne dabei Teller und Tassen. Nachdem ich mich mit Mira über die Begegnung mit Rachel und Finn unterhalten habe, lud sie mich für den nächsten Tag zum Backen zu sich in die WG ein. Seitdem habe ich supergute Laune und freue mich sehr darauf, mehr Zeit mit ihr zu verbringen. Vielleicht werde ich dort auch Finn wiedersehen. Der Gedanke löst eine kribbelnde Aufregung in mir aus.

Mittlerweile habe ich Ernest ein zweites Mal im **Starfall Books** besucht. Nachdem ich heute meinen Stundenplan vervollständigt habe, konnte ich nun endlich meine Arbeitszeiten mit ihm absprechen. Ab nächster Woche werde ich ihm zweimal wöchentlich aushelfen, außerdem habe ich ihm angeboten, auch spontan einzuspringen, wenn er Hilfe benötigt. Noch immer bin ich sehr glücklich über diesen Job.

Während ich meine weiße Lieblingstasse mit den vielen roten Pünktchen abtrockne und mich dabei im Kreis drehe, stoppt der Song plötzlich und wird von »Family« abgelöst – mein Lieblingssong von The Chainsmokers und gleichzeitig der Klingelton, wenn mein Dad mich anruft. Ich klemme mir das Handy zwischen Ohr und Schulter, während ich nach einem nassen Teller greife.

»Hey, Dad«, begrüße ich ihn gut gelaunt.

»Hallo, mein Schatz. Wie war dein erster Uni-Tag?«

»Es war wirklich sehr schön. Meine Dozenten scheinen sehr nett zu sein. Außerdem haben wir eine lange Literaturliste für dieses Semester bekommen. Die meisten Bücher darauf habe ich sogar schon gelesen!«

»Das hört sich toll an!«, sagt Dad und klingt dabei, als würde er sich sehr für mich freuen. »Hast du denn schon Anschluss gefunden?«

Ich erzähle ihm von Mira, wie wir uns kennengelernt haben und wie gut wir uns bereits nach dieser kurzen Zeit verstehen. Außerdem berichte ich ihm, wie wir zusammen einkaufen waren und dass sie mindestens genauso sehr in Beth verliebt ist wie ich. Der Name, den ich für meine Katze gewählt habe, gefällt ihm genauso gut wie mir.

»Wie geht es denn der Kleinen? Kommt ihr gut zurecht?«

»Mira und ich?«, frage ich verwundert.

Dad lacht. »Nein, du Quatschkopf. Beth und du!«

Ich erwidere sein Lachen. »Ups«, sage ich. »Wir kommen wirklich gut klar. Beth ist wahnsinnig verschmust, wir kuscheln ganz viel. Wir haben uns beide ganz gut hier eingelebt, würde ich sagen. Und wir passen wirklich gut zusammen.«

Schon nach den ersten zwei Tagen haben Beth und ich unsere gemeinsame Routine gefunden. Nachts schläft sie entweder in meinem Bett oder auf dem Teppich daneben. Am Morgen bekommt sie ihre erste Mahlzeit, während ich mir meinen ersten Kaffee des Tages gönne. Tagsüber schläft sie ganz viel, manchmal spielen wir auch zusammen mit einem ihrer Katzenspielzeuge, doch bereits nach wenigen Minuten rollt sie sich dann gelangweilt zusammen. Beth scheint genauso ein gemütliches Wesen zu sein, wie ich es bin.

»Na, das klingt doch fantastisch mit euch beiden. Es freut mich, dass du dich bereits so gut eingelebt hast.« Kurz macht Dad eine Pause und scheint über seine nächsten Worte nachzudenken. »Wie geht es dir denn mit dieser großen Veränderung? Kannst du gut schlafen?«

Kurz überlege ich, Dad nichts von meinem Albtraum vorgestern Nacht zu erzählen, doch dann entscheide ich mich doch dafür, ehrlich zu ihm zu sein. Mit ihm kann ich über alles sprechen, außerdem würde er sofort merken, wenn ich ihm etwas verschweige.

»In der ersten Nacht konnte ich sehr gut schlafen. Die zweite lief weniger gut. Ich habe wieder vom Unfall geträumt und konnte danach lange nicht mehr einschlafen«, beginne ich. »Aber nach deinem Geheimtipp, einer Tasse warmer Milch mit Honig, ging es mir besser.«

Dad atmet einmal tief durch. »Schaffst du das alles allein, Enna? Soll ich dich diese Woche mal besuchen kommen?«

Es tut mir weh zu hören, dass Dad sich Sorgen um mich macht. Ich weiß, wie viel er momentan in der Schule zu tun hat. Er unterrichtet an einer Highschool, weshalb er den ganzen Tag beschäftigt ist und auch zu Hause viel arbeiten muss, um den Unterricht vor- und nachzubereiten.

»Es ist okay. Ich würde mich freuen, wenn du mich mal am Wochenende oder in den Ferien besuchst. Aber momentan komme ich zurecht«, versuche ich, ihn zu beruhigen. »Und wenn etwas ist, dann melde ich mich bei dir. Versprochen.«

»Na gut, meine Süße«, sagt er, klingt dabei aber noch immer nicht beruhigt. Leider kann ich Dad seine Sorgen nicht nehmen, dennoch versuche ich, ihm zu vermitteln, dass ich gut zurechtkomme.

»Außerdem unternehme ich gerade viel mit Mira. Für morgen

hat sie mich in ihre WG eingeladen. Wir wollen zusammen backen!«

Automatisch muss ich lächeln, wenn ich an den morgigen Tag denke.

»Das ist aber schön! Sie wohnt also in einer WG?«

Und auf einmal taucht wieder das Bild von Finn in meinem Kopf auf. *Wie konnte ich vergessen, ihn zu erwähnen?*

»Ich wollte dir noch etwas Aufregendes erzählen«, beginne ich. Ich stelle die Schüssel ab, die ich eben abgetrocknet habe, und lehne mich an die Arbeitsplatte hinter mir. Nun habe ich endlich beide Hände frei und kann mir das Handy richtig ans Ohr halten.

»Na, dann mal los!«, sagt Dad erwartungsvoll.

»Ich habe dir doch von meiner ersten Begegnung mit Mira im Café berichtet. Neben Mira habe ich dort noch jemanden getroffen. *Wieder*getroffen, um genau zu sein.«

»Das klingt ja spannend. Wer ist es denn?«

»Es ist Finn, Dad. Ist das zu glauben? Nach all den Jahren stand er einfach vor mir. Und er sieht so anders aus! Dennoch habe ich ihn gleich erkannt und er mich auch«, erzähle ich aufgeregt.

»Das klingt ganz toll, Enna. Pass auf dich auf, ja, Liebling?« Seine Stimme klingt seltsam, beinahe besorgt.

»Was meinst du damit, Dad? Natürlich passe ich auf mich auf.« Verwundert halte ich inne, den nächsten Teller und mein Geschirrtuch in der Hand. Natürlich erinnert sich Dad daran, wie schlecht es mir ging, nachdem Finn nicht mehr zu uns kam. Daher muss seine Sorge kommen.

»Ich mache mir einfach Sorgen um dich, das weißt du doch ...«, antwortet er, doch irgendetwas gibt mir das Gefühl, dass noch mehr dahintersteckt. »Hören wir uns bald wieder?«

»Natürlich«, antworte ich und werfe noch ein liebevolles »Ich hab dich lieb!« ein, in der Hoffnung, ihm so ein gutes Gefühl geben zu können. Schon immer war Dad schnell besorgt um mich, nach Mums

Tod noch mehr als sonst, was ich ihm aber nicht übel nehme – im Gegenteil. Es ist schön zu wissen, dass er immer an meiner Seite steht und sich Gedanken um mich macht.

»Ich dich auch, Enna. Bis bald!«, verabschiedet er sich und legt auf.

Leicht enttäuscht darüber, dass ich Dad nicht noch mehr über mein Wiedersehen mit Finn erzählen konnte, beginne ich damit, das abgetrocknete Geschirr in die Küchenschränke einzuräumen. Die Gelegenheit wird sich bestimmt bald noch ergeben, wenn er mich besuchen kommt.

Finn

»Woher kennst du denn das Mädchen von gestern?«, fragt Rachel, während wir über den Campus in Richtung WG laufen. »Wie hieß sie noch gleich? Emma?«

»Enna«, berichtige ich sie.

Beim Mittagessen gestern haben wir uns über alles Mögliche unterhalten, nur nicht darüber. Mit meinen Gedanken war ich zwar ständig woanders, dennoch war ich dankbar dafür, dass Rachel dieses Aufeinandertreffen nicht mehr angesprochen hat. Umso überraschter bin ich, dass sie jetzt, einen ganzen Tag später, doch noch nachfragt.

»Wir sind zusammen aufgewachsen«, antworte ich ihr schließlich knapp.

Wir laufen eine der vielen Alleen in Starfall entlang. Links und rechts von uns reihen sich die Bäume aneinander, deren Blätter sich schon langsam braun färben. Der Sommer hat bald ein Ende.

»Ach so«, erwidert Rachel nur knapp. Ich merke, wie ihre Stimmung kippt, und lege einen Arm um sie in der Hoffnung, sie so etwas beruhigen zu können.

»Und seitdem seid ihr befreundet?«

»Das waren wir lange Zeit, ja. Bis ich mit meinen Eltern weggezogen bin. Das war einige Jahre vor deren Trennung.« Beim Gedanken an diese schlimme Zeit jagt es mir sofort eine Gänsehaut über den Rücken. Auch, wenn es die einzig richtige Entscheidung für unsere Familie war, denke ich noch immer nicht gern an die Trennung meiner Eltern zurück. Kein Kind sieht gern dabei zu, wie die Familie auseinanderbricht.

Rachel muss meinen plötzlichen Stimmungswandel bemerken, denn sie drückt meine Hand und streicht mit ihrem Daumen über meinen Handrücken. Sie weiß, wie sehr mich die Trennung meiner Eltern noch immer mitnimmt, auch wenn wir nicht oft darüber sprechen.

»Du hast nie etwas über sie erzählt. Wieso wart ihr denn später nicht mehr befreundet?«, führt sie das Gespräch so auf Enna zurück.

»Es war sehr kompliziert damals«, gebe ich ihr eine knappe Antwort in der Hoffnung, dass sie bemerkt, dass ich nicht weiter darüber sprechen möchte.

»Inwiefern kompliziert?«

»Es sind damals einige Dinge vorgefallen, weshalb wir uns lange Zeit nicht mehr gesehen haben und dann auch nicht mehr befreundet waren.« Das ist die Untertreibung schlechthin, doch näher möchte ich nicht ins Detail gehen. Es reicht schon aus, dass mich die Geschehnisse seitdem immer wieder heimsuchen, darüber sprechen muss ich nicht auch noch mit ihr. Obwohl sie meine Freundin ist, tue ich das, wenn es nicht anders geht, nur mit Jase.

»Aber du freust dich, dass ihr nun wieder Kontakt habt?« Fragend sieht sie mich an. In ihrem Blick erkenne ich Verwirrung.

»Ja, das tue ich. Enna war ein wichtiger Mensch für mich. Meine beste Freundin«, antworte ich und versuche, das zweite Wort so zu betonen, dass sie versteht, dass sie sich keine Gedanken machen muss.

»Okay«, erwidert sie und versucht sich an einem zaghaften Lächeln. Ich weiß nicht, ob es mich beruhigen oder verunsichern sollte, dass sie scheinbar eifersüchtig ist.

»Wie war es denn heute in der Vorlesung bei Prof. Singer?«, versuche ich, das Thema zu wechseln.

»Wie immer total langweilig. Ich habe die Zeit genutzt, um Instagram zu checken.«

Rachel ist schon seit Beginn ihres Studiums nicht wirklich begeistert davon. Sie studiert Medienkommunikation im dritten Semester. Eigentlich passt dieser Studiengang perfekt zu ihr. Sie liebt ihren Instagram-Account, auf dem sie regelmäßig Outfits präsentiert und über Mode bloggt. Es zieht sie in diese Branche, aber Rachel ist mehr der praktische Mensch. Die Theorie zu erlernen, macht ihr keinen Spaß und durch die bisherigen Prüfungen hat sie es nur mit Ach und Krach geschafft. Auch mir macht der praktische Teil meines Studiums mehr Freude als der theoretische, jedoch ist meine Leidenschaft so groß, dass ich auch die Theoriekurse mit Interesse besuche.

»Wie wäre es, wenn du zur Abwechslung mal dem Dozenten zuhörst, anstatt deinem Handy deine gesamte Aufmerksamkeit zu schenken?«, frage ich sie neckend.

»Mein Handy ist spannender als Prof. Singers Gerede über die aktuellen Verkaufszahlen irgendwelcher Unternehmen.« Genervt rollt sie mit den Augen und ich beschließe, mir einen weiteren Kommentar über ihr mangelndes Interesse an ihrem Studium zu verkneifen.

»Kommst du noch mit zu mir?«, frage ich. Obwohl ich lieber etwas Zeit nur für mich hätte, möchte ich meiner Freundin zeigen, dass alles okay ist, und die angespannte Stimmung zwischen uns aus der Welt schaffen.

Automatisch frage ich mich, ob das wirklich der Fall ist. *Ist wirklich alles okay in unserer Beziehung?* Ich bin glücklich darüber, Rachel an meiner Seite zu haben. Dennoch habe ich ständig das Gefühl, nicht ehrlich mit ihr reden zu können und jedem Thema, das sie wütend machen könnte, aus dem Weg gehen zu müssen. Es ist kompliziert mit uns beiden. Und dennoch ist Rachel ein guter Mensch und ich mag sie sehr gern. Nur wünsche ich mir die Leichtigkeit in unserer Beziehung zurück, die ich zuletzt spürte, als wir nur Freunde waren.

»Klar, gern«, antwortet sie schließlich.

Während wir durch die Stadt in Richtung WG laufen, erwische ich mich dabei, wie meine Gedanken erneut zu einem anderen Mädchen wandern.

Enna

»I'm so sick of running as fast as I can!«, grölen Mira und ich, während wir uns in ihrer Küche gegenüberstehen. Beide halten wir einen Mikrofon-Ersatz in den Händen – sie einen Rührstab des Mixers, ich einen Esslöffel. »Wondering if I'd get there quicker if I was a man!«

Seit einer Stunde bereiten wir nun schon das Backen vor. Weil wir uns immer wieder von Taylor Swift ablenken lassen, kommen wir nur langsam voran. Dafür macht es eine Menge Spaß, ihre neuen Songs laut mitzusingen. Wir beide sind uns einig, dass ihr Album *Lover* einfach der absolute Wahnsinn ist. Ihren Song »The Man« hören wir in Dauerschleife, weil er einfach so anders und originell ist.

Ich bin sehr froh, den heutigen Nachmittag mit Mira und den Jungs verbringen zu können. Dass wir heute alle nur bis zur Mittagszeit Vorlesungen hatten, kam uns sehr gelegen. Finn ist noch nicht zu Hause und eben meinte Mira, dass Jase wohl noch unterwegs sei. Den Weg zur WG habe ich trotz meines schlechten Orientierungssinns gut gefunden. Ich musste Mira allerdings kurz anrufen, weil ich die Hausnummer nicht gefunden habe. Irgendwann stand sie aber rufend und winkend auf der Terrasse.

Sofort war ich total begeistert von dem Haus, in dem die drei wohnen. Es ist ein Altbau mit mehreren Wohnungen, wobei Mira, Jason und Finn die oberste im Dach gehört. Gleich zu Beginn hat meine Freundin mir eine kleine Führung gegeben. Von einem langen Flur gehen fünf Türen ab. Drei davon führen in die jeweiligen Zimmer der drei, die vierte ins Badezimmer und die fünfte in das geräumige Wohnzimmer, in dem eine offene Küche steht. Hier kann Mira sich wirklich austoben – die Küche ist einfach riesig. Vor der Küchenzeile steht eine große Kücheninsel, auf der wir für unsere Backsession all unsere Zutaten ausgebreitet haben.

»Magst du die Äpfel in Würfel schneiden?«, fragt Mira, nachdem sie die Musik wieder leiser gestellt hat.

»Klar«, antworte ich und nehme mir den ersten Apfel von der Arbeitsfläche.

Vor uns steht eine riesige Schüssel, in die wir bereits die ersten Zutaten für die Füllung der Starfall Pies gegeben haben. Von Miras Vorschlag, das für diese Stadt so berühmte Gebäck gemeinsam zuzubereiten, war ich begeistert. In der Küche hält sich mein Talent eher in Grenzen, doch Mira versicherte mir, dass dieses Rezept ganz einfach sei und immerhin habe ich die wohl talentierteste Bäckerin von ganz Starfall an meiner Seite.

Während ich die Äpfel schneide, heizt Mira den Backofen vor und gibt die Zutaten für den Teig in eine zweite Schüssel. Fragend sieht sie mich an. »Möchtest du den Teig kneten?«

»Ich? Lieber nicht!«, antworte ich lachend. »Das überlasse ich der Meisterbäckerin.«

Sie erwidert mein Lachen und knetet den Teig selbst zu einer Masse zusammen.

Wir füllen ihn in ein Muffinblech und formen kleine Schälchen, in die wir anschließend die warme Apfel-Zimt-Füllung geben. Anschließend stechen wir aus dem restlichen Teig mit einem Förmchen kleine Sterne aus, die wir vorsichtig auf die Füllung drücken. Mira hat eine ganze Menge an Backzubehör. Ihre Griffe in der Küche wirken routiniert und man merkt ihr einfach an, wie viel Freude ihr das Backen bereitet. Während sie lächelnd das Blech in den Ofen schiebt, lehne ich an der Kücheninsel.

»Hey, Mira?«

»Hey, Enna?« Sie schließt die Klappe des Backofens, stellt den Timer auf ihrem Handy ein und sieht mich dann erwartungsvoll an.

»Ich glaube an deinen Traum. Irgendwann wirst du eine eigene Konditorei haben. Und ich werde dort regelmäßig deine Kuchen verputzen.« Ich hoffe, dass sie mir ansieht, wie ernst ich diese Worte meine.

»Danke, Enna, das bedeutet mir viel«, sagt sie und schaltet die Musik kurzerhand wieder auf laut. Mittlerweile singt Taylor von »Paper Rings«. Mira und ich werfen uns einen bedeutsamen Blick zu und beginnen gleichzeitig den Refrain lauthals mitzusingen. Dabei springen wir durch die Küche wie kleine Kinder und müssen immer wieder so sehr über uns selbst lachen, dass uns fast die Luft ausgeht. Es tut so gut, mit meiner Freundin unbeschwert Zeit zu verbringen.

Irgendwann steckt Mira ihre Hand in die Mehltüte. Zielsicher kommt sie mir, bewaffnet mit dem Mehl, immer näher. Sofort ahne ich, was sie vorhat. Quiekend laufe ich um die Kücheninsel herum. Mira jagt hinter mir her und kurzerhand greife ich ebenfalls in die Tüte, um mich mit der weißen Masse zu bewaffnen. Doch genau diese kurze Pause des Rennens war mein Fehler.

Mira holt zum Wurf aus und kurz darauf fliegt mir das Mehl entgegen. Erneut quieke ich, doch als sie bemerkt, dass auch ich mich mittlerweile bewaffnet habe, dreht sie sich um und läuft davon. Lachend jagen wir uns durch die Küche, bewerfen und beschmieren uns mit den Zutaten. Miras blaues Kleid, das sie über einer schwarzen Strumpfhose trägt, ist voller Mehl und auf meinem weißen Shirt klebt die Apfel-Zimt-Füllung der Pies, während ich das Mehl dafür in den Haaren habe.

Gerade als ich glaube, unsere Schlacht sei vorbei, bewaffnet sich Mira mit einem Löffel und taucht diesen ein letztes Mal tief in den Rest der Füllung. Den Löffel in die Luft gestreckt, kommt sie dann bedächtig auf mich zu. Noch immer singt Taylor lauthals, mittlerweile allerdings schon ihren nächsten Song vom Album. Als ich bemerke, was Mira vorhat, bewege ich mich langsam rückwärts.

»Ich warne dich, Mira. Wenn du das tust …«

Mitten im Satz laufe ich in jemanden hinein. Augenblicklich verliere ich das Gleichgewicht.

»Hoppla!«, höre ich Finn hinter mir rufen, doch da reiße ich ihn auch schon mit mir zu Boden. Eine Hand schlingt sich um meine Hüfte, wahrscheinlich ein Versuch, den Sturz zu verhindern, doch gleich darauf knallen wir beide auf den Küchenboden. Finn reagiert schnell und zieht mich so an sich, dass der Aufprall etwas gedämpft wird und sich keiner von uns beiden wehtut.

Wir schauen uns kurz in die Augen. Finns erschrockener Blick und Miras schallendes Gelächter aus dem Hintergrund geben mir dann den Rest. Ich stimme mit ein und kann mich gar nicht mehr beruhigen. Taylors Gesang wird von unserer Freude übertönt, ein schallendes Gelächter hallt durch die gesamte Wohnung.

»Entschuldige«, bringe ich hervor.

»Hast du dir wehgetan?«, fragt Finn.

»Alles okay. Bei dir auch?«

Er nickt und rappelt sich wieder auf. Er streckt mir seine Hand entgegen und zieht mich wieder auf meine Füße.

Erst als ich wieder stehe, bemerke ich, dass Finn nicht allein die Küche betreten hat. Rachel steht in den Türrahmen gelehnt hinter ihm und beobachtet das Geschehen mit einem skeptischen Blick. Auch Mira scheint sie erst jetzt zu bemerken und stellt die Musik leiser.

»Hey, ihr zwei«, begrüßt sie Finn und seine Freundin.

»Hey«, murmelt Rachel nur.

»Das nenne ich mal eine Begrüßung«, wendet Finn sich an mich. Dann wandert sein Blick zu Mira und wieder zurück zu mir. »Wie seht ihr denn aus?«, fragt er belustigt.

»Wir haben gebacken«, antworte ich.

»Mit anschließender Zutatenschlacht«, fügt Mira lachend an.

Erschrocken sieht Finn Mira an. »Du hast Enna in die Küche gelassen?«

»Ja, das habe ich.«

»Bist du krank? Geht es dir gut?« Finn geht auf Mira zu und legt ihr eine Hand auf die Stirn, als würde er annehmen, dass sie Fieber hat.

»Habe ich etwas verpasst?«, frage ich verwundert.

Finn dreht sich wieder zu mir. »Mira lässt niemanden in *ihre* Küche, wie sie sie immer bezeichnet. Nie.«

Fragend wende ich mich Mira zu und ziehe dabei eine Augenbraue nach oben. »Wieso das denn?«

»Mehrere Gründe«, startet sie mit ihrer Erklärung. »Jason verbreitet ständig überall Chaos. Und Finn kann einfach nicht kochen.«

»Bitte was?!«, fragt Finn. »Ich kann sehr wohl kochen!«, fügt er entrüstet hinzu.

»Kannst du nicht«, kommt es da plötzlich aus Richtung Tür. Rachel habe ich im Verlauf des Gesprächs ganz vergessen. Das eben waren die ersten richtigen Worte, die sie gesprochen hat, seit Finn und sie den Raum betraten.

»Na, danke auch«, sagt Finn und sieht seine Freundin enttäuscht an.

»Sorry, Finn.« Rachel geht auf ihn zu und legt beschwichtigend einen Arm um ihn. »Aber ich muss Mira in diesem Punkt einfach recht geben.«

Er lacht und legt seinen Arm nun ebenfalls um sie. Für einen kurzen Moment zieht mein Herz sich zusammen. Die beiden so innig miteinander zu sehen, lässt ein komisches Gefühl in mir entstehen, über das ich mich selbst wundere. Ich bin es einfach nicht gewohnt, Finn mit einem anderen Mädchen zu sehen. Früher gab es immer nur ihn und mich.

Rachel flüstert Finn etwas ins Ohr und zieht ihn kurz darauf in Richtung Flur. Irgendwann lässt sie ihn los und verschwindet in Richtung seines Zimmers. Er läuft ihr hinterher, dreht sich aber im Türrahmen noch mal kurz um.

»Bleibst du noch eine Weile?«

Ich werfe Mira einen fragenden Blick zu.

»Na klar. Enna ist natürlich zum Kaffeetrinken eingeladen.«

Lächelnd sieht sie mich an und ich bedanke mich für die Einladung.

»Kommt ihr später für einen Starfall Pie dazu?«, fragt Mira Finn.

»Jase müsste in etwa einer Stunde von der Probe zurück sein. Bis dahin sind sie fertig und ausreichend ausgekühlt.«

»Klar, gern. Wer sagt schon Nein zu einem Starfall Pie?« Finn wirft mir noch einen letzten Blick zu und verschwindet dann im Flur.

Noch immer spüre ich seine Hand an meiner Hüfte.

Noch immer höre ich sein warmes Lachen in meinen Ohren.

Und noch immer frage ich mich, warum meine Gefühle so verrückt spielen, seit Finn wieder Teil meines Lebens ist.

In den letzten Jahren hätte ich meinen besten Freund wirklich an meiner Seite gebraucht, mehr als jemals zuvor. Sein Umzug damals hat mir den ohnehin schon schwankenden Boden unter meinen Füßen komplett weggerissen. Und doch überwiegt nun die Freude, ihn wieder in meinem Leben zu haben, denn ich erinnere mich lieber an all die schönen Momente, die wir gemeinsam hatten, und versuche, all das Schlechte und traurige Geschehen in meiner Vergangenheit auszublenden. Mir reichen meine regelmäßigen Albträume und Ängste schon aus. Ich möchte dem Funken in mir, der immer noch enttäuscht über sein damaliges Verschwinden ist, keine Chance geben, sich auszubreiten. Es gibt unendlich viele Fragen in meinem Kopf, doch ich entscheide mich dafür, mich zunächst auf das Hier und Jetzt zu konzentrieren. Ich möchte das Geschehene nicht verdrängen, aber momentan möchte ich einfach nur leben und genießen, heilen und lachen.

Und im Hier und Jetzt bin ich verdammt glücklich, aber auch mehr als verwirrt über die Gefühle, die Finn in mir auslöst.

KAPITEL 8
Mary Poppins

Enna

»Wer möchte noch einen Pie?«, fragt Mira in die Runde.

»Ich!«, rufen wir alle wie aus einem Mund. Ein herzliches Lachen breitet sich auf der gesamten Terrasse aus, während Mira nach und nach jedem von uns ein zweites Gebäck auf den Teller legt.

Während die Pies im Ofen und Rachel mit Finn in dessen Zimmer verschwunden waren, haben Mira und ich die Zeit genutzt, um die Terrasse für unser Kaffeekränzchen herzurichten. Von hier aus hat man einen wunderbaren Ausblick über ganz Starfall und die dahinterliegenden Berge. Außerdem habe ich zum ersten Mal einen Blick auf den berühmten **Starfall Lake** werfen können, den ich bisher nur auf den Fotos der Uni-Website betrachten konnte. Wie ein Klecks blauer Farbe sieht er von hier oben aus, obwohl er in Wirklichkeit so riesig sein soll. Mira hat mir erzählt, dass die Studenten häufig im Sommer an den See fahren und dort ganze Tage verbringen.

Nun sitzen wir gemeinsam am Tisch und verdrücken das wohl leckerste Gebäck, das ich jemals gegessen habe. Isst man einen Starfall Pie, beißt man in einen weichen Teig und eine zimtige Apfelfüllung, was bei mir mit jedem Bissen zu einer Geschmacksexplosion führt.

Kurz habe ich darüber nachgedacht, mir das Rezept von Mira geben zu lassen, mich dann jedoch dagegen entschieden. Das Backen überlasse ich lieber ihr und genieße die Kreation, die sie aus den Zutaten zaubert. Rachel und Finn haben sich zu uns gesellt und auch Jason kam vorhin nach Hause. Mira hat uns einander vorgestellt und kurz darauf hat er mich in eine herzliche Umarmung gezogen. Auf Anhieb habe ich mich auch mit ihm wirklich gut verstanden. Es ist unglaublich, wie ähnlich er und Mira sich sehen. Von ihm habe ich aber auch erfahren, dass die beiden nicht nur Geschwister, sondern Zwillinge sind. Jasons kurze Haare haben genau die blonde Farbe von Miras, außerdem haben die beiden die gleiche Nase, was ich wirklich niedlich finde.

»Du studierst also Literatur, Enna?«, fragt Jason mich, nachdem wir eine Weile über sein Musikstudium gesprochen haben. Mira hatte mir ja bereits bei unserem ersten Treffen im Café von seiner Leidenschaft erzählt. Nun noch mehr darüber zu erfahren, was er studiert, ist wirklich spannend. Auch die theoretischen Inhalte scheinen ihm viel Spaß zu machen.

»Genau.« Lächelnd werfe ich ihm einen Blick über den Tisch zu. Finn, Rachel und Jason sitzen mir und Mira gegenüber. Der braune Holztisch ist so lang, dass bestimmt zwanzig Leute daran Platz hätten, und eignet sich somit perfekt für große Runden.

»Eine Leseratte also?« In seinem Blick liegen weder Spott über mein Hobby, das einige als langweilig empfinden, noch Desinteresse. Im Gegenteil: Er scheint sich wirklich für meine Leidenschaft zu interessieren.

»So könnte man es sagen«, antworte ich ihm und kaue zu Ende, bevor ich weiterspreche. »Ich liebe Bücher. Das war schon immer so.«

»Hast du ein Lieblingsbuch?« Jason schiebt sich ein weiteres Stück in den Mund.

»Nicht nur eins, wenn ich ehrlich bin. Aber wenn ich mich entscheiden müsste, dann wäre es wohl *Mary Poppins*. Ich war schon immer verrückt nach dieser Geschichte.«

»Das kann ich bestätigen«, kommt es von Finn. Wir werfen uns einen bedeutungsvollen Blick zu. Nur wir beide wissen in diesem Moment, was seine Worte zu bedeuten haben.

In Finns Blick liegt so viel Wärme, dass ich meinen Blick nicht von ihm abwenden kann. Wie auch schon im Café vor einigen Tagen zieht es mich zurück in die Vergangenheit. Ich frage mich, ob es ihm vielleicht genauso geht und wir in diesem Moment die gleiche Erinnerung teilen.

Finn

Sechs Jahre zuvor – 2014, Juni

»Welche Geschichte möchtest du heute hören?«, frage ich Enna, während ich ihre große Decke über uns ausbreite.

»Ich darf sie mir selbst aussuchen?«, fragt sie mich. »Ohne, dass du die Augen verdrehst?«

»Versprochen.«

Als ich vor einigen Minuten durch das Fenster in Ennas Zimmer geklettert bin, habe ich sofort gemerkt, dass es ihr nicht gut geht. Also ist es ganz klar, dass ich ihr heute vorlese, was immer sie hören möchte. Und Hauptsache, sie lenkt mich ab. Mum und Dad haben sich wieder schrecklich laut gestritten, als ich in meinem Bett lag und versuchte einzuschlafen. Wieder einmal fragte ich mich, warum die beiden sich immer anschreien müssen und nicht einfach normal miteinander reden können. Immerhin sind sie doch erwachsen.

»Mary Poppins«, antwortet Enna schließlich und reißt mich damit aus meinen Gedanken, worüber ich wirklich froh bin. Diese Geschichte lesen wir am häufigsten, weil Enna sie immer wieder hören möchte. Ich verkneife mir, sie zu fragen, ob sie nicht langsam die Nase voll davon hat, so oft dieselbe Geschichte zu hören.

»Okay. Gibst du mir das Buch?«, frage ich sie.

Enna nimmt das Buch von dem Stapel neben ihrem Nachttisch, der in letzter Zeit immer größer geworden ist. Sie legt es in meinen Schoß und kuschelt sich dann an mich.

Ich mag es, hier einfach nur mit Enna zu liegen. Trotz ihrer Angst schafft sie es, mich zu beruhigen und von meinen Problemen zu Hause abzulenken. Bisher habe ich ihr noch nichts von den Streitereien meiner Eltern erzählt. Ich weiß, dass Enna ihre eigenen Probleme hat, und möchte nicht, dass sie sich Sorgen um mich macht. Stattdessen lese ich ihr lieber vor, um ihr die Angst vor der Dunkelheit zu nehmen, von der sie mir so oft erzählt. Ich liebe die Nacht, weil sie mir die vielen Sterne am Himmel zeigt, doch für Enna ist die Dunkelheit nichts Schönes. Auch wenn es mir nicht leichtfällt, ihre Angst zu verstehen, möchte ich nur, dass sie wieder lachen kann, und wenn ich ihr dafür immer wieder das gleiche Buch vorlesen muss, werde ich das tun.

Ich greife nach einem ihrer vielen Kissen und stopfe es mir zwischen Rücken und Bettkante. Ein nervöses Flattern breitet sich in mir aus, als sie ihren Kopf auf meine Schulter legt, und ich frage mich, ob sie es auch spürt.

Ich atme einmal tief durch, dann beginne ich zu lesen.

»Wenn du den Kirschbaumweg suchst, so brauchst du nur den Polizisten an der Straßenkreuzung zu fragen …«

»Finn!«, reißt mich ein lautes Rufen aus meinen Gedanken.

Ich blicke mich um und stelle entsetzt fest, dass mich alle anstarren.

Rachel schaut besonders komisch, weshalb ich annehme, dass sie es war, die meinen Namen eben rief.

»Entschuldige. Was hast du gesagt?«

»Ich habe dich gefragt, ob du auch noch einen Kaffee möchtest«, wiederholt sie ihre Frage belustigt. Ich werfe Enna einen Blick über den Tisch hinweg zu und stelle fest, dass auch sie abgelenkt zu sein scheint, als wäre sie mit ihren Gedanken ganz woanders. *Vielleicht in ihrem Zimmer, wo ich ihr vorgelesen habe …*

»Nein, danke. Erst mal nicht«, antworte ich schließlich, um wieder im Hier und Jetzt anzukommen. Sie drückt mir einen Kuss auf die Wange und verschwindet in der Küche. Mira wendet sich Enna zu und die beiden beginnen ein Gespräch, während ich mich auf das Gebäck vor mir konzentriere, von dem nur noch etwa zwei Happen übrig sind.

»Wo warst du denn gerade, Mann?«, fragt mich Jase leise.

»Hä?« Verdutzt schaue ich ihn an.

Mit seiner rechten Hand deutet er auf seinen Kopf und zieht dabei beide Augenbrauen in die Höhe.

»Ach so«, antworte ich, als der Groschen fällt. »Ich war nur in Gedanken.« Ich kann nicht verhindern, dass mein Blick daraufhin erneut zu Enna wandert. *Was ist nur los mit mir, verdammt?*

»*Mary Poppins* also, ja?«, fragt Jase mich und zieht dabei eine Augenbraue nach oben.

»Ja, *Mary Poppins*. Ich habe ihr immer daraus vorgelesen.« Er grinst und ich schlage ihm gegen den Oberarm. »Mach dich gefälligst nicht darüber lustig!«

»Das mache ich nicht. Ich finde es nur extrem süß«, sagt Jase.

»Wer ist extrem süß?«, ertönt es da von Rachel, die sich mit einer frischen Tasse Kaffee in den Händen wieder zu uns setzt.

»Finn«, antwortet ihr Jase. »Eben hat er mir erzählt, dass …«

»… am Samstagabend eine Party im **Stardust** für die Erstsemester steigt.« Es ist mir nicht unangenehm, wenn andere erfahren, wie nahe Enna und ich uns früher standen, doch Rachel muss davon nicht unbedingt etwas mitbekommen.

»Und was genau macht dich dadurch süß?«, fragt Rachel verdutzt.

»Dass ich gern mit euch allen auf diese Party gehen würde.« Ich werfe Jase einen warnenden Blick zu, den er richtig zu deuten scheint.

»Genau. Unser Finni-Boy möchte mit uns allen feiern gehen.« Jase wuschelt mir durch die Haare und ich lache.

»Jason!«, ruft Rachel daraufhin entsetzt. »Du sollst nicht immer seine Frisur zerstören. Schau doch, wie er jetzt aussieht!«

Sie beginnt, mit ihren Händen durch meine Haare zu fahren, um sie wieder zu richten.

»Entspann dich, Rachel«, meint er nur und rollt genervt mit den Augen.

Ich sehe meine Freundin an. »Bist du auch dabei?«

»Ich bin mir nicht sicher. An diesem Abend macht diese eine You-Tuberin einen Livestream, in dem sie …«

»Langweilig!«, brüllt Jason.

»Mann! Lass sie doch mal ausreden.« Ich werfe Jase einen ernsten Blick zu, woraufhin er nur entschuldigend mit den Schultern zuckt. Rachel hat sich mit verschränkten Armen in ihrem Stuhl zurückgelehnt. Wenn ich jetzt noch mal nachfrage, bringe ich das Fass wahrscheinlich zum Überlaufen, also wende ich mich Enna zu.

»Und du?«, frage ich sie hoffnungsvoll. Ein Abend mit meinen Freunden wäre schön, wenn auch Enna dabei wäre, wäre er vielleicht sogar noch ein bisschen schöner. Ich möchte sie bei diesem besonderen Ereignis unbedingt dabeihaben und hoffe, dass sie uns begleiten möchte.

Mit einem zweifelnden Blick sieht sie mich an. »Ich weiß nicht …«

»Komm schon, Enna. Das wird sicher lustig!«, motiviert sie Mira.

»Wir hätten dich wirklich gern dabei. Du gehörst jetzt mit dazu!«, meint Jase, was Enna ein kleines Lächeln entlockt.

Sie atmet einmal tief durch. »Einverstanden.«

»Das wird toll!«, ruft Mira, woraufhin Enna nur zaghaft nickt. Noch immer scheint sie Zweifel an ihrer Entscheidung zu haben und ich frage mich, warum das so ist.

»Okay, Leute. Ich komme auch mit!«, ruft Rachel.

»Was ist mit dem Livestream?«, frage ich sie verwundert. Eben wollte sie ihn doch noch unbedingt schauen.

»Egal. Du bist mir wichtiger!« Sie zieht mich für einen innigen Kuss zu sich heran. Ich erwidere den Kuss, obwohl mich ihre Worte zweifeln lassen. Ich habe ihr angesehen, dass sie viel lieber dieses Video schauen würde, als uns zu begleiten. Dennoch kann uns ein gemeinsamer Abend mit den anderen nicht schaden, denke ich. Vielleicht lockert es die angespannte Stimmung zwischen ihr und mir etwas auf. Und insgeheim macht es mich auch glücklich, dass sie sich für mich und gegen den Stream entscheidet.

»Das nenne ich mal einen schnellen Sinneswandel«, sagt Mira in die Runde und greift meinen ersten Gedanken auf.

Rachel löst sich von mir. »Man kann seine Meinung auch mal ändern, oder?«, fragt sie Mira, grinst dabei aber mich an.

»Klar«, antwortet Mira und hebt ergeben die Hände.

Jase versucht, die Stimmung etwas aufzulockern. »Hat jemand Lust auf eine Runde Zocken?«

»Bin dabei«, antworte ich sofort, während Mira und Enna den Kopf schütteln. Ich werfe Rachel einen fragenden Blick zu. »Ist das okay?«

»Klar. Aber zuschauen muss ich euch nicht dabei, oder?«

»Quatsch. Du könntest doch mit Mira und Enna …«

»Ich würde dann einfach schon gehen«, wirft sie ein.

»Okay. Sehen wir uns morgen?«

Rachel steht auf, wirft sich ihre Handtasche über die Schulter und streicht sich die langen schwarzen Haare nach hinten.

»Klar.«

Kurz winkt sie in die Runde, dann begleite ich sie zur Haustür, wo wir uns zum Abschied küssen.

»Mach Jason fertig!«, ruft sie mir noch zu, als sie schon einige Stufen im Treppenhaus heruntergelaufen ist.

»Das wird er *nicht* tun!«, brüllt Jase im Hintergrund.

»Immer!«, rufe ich Rachel hinterher und schließe lachend die Tür.

KAPITEL 9
Sehnsucht

Enna

Ich trete durch die Haustür in die kalte Abendluft hinaus und ziehe den Reißverschluss meiner Jacke bis ganz nach oben zu. Auf dem Fußweg bleibe ich stehen, schiebe die Hände in die Taschen meiner Jacke und drehe mich zu Finn, der die Tür gerade hinter sich zuzieht. Nachdem Rachel unsere Runde verlassen hat, haben er und Jason Mira und mich beim Abwasch unterstützt und anschließend noch eine Stunde vor der Konsole gesessen und irgendein Spiel gezockt, von dem ich noch nie zuvor gehört habe. Ich habe die Zeit mit meinen Freunden so sehr genossen, dass ich komplett vergessen habe, wie spät es ist. Der Tag ist verflogen, die Stunden in der WG haben sich wie Minuten angefühlt. Mittlerweile ist es schon Abend geworden und über die Stadt hat sich eine dunkle Decke gelegt.

Als ich mich von den Jungs verabschieden wollte, ließ Finn alles stehen und liegen und kündigte an, dass er mich nach Hause bringt. Nachdem ich ihn mehrere Minuten davon überzeugen wollte, dass das wirklich nicht nötig ist, habe ich es irgendwann aufgegeben und zugestimmt. Immerhin ist es mittlerweile schon dunkel draußen und über ein bisschen Gesellschaft auf dem Heimweg bin ich ehrlich gesagt froh. Dennoch ist da diese leichte Panik in mir. Davor, dass Finn mir meine Angst am Gesicht ablesen kann.

»Danke, dass du mich begleitest«, breche ich schließlich unser Schweigen.

»Na klar.« Finn lächelt mich an. »Hat es dir bei uns gefallen?«

Ich bin dankbar dafür, dass seine Frage mich auf andere Gedanken bringt. »Es war wirklich schön. Ihr habt mich direkt so herzlich aufgenommen, obwohl ihr mich noch gar nicht so lange kennt.«

»Das stimmt nicht«, berichtigt er mich. »Ich kenne dich ziemlich gut.«

»Du kanntest die kleine Enna. Die große kennst du noch nicht.« Als mir die Bedeutung meiner Worte bewusst wird, verschwindet das Lächeln von meinen Lippen. Irgendwie bin ich doch immer die kleine Enna geblieben – das Mädchen mit der Angst im Dunkeln. Und noch immer schwingt die unausgesprochene Frage zwischen Finn und mir. Die Frage, die ich mich einfach nicht traue, ihm zu stellen. Ich möchte die Leichtigkeit des heutigen Tages und das schöne Treffen nicht damit zerstören, in unserer Vergangenheit herumzugraben.

Schweigend laufen wir nebeneinanderher, bis Finn auf einmal die Hand mit seinem Schlüssel nach vorn streckt und gleich darauf eines der Autos am Straßenrand aufleuchtet.

Wie angewurzelt bleibe ich stehen.

Finn geht auf den schwarzen Wagen zu. »Es wird zwar nur eine kurze Fahrt, aber immerhin müssen wir so nicht durch die Kälte laufen.«

Er öffnet die Beifahrertür und beugt sich in den Wagen hinein. »Ich kann dir sogar die Sitzheizung anmachen, wenn du möchtest, die ist wirklich …«

Mitten im Satz stoppt er, als er sich wieder in meine Richtung dreht. »Ist alles okay?«, fragt er mich. Noch immer stehe ich wie angewurzelt auf dem Gehweg und starre auf seinen Wagen, unfähig, ihm zu antworten.

Ich möchte nichts mehr, als in dieses Auto zu steigen und mich von Finn nach Hause fahren zu lassen. Es wäre so leicht, einfach zu ihm zu gehen, mich in den Wagen zu setzen und anzuschnallen. Doch nicht für mich.

»Enna?«

Mein Herz rast in meiner Brust. Ich weiß, dass ich nicht in dieses Auto steigen muss. Aber die Tatsache, dass ich es *will*, aber einfach nicht *kann*, überfordert mich.

Irgendwann schaffe ich es, meinen Blick vom Auto zu nehmen und Finn anzuschauen, der mich besorgt ansieht.

Als ich zu zittern beginne, legt er wortlos die Arme um mich.

Finn

In dem Moment, in dem Enna mir endlich in die Augen schaute, begriff ich, was in ihr vorgehen musste. Nun halte ich sie in meinen Armen und frage mich, wie ich so blöd sein konnte.

Mir hätte klar sein müssen, dass Enna nicht ins Auto steigen wird. Ich hätte es zumindest ahnen können. Natürlich hat sie Angst davor – nach allem, was passiert ist.

Behutsam streiche ich ihr mit meinen Händen über den Rücken. Ennas Kopf liegt an meiner Brust, die Arme hat sie sanft um mich geschlungen. Noch immer zittert sie, doch in meiner Umarmung scheint sie sich etwas zu beruhigen.

Irgendwann löst sie sich sanft von mir und wischt sich mit den Ärmeln die Tränen aus den Augen, die ihr lautlos über das Gesicht gelaufen sind. Verlegen schaut sie auf ihre Schuhe.

»Weißt du was?«, frage ich sie vorsichtig und endlich hebt sie den Kopf und schaut mich an. Bei der Angst und der Scham in ihren Augen bricht es mir fast das Herz. »Ich habe gerade richtig große Lust auf einen Spaziergang.«

Trotz der angespannten Situation schaffe ich es, Enna ein kurzes Lachen zu entlocken.

Ich drehe mich um und werfe die Beifahrertür wieder zu und schließe das Auto ab. »Kommst du?«

Sie nickt, und dann laufen wir den Fußweg entlang. Ich überlege krampfhaft, welches unverfängliche Thema ich anschneiden könnte, um die Situation wieder zu entspannen. Enna scheint ihre Panik von eben wirklich unangenehm zu sein. Das plötzliche Bedürfnis in mir, ihr die Sorge zu nehmen, die offensichtlich auf ihren Schultern lastet, siegt über meine Vernunft.

»Vor mir muss dir nichts unangenehm sein. Das musste es noch nie.«

Einige Minuten geht Enna still neben mir her, doch ich merke, wie ihre Mauer Stück für Stück in sich zusammenfällt. Wir sind mittlerweile auf dem Campus angekommen und laufen durch eine der vielen Alleen, die durch mehrere Laternen beleuchtet ist.

»Sie sind immer noch da«, bricht Enna schließlich unser Schweigen.

»Wer ist noch da?«, frage ich sie sanft.

»Meine Ängste.« Während sie spricht, ist ihr Blick starr nach vorn gerichtet.

»Die Dunkelheit?« Ich erinnere mich an Ennas Angst. Wie könnte ich mich nicht daran erinnern? Beinahe jede Nacht habe ich versucht, ihr diese Angst zu nehmen.

»Ja«, beginnt sie. »Nach dem Unfall, bei dem meine Mum starb, ist die Panik immer schlimmer geworden.«

Zum ersten Mal, seit wir uns wiedergefunden haben, spricht Enna offen mit mir über den Tod ihrer Mutter. In mir tobt augenblicklich ein Kampf zwischen Angst und Schuld, aus dem beide Gefühle als Sieger hervorgehen.

»Wir waren mit dem Auto unterwegs. Ich weiß nicht mehr viel, fast nichts, um genau zu sein. Mum ist gefahren und ich saß auf der Rückbank. Ich saß meistens hinten, weil Mum so gut wie immer etwas neben sich auf dem Beifahrersitz herumfuhr. Pappmüll, den zu entsorgen sie tagelang vor sich herschob zum Beispiel.« Ein kurzes Lächeln huscht über ihr Gesicht, doch ebenso schnell, wie es aufgetaucht ist, verschwindet es wieder. »Irgendwann war da dieser schreckliche Knall, dann nur noch Dunkelheit.«

Ich spüre, wie viel Kraft es Enna kostet, diesen Moment noch einmal zu durchleben, um mir davon erzählen zu können. Dabei weiß ich so gut, wovon sie spricht. »Diese Dunkelheit ist das Einzige, woran ich mich erinnern kann. Sie machte mir schon immer Angst. Ich konnte meinen Eltern nie erklären, wieso ich mich so vor ihr fürchtete. Doch in dieser Nacht wurde die Schwärze der Nacht noch beängstigender für mich, als sie es vorher ohnehin schon war«, fährt sie schließlich fort. »Irgendwann bin ich dann im Krankenhaus aufgewacht und konnte mich an nichts mehr erinnern. Dad sagte mir noch am selben Tag, dass Mum nicht mehr lebt.«

Eine Träne rollt ihr über das Gesicht und es kostet mich alles an Kraft, nicht nach ihrer Hand zu greifen.

»Immer wenn es dunkel wird, breitet sich diese Angst in mir aus. Ich kann nichts dagegen tun. Und dann träume ich von Mum und verliere sie erneut, so viele Male aufs Neue.«

»Hast du jetzt gerade Angst?«, frage ich sie vorsichtig.

»Nein.« In ihrem Blick sehe ich, dass sie die Wahrheit sagt.

»Warum nicht?« Ich wünsche mir nur *eine* Antwort auf meine Frage.

»Weil du bei mir bist«, antwortet Enna. Genau wie damals wünsche ich mir nichts sehnlicher, als ihr ihre Ängste nehmen zu können. Daran hat sich bis heute nichts geändert.

Sie lächelt. Obwohl sich noch immer die Schuld in mir regt, fühlt es sich einfach gut an zu wissen, dass sie mir vertraut. Auch wenn sie eigentlich gar keinen Grund mehr dazu hat.

»Was ist die andere?«, frage ich sie schließlich, um mich wieder auf unser Gespräch zu konzentrieren und so viel wie möglich über sie zu erfahren.

»Die andere?« Verwirrt sieht Enna mich an.

»Die andere Angst. Du sprachst vorhin in der Mehrzahl?«

»Agoraphobie.«

Agoraphobie … Agoraphobie … Was genau war das noch mal?

Ich bin sicher, das schon einmal irgendwo gehört oder darüber gelesen zu haben.

Enna sieht meine Verwirrung. »In einfachen Worten ist damit die Angst gemeint, einer bestimmten Situation oder einem bestimmten Ort nicht entfliehen zu können. So hat es mir zumindest meine Ärztin damals beschrieben, und mir erschien ihre Beschreibung sehr passend.«

»Ist das etwas Ähnliches wie Klaustrophobie?« Davon habe ich schon häufig gehört. Einmal war ich sogar mit im Fahrstuhl, als eine junge Frau Panik bekam. Damals wusste ich nicht, wie ich mich verhalten sollte, also habe ich versucht, sie mit meinen Worten zu beruhigen. Bei ihrer Etage angekommen, stürmte sie dann direkt aus dem Fahrstuhl und war verschwunden.

»Man kann es damit vergleichen, zumindest, was die Symptome angeht. Der Auslöser für diese Angst ist allerdings ein anderer. Aber wir müssen nicht darüber sprechen …«

»Es interessiert mich wirklich!«

»Wieso?«, fragt sie mich verwundert.

»Weil es mir wichtig ist, die *große* Enna kennenzulernen.«

Wieder entlocke ich ihr ein kleines Lächeln.

»Klaustrophobie ist die Angst vor kleinen und engen Räumen, aber auch vor großen Menschenansammlungen, wie sie zum Beispiel auf einem Konzert auftreten. Deshalb wird diese Panikstörung oft auch als Raumangst bezeichnet. Betroffene haben Angst davor, eingesperrt zu sein. Oft reicht schon eine geschlossene Tür, um eine Panikattacke auszulösen.«

»Verstehe. Und bei dir ist es anders?«

»Es fühlt sich ähnlich an, unterscheidet sich aber dennoch«, antwortet sie. »Ich leide unter Agoraphobie, das bedeutet, ich meide bestimmte Orte und Plätze, weil sie in mir ein Panikgefühl entstehen lassen.«

»Wie entsteht so eine Angst?«, frage ich sie und fürchte mich zugleich vor ihrer Antwort. Dieses wundervolle Mädchen sollte keine Angst haben, vor nichts und niemandem.

»Sie wird durch schlechte Erfahrungen und Traumata ausgelöst, die man mit einem bestimmten Ort verbindet. Ich war nach dem Unfall eine Zeit lang im Auto eingeklemmt. Dummerweise bin ich zwischenzeitlich wach geworden und kann mich deshalb an den Schmerz erinnern, den ich empfand. Ich wollte mich bewegen und nach meiner Mum rufen, doch es gelang mir nicht. Für eine kurze Zeit versuchte ich, aus dem Wagen zu entkommen, doch ich konnte mich weder bewegen noch die Tür oder ein Fenster öffnen.«

»Du verbindest diese schrecklichen Erinnerungen also mit dem Auto, richtig?«, vergewissere ich mich.

»In erster Linie ja.« Enna nickt. »Jedoch meide ich ebenso Orte, an denen ich das Gefühl habe, nicht entkommen zu können. Ich möchte mit aller Macht vermeiden, mich so hilflos zu fühlen wie damals.«

Gerade laufen wir am großen Universitätsgebäude vorbei, es sind also nur noch wenige Minuten, bevor wir Ennas Wohnung erreichen werden. Mittlerweile kenne ich jede Straße in Starfall, damit ist mir auch ihre nicht unbekannt.

»Wie kommst du klar ohne deine Mum?«

»Ich vermisse sie jeden Tag, aber mein Dad ist mir eine große Stütze bei allem, was ich tue.«

Schweigend laufen wir nebeneinanderher. Irgendwann drehe ich mich vorsichtig zu ihr und sehe, dass sie weint. Wie gelingt es diesem Mädchen nur, keinen Mucks zu machen, während ihr die Tränen über das Gesicht laufen?

»Entschuldige«, sagt sie, als sie meinen Blick bemerkt. »Ich will nicht schon wieder weinen. Es war so ein schöner Tag und …«

»Du darfst weinen, Enna«, unterbreche ich sie und bleibe stehen. Entschlossen greife ich in die Taschen ihrer Jacke und ziehe ihre Hände daraus hervor, um sie mit meinen zu umschließen. *Scheiß auf die Schuld in mir. Damals bin ich gegangen, konnte nicht für sie da sein, doch* jetzt *bin ich hier.* »Es ist keine Schwäche und es ist nichts, wofür du dich schämen musst«, fahre ich fort. Mit meinen Daumen streiche ich sanft über ihre kleinen Hände. »Verstanden?«, frage ich sie sanft.

Enna schnieft und schaut mir dabei in die Augen.

»Weinst du auch manchmal?«, fragt sie mich.

»Natürlich.«

»Wirklich?«

»Ich heule wirklich oft.«

»Wann denn zum Beispiel?«, fragt sie mich, nun leicht amüsiert.

»Ich bin ein wirklich schlechter Verlierer. Letztens musste ich fast heulen, als Jase mich beim Zocken besiegt hat«, versuche ich, sie aufzuheitern.

Enna lacht und noch im selben Moment merke ich, wie sehr ich dieses Lachen in der letzten halben Stunde vermisst habe.

»Nie im Leben!«, sagt sie ungläubig und wischt sich die letzten Tränen aus dem Gesicht.

»Ich schwöre es dir hoch und heilig«, erwidere ich. Wir halten uns an den Händen. Ein Lächeln breitet sich auf ihrem Gesicht aus und in diesem Moment wünsche ich mir nichts sehnlicher, als dass dieses Lächeln genau dort bleibt. Für immer.

»Ich habe auch zwei Ängste«, gestehe ich ihr schließlich.

»Verrätst du sie mir?« Gespannt schaut sie mich an.

»Eine verrate ich dir jetzt. Die andere hebe ich mir noch etwas auf.«

»Wieso das?«

»Die ist einfach zu peinlich«, antworte ich lachend.

»Peinlicher, als mit neunzehn Jahren noch immer Angst im Dunkeln zu haben?« Sie zieht eine Augenbraue in die Höhe. *Das kann sie echt gut.*

»Glaub mir: ja.« *Wenn sie wüsste …*

»Okay. Dann raus mit Angst Nummer eins!«, fordert sie mich auf.

Ich atme einmal tief durch. Im Gegensatz zu meiner zweiten ist meine erste Angst alles andere als lustig. Doch Enna hat mir in den vergangenen Minuten so viel von sich preisgegeben. Ich möchte mich ihr nun auch ein kleines Stück weit öffnen.

»Seit meine Eltern sich getrennt haben, habe ich fürchterliche Angst davor, andere Menschen zu enttäuschen.« Noch während ich es ausspreche, realisiere ich, dass sie der erste Mensch ist, dem ich dieses Geheimnis anvertraue.

»Die beiden sind kein Paar mehr?«, fragt sie mich vorsichtig. Nun sind es ihre Finger, die über meine Hände streichen.

»Nein. Sie trennten sich kurz nachdem wir wegzogen, aber schon in den Monaten davor lief es nicht mehr gut zwischen den beiden. Ich habe mir lange Zeit die Schuld für ihre Trennung gegeben. Mittlerweile weiß ich, dass ich keine Schuld daran habe. Doch die Angst davor, einen anderen Menschen zu enttäuschen oder nicht gut genug für ihn zu sein, ist geblieben.« Ich atme einmal tief durch. »Dich habe ich damals auch enttäuscht, indem ich einfach ging.«

Die Worte sind aus mir hervorgebrochen, bevor ich sie daran hindern konnte.

»Hast du dich deshalb so sehr zurückgezogen damals?«, stellt Enna schließlich die Frage, vor der ich mich so lange fürchtete. »Es muss schrecklich für dich gewesen sein mitzuerleben, wie deine Eltern auseinandergleiten. Du hättest doch mit mir darüber sprechen können, Finn.«

»Ich ...«, beginne ich, während die Gedanken durch meinen Kopf rasen. Jetzt wäre der richtige Moment, ihr zu sagen, was damals wirklich in mir vorging. Es wäre nur fair, Enna endlich die ganze Wahrheit zu erzählen. Und doch bin ich dazu nicht fähig. Zu groß ist meine Angst, sie ein zweites Mal zu verlieren. Zu groß ist meine Angst vor dieser gottverdammten Wahrheit. »Ich konnte damals einfach nicht darüber sprechen, Enna. Und dann geschah der Unfall und ich war mit allem überfordert und ...«

Kurz scheint Enna zu überlegen, dann löst sie ihre Hände vorsichtig aus meinen und legt sie mir stattdessen auf die Schultern. Als ich ihren Blick mit meinem auffange, liegt nichts als Wärme und Vertrauen darin.

»Hör mir jetzt gut zu, Finn«, beginnt sie schließlich. »Die kleine Enna sagt dir jetzt, dass du der beste Freund warst, den sie sich hätte wünschen können. Und sie verzeiht dir, dass du damals einfach so verschwunden bist und dich zurückgezogen hast. Sie verzeiht dir sogar, dass du nie auf ihre SMS geantwortet und später deine neue Handynummer nicht mit ihr geteilt hast. Außerdem war es nicht deine Schuld. Deine Eltern trafen die Entscheidung wegzuziehen. Was hättest du denn tun sollen?«

Ich frage mich, ob sie auch nur ansatzweise irgendeine Ahnung hat, wie viel mir ihre Worte bedeuten. Auch wenn ich mir selbst nicht verzeihen kann, sie damals allein gelassen zu haben. Würde Enna die ganze Wahrheit kennen, würde sie diese Worte zurücknehmen. Doch sie von ihr zu hören, tut mir gerade einfach gut, auch wenn es das nicht sollte. Es ist egoistisch, doch ich entscheide mich dafür, es vorerst ruhen zu lassen.

»Und die große Enna versichert dir, dass du genau richtig bist, und zwar so, wie du bist. Sie würde nichts an dir ändern wollen.«

»Enna ...«, starte ich einen letzten Versuch, die Worte aus mir herauszubekommen, die sie verdient. Die Wahrheit endlich auszusprechen, doch Ennas Worte bremsen mich.

»Es ist okay, Finn«, meint sie nur. In ihren Augen sehe ich, wie unendlich müde sie ist. Müde von der Angst in ihr und den schrecklichen Erinnerungen an damals. »Jetzt sind wir hier. Wir haben einander wieder, leben in dieser wunderschönen Stadt und es ist so viel Zeit vergangen ...« Sie atmet einmal tief durch und lächelt dann zaghaft. »Meine Mum hätte gewollt, dass ich diese Zeit genieße. Dass *wir* diese Zeit genießen. Ich möchte nicht länger in der Vergangenheit leben.«

»In Ordnung«, sage ich. Enna schenkt mir ein Lächeln und obwohl ich nicht die Dinge gesagt habe, die ich hätte sagen sollen, beschließe ich, es vorerst gut sein zu lassen. Ich möchte diese neu gewonnene Zeit mit Enna einfach nur genießen.

Eine Weile sehen wir uns an, die letzten Meter zu ihrer Wohnung laufen wir schweigend nebeneinanderher. Doch es ist kein bedrückendes, sondern ein sehr angenehmes Schweigen.

Irgendwann bleibt Enna stehen und deutet mit der Hand auf ein kleines Wohnhaus. »Hier muss ich rein«, sagt sie. »Danke, dass du mich begleitet hast.«

»Sehr gern.«

»Und danke, dass du mir zugehört hast.«

Ich schaue ihr fest in die Augen. »Immer.«

In ihrer Handtasche kramt sie nach ihrem Hausschlüssel. Ich bleibe stehen, bis ich mich vergewissert habe, dass sie wohlbehalten in ihrer Wohnung angekommen ist. Mira hat mir erzählt, dass Enna ebenfalls im Dachgeschoss wohnt, also warte ich, bis ich in einem der kleinen Fenster ganz oben das Licht angehen sehe. Als hätte sie geahnt, dass ich noch immer hier unten stehe, sieht Enna aus dem Fenster zu mir runter und winkt mir noch einmal zum Abschied. Ich winke zurück, drehe mich um und laufe in Richtung WG davon.

Während ich die Straßen von Starfall entlanggehe, breitet sich ein Gefühl in mir aus, das ich zum letzten Mal vor etwa fünf Jahren verspürt habe. Obwohl wir uns eben erst verabschiedet haben, vermisse ich Enna schon jetzt.

Als ich versuche, diesem Gefühl einen Namen zu geben, fällt mir nur ein passender ein.

Sehnsucht.

Fünf Jahre zuvor – 2015, Februar

Ich sitze auf dem Boden meines mittlerweile leeren Zimmers. Die Wand vor mir, die bis gestern noch in einem hellen Blau gestrichen war, ist nun wieder weiß – genau wie an dem Tag, an dem wir damals in dieses Haus gezogen sind.

Mum und Dad räumen schon seit einer Stunde die Umzugskartons in den Transporter vor unserem Haus. Gerade sind sie in der Küche und schreien sich an. Mal wieder. Ich setze mir meine Kopfhörer auf und schalte eine meiner Playlists auf dem Handy auf volle Lautstärke. Ich bin es leid, den beiden beim Streiten zuzuhören.

Es fing damit an, dass sie sich immer dann anschrien, wenn ich im Bett lag. Wahrscheinlich glaubten sie, dass ich sie nicht hören könnte, weil ich schlief, denn vor mir stritten sie sich nie. Immer nur heimlich. Doch seit einigen Monaten ist es schlimmer geworden. Ich wurde älter und irgendwann machte es den beiden auch nicht mehr viel aus, sich direkt vor mir zu streiten. Doch seit dem Unfall zoffen sie sich ständig – und ich bin schuld daran. Vielleicht hätten die beiden ihre Probleme klären können und wieder zueinandergefunden, wenn ich nicht so blöd und egoistisch gewesen wäre. Bestimmt hätten sie sich irgendwann wieder vertragen und wir hätten weiterhin in unserem Haus leben können. Ich hätte meine beste Freundin weiterhin sehen können.

Enna. Ich vermisse sie so sehr.

Seit Wochen habe ich sie nicht mehr gesehen. Enna hat ihre Mum verloren und ich kann nicht für sie da sein. Nie wieder kann ich das.

Irgendwann legen sich zwei Hände auf meine Schultern. Ich nehme die Kopfhörer von meinen Ohren. Mum steht hinter mir und schaut mich aus unendlich traurigen Augen an. »Es ist Zeit, Finn.«

Ich stehe auf, und dann stehen wir im Flur des Obergeschosses.

»Warum habt ihr euch gestritten?«, frage ich sie.

»Das war kein Streit. Dein Dad und ich mussten nur über etwas diskutieren.«

Wie immer redet sie sich raus und lügt mich an, als wäre ich noch immer der kleine Junge, der nichts versteht.

Mum schnappt sich in der Küche einen der letzten Kartons, dann zieht sie die rote Haustür hinter uns zu. Dad nimmt Mum den großen Karton aus der Hand, schafft ihn zum Umzugswagen, stellt ihn zu den anderen und wirft dann mit einem lauten Krachen die große Klappe zu.

Die beiden werfen einen letzten Blick auf unser Haus. Als ich die Trauer in ihren Augen sehe, kann ich die Frage nicht mehr zurückhalten, die ich ihnen schon so lange stellen will.

»Bin ich schuld an euren ständigen Streitereien?«

Überrascht blicken meine Eltern sich an, und in diesem Moment scheint ihnen der Streit von eben nicht mehr so wichtig zu sein. Mum legt ihre Hand auf meine rechte und Dad seine auf meine linke Schulter.

»Du bist nicht schuld daran, Finn.« Ernst sieht Mum mich an.

»Es tut uns sehr leid, dass du unseren Streit bemerkt hast. Aber du bist nicht dafür verantwortlich«, stimmt Dad ihr nickend zu.

Ich glaube den beiden, dass sie ehrlich zu mir sind. Und doch ist für mich klar, dass wir nur meinetwegen ausziehen. Nur ich trage die Verantwortung dafür, dass wir nicht länger hierbleiben können.

Doch all das behalte ich für mich. Stattdessen nicke ich und laufe zum Umzugswagen.

Ein letztes Mal drehe ich mich zu unserem Haus um. Dann schaue ich zu dem Baum hinüber, den ich so viele Male hochgeklettert bin, um meine beste Freundin zu besuchen. Enna steht an ihrem Fenster und beobachtet uns. Ich würde sie so gern umarmen und ihr sagen, wie unfassbar leid es mir tut. Dass ich nichts lieber getan hätte, als mit ihr auf dem Schulball zu tanzen, es aber einfach nicht konnte.

Doch ich kann es ihr nicht sagen. Ich darf es nicht. Ich würde alles nur noch schlimmer machen.

Also hebe ich nur meine Hand, um ihr zum Abschied zu winken. Enna winkt zurück und sieht dabei unglaublich traurig aus. Ob sie mich auch so sehr vermisst wie ich sie?

Ich bin kurz davor loszuheulen und möchte auf keinen Fall, dass sie mich dabei sieht. Also drehe ich mich um und laufe auf den Umzugswagen zu. Auf dem Weg dahin spüre ich Ennas Blick in meinem Rücken.

Nichts würde ich lieber tun, als mich noch einmal zu ihr umzudrehen.

Doch stattdessen steige ich zu meinen Eltern ins Auto.

Ich fühle mich wieder klein und hilflos.

Meine Tränen halte ich mit aller Kraft zurück.

KAPITEL 10
Elfen und Sterne

Enna

»Schwarz oder rot?« Fragend sieht Mira mich an, während sie zwei Bügel vor sich ausstreckt.

Ich lege den Kopf schräg und versuche, mir meine Freundin in beiden Kleidern vorzustellen. Das schwarze reicht ihr bis knapp über die Knie und hat einen U-förmigen Ausschnitt. Es ist eher schlicht und schick. Das rote Kleid ist hingegen auffälliger. Am Ausschnitt ist es mit leichter Spitze besetzt. Außerdem ist es tailliert und fällt ab der Mitte locker bis zu den Knien, während das schwarze eher eng geschnitten ist. Mira dreht die Kleider um. Das schwarze Kleid hat einen hübschen Rückenausschnitt, doch die zarte Schleife, mit der das rote Kleid um die Hüfte festgebunden wird, überzeugt mich schließlich.

»Das rote«, antworte ich auf ihre Frage. »Es wird super aussehen zu deinen langen blonden Haaren.«

»Das rote also.« Mira dreht sich wieder zu ihrem Kleiderschrank um und hängt das schwarze Kleid zurück in ihre Sammlung. Sie besitzt unglaublich viele Kleider in den unterschiedlichsten Farben und Mustern. Ich bin fasziniert von ihrem großen Kleiderschrank.

Als ich vor etwa einer Stunde in der WG ankam, öffnete Mira mir freudestrahlend die Tür. Seit ich meinen Fuß über die Türschwelle gesetzt habe, hat sie bestimmt schon zehnmal wiederholt, wie sehr sie sich auf den heutigen Abend freut. Und obwohl ich noch immer Angst vor der Party habe, auf die wir später gehen werden, ist Miras Vorfreude auch ein bisschen ansteckend.

Als ich nach Starfall zog, nahm ich mir vor, mutiger zu sein. Ich habe wundervolle Freunde hier gefunden und möchte einfach einen unbeschwerten Abend mit ihnen verbringen. Und auch wenn ich schon weiß, dass es nicht einfach für mich werden wird, beschließe ich, mir nicht jetzt schon den Kopf über eine mögliche Panikattacke zu zerbrechen.

»Jetzt müssen wir nur noch ein passendes Kleid für dich finden«, reißt Mira mich aus meinen Gedanken.

Gestern trafen wir uns wieder in der Mittagspause, um zusammen zu essen. Dabei quatschten wir unter anderem über die heutige Party. Während Mira schon mindestens drei Ideen für potenzielle Outfits hatte, gestand ich ihr, dass mein Kleiderschrank eher eintönig ist. Meistens trage ich Jeans und Shirts, selten einen Rock oder eine Bluse. Kleider besitze ich so gut wie keine. Nur ein einzelnes hängt in meinem Schrank – Mums gelbes Lieblingskleid. Nach ihrem Tod habe ich es behalten. Ich wusste, dass sie es so gewollt hätte. Irgendwann möchte ich es auch tragen, doch dazu braucht es einen wirklich bedeutenden und besonderen Anlass – also definitiv nicht meine erste Collegeparty.

Mira schlug mir gestern vor, dass ich mir eines ihrer Kleider für den heutigen Abend leihen kann. Dankend nahm ich an, denn auf meiner ersten Veranstaltung hier in Starfall möchte ich hübsch aussehen. Normalerweise trage ich keine Kleider, doch heute ist kein normaler Tag, also werde ich etwas wagen.

»Lässt du mir freie Hand oder möchtest du dich erst mal durch meinen Schrank wühlen?«, fragt Mira mich.

»Ich vertraue deinem Modegeschmack mehr als meinem. Also leg los!« Grinsend beginnt sie, ihre vielen Kleider auf der Stange hin- und herzuschieben.

Während Mira nach einem passenden Teil für mich sucht, nutze ich die Zeit, mich noch einmal ganz in Ruhe in ihrem Zimmer umzuschauen. Vorhin hat sie mir erzählt, dass die Jungs ihr damals beim Einzug freiwillig das größte Zimmer überließen. Wenn ich mich jetzt hier so umsehe, scheinen Finn und Jase mit ihrer Entscheidung alles richtig gemacht zu haben.

Kommt man zur Tür herein, füllt auf der linken Seite Miras großer Kleiderschrank die komplette Ecke aus. Geradeaus steht ihr großes Bett vor einem riesigen Fenster, die Wand ist in einem warmen Braunton gestrichen. An der rechten Wand steht ein großer Schreibtisch und daneben ein kleines Bücherregal. Bisher hatte ich noch keine Zeit, mir die Bücher in Ruhe anzuschauen, also knie ich mich jetzt vor das flache Regal. Mit meinen Fingern streiche ich vorsichtig über die Buchrücken. Die meisten Bücher sind Leseausgaben, wahrscheinlich noch aus Miras Schulzeit. Darunter finde ich *Der Fänger im Roggen* von J. D. Salinger und auch *Unterwegs,* eines meiner Lieblingsbücher von Jack Kerouac. Ich entdecke zudem einige Gesetzestexte, wahrscheinlich für ihr Studium, neben den Romanen.

Ich erhebe mich aus meiner Hocke und lasse meinen Blick nun über die vielen Fotos an Miras großer Pinnwand wandern, die über ihrem Schreibtisch an der Wand befestigt ist. Die meisten zeigen sie und Jase. Auf einigen Fotos sind die beiden noch klein und schon damals waren sie wie aus einem Gesicht geschnitten. Doch es sind auch aktuellere dabei, die die Zwillinge bei ihrem Abschluss zeigen. Auf einem der Bilder stehen sie lächelnd zwischen einem Mann mit Glatze und einer Frau mit kurzen blonden Haaren, von denen ich annehme, dass es die Eltern der beiden sind.

Schließlich fällt mein Blick auf ein Selfie der beiden gemeinsam mit Finn, der das Handy vor sich ausstreckt. Alle drei grinsen in die Kamera und sehen wahnsinnig glücklich aus. Im Hintergrund meine ich, das Wohnzimmer aus dieser Wohnung zu erkennen, allerdings ohne Möbel und mit einer kahlen Wand.

»Das ist ein tolles Foto«, sage ich zu Mira, meinen Blick dabei aber noch immer auf das Foto an der Wand gerichtet.

Ich höre ihre Schritte auf dem Parkett, als sie zu mir kommt und sich hinter mich stellt, um mir über die Schulter zu schauen.

»Es ist eins meiner Lieblingsfotos mit den Jungs. Es entstand an unserem Einzugstag.«

»Wie schön.« Lächelnd betrachte ich weiterhin das Foto, während Mira ihren Kopf auf meine Schulter legt.

»Ich habe das perfekte Kleid für dich gefunden«, murmelt sie nach einigen Sekunden bedächtig.

Lächelnd drehe ich mich zu ihr um. »Wirklich?«

Sie nickt. Die Arme hat sie hinter dem Rücken versteckt. Ich versuche, an ihr vorbeizuschielen, doch sie lässt mir keine Chance, das Kleid zu sehen.

»Zeig es mir!«

»Es ist eines dieser Kleider, die man einfach angezogen sehen muss. Glaub mir!« Mit einem Funkeln in den Augen sieht sie mich an. »Wir machen es anders. Dreh dich um.«

Stumm komme ich ihrer Aufforderung nach und drehe mich wieder zur Wand. Ich höre, wie Mira zum Kleiderschrank zurückgeht, dann erlöst sie mich.

»Du kannst dich wieder umdrehen.«

Ich tue wie geheißen, kann das Kleid aber nirgendwo sehen. Fragend hebe ich eine meiner Augenbrauen in die Höhe.

Mira lacht. »Wir kümmern uns jetzt erst mal um dein Make-up

und deine Haare. Dann wirst du deine hübschen Bambiaugen schließen, während ich dir das Kleid anziehe.«

»Und dann laufe ich mit geschlossenen Augen zur Party?«, frage ich sie lachend.

»Quatsch! Wobei die Vorstellung wirklich interessant ist …«

»Mira!«, rufe ich warnend.

»Ich mache doch nur Spaß. Natürlich darfst du dich dann im Spiegel anschauen.« Mira lächelt. »Das ist deine erste Studentenparty. Die ist immer etwas ganz Besonderes.«

»Auch für Stubenhocker wie mich?« Zweifelnd sehe ich sie an.

»Besonders für Stubenhocker wie dich.« Kurz überlege ich, ihr den wahren Grund dafür zu nennen, weshalb ich mir so große Sorgen über diese Party mache. Doch schon beim Gedanken daran wird mir mulmig zumute. Ich vertraue Mira und ich kenne sie bereits gut genug, um zu wissen, dass sie mich nie verurteilen würde. Dennoch entscheide ich mich dafür, meine Ängste zunächst noch nicht mit ihr zu teilen. Dafür ist die Stimmung gerade viel zu unbeschwert.

In der darauffolgenden Stunde übergebe ich Mira das Zepter. Sie schminkt zuerst mich und anschließend sich selbst. Zufrieden betrachtet sie sich im Spiegel. Ich will es ihr gleichtun.

»Ha! Nein! Bleibst du wohl sitzen!« Sie steht vor mir, die Hände in die Hüften gestützt. »Ich werde dir jetzt noch leichte Locken zaubern, dann ziehen wir dir dein Kleid an und *dann* darfst du dich anschauen.«

Ich gebe mich geschlagen und beschäftige mich mit meinem Handy, während Mira ihren Lockenstab vorheizt und mit ihren Händen auf meinem Kopf herumfummelt. Da mein Dad so ziemlich der einzige Mensch ist, mit dem ich regelmäßig schreibe, habe ich keine einzige Nachricht. Abgesehen von meinem Instagram-Profil, auf dem ich höchstens einmal im Monat ein Foto poste, bin ich nicht in den sozialen Medien unterwegs. Da stecke ich meine Nase lieber in Bücher.

Dennoch logge ich mich nun kurz in meinen Account ein, um nach neuen Nachrichten oder Kommentaren zu schauen. Mein letztes Bild stammt noch von der Zeit vor meinem Umzug. Dad hat es aufgenommen, als wir vergangenen Monat spazieren waren. Es hat geregnet an diesem Tag, doch wir wollten es uns nicht nehmen lassen, eine Runde zu gehen. Dad hat das Foto heimlich geschossen, als ich gerade abgelenkt war. Darauf zu sehen bin ich in meinem dunkelgrünen Regenmantel. Ich trage schwarze Gummistiefel und halte meinen gepunkteten Regenschirm schützend über mich, während ich beim Laufen lächelnd auf meine Schuhspitzen schaue. Ich liebe das Foto, vor allem deshalb, weil es nicht gestellt ist. Es entstand spontan und aus einem wundervollen Moment heraus.

Ich klicke auf das Foto und stelle fest, dass ich einen neuen Kommentar darunter bekommen habe.

99attacker: Kannst du mit dem Schirm auch fliegen? :D

Mir entweicht ein verwirrtes »Hä?«.

»Was ist los?«, fragt Mira mich, während sie die nächste Haarsträhne um den Lockenstab wickelt.

»Ich habe einen Kommentar bei Instagram bekommen. Da scheint wohl jemand Mary Poppins gelesen zu haben.« Noch immer verwirrt betrachte ich mein Foto. Natürlich ist mir die Anspielung des Kommentars auf mein Lieblingsbuch nicht entgangen.

Mira löst die Strähne vom Lockenstab und lässt sie zurück auf meinen Rücken fallen, dann beugt sie sich über mich, um auf mein Handy zu linsen.

Kurz darauf lacht sie. »Das ist Jase.«

Lächelnd tippe ich eine Antwort in das Kommentarfeld unter meinem Posting.

ennawlsn: Na klar! Mein Name ist Enna Poppins.

Hinter meine Nachricht setze ich noch drei Regenschirm-Emojis, dann fällt mein Blick auf Jasons Account-Namen.

»Warum hat er diesen Namen ausgewählt?«

»Jase steht total auf diese Band. Wie heißen die noch gleich?«, kurz überlegt sie. »Irgendwas mit Mars ...«

»Thirty Seconds to Mars?«, frage ich sie.

»Genau die. Jase Lieblingssong heißt ›Attack‹.« Mira zieht eine letzte Haarsträhne vom Lockenstab, dann schaltet sie ihn ab und läuft einmal um mich herum. Dabei fährt sie mir immer wieder an den verschiedensten Stellen durch die Haare, bis sie vor mir stehen bleibt. Ein zufriedener Ausdruck legt sich auf ihr Gesicht. »Du siehst wunderschön aus, Enna.«

Ich merke, wie meine Wangen warm werden, und hoffe, dass Mira genug Make-up aufgetragen hat, um mein Erröten zu kaschieren.

»Danke.« Ich lächle sie an.

Während Mira sich anschließend um ihre eigene Frisur kümmert, durchstöbere ich Jasons Instagram-Account. Ich klicke mich durch seine Fotos, unter denen ich viele mit einer Gitarre und Songtexten finde. Die meisten seiner Fotos sind Schwarz-Weiß-Aufnahmen, zeigen tolle Perspektiven und haben eine hervorragende Qualität.

»Jasons Fotos sind der Wahnsinn«, sage ich zu Mira, während ich mich weiter durch sein Profil scrolle.

»Die meisten davon hat Finn gemacht.«

»Wirklich?« Interessiert schaue ich von meinem Handy zu Mira auf.

Sie nickt. »Finn ist häufiger mal mit seiner Kamera unterwegs und auch hier in der WG macht er öfter mal Fotos, unter anderem auch für Rachel oder Jase. Er hat wirklich Talent.«

»Das wusste ich noch gar nicht.«

»Wenn du diese Fotos schon toll findest, dann schau unbedingt mal auf seinem eigenen Account vorbei. Dort postet er ...«

Mitten in Miras Satz wird die Tür aufgerissen ohne ein vorheriges Anklopfen. Erschrocken fahren wir beide herum. Jason streckt seinen Kopf zur Tür herein.

»Seid ihr langsam mal fertig?«

»Wie oft habe ich dir schon gesagt, dass du anklopfen sollst, bevor du in mein Zimmer kommst? Wir hätten nackt sein können!«

Jason lacht. »Schwesterherz, da würde mich nichts erwarten, was ich nicht schon kenne.« Er wendet sich mir zu. »Bei uns beiden hingegen wäre es wahrscheinlich unangenehmer ...«

Weiter kommt er nicht, denn Mira hat sich eine große Haarklammer gegriffen, die sie nun mit viel Schwung auf ihren Bruder wirft.

»Kein Grund, gleich gewalttätig zu werden!«

Ich stimme in sein Lachen mit ein und irgendwann muss auch Mira grinsen. »Wir sind fast fertig. Gebt uns noch zehn Minuten, dann können wir los.«

»Alles klar.« Jason verlässt das Zimmer.

Mira steckt eine letzte Strähne mit einer Haarnadel an ihrem Kopf fest. Ihre langen blonden Haare hat sie leicht gewellt und die vordere Strähne auf einer Seite eingedreht seitlich festgeklemmt.

Ich lobe sie für ihre Frisur, dann räumen wir ihre ganzen Schmink- und Haarutensilien wieder auf, bevor wir unsere Kleider anziehen. Mira schlüpft zuerst in ihres und als sie es trägt, weiß ich, dass das rote Kleid definitiv die richtige Wahl für sie war – sie sieht einfach zauberhaft darin aus. Mit geschlossenen Augen lasse ich mir von Mira in mein eigenes Kleid helfen. Mehrmals kippe ich fast um bei dem Versuch, blind in das Kleid hineinzusteigen, doch schließlich gelingt es uns, mich irgendwie in den Stoff zu manövrieren.

Mira schließt vorsichtig den Reißverschluss. Dann schiebt sie mich sachte einige Meter durch ihr Zimmer, bis wir vor ihrem großen Spiegel stehen.

»Bist du bereit?«

Ich nicke zögerlich.

»Dann darfst du die Augen jetzt aufmachen.«

Vorsichtig öffne ich erst mein rechtes und dann mein linkes Auge. Bei meinem eigenen Anblick im Spiegel bleibt mir beinahe das Herz stehen.

Ich bin keine Frau, die sich in ihrem Körper unwohl fühlt. Natürlich gibt es auch bei mir die eine oder andere Zone, die ich gern kaschieren würde, wenn ich es könnte, aber generell fühle ich mich wohl. Doch dass ich mich wirklich *schön* gefühlt habe, ist schon eine ganze Weile her.

Meine braunen Haare fallen mir in sanften Locken auf die Schultern. Mira hat mir ein leichtes Make-up aufgetragen, das wirklich gut zu mir passt. Es ist nicht zu aufdringlich, dennoch schmeichelt es meinem Gesicht. Auf meinen Augenlidern hat sie einen leicht goldenen Lidschatten aufgetragen, den man aber nur bei genauerem Hinsehen erkennen kann. Meine Lippen werden durch einen dunkelroten Lippenstift hervorgehoben, der zwar sehr auffällig ist, mir aber dennoch unglaublich gut steht.

Das Highlight meines Spiegelbildes ist aber das Kleid, das Mira für mich ausgesucht hat. Es besteht aus einem dunkelgrünen Stoff, der sich sanft an meine Brust schmiegt, an der Taille etwas enger sitzt und dann locker nach unten fällt. Das Kleid reicht mir bis knapp über die Knie, hat kurze Ärmel und einen eckigen Ausschnitt, der nicht zu hochgeschlossen, aber auch nicht zu tief ist. Mit meinen Händen streiche ich behutsam über den unglaublich weichen Stoff. Das Kleid ist nicht auffällig, aber dennoch einzigartig.

Mein Blick fällt schließlich auf Mira, die grinsend hinter mir steht und mich erwartungsvoll ansieht. »Gefällt es dir?«

Ich drehe mich zu ihr um und schließe sie vor lauter Freude in meine Arme. »Es ist unglaublich. Dankeschön.«

Schon nach so kurzer Zeit scheint Mira mich wahnsinnig gut zu kennen.

»Gern geschehen«, sagt meine Freundin und löst sich dann vorsichtig von mir. »Eines fehlt noch.«

Mira zieht ein paar Schuhe aus dem Kleiderschrank. Es sind schwarze Boots, die bequem und dennoch elegant aussehen.

»Die passen super zum Kleid. Außerdem sind sie flach. Glaub mir, du wirst mir später dafür danken.« Mira lächelt mich an und greift nach einem weiteren Paar schwarzer Stiefel für sich.

»Woher weißt du, dass wir die gleiche Schuhgröße haben?«

»Ich habe einfach ein Auge dafür. Außerdem haben wir ungefähr die gleiche Körpergröße.«

Ich werfe ihr einen anerkennenden Blick zu, dann schlüpfe ich in das Paar Schuhe. Mira tut es mir gleich.

Ein letztes Mal werfe ich einen Blick in den Spiegel. Meine Freundin stellt sich neben mich und zückt ihr Handy, um ein Foto von uns zu machen. Wir grinsen in die Kamera, als Mira den Auslöser drückt. Sie hat einen Arm um mich geschlungen und ich meinen Kopf an ihren gelehnt. Hätten wir Flügel, dann würden wir in diesem Moment aussehen wie zwei Elfen, nur ohne all den Glitzer, der sie in Filmen und Geschichten immer umgibt.

»Ich danke dir«, flüstere ich ihr zu, als wir uns das Foto anschauen, und hoffe, sie weiß, dass ich damit nicht nur das tolle Kleid meine, das ich heute tragen darf.

In diesem Moment durchströmt mich eine Welle des Glücks darüber, dass ich in Mira eine wahre Freundin gefunden habe. Obwohl ich mich schlecht dabei fühle, vergleiche ich unsere Bindung mit der, die ich mit Hanna habe. Ich stelle fest, dass ich mich Mira schon nach der vergleichsweise kurzen Zeit, die wir uns kennen, näher fühle als Hanna, mit der ich bereits seit vier Jahren befreundet bin. Trotz des schlechten Gewissens erlaube ich mir, so zu fühlen. Ich darf glücklich sein.

Wir greifen nach unseren Handtaschen und verlassen dann Miras Zimmer. In der Küche treffen wir auf Rachel, die ein eng anliegendes schwarzes Kleid trägt. An die Kücheninsel gelehnt, tippt sie auf ihrem Handy herum und wackelt ungeduldig mit dem Fuß. Jase stellt auf der Terrasse die Stühle zusammen, auf denen wir noch vor einigen Stunden gesessen haben.

»Wir wären dann so weit!«, ruft Mira in die Runde.

Während Rachel uns gar nicht wahrzunehmen scheint, kommt Jason ins Wohnzimmer und zieht die Terrassentür hinter sich zu.

Er kommt zu uns und schaut zunächst Mira an. »Schwesterherz, du siehst wie immer zauberhaft aus«, lobt er sie, woraufhin sie sich lachend verbeugt.

Dann wandert Jasons Blick zu mir. Er betrachtet mich einmal von oben bis unten und stößt einen anerkennenden Pfiff aus. Ich muss lachen und habe gleichzeitig das Gefühl, dass meine Wangen glühen.

»Du siehst wirklich hübsch aus, Enna.«

»Danke. Das ist das Meisterwerk deiner Schwester.«

Ich werfe einen Blick zu Rachel, die noch immer nicht von ihrem Smartphone aufschaut. Irgendwie bezweifle ich, dass sie überhaupt Notiz von uns genommen hat, seit wir den Raum betreten haben.

Wir drei laufen zur Garderobe, um unsere Jacken zu holen.

»Sagst du Finn Bescheid, dass es losgeht?«, bittet Jason mich.

Ich nicke. »Klar.«

Mira und Jason werfen sich ihre Jacken über, während ich zu Finns Zimmer laufe. Die Tür steht offen, also spähe ich unsicher hinein.

Das Licht ist ausgeschaltet und mittlerweile ist es schon so dunkel draußen, dass man auch hier drinnen nichts mehr erkennen kann. »Finn?«, frage ich vorsichtig in die Dunkelheit hinein.

»Komm rein«, fordert er mich auf. Das Licht geht an.

Finn sitzt auf einem kleinen Hocker vor seinem Fenster, direkt neben ihm steht ein großes Fernrohr. Kurz schaue ich mich in seinem Zimmer um, das ich nun zum ersten Mal sehe.

Links steht ein großes Bett, über dem ein riesiges Poster eines Sternenhimmels hängt. Immer wieder sind mehrere Sterne durch zarte Linien miteinander verbunden, sodass alle Sternbilder auf dem Poster zu sehen sind. An der rechten Wand des Raumes, die in einem dunklen Blauton gestrichen ist, stehen ein Kleiderschrank und Finns Schreibtisch, auf dem sich mehrere Unterlagen stapeln. Der Boden ist mit einem dunkelbraunen Laminat ausgelegt, in der Mitte liegt ein flauschiger Teppich.

»Wow«, entfährt es mir unbeabsichtigt. Dieses Zimmer ist wirklich wunderschön.

»*Wow* trifft es ziemlich gut«, sagt Finn, wobei sein Blick aber nicht wie meiner durch das Zimmer wandert, sondern ruhig auf mir liegt. »Du siehst wahnsinnig hübsch aus, Enna.«

Finn lässt seinen Blick über mich wandern, bis er meinen Blick mit seinen Augen wieder einfängt.

Sofort merke ich, wie meine Wangen warm werden, doch diesmal scheinen sie regelrecht zu brennen, und dieses Gefühl breitet sich augenblicklich in meinem gesamten Körper aus. »Danke«, murmle ich nur.

Nun betrachte auch ich ihn. Finn trägt eine dunkelblaue Jeans und dazu ein weißes Shirt, unter dem sich seine Bauchmuskeln abzeichnen. Ich frage mich, ob er gern Sport treibt. Früher war er jedenfalls ein richtiger Wirbelwind und kaum zu bremsen, was sich scheinbar nicht geändert hat, sonst wäre er sicher nicht so muskulös gebaut. Er gefällt mir. Sehr sogar. Über dem Shirt trägt er eine schwarze Strickjacke mit Kapuze, die sein Outfit noch lässiger wirken lässt.

»Du siehst aber auch nicht schlecht aus.« Schmunzelnd sehe ich ihn an, dann fällt mein Blick wieder auf das Fernrohr neben ihm.

»Hast du dir die Sterne angeschaut?«

Er nickt. »Das mache ich jeden Abend, wenn es das Wetter zulässt, und auch heute wollte ich es mir nicht nehmen lassen. Magst du mal durchschauen?« Fragend sieht er mich an.

»Ich glaube, die anderen wollen wirklich los …«

»Quatsch. Die fünf Minuten haben wir noch. Komm her!«

Finn winkt mich zu sich. Er steht von seinem Hocker auf und bedeutet mir, darauf Platz zu nehmen. Ich setze mich hin und kurz darauf schaltet Finn das Licht wieder aus und lehnt die Tür an, sodass es beinahe komplett dunkel im Raum ist. Nur das Licht aus dem Flur wirft eine helle Linie auf den Zimmerboden.

»Was muss ich machen?«, frage ich ihn unsicher. Ich möchte keine Einstellung zerstören oder etwas kaputt machen, immerhin saß ich noch nie vor einem Fernrohr und dieses hier sieht aus, als wäre es teuer gewesen.

Er kniet sich hinter mich und umschließt meine Hände mit seinen. Sofort breitet sich eine angenehme Wärme in mir aus. Es ist genau die gleiche, die ich auch bei unserem Spaziergang verspürt habe, als er mich im Arm hielt.

Finn legt meine Hände um das Fernrohr. »Du legst deine Hände hierhin und schaust dann einfach vorn durch das Guckloch. Ich habe schon alles eingestellt, du brauchst also einfach nur durchschauen.«

Vorsichtig beuge ich mich nach vorn und werfe einen Blick durch das Fernrohr. Was ich sehe, raubt mir beinahe den Atem.

Der dunkle Abendhimmel liegt über der Welt und mitten in diesem dunklen Blau leuchten die Sterne. Manche sind etwas heller als die anderen, es gibt kleine Sternengrüppchen und auch vereinzelte Sterne. Das Bild, das sich mir bietet, lässt eine angenehme Ruhe in mir zurück. Ich meine, den Großen Wagen zu entdecken, eins der Sternbilder, die Finn mir früher gezeigt hat und das mir in Erinnerung geblieben ist.

»Das ist der Wahnsinn, Finn«, flüstere ich.

»Das ist es.« Er ist mir so nah, dass ich seinen warmen Atem an meinem Hals spüren kann.

Langsam löse ich mich vom Fernrohr und drehe mich zu Finn um. Unsere Gesichter sind nur wenige Zentimeter voneinander entfernt. Noch immer kniet er hinter mir und noch immer umschließen seine Hände meine. Ich verliere mich in dem warmen Grün seiner Augen und auch er schaut mich durchdringend an. Wir schweigen und dennoch habe ich das Gefühl, dass es so viele Worte gibt, die wir beide sagen wollen.

Dieser innige Moment wird von Miras lautem Rufen unterbrochen.

»Enna, Finn, kommt ihr?« Wir zucken beide auseinander, als hätten wir etwas Verbotenes getan, und beinahe fühlt es sich auch so an.

Wenn Finn mir in die Augen schaut, habe ich das Gefühl, als könnte er direkt in mich hineinsehen. Als würde er all die Worte, die durch meinen Kopf wandern, in meinem Blick lesen können. Es ist ein wahnsinnig intimes Gefühl, wenn unsere Blicke sich begegnen – viel intimer als früher.

»Wir kommen!«, ruft Finn.

Wir erheben uns und ich streiche mein Kleid glatt, bevor wir gemeinsam das Zimmer verlassen. Finn zieht seine Zimmertür hinter sich zu und wir gehen zu den anderen, die bereits im Flur warten.

Rachel wirft mir einen Blick zu, in dem ich meine, leichte Unsicherheit und Eifersucht zu erkennen. Sofort bekomme ich wieder das Gefühl, etwas Verbotenes getan zu haben, obwohl ich weiß, dass nichts Schlimmes geschehen ist. Schnell schaue ich zu Mira, die im Gegensatz zu Finns Freundin lächelt.

»Bist du bereit für deine erste Party in Starfall?«, fragt sie mich.

»Ich denke schon«, antworte ich und spüre, wie sich der Mut langsam in mir ausbreitet.

KAPITEL 11
Sei mutig

Enna

»Alter, ist das heute voll hier«, spricht Jason genau meinen Gedanken aus, als wir das **Stardust** betreten.

Die Schlange vor dem Club, die wir nun endlich hinter uns gelassen haben, war wirklich lang. Es dauerte etwa eine halbe Stunde, bis die Security am Eingang alle Personalausweise kontrolliert hatte, um ihre Stempel zu verteilen. Einen roten gab es für die unter Einundzwanzigjährigen, so auch für mich, die keinen Alkohol trinken dürfen. Alle anderen tragen einen grünen Stempel, ebenso meine Freunde. Der Club scheint wirklich gut organisiert zu sein, was mir zumindest ein erstes kleines Gefühl von Sicherheit vermittelt.

Nun stehen wir im Inneren des Clubs. Während die anderen schon nach einer freien Sitznische für uns suchen, gehe ich langsamer, schaue mich interessiert, aber auch etwas nervös um. Direkt vor uns streckt sich eine lange Bar über die gesamte Breite der Wand. Darüber wurden immer wieder vereinzelte schwarze Sterne an die weiße Wand gemalt, davor liegt eine große Tanzfläche, auf der bereits die ersten Leute zu einem Song von Dua Lipa tanzen.

Um die Tanzfläche herum verteilen sich viele Sitznischen, an der

Bar stehen außerdem vereinzelte Stehtische, an denen sich einige Studenten unterhalten, vor sich ihre Getränke auf dem Tisch. Die Stimmung ist schon jetzt sehr ausgelassen.

»Dort drüben!«, ruft Jason uns schließlich zu und deutet auf eine der nur noch wenigen freien Nischen. Meine Freunde setzen sich in Bewegung, doch ich bleibe noch einen Augenblick stehen, um mich auf die Menschenmasse vorzubereiten, durch die ich gleich laufen muss, um unsere Ecke zu erreichen. In mir macht sich Enttäuschung darüber breit, dass schon jetzt leichte Angst in mir aufkommt, obwohl der Abend noch nicht mal richtig begonnen hat.

Während sich die anderen durch die tanzende Menge einen Weg zu unserem Tisch bahnen, bemerkt Finn, dass ich mich noch immer nicht in Bewegung gesetzt habe. Er dreht sich zu mir um und kommt dann die wenigen Schritte, die er bereits gegangen ist, wieder zu mir zurück.

»Ist alles okay?«, fragt er mich besorgt.

Ich nicke. »Es ist nur etwas voll hier.« Mein Blick fällt wieder auf die tanzende Menge, während ich versuche, meine Atmung zu beruhigen. Ich atme tief ein und wieder aus, doch es gelingt mir kaum, meinen rasenden Puls zu senken.

Verständnisvoll blickt Finn mich an. »Deshalb hast du so gezögert, als ich dich gefragt habe, ob du uns begleiten möchtest.«

Wieder nicke ich, diesmal etwas verunsicherter.

»Wir können gehen, Enna. Jederzeit. Ich bringe dich auch nach Hause ...«

»Nein!«, falle ich ihm ins Wort.

Ich habe mir fest vorgenommen, diesen Abend zu genießen. Es wäre naiv anzunehmen, dass meine Ängste mir heute fernbleiben, doch ich möchte zumindest versuchen, etwas Spaß zu haben. Mit meinen Freunden. Ich möchte bei ihnen sein, mich einfach fallenlassen.

»Ich schaffe das.« In meinen Blick, den ich Finn zuwerfe, versuche ich, all den Mut zu legen, den ich gerade in mir zusammenkratzen kann. Kurz scheint er zu überlegen, ob er meinen Worten Glauben schenken kann, dann geht er um mich herum und legt seine Hände auf meine Schulter.

»Ich versuche, dich ein bisschen abzuschirmen. Einverstanden?«

»Guter Plan«, antworte ich.

Wir setzen uns in Bewegung. Während wir uns über die Tanzfläche zu unseren Freunden kämpfen, lässt Finn mich nicht ein einziges Mal los. Ich versuche, mich auf die Wärme zu konzentrieren, die seine Hände auf meinen Schultern ausbreiten. Ein paarmal rempelt mich ein Tanzender leicht an, doch schließlich schaffen wir es ohne größere Probleme zu den anderen.

»Wo wart ihr denn so lange?«, fragt Mira.

»Wir sind mitten im Refrain von ›New Rules‹ durch die springende Menge gelaufen. Das ist kein Spaziergang, sondern ein Kampf«, antwortet Finn leichthin.

Ich bin ihm so dankbar dafür, dass er mich sicher bis hierher gebracht hat. Lächelnd blicke ich zu ihm. Er erwidert mein Lächeln und ich erkenne, dass er meinen Gedanken gelesen hat.

Wir schieben uns alle auf die Bank, die erstaunlich viel Platz bietet. Finn und Rachel sitzen Mira und mir gegenüber, Jason hat es sich dazwischen bequem gemacht. Ich bin froh darüber, am Rand zu sitzen, denn so habe ich das Gefühl, jederzeit flüchten zu können, wenn es mir doch zu viel wird. Auf Jasons Platz hinten in der Mitte hätte ich mich unwohl gefühlt, so eingequetscht zwischen den anderen.

»Ich gehe die erste Runde holen. Was wollt ihr trinken?«, fragt Finn uns.

»Wie immer«, antworten Jason und Mira gleichzeitig und lachen daraufhin.

»Ich nehme einen Tequila«, antwortet Rachel.

Finn nickt. »Und du, Enna?«

Kurz überlege ich. »Ich nehme eine Cola.«

Finn nickt und verschwindet gleich darauf in der tanzenden Menge, um sich zur Bar zu kämpfen.

»Schafft er es, die ganzen Getränke allein zu tragen?«, frage ich in die Runde.

»An der Bar kann man sich Tabletts wegnehmen«, erklärt Mira mir.

»Magst du nichts Alkoholisches, Enna?«, fragt Jason mich. »Die haben auch superleckere Cocktails ...«

Anstatt ihm zu antworten, halte ich ihm lächelnd meine Hand mit dem roten Stempelabdruck entgegen.

»Oh, Mann. Ich habe ganz vergessen, dass du erst neunzehn bist. Entschuldige. Du wirkst nur immer schon so erwachsen ...«

Mira schlägt ihrem Bruder auf den Arm. »Jase!«

Ich muss lachen. »Schon okay, Mira«, sage ich zu ihr, dann sehe ich wieder Jason an. »Ich nehme das jetzt einfach mal als Kompliment.«

»Warum haust du mich?«, fragt er Mira entsetzt. Sofort beginnen die beiden eine Diskussion miteinander, in die ich mich besser nicht einmische.

Mein Blick fällt auf Rachel, die mit ihrem Smartphone beschäftigt ist. Kurzerhand entschließe ich mich dazu, sie in ein Gespräch zu verwickeln. Immerhin haben wir uns noch nie so richtig miteinander unterhalten.

»Meinst du, Finn schafft das wirklich allein?«, frage ich sie. Kurz hebt sie den Blick, um sich zu vergewissern, dass ich sie gerade angesprochen habe. Es scheint Rachel wirklich zu verwirren, dass ich sie in ein Gespräch verwickle.

»Klar«, antwortet sie knapp.

Ich nicke. »Seid ihr oft zusammen hier?«

»Ziemlich oft, ja.« Rachel macht keine Anstalten, ihr Handy wegzulegen.

»Was studierst du eigentlich?«

Sie legt ihr Handy nun doch vor sich auf den Tisch. Ich werfe einen kurzen Blick darauf. Sie schaute sich irgendein Video an, ohne Ton und mit Untertiteln.

»Medienmanagement.« Sie schaut mich an, als würde sie damit rechnen, dass ich blöd reagiere.

»Das klingt spannend«, antworte ich, was sie zu überraschen scheint. »Was möchtest du später damit machen?«

»Ich liebe Klamotten und würde gern in einer Modeagentur arbeiten, vielleicht im Marketing, weil ich auch gern fotografiere.« Rachel lächelt mich an. Plötzlich wird mir bewusst, dass dies das erste Lächeln von ihr ist, das ich bewusst wahrnehme. Zudem war das der längste Satz, den sie mir bisher geschenkt hat.

»Cool«, erwidere ich. »Du scheinst auch einen wirklich guten Geschmack zu haben. Dein Kleid ist richtig toll!«

»Danke«, sagt sie. So langsam kommen wir ins Gespräch. Sie scheint Träume zu haben, was sie mir sympathischer macht.

»Wenn du möchtest, kann ich dir gern mal eine kleine Beratung geben«, fügt sie an.

In Gedanken streiche ich die Sache mit dem *sympathisch*. Ich weiß, dass sie ihre Bemerkung nicht böse gemeint hat, dennoch war sie irgendwie verletzend. Mir gefällt mein Kleid aber noch immer supergut und Geschmäcker sind eben verschieden.

»Vielleicht, ja«, erwidere ich also nur.

Bevor die Situation noch unangenehmer werden kann, kommt Finn mit unseren Getränken und rettet damit die Situation. Augenblicklich hören auch Jason und Mira auf zu diskutieren. Er verteilt die Getränke und setzt sich wieder neben Rachel.

Wir stoßen auf einen schönen Abend an und nehmen alle einen Schluck. Mira und Jase haben sich beide einen Piña colada bestellt und seufzen beinahe gleichzeitig zufrieden auf. Als die kalte Cola meine Kehle hinunterläuft, bemerke ich erst, wie unglaublich warm es hier drinnen ist. Die Hitze trägt nicht gerade dazu bei, dass ich mich beruhige. Sie scheint immer intensiver zu werden, der Geruch der Tanzenden um uns herum liegt in der Luft und sie scheinen mir immer näher zu kommen. Ich versuche, die Angst abzuschütteln, wende mich wieder meinen Freunden zu und konzentriere mich ganz auf unser Gespräch. Eine Weile unterhalten wir uns über die Uni. Jason erzählt von seinem Musikstudium und einer neuen Gitarre, auf die er momentan spart.

»In einigen Wochen haben wir endlich unseren ersten Auftritt«, eröffnet uns Jason stolz.

»Spielst du in einer Band?«, frage ich ihn interessiert.

Seine Augen funkeln. »Ja, schon seit einigen Monaten.«

»Das ist ja toll!«

Ich finde es immer wieder schön, wenn ein Mensch eine Leidenschaft hat. Bei mir ist es die Literatur, die mich erfüllt, und bei Jason scheint es die Musik zu sein.

»Die **Sound of the Stars** sind wirklich super!« Mira klopft ihrem Bruder auf die Schulter. »Ich war bei einigen Proben dabei und durfte zuhören.«

»Was für ein geiler Name«, entfährt es mir vor lauter Begeisterung, woraufhin alle am Tisch lachen müssen. Alle außer Rachel, die wieder auf ihr Handy starrt. Finn hat über die Lehne seinen Arm um sie gelegt, doch das scheint sie gar nicht zu bemerken.

»Wie groß ist denn eure Band?«, frage ich Jason, um mich von dem Anblick Rachels in Finns Arm abzulenken.

»Wir sind drei Jungs«, erklärt er mir. »Jonathan spielt Schlagzeug,

Stephan singt und ich spiele Gitarre. Ab und zu übernehme ich auch den Gesangspart, wenn Stephan Keyboard spielt. Das kommt immer ganz auf die Songs an.«

»Schreibt ihr die Songs selbst?«, frage ich ihn.

Jason nickt. »Meistens schreibe ich sie, aber wir stimmen uns immer ab und jeder bringt seine Ideen ein.«

»Das klingt, als wärt ihr ein tolles Team«, stelle ich fest.

»Das sind wir.«

Während des Gesprächs mit meinen Freunden verschwindet meine Angst. Hier zu sitzen, gibt mir ein sicheres Gefühl. Wir sind etwas abgeschottet von der tanzenden Menschenmenge, was mir gerade recht ist.

Irgendwann zieht Jason sein Handy heraus und beginnt darauf herumzutippen, bis er mich grinsend ansieht. »Das will ich sehen«, sagt er zu mir.

Verwirrt schaue ich ihn an. »Was willst du sehen?«

»Na, wie du mit diesem Pünktchenschirm herumfliegst!« Er lacht.

Kurz überlege ich, doch dann macht es endlich klick in meinem Kopf. Er bezieht sich auf meine Reaktion bei Instagram.

»Bei der nächsten Gelegenheit werde ich es dir zeigen«, erwidere ich lachend.

Ich werfe einen Blick über den Tisch zu Finn, der sich angeregt mit Rachel unterhält. Wobei *unterhalten* in diesem Fall wohl ein falsch gewähltes Wort ist. Es sieht eher so aus, als würde Finn mit Rachel sprechen, die sich weiterhin nur auf ihr Handy konzentriert.

»Leg doch endlich mal das Ding weg«, spricht Jason genau in dieser Sekunde meinen Gedanken aus.

»Vergiss es. Das versuche ich ihr schon seit zehn Minuten zu sagen«, erwidert Finn leichthin. Ich frage mich, ob die anderen ihm seine gespielte Leichtigkeit abnehmen oder wie ich daran zweifeln.

Rachel kippt ihren Tequila in einem Zug herunter und schaut wieder auf ihr Smartphone.

Während ich mich weiter mit Jason und Mira unterhalte, werfe ich immer wieder einen Blick zur anderen Seite des Tisches. Langsam droht Finns Stimmung zu kippen, weil seine Freundin nur mit sich selbst beschäftigt zu sein scheint.

Irgendwann wechselt dann aber der Song und es erklingen die ersten Töne eines Remix von Selena Gomez Song »Wolves«. Rachel nutzt die Gelegenheit und zieht ihren Freund am Arm in ihre Richtung. »Lass uns tanzen gehen! Ich liebe diesen Song!«, fordert sie ihn auf. Finn schaut sie perplex an, lässt sich aber von ihr auf die Tanzfläche ziehen.

Die beiden bleiben eher am Rand, und sofort schlingt Rachel ihre Arme um Finns Hals. Sie beginnt, sich im Takt der Musik mit ihm zu wiegen. Als der Refrain einsetzt, zieht Rachel Finns Hände an ihrem Rücken etwas tiefer, sodass sie nun in der Mitte ihres unteren Rückens liegen. Auf der *nackten* Haut ihres Rückens, die ihr Kleid durch den tiefen Ausschnitt hinten freigibt. Irgendwann legt sie ihre Lippen auf seine, Rachels Hand wandert Finns Brust hinunter ...

»Enna!«, reißt Mira mich aus meinen Gedanken.

»Was?« Erschrocken fahre ich zu ihr herum.

»Du *starrst*, Enna.«

Jason sitzt nicht mehr bei uns, und ich sehe mich suchend nach ihm um. »Wo ist Jason hin?«

»Er holt uns noch etwas zu trinken. Und ich möchte diese Gelegenheit gern nutzen, um dich zu fragen, weshalb du Finn und Rachel eben tödliche Blicke zugeworfen hast.«

Verwirrt sehe ich sie an. »Meine Blicke waren nicht tödlich ...«

»Oh doch, Süße, das waren sie.« Miras Blick lässt keinen Raum für Einsprüche.

»Ich weiß nicht. Irgendwie …«, beginne ich unsicher meine Erklärung.

Erwartungsvoll sieht Mira mich an.

»Rachel ist schon den ganzen Abend nur mit sich beschäftigt. Es tut mir einfach leid für Finn, dass sie ihn erst kaum beachtet, ihn dann aber einfach auf die Tanzfläche zerrt, ganz egal, ob er überhaupt Lust hat zu tanzen.« Das ist zumindest die halbe Wahrheit. Da ist noch ein Gefühl in mir, dem ich keinen Namen geben kann und das ich nicht mit meiner Freundin teilen will, weil es mich verunsichert.

Mira scheint meinen Worten Glauben zu schenken. »Das ist leider fast immer so«, erzählt sie mir. »Rachel ist einfach sehr …«

»Ichbezogen?«, vollende ich ihren Satz fragend. Noch im selben Moment überkommt mich ein schlechtes Gewissen. Ich kenne Rachel nicht genug, um über sie urteilen zu können. Doch ich kenne Finn. Ich kann klar erkennen, dass er nicht glücklich ist. Nicht aus vollem Herzen.

»Ja«, antwortet Mira. »Es ist kompliziert mit den beiden. Finn liegt viel an Rachel, doch manchmal habe ich das Gefühl …«

Nickend ermutige ich sie weiterzusprechen.

»Ich kenne Finn. Er ist ein guter Freund von mir. Ich weiß, wie ein glücklicher Finn aussieht, und manchmal habe ich das Gefühl, dass dieses Glück verschwindet, wenn Rachel an seiner Seite ist.«

Mira teilt meine Gedanken also.

»Rachel ist kein schlechter Mensch«, fährt sie fort. »Sie ist auf ihre eigene Weise besonders. Scheinbar musste sie in ihrem Leben auch schon einige Hürden bewältigen. Aber wenn du mich fragst …« Kurz macht Mira eine Pause und scheint über ihre nächsten Worte nachzudenken. »Die beiden passen nicht zueinander. Nicht mehr.«

»War das mal anders?« Ich nehme einen weiteren Schluck von meiner Cola.

»Zu Beginn, ja. Finn und Rachel waren wirklich gute Freunde. Sie haben sich an der Uni kennengelernt, bei einem gemeinsamen Fotografie-Projekt, für das sich die Studiengänge der zwei zusammentaten. Sie war schon immer sehr direkt und häufig auch distanziert zu uns, aber Finn und sie hat einiges verbunden. Die Liebe zum Fotografieren in erster Linie! Ich mochte sie am Anfang, bis sie anfing, sich zu verändern. Ihr Handy schien irgendwann zu ihrem besten Freund zu werden und Finn berichtete häufiger davon, dass die beiden gestritten haben.« Mira zuckt mit den Schultern. »Jase konnte Rachel von Anfang an nicht leiden.«

»Wirklich nicht?« Natürlich habe ich mitbekommen, dass Jase kein besonders großer Fan von Rachel ist. Dass das aber scheinbar schon immer so war, überrascht mich.

Mira schüttelt den Kopf. »Jase zieht Finn immer mit Rachel auf. Letztens erst ...«

Mitten im Satz hält Mira inne. Ihr Blick ist plötzlich ganz starr auf irgendetwas hinter mir gerichtet.

Ich drehe meinen Kopf, kann aber niemanden mir Bekanntes entdecken. *Wie auch*, schießt es mir durch den Kopf. *Ich bin doch die Neue hier.* Meinen Blick wieder auf Mira gerichtet, schnipse ich mit meinen Fingern vor ihrem Gesicht herum. »Mira?«

Noch immer starrt sie in Richtung des Eingangs, bis sich ihr Blick auf einmal krampfhaft auf die Nussschale in der Mitte des Tisches legt. Gerade will ich sie fragen, was auf einmal mit ihr los ist, als ich eine tiefe Stimme direkt neben mir höre.

»Hey, Mira.«

Ich hebe meinen Kopf, um den Typen anzuschauen, der nun neben uns steht. Er ist riesig, bestimmt fast zwei Meter groß. Gerade streicht er sich durch sein kurzes braunes Haar, wobei seine grauen Augen auf Mira gerichtet sind. Auf seinem erhobenen Arm erkenne ich mehrere

Tattoos, in seiner anderen Hand hält er den Saum einer Lederjacke fest, die er sich locker über die Schulter geworfen hat.

Beinahe schüchtern erwidert Mira seinen Blick und kurz überlege ich, ob ich hier im falschen Film gelandet bin. Sonst bin doch *ich* die Schüchterne. Mira wirkt immer so, als könnte ihr nichts und niemand etwas anhaben. Sie ist unglaublich selbstsicher. Doch unter dem Blick dieses Typen scheint sie beinahe zu schmelzen. Ihre Wangen färben sich leicht rot, mit ihren Händen beginnt sie, die Nussschale hin und her zudrehen.

»Zac«, bringt sie schließlich hervor, dann räuspert sie sich. »Cool, dich hier zu sehen.«

»Die Freude ist ganz meinerseits«, erwidert er. Ein schelmisches Grinsen breitet sich auf seinem Gesicht aus und langsam verstehe ich Miras Erröten – der Typ ist wahnsinnig gut aussehend. Allerdings scheint er sich dessen mehr als bewusst zu sein.

Miras Blick wandert von ihm wieder zu mir. »Zac, das ist meine Freundin Enna. Enna, das ist Zac«, stellt sie uns einander vor.

Der Typ streckt mir seine große Hand entgegen. »Hey, Enna. Bist du neu hier?«

»Hallo«, begrüße ich ihn. »Ja, ich bin vor Kurzem erst hergezogen.«

»Dann heiße ich dich herzlich willkommen in der Stadt der Sterne.« Wieder ein schelmisches Grinsen.

»Danke.« Zac ist zwar nicht mein Typ, dass er aber eine absolute Augenweide ist, kann ich nicht abstreiten.

Mit seiner Hand reibt er sich über seinen kurzen Bart. Gerade will er etwas sagen, als er von Jason unterbrochen wird, der ein Tablett mit neuen Getränken auf dem Tisch abstellt. Statt sich hinzusetzen, bleibt er neben Zac stehen.

»Was willst du hier?«, fragt er ihn forsch.

Verwirrt über die Wut, die in seiner Stimme mitschwingt, sehe ich fragend zu Mira. Doch sie scheint ganz auf die Konversation zwischen den beiden Jungs konzentriert zu sein, also tue ich es ihr gleich.

»Feiern. Immerhin steigt hier heute eine Party.«

Die beiden liefern sich ein kurzes Blickduell, bis dieses durch eine hohe weibliche Stimme unterbrochen wird.

»Kommst du endlich, Zac?«

Ich suche nach der Person, zu der das Rufen gehört, und entdecke einen Tisch voller Frauen im vorderen Bereich des Clubs. Eine davon hat kure rote Haare und ein verträumtes Lächeln im Gesicht, während sie Zac zu sich winkt. Gerade so viel kann ich erkennen, bevor sich die tanzende Menge wieder schließt und den Blick auf den anderen Tisch versperrt.

»Entschuldigt, Mädels. Ich werde dort drüben gebraucht.«

Ohne sich von Jason zu verabschieden, macht er auf dem Absatz kehrt und läuft zu der Sitzecke, in der er schon erwartet wird. Wir schauen ihm hinterher, bis er von den Tanzenden verschlungen wird.

Noch immer angespannt wirft Jason Mira einen Blick zu. »Was wollte der denn von dir?«

»Nur mal Hallo sagen.« Sie zuckt unbeteiligt mit ihren Schultern.

Jason scheint Mira ihr Desinteresse abzunehmen, doch ich kenne meine Freundin mittlerweile gut genug, um zu wissen, dass mehr hinter der Sache steckt. Dass mehr hinter Zac und ihr steckt. Doch ich entscheide mich dafür, sie lieber mal in einer ruhigen Minute darauf anzusprechen, denn sie wirkt auf mich, als würde sie nicht wollen, dass wir das Thema vor ihrem Bruder genauer vertiefen.

»Okay. Ich frage mich wirklich, was dieser Vollidiot …«, beginnt Jason, doch weit kommt er damit nicht.

Mira springt plötzlich auf. »Enna, wir gehen tanzen. Ich *liebe* diesen Song!«

Meine Freundin schaut mich flehend an.

»Ehm, Schwesterherz? Es läuft gerade Justin Bieber. Du *hasst* seine Musik.« Jason wirft seiner Schwester einen verwirrten Blick zu, den sie aber nicht sieht, weil sie mit dem Rücken zu ihm steht.

Noch immer sieht sie mich erwartungsvoll an und meine Gedanken beginnen Karussell zu fahren.

Ich möchte einfach nur sitzen bleiben. In unserer Ecke habe ich mich geschützt gefühlt, etwas abseits von der Menschenmasse. Dass ich mich nun genau in diese begeben soll, um mit Mira zu tanzen, lässt die Angst augenblicklich wieder in meinen Körper fahren. Ich kann mir in diesem Moment nichts Schlimmeres vorstellen, als auf diese Tanzfläche zu gehen und mich zwischen all die vielen Menschen zu quetschen.

Doch meine Freundin braucht mich jetzt. Zum ersten Mal, seit wir uns kennen, scheint sie mich stumm um etwas zu bitten, und dies möchte ich ihr nicht ausschlagen. Ich erinnere mich daran, dass ich heute Abend mutiger sein wollte.

Schließlich nicke ich zögernd.

Mira greift nach meiner Hand und zieht mich zur Tanzfläche.

Ich bemerke, wie die Angst in mir mit jedem Schritt, den ich gehe, ein Stück größer wird.

Sei mutig, Enna. Du schaffst das.

KAPITEL 12

Gemeinsam atmen

Finn

Während ein schneller Remix von »Sorry« durch den Club dröhnt, halte ich Rachel noch immer mit meinen Armen umschlossen. Mittlerweile ist es schon der dritte Song, zu dem wir tanzen.

Dass meine Freundin in den letzten Stunden mental kaum anwesend war, ging mir tierisch auf die Nerven. Rachel schaut oft auf ihr Handy, daran habe ich mich in den letzten Wochen gewöhnt. Ich finde es toll, dass sie eine Leidenschaft hat und darin so sehr aufgeht. Auch wenn ich von sozialen Medien und Mode nicht viel verstehe, bewundere ich sie für das, was sie sich bereits jetzt aufgebaut hat. Doch dass sie kaum mit mir und meinen Freunden gesprochen hat, war wirklich schade. Mehrmals habe ich vergeblich versucht, sie von ihrem Handy loszubekommen. Umso überraschter war ich, dass sie dann doch mit mir tanzen wollte.

Nun versuche ich, die Zeit mit Rachel zu genießen, in der ich ihr endlich mal wichtiger bin als ihr Telefon. Immer wieder erwische ich mich dabei, wie meine Gedanken zu Enna wandern. Im selben Moment fühle ich mich schlecht, weil ich meine Freundin umschlinge und dabei an eine andere Frau denke. Doch Enna hat mich heute einfach umgehauen. Als ich sie in diesem Kleid vor mir habe stehen sehen, ist mir fast das Herz stehen geblieben. Enna ist so unglaublich schön, dass es mir jedes Mal beinahe den Atem raubt, wenn ich sie sehe.

Auch jetzt schiebt sich wieder das Bild von ihr in meinen Kopf, wie sie vorhin vor mir stand. Wie dieses grüne Kleid ihre Knie umspielte und ihre langen Beine zur Geltung brachte. Wie ihre braunen Haare lockig auf ihre Schultern fielen und dieses unglaubliche Rot ihre Lippen betonte ... So wie heute habe ich Enna noch nie gesehen. Schon immer hat sie mich verzaubert. Mit ihren warmen braunen Augen, ihrem bezaubernden Lächeln. Mit ihrer ehrlichen und liebenswerten Art.

Doch die Enna, die heute mit mir in diesen Club gekommen ist, ist nicht einfach nur schön. Sie ist auch unglaublich anziehend und sexy. *Reiß dich zusammen, Finn!*

Während wir tanzen, lasse ich den Blick durch den Raum wandern, bis er an unserer Sitznische hängen bleibt. Überrascht stelle ich fest, dass sie leer ist. Auf der Suche nach meinen Freunden schaue ich mich um. Jason entdecke ich an der Bar, Mira und Enna kann ich jedoch nirgends sehen.

Ich beuge mich zu Rachel hinunter, um sie zu fragen, ob sie gesehen hat, wohin die anderen verschwunden sind. Doch bevor mir meine Worte über die Lippen kommen, bleiben sie mir im Hals stecken. Rachel bewegt sich zwar noch immer zur Musik, den Blick hat sie jedoch nach unten gerichtet – auf ihr Handy.

Schon so oft haben wir darüber diskutiert, dass sie ständig an ihrem Smartphone hängt. Darüber, dass wir die Zeit zusammen nie genießen können, weil sie immer mit etwas anderem beschäftigt ist. Ich habe Verständnis dafür, dass sie viel Zeit online verbringt. Schon oft hat sie mir voller Begeisterung ihre neuen Kooperationen mit Firmen erklärt und mich gebeten, neue Fotos von ihr zu schießen, um ihrem Feed mehr Abwechslung zu verleihen, und ich unterstütze sie wirklich gern in ihren Träumen. Dass sie aber selbst an einem Abend wie diesem nicht von ihrem Handy lassen kann, versetzt mir einen Stich.

Ruckartig löse ich mich von ihr und merke, wie sich mein Geduldsfaden mit jeder Sekunde weiter spannt und schließlich ganz reißt.

»Ist das eigentlich dein Ernst?«, rufe ich ihr über die laute Musik hinweg zu.

Endlich schaut sie mich an. »Was denn?«, fragt sie mich verwundert.

Ich deute auf ihr Handy. »Ich tanze mit meiner Freundin, die sich schon den ganzen Abend mehr für ihre virtuelle Modewelt interessiert als für ihren Freund!«

Rachel sieht mich verletzt an. »Finn, dieser Livestream ist wirklich wichtig für mich. Ich habe die Chance auf eine neue Kooperation mit einer Modemarke, die ich schon sehr lange bewundere, und …«

Mittlerweile habe ich zu tanzen aufgehört. Erneut versuche ich, ihr mein Problem zu schildern. »Es ist okay, dass du dieses Hobby hast, Rachel. Du weißt, dass ich dich darin unterstütze«, sage ich laut genug, dass sie mich über die Musik hinweg verstehen kann, in der Hoffnung, so besser zu ihr durchdringen zu können.

»Scheinbar ja nicht«, wirft sie mir vor. »Ich habe dir gesagt, dass ich diesen Stream unbedingt schauen möchte. Und nun machst du mir genau das zum Vorwurf?« Entsetzt sieht sie mich an.

»Du hättest zu Hause bleiben können, Rachel. Niemand hat dich gezwungen, mit uns herzukommen …«

»Ich wollte auch gar nicht!«, schreit sie mir wütend entgegen.

»Wieso bist du dann hier? Wenn doch alles immer wichtiger ist als ich?«

»Weil ich mich verdammt ausgeschlossen fühle!« Geschockt über ihre plötzliche Ehrlichkeit bin ich unfähig, etwas darauf zu erwidern.

»Enna taucht auf und plötzlich scheinst du nur noch Augen für sie zu haben.«

»Was?«, platzt es aus mir heraus. »*Du* fühlst dich ausgeschlossen?« Ich kann mir ein kurzes Auflachen nicht verkneifen. »Enna war so nett zu dir während der letzten Treffen und du hast sie den Großteil der Zeit einfach ignoriert. Wenn sich hier jemand ausgeschlossen fühlen kann, dann sie!«

»Weißt du, wann du mich zuletzt so angesehen hast wie sie?« Sie beantwortet ihre Frage selbst. »Noch nie, Finn.«

»Jetzt bin *ich* der Schuldige?« Überfordert von ihrem Vorwurf werfe ich die Arme in die Luft. »Woher kommt das alles denn plötzlich?«

»Du verstehst es einfach nicht!« Der Livestream scheint nun keine Rolle mehr zu spielen.

»Du hast recht, Rachel. Ich habe keine Lust und keine Kraft mehr für diese Diskussion. Ich verstehe dich nicht.«

In diesem Moment realisiere ich es. Dieses komische Gefühl war schon längere Zeit in mir, doch ich hatte mich dafür entschieden, für diese Beziehung zu kämpfen. Jetzt frage ich mich zum ersten Mal ernsthaft, seit ich mit Rachel zusammen bin, ob diese Beziehung eine Zukunft hat. Ob ich eine Frau lieben kann, die mir das Gefühl gibt, nicht wichtig genug zu sein. Sie scheint von mir zu verlangen, dass ich weiß, wie es in ihr aussieht und was sie beschäftigt, ohne dass sie sich mir öffnet. Unser letztes ernstes Gespräch liegt eine gefühlte Ewigkeit zurück. Sie kann unsere Beziehung doch nicht mit meiner Freundschaft zu Enna vergleichen!

Ich frage mich, wohin die Leichtigkeit verschwunden ist, die einmal zwischen uns herrschte. Wo sind all die schönen gemeinsamen Momente, unsere geteilte Leidenschaft, die Begeisterung für den anderen? Wann haben Wut und Vorwürfe das Kribbeln abgelöst, das ich empfunden habe, wenn ich sie ansah?

Ohne etwas zu erwidern, lasse ich Rachel einfach auf der Tanz-fläche stehen. Nach einigen Schritten werfe ich noch einen Blick zu ihr zurück. Sie sieht mindestens genauso verzweifelt aus, wie ich mich fühle, doch ich bin nicht dazu fähig, dieses Gespräch weiterzuführen. Nicht heute und nicht an einem Abend, den ich mit meinen Freunden genießen möchte.

Während ich mir einen Weg zu Jase an die Bar bahne, rempeln mich immer wieder Leute an. Wie betäubt laufe ich zu meinem besten Freund und lasse mich neben ihn auf einen der Barhocker fallen. Vor Jase stehen zwei Shots, neben ihm einige leere Gläser, er scheint also schon einiges getrunken zu haben. Ein Blick in seine Augen reicht mir, um zu sehen, dass es ihm gerade mindestens genauso beschissen geht wie mir, und auch er scheint zu bemerken, dass etwas nicht stimmt.

»Rachel?« Sein Atem riecht nach starkem Alkohol.

Ich nicke. »Bei dir?«

»Zac«, gibt er mir eine knappe Antwort. Doch allein die Er-wähnung seines Namens reicht mir, um zu wissen, was in Jason vor-geht. Die Geschichte der beiden ist wirklich unschön.

Mein Blick fällt wieder auf die Shots vor Jase auf der Theke. Er schiebt mir einen zu. Ohne lang zu überlegen, kippe ich den Alkohol runter, in der Hoffnung, meine Gefühle so betäuben zu können.

»Wo sind die Mädels?«, frage ich Jase schließlich.

»Tanzen gegangen«, antwortet er mir knapp.

Im ersten Moment freue ich mich darüber, dass Enna anscheinend Spaß zu haben scheint, wenn sie mit Mira tanzen gegangen ist. Doch der Alkohol hat mich noch nicht genug benebelt, um klar denken zu können. *Enna ist ernsthaft mit Mira in dieser Menschenmasse ver-schwunden?*

Gerade als ich mich umdrehe, um die beiden auf der Tanzfläche zu suchen, kommt Mira schnellen Schrittes auf Jase und mich zugelaufen. In ihrem Blick liegen Verzweiflung und Angst. Ich gehe ihr einige Schritte entgegen. Sofort breitet sich die Panik auch in mir aus.

Enna.

»Was ist los?«, frage ich Mira und lege ihr meine Hände auf die Schultern.

»Enna, sie …«, bringt sie nur hervor.

»Was ist mit Enna?«, frage ich sie und versuche, dabei so ruhig wie möglich zu bleiben.

Mira atmet einmal tief durch. »Wir sind tanzen gegangen und eine Zeit lang war auch alles gut. Sie war zurückhaltend, aber ich habe mir nichts dabei gedacht. Irgendwann ist sie ganz blass geworden und hat plötzlich schlecht Luft bekommen …«

»Mira. Wo ist Enna?«

»Am Rand der Tanzfläche. Ich habe sie mehrmals gefragt, was los ist, und wollte mit ihr nach draußen an die frische Luft gehen. Aber sie hat fast kein Wort herausbekommen. Und dann hat sie nur deinen Namen gesagt, also habe ich schnell einen Stuhl herangezogen, sie draufgesetzt und habe mich auf die Suche nach dir gemacht. Was ist los mit ihr, Finn?«

Ich fackle nicht lange und bahne mir gemeinsam mit Mira einen Weg durch die tanzende Menge.

Enna sitzt am Rand der Tanzfläche mit dem Rücken zu mir, die Hände auf ihren Oberschenkeln abgestützt. Um sie herum stehen ein paar Leute, die sie besorgt mustern und versuchen, mit ihr zu sprechen. Ich erkämpfe mir einen Weg zu ihr hindurch, schiebe die Menschen zur Seite, bis ich direkt vor ihr stehe, Mira neben mir.

»Wir machen das schon«, sage ich zu den Fremden, doch mein Blick ist dabei nur auf Enna gerichtet. Die anderen scheinen zu verstehen, wenden sich von uns ab und verteilen sich dann wieder auf der Tanzfläche.

Ich knie mich vor meine beste Freundin und lege meine Hände auf ihre. »Enna.«

Besorgt mustere ich sie, um mich zu vergewissern, dass zumindest äußerlich alles okay mit ihr ist. So aufgelöst wie jetzt habe ich sie noch nie erlebt. Ihre Augen sind auf den Boden gerichtet, während sie sich nach vorn beugt und verzweifelt nach Luft ringt.

Mit meinen Daumen streiche ich sachte über ihre Handrücken. Weiterhin schaut sie starr auf den Boden, sie scheint kaum Notiz von mir zu nehmen.

»Ich bin hier, Enna. Versuch, ganz ruhig zu atmen.« Meine Worte scheinen nun zu ihr durchzudringen, denn sie schaut mich endlich an.

Bei der Angst in ihren Augen zerreißt es mir beinahe mein Herz. Während sonst so viel Liebe und Wärme in ihrem Blick liegt, erkenne ich jetzt nichts als haltlose Panik darin. Panik und Hilflosigkeit.

Ohne lange zu überlegen, handle ich rein intuitiv. »Ich bringe sie erst mal hier raus, Mira«, murmle ich. »Alles wird wieder gut, sie muss nur mal an die frische Luft.«

Mira nickt. Ich richte Enna etwas auf und umschlinge sie mit meinen Armen, hebe sie behutsam hoch, und bin erleichtert darüber, dass sie sich an meinen Schultern festhält. Mit ihr in meinen Armen bahne ich mir einen Weg zum Ausgang.

»Alles klar bei euch?«, fragt mich einer der Türsteher, als ich mit Enna aus dem Club laufe.

Ich nicke ihm zu. »Sie braucht nur frische Luft.«

Noch immer mustert er mich etwas skeptisch, scheint mir jedoch zu glauben und lässt uns vorbei.

Das **Stardust** liegt am Stadtrand von Starfall und ist nur wenige Gehminuten von Ennas Wohnung entfernt. Mit ihr in meinen Armen setze ich mich in Bewegung, weil ich sie so schnell wie möglich in ihre eigenen vier Wände bringen möchte. Weg von diesem Chaos hier.

Dennoch halte ich kurz an, als wir einige Schritte vom Club entfernt sind, um mich zu vergewissern, dass Enna wieder normal atmet. Als ich bemerke, dass sie schwankt, lege ich ihr meine Arme um die Hüften und halte sie fest.

»Alles ist gut, Enna. Wir sind draußen.« Noch immer atmet sie viel zu hektisch. »Versuch, ganz ruhig zu atmen.« Ich lege meine Hand unter ihr Kinn und hebe ihren Kopf, sodass sie mir direkt in die Augen schaut. »Sieh mich an. Wir atmen zusammen, einverstanden?«

Sie nickt. Ich konzentriere mich darauf, ruhig ein- und auszuatmen. Erleichtert stelle ich fest, dass sie es mir nach wenigen Sekunden gleichtut.

»So ist es gut, ganz ruhig«, ermutige ich sie. »Ich bin bei dir.«

Eine Weile stehen wir einfach nur da und atmen zusammen. Ich merke, wie Enna sich mit jeder Minute, die vergeht, mehr beruhigt.

»Geht es wieder?«, frage ich sie vorsichtig.

Sie nickt, wendet nun aber den Blick von mir ab und richtet ihn stattdessen auf ihre Schuhe. »Es tut mir leid«, murmelt sie so leise, dass ich sie fast nicht verstanden hätte.

»Das muss es nicht, Enna.«

Tränen laufen ihr über das Gesicht. Beschämt wischt sie sich mit ihren Händen über die Wangen und erst jetzt fällt mir auf, dass es arschkalt hier draußen ist und Enna keine Jacke trägt. Ich wollte sie so schnell wie möglich aus diesem Club bekommen, dabei habe ich unsere Jacken am Tisch ganz vergessen.

Entschlossen ziehe ich meine Strickjacke aus und breite sie über ihren Schultern aus.

»Danke«, murmelt Enna. »Für alles«, fügt sie hinzu und sieht mir dabei endlich wieder in die Augen. Noch immer laufen ihr vereinzelt Tränen über die Wangen.

Eine Weile stehen wir schweigend voreinander, bis sie weiterspricht.

»Ich wollte es schaffen, Finn. Ich wollte doch einfach nur mit meiner Freundin tanzen. Wieso kann ich das nicht? Wieso muss mir diese beschissene Angst ständig einen Strich durch die Rechnung machen? Wieso kann ich nicht einfach normal sein? Wieso ...«

Ohne lang zu überlegen, ziehe ich Enna an mich und lege behutsam eine Hand auf ihren Kopf. Nach einigen Sekunden schlingt auch sie ihre Arme um mich.

Es fühlt sich einfach richtig an, Enna zu halten. Nichts möchte ich mehr, als ihr diese unendliche Last von ihren Schultern zu nehmen. Doch ich weiß, dass ich das nicht kann. Ich kann nichts tun, als sie zu halten, und ich hoffe, dass sie sich hier bei mir sicher fühlt. Ich möchte für sie da sein, sie beschützen.

Nichts wünsche ich mir in diesem Moment mehr.

Und auch Enna gibt mir Kraft mit dieser Umarmung. Es fühlt sich an, als würden wir uns gegenseitig halten. Sie mich und ich sie.

In diesem Moment sind wir eine Einheit, genau wie früher. Sanft drücke ich ihr einen Kuss auf ihren Scheitel. Alles fühlt sich richtig an, wenn Enna bei mir ist.

Und endlich kann auch ich wieder leichter atmen.

KAPITEL 13
Nähe und Wärme

Enna

Selten habe ich eine Umarmung so sehr genossen wie diese hier. In Finns Armen zu liegen, lässt eine angenehme Ruhe in mir entstehen. Ich merke, wie ich mich mit jeder Minute wohler fühle und meine Angst Stück für Stück loslassen kann.

Die Situation auf der Tanzfläche hat mich einfach überfordert. Ich wollte mich zusammenreißen. Für Mira. Für mich. Eine Zeit lang hat das auch ganz gut geklappt. Wir haben getanzt und obwohl ich mich nicht besonders wohlgefühlt habe, war es okay. Bis der Song wechselte und noch mehr Leute auf die Tanzfläche kamen. Mit der Zeit wurde es immer enger, die Tanzenden rempelten mich an und die Luft wurde immer weniger, bis sie mir irgendwann ganz ausging. Ich konnte den Ausgang nicht mehr sehen und hatte das Gefühl, dieser Situation nicht entfliehen zu können. Nicht rauszukommen. Mira hat versucht, zu mir durchzudringen, doch ich konnte einfach nicht mehr. Nicht mehr atmen und auch nicht mehr sprechen. Ich muss ihr einen wahnsinnigen Schrecken eingejagt haben.

»Ich bringe dich nach Hause«, murmelt Finn und löst sich langsam von mir.

»Was ist mit den anderen?«, frage ich ihn unsicher.

»Mira ist bei Jase und wo Rachel sich rumtreibt, ist mir gerade ziemlich egal.«

Fragend sehe ich ihn an. »Habe ich was verpasst?«

Finn schüttelt den Kopf und signalisiert mir, dass er gerade nicht darüber sprechen möchte. Er zieht sein Handy aus der Hosentasche und tippt darauf herum. »Ich schreibe Jase kurz, dass ich dich nach Hause bringe und dass du okay bist.«

Ich nicke. »Was ist mit Rachel?«

»Ich habe Jase darum gebeten, sie später bis zu ihrer WG zu begleiten. Die liegt sowieso auf unserem Heimweg, er und Mira laufen also ohnehin daran vorbei.«

»Unsere Jacken!«, fällt mir dann ein. Finn steht nur im Shirt vor mir.

»Die beiden bringen sie sicher mit«, beruhigt er mich.

»Frierst du nicht?«, frage ich ihn besorgt. »Es ist verdammt kalt hier draußen.«

Er schüttelt lachend den Kopf. »Mir ist nie kalt, Enna.«

Ich erinnere mich daran, dass er sich schon als kleiner Junge ständig wehrte, eine Jacke anzuziehen. Früher habe ich mich immer gefragt, ob Finn überhaupt ein Kälteempfinden besitzt.

»Wollen wir los?«

»Okay«, antworte ich und wir setzen uns in Bewegung.

Mittlerweile hat der Boden aufgehört, unter mir zu schwanken, und ich kann mich wieder ganz normal auf den Beinen halten. Ich weiß, dass mir vor Finn nichts peinlich sein muss. Dennoch ist es mir unangenehm, dass er mich in einer solch hilflosen Situation gesehen hat und mich sogar aus dem Club *tragen* musste, weil ich nicht mehr Herrin meiner Sinne war. So wie heute habe ich noch nie die Kontrolle über meinen Körper verloren.

Eine Weile laufen wir schweigend nebeneinanderher. Doch irgendwann kann ich meine Neugierde nicht mehr zurückhalten. »Was war mit Rachel, Finn? Habt ihr euch gestritten?«

»Ihr war mal wieder alles wichtiger als ich.«

»Das glaube ich nicht«, sage ich. Natürlich ist auch mir nicht entgangen, dass Rachel ständig an ihrem Handy hing. Doch als ich die beiden tanzen sah, schien sie sich ganz auf Finn zu konzentrieren. Wieder taucht das Bild der beiden in meinem Inneren auf. Wie Finn seine Freundin umschlungen hält, wie er sie küsst …

»Doch, Enna. Du kennst sie noch nicht so lang, aber es ist immer so.«

»Ich habe gemerkt, dass sie oft an ihrem Handy hing. Dennoch kann ich mir nicht vorstellen, dass ihr etwas wichtiger sein könnte als du. Wie kann das sein?«, frage ich ihn.

Unsere Blicke treffen sich und erst in diesem Moment werde ich mir der Bedeutung meiner Worte bewusst.

»Ihr wart doch tanzen«, spreche ich daraufhin schnell weiter. »Das schien sie sehr genossen zu haben.«

»*Genossen.*« Finn lacht auf. »Als ich kurz abgelenkt war, nutzte sie die Gelegenheit gleich, um ihr dämliches Video weiterzuschauen.«

Verdutzt bleibe ich stehen. »Moment. Sie hat dieses Video weitergeschaut, *während ihr getanzt habt?*«

Er nickt. »Jepp.«

»Das ist doch nicht ihr Ernst!«, rufe ich aus, dann senke ich meine Stimme wieder. »Entschuldige. Ich möchte nicht schlecht von deiner Freundin reden.«

Finn lacht. »Schon okay. Ich konnte es ja selbst nicht fassen.«

»Ich weiß langsam einfach nicht mehr weiter«, öffnet er sich mir schließlich verzweifelt.

»Bist du glücklich mit Rachel?« Schon so lange wünsche ich mir *seine* Antwort darauf.

»Ich *war* glücklich mit ihr.«

»Menschen verändern sich.«

»Das tun sie«, gibt er mir recht. »Auch ich habe mich verändert. Unsere Beziehung zueinander ebenso.« Wir biegen in meine Straße ein. Schweigend gehen wir nebeneinanderher, bis wir schließlich vor meiner Haustür stehen.

»Jetzt musstest du mich schon zum zweiten Mal nach Hause bringen«, sage ich zu Finn.

»Ich *musste* nicht, Enna. Ich *wollte*«, stellt er lächelnd klar.

Eine Weile sehen wir uns an. Keiner von uns beiden scheint in diesem Moment zu wissen, was er sagen soll.

»Schlaf gut, Enna«, bricht Finn schließlich die Stille zwischen uns.

»Du auch«, sage ich und drehe mich um.

Ich will gerade den Schlüssel im Schloss drehen, als mich eine unglaubliche Sehnsucht durchströmt. Irgendetwas sagt mir, dass ich jetzt nicht allein sein möchte. Dass ich nach diesem Abend nicht allein sein *kann*. Bei dem Gedanken daran, jetzt in meiner Wohnung zu sitzen, wird mir übel. Einsam in dieser Dunkelheit, nach allem, was ich heute Abend durchgemacht habe.

Kurzerhand drehe ich mich zu Finn um, der zu meiner Überraschung noch immer an der gleichen Stelle steht.

Unsicher schaue ich ihn an. »Finn?«

Er lächelt. »Enna?«

Ich nehme all meinen Mut zusammen und frage ihn nach dem, was ich mir gerade am meisten wünsche und das ich all die Jahre so sehr vermisst habe. »Magst du noch mit hochkommen und mir vorlesen?«

Für jeden anderen Typen wäre diese Frage einfach lächerlich gewesen. Jeder Mann hätte sich wohl gefragt, was zur Hölle mit mir nicht stimmt und warum ich mich wie ein kleines Kind verhalte. *Jeder andere*, aber nicht Finn.

»Ich dachte schon, du fragst nie«, sagt er lächelnd.

Finn

»Möchtest du was trinken?«, ruft Enna mir aus der Küche zu, während ich mir im Flur ihrer Wohnung die Schuhe ausziehe.

»Gern. Hast du Wasser da?« Ich stelle meine Schuhe neben ihre, die in einer Reihe neben der Wohnungstür aufgestellt sind. Enna scheint also noch immer eine kleine Perfektionistin zu sein. *Genau wie früher.* Ich gehe zu ihr in die Küche. Auf der linken Seite des kleinen Raumes erstreckt sich eine weiße Küchenzeile, an der rechten Wand steht ein kleiner Esstisch, an dem zwei Personen Platz haben. Enna nimmt ein Glas aus dem Küchenschrank und schenkt mir ein. Anschließend stellt sie den Wasserkocher an und holt für sich selbst eine Tasse heraus, in die sie einen Teebeutel hängt. Dann reicht sie mir mein Glas.

Dankend nehme ich es entgegen und trinke einen großen Schluck. Enna wartet, bis das Wasser kocht, und füllt dann ihre Tasse. Verdutzt beobachte ich sie dabei, wie sie nach einem Glas Honig greift. Als sie einen Teelöffel in die klebrige Masse steckt, kann ich mich nicht mehr zurückhalten.

»Du willst doch jetzt nicht wirklich dieses Zeug in deinen Tee machen?«, frage ich sie entsetzt.

Enna lacht. »In einen guten Tee gehört ein Löffel Honig.«

»Igitt!«, entfährt es mir, was sie noch mehr zum Lachen bringt.

Mit ihrer Tasse in der Hand dreht Enna sich zu mir um. »Gehen wir rüber?«

»Gerne.« Mit meinem Wasser in der Hand laufe ich ihr hinterher, bis wir schließlich in ihrem Zimmer stehen. Interessiert schaue ich mich um, wobei mein Blick sofort über ihr riesiges Bücherregal gleitet.

»Wow«, bringe ich nur hervor. Ich bleibe stehen und betrachte voller Bewunderung all die Reihen voller Bücher. Enna scheint noch verrückter nach Geschichten zu sein, als sie es damals schon war. »Das sind wirklich viele.«

Enna lacht. »*Viele* trifft es ganz gut. Es müssten etwa vierhundert sein.«

Überrascht drehe ich den Kopf zu ihr. »*Vierhundert?*«

Lächelnd nickt sie. Ich wende mich wieder dem Regal zu und überlege, ob sie wirklich jedes einzelne davon gelesen hat. Gerade will ich sie danach fragen, als etwas an meinem Bein entlangstreift. Entsetzt lasse ich meinen Blick zu meinen Füßen gleiten, an die sich ein graues Wollknäuel schmiegt. *Eine Katze.*

»Enna«, sage ich leise. Panik breitet sich in mir aus.

»Darf ich vorstellen? Das ist Beth«, sagt sie fröhlich.

Die Angst in meiner Stimme scheint sie überhört zu haben. Langsam drehe ich den Kopf zu ihr und versuche, meinen restlichen Körper dabei so wenig wie möglich zu bewegen.

Unsere Blicke begegnen sich und Enna sieht mich verwirrt an. Noch immer spüre ich, wie sich die Katze an mein Bein schmiegt, doch ich traue mich nicht, auch nur einen Schritt zu machen.

»Alles okay?«, fragt Enna mich besorgt.

Als ich mich noch immer nicht rühre, kommt sie einen Schritt auf mich zugelaufen und mustert mich besorgt. »Finn. Du bist auf einmal ganz blass. Geht es dir gut?«, fragt sie mich.

Langsam schüttle ich mit dem Kopf, dann lasse ich meinen Blick wieder zu meinen Füßen gleiten. Gerade in diesem Moment richtet die Katze ihren Blick nach oben und schaut mich erwartungsvoll an. Panisch schaue ich ihr in die Augen und frage mich, wie lange es wohl dauern wird, bis sie mir ihre Krallen in die Haut rammt.

»Enna«, bringe ich schließlich hervor. »Nimm dieses Ding da weg.«

Ich richte meinen Blick wieder auf Enna und begegne ihrem verständnislosen Gesichtsausdruck. In ihrem Kopf scheint es zu rattern, dann irgendwann breitet sich Stück für Stück ein Grinsen auf ihrem Gesicht aus.

»Du hast Angst vor Katzen«, stellt sie fest und muss sich deutlich das Lachen verkneifen.

Ich nicke. Die Panik muss mir ins Gesicht geschrieben stehen, denn Enna setzt sich nun endlich in Bewegung und greift nach der Katze, die gerade an meinen Füßen schnuppert. Nun hat sie sie endlich auf dem Arm, und augenblicklich breitet sich Erleichterung in mir aus.

Als ich mich wieder beruhigt habe, schaue ich wieder zu Enna, die mit Beth auf dem Arm neben mir steht und noch immer krampfhaft versucht, sich das Lachen zu verkneifen.

»Lass es raus, Enna. Ich kann es verkraften«, erlöse ich sie schließlich.

Keine Sekunde später bricht Enna in schallendes Lachen · aus. Eigentlich sollte ich mich nun verletzt und unverstanden fühlen, doch in dem Moment, in dem sie loslässt und ihr Lachen den Raum erfüllt, bin ich einfach nur froh, sie wieder so glücklich zu sehen. Kurzerhand stimme ich in ihr Lachen mit ein. Ich weiß, wie lächerlich meine Angst ist, und kann auch gern mal über mich selbst lachen.

Irgendwann deutet Enna fragend mit dem Kopf auf Beth. »Darf ich sie auch irgendwann wieder absetzen?«, fragt sie grinsend.

»Zuerst muss ich mich in Sicherheit bringen.«

Enna lacht, während ich mich im Raum umsehe und nach einer geschützten Stelle für mich suche. Fragend deute ich auf Ennas Bett. Sie nickt, also setze ich mich im Schneidersitz darauf. Meine Füße lasse ich bestimmt nicht vom Bett baumeln, während diese Katze hier frei herumläuft.

Als ich sitze, setzt Enna das graue Knäuel wieder auf den Boden. Beth trabt in Richtung Küche davon, während Enna sich zu mir aufs Bett gesellt. Erwartungsvoll sieht sie mich an, noch immer ein Grinsen im Gesicht.

»Was ist?«, frage ich sie, obwohl ich genau weiß, was Enna jetzt von mir hören will.

»Warum hast du Angst vor Katzen, Finn?«, fragt sie mich.

»Das ist eine ganz blöde Geschichte, die mich definitiv in kein besonders männliches Licht rückt.«

Enna lacht, dann schaut sie wieder etwas ernster. »Ich habe dir meine beiden Ängste erzählt. Du schuldest mir noch eine.«

Ich gebe mich geschlagen. Enna hat sich mir geöffnet und nun bin auch ich an der Reihe. Obwohl mir diese Angst unglaublich peinlich ist, beschließe ich, ehrlich zu ihr zu sein.

»Nachdem meine Eltern sich trennten, war ich oft bei meinem Freund Tim. Wir lernten uns in der Highschool kennen. Weil Mum und Dad zu Hause so oft stritten, nahm er mich häufig mit zu sich«, beginne ich. Bei der Erwähnung meiner Eltern läuft es mir kalt den Rücken herunter. Schnell schiebe ich den Gedanken an die Streitereien der beiden von mir und konzentriere mich auf das Wesentliche. »Tim hatte eine Katze. Sie war groß. Sie war fett. Aber vor allem war sie aggressiv.«

»Was ist passiert?«, fragt sie mich. »Hat sie dich angegriffen?«

»Ja«, antworte ich. »Sie war wirklich bissig. Komischerweise immer nur dann, wenn ich kurz mit ihr allein war. Ich sage dir, diese Katze hatte es faustdick hinter den Ohren. Immer wenn Tim das Zimmer verließ, biss sie mich in die Waden.«

Enna verzieht das Gesicht, als könnte sie den Schmerz, von dem ich ihr erzähle, am eigenen Körper spüren. »Aua!«

»Das kannst du laut sagen«, bestätige ich. »Tim fand das Ganze eher amüsant. Irgendwann hat er sich bei mir entschuldigt. Da waren wir aber schon älter.«

Enna denkt kurz nach, dann sieht sie mich wieder an. »Es tut mir leid, dass du so eine blöde Erfahrung mit einer Katze machen musstest. Es mag für dich unvorstellbar sein, aber nicht jede Katze ist so wie Tims. Normalerweise sind sie ganz friedliche Tiere. Natürlich haben Katzen ihren eigenen Kopf, aber wenn du lieb zu ihnen bist, sind sie auch lieb zu dir.«

Ich will gerade protestierten, als sie anfügt: »Zumindest die meisten.«

Ich nicke. »Beth scheint okay zu sein.«

Als hätte sie mich gehört, schiebt sich das graue Knäuel kurz danach wieder ins Schlafzimmer. In der Mitte des Raumes bleibt sie auf Ennas Teppich sitzen, um sich die Pfoten zu putzen.

»Wenn du dich wohler fühlst, sperre ich sie aus, dann …«

»Schon okay«, falle ich ihr ins Wort. Beth gehört zu Ennas Leben und auch ich möchte weiterhin ein Teil davon bleiben. »Ich würde gern versuchen, mich mit ihr anzufreunden. »Sie hat dich doch noch nie gebissen?«

»Noch nie. Ich habe sie erst, seit ich hier eingezogen bin. Dad hat sie aus dem Tierheim geholt. Sie ist eine ganz liebe und ruhige Katze.«

Ennas Worte beruhigen mich. Eine Weile sitzen wir schweigend nebeneinander und beobachten Beth, bis diese den Kopf hebt und uns mit ihren kleinen Glubschaugen anschaut. *Sie ist schon ganz niedlich.*

»Wenn sie so schaut, kommt sie gleich aufs Bett gesprungen. Ist das okay?«

»Ich denke schon«, antworte ich unsicher.

Langsam setzt Beth sich in Bewegung und kommt auf uns zu. »Hey, meine Süße. Das ist Finn.«

Als ich höre, wie liebevoll Enna mit diesem kleinen Wesen spricht, verschwindet ein weiteres Stück meiner Angst. Wenn sie diese Katze liebt, muss sie ein liebenswertes Tierchen sein.

Ich nehme all meinen Mut zusammen und bleibe ruhig sitzen, als Beth zu uns auf das Bett springt. Enna und ich sitzen etwa einen Meter auseinander und Beth nun zwischen uns. Vorsichtig kommt sie auf mich zugetapst, als würde sie spüren, dass ich Angst habe.

»Sie spürt, dass du Angst hast«, spricht Enna meinen Gedanken aus. »Deshalb ist sie so vorsichtig.«

Ich nicke. Beth schnuppert an meiner Hand. Langsam hebe ich die Hand und streichle der Katze vorsichtig über den Kopf. Sofort fängt sie an zu schnurren und legt sich dann an mein Bein gekuschelt neben mich.

Während ich Beth weiterhin den Kopf kraule, hebe ich meinen Blick, um Enna anzusehen. Sie mustert uns lächelnd und sieht in diesem Moment einfach nur glücklich aus. »Ist es okay?«, fragt sie mich und deutet dabei mit dem Kopf auf Beth.

Ich nicke. »Sie ist wirklich süß. Ich glaube, wir verstehen uns ganz gut.«

»Das glaube ich auch«, sagt Enna. Dann gähnt sie laut. »Entschuldige«, sagt sie lächelnd. »Ich bin müde.«

»Soll ich lieber gehen? Möchtest du schlafen?« Enna hat heute viel durchgemacht und will sich sicher ausruhen.

Sie schüttelt mit dem Kopf. »Noch nicht. Du wolltest mir noch vorlesen.« Lächelnd sieht sie mich an. In ihrem Blick kann ich eine freudige Erwartung erkennen.

»Es ist lange her«, sage ich. »Vielleicht habe ich mittlerweile das Vorlesen verlernt.«

Enna legt den Kopf schief und mustert mich. »Unmöglich.«

Ich zucke mit den Schultern. »Wenn du meinst.«

»Also. Der kleinen Enna habe ich meistens *Mary Poppins* vorgelesen«, sage ich grinsend. »Was möchte denn die große Enna hören?« Enna überlegt und lässt dabei den Blick über ihr Bücherregal wandern. In ihrem Blick konnte ich aber eben schon lesen, welche Geschichte sie hören möchte, also kann ich ihrer gespielten Suche nun keinen Glauben schenken.

»Es gibt da so eine Geschichte, in der ein Kindermädchen mit einem Schirm angeflogen kommt …«

Mein Lachen lässt sie mitten im Satz innehalten.

»Also wieder *Mary Poppins*, ja?«, frage ich sie amüsiert.

Enna grinst. »Wenn es dir nichts ausmacht.«

»Quatsch. Dein Wunsch ist mir Befehl«, sage ich und salutiere.

Sie lacht und steht auf, um das Buch aus ihrem Regal zu ziehen. Sofort erkenne ich die lila Ausgabe wieder.

»Du hast es immer noch?«, frage ich sie überrascht.

Enna nickt. »Es war ein Geschenk von dir. Natürlich habe ich es noch.«

Ich rutsche auf ihrem Bett nach hinten, um es mir gemütlich zu machen. Enna schaltet das Deckenlicht aus und dafür ihre Lichterkette und die Lampe auf ihrem Nachttisch ein, während ich mir zwei ihrer Kissen in den Rücken stopfe und es mir bequem mache. Beth bleibt weiterhin an meinem Bein liegen und scheint sich an meinem Herumrutschen nicht zu stören.

Enna dreht sich wieder zu mir und bleibt vor ihrem Bett stehen. Ich klopfe neben mich auf die Decke und Enna krabbelt über die Matratze zu mir.

»Ist dir kalt?«, frage ich sie.

»Ein bisschen.«

Kurzerhand greife ich nach ihrer Tagesdecke und breite sie über ihr aus. »Danke«, murmelt Enna, während sie die Kissen in ihrem Rücken zurechtrückt und sich dann nach hinten lehnt. Grinsend hält sie mir dann das Buch entgegen. »Du musst vorsichtig sein. Ich habe es so oft gelesen, dass es mittlerweile fast auseinanderfällt.«

»Warum kaufst du dir kein neues?«, frage ich sie. Ich drehe das Hardcover in meinen Händen hin und her. Der Buchrücken sieht schon sehr mitgenommen aus.

»Weil ich kein anderes Exemplar haben möchte. An diesem hängen so viele Erinnerungen.« Lächelnd sieht Enna auf das Buch in meinen Händen.

Ich lächle ebenfalls, als ich es vorsichtig aufschlage.

Enna rutscht etwas tiefer und legt ihren Kopf auf ein Kissen. Auch ich ändere noch ein letztes Mal meine Sitzposition und mache es mir bequem. Beth liegt noch immer zwischen uns und schnurrt leise.

»Bereit?«, frage ich Enna schließlich.

Sie nickt. »Bereit.«

Mit meiner Hand streiche ich über die erste Seite des Buches, dann beginne ich zu lesen. Es ist ein unglaublich schönes Gefühl, mit Enna hier zu liegen. Vor fünf Jahren habe ich ihr diese Geschichte zum letzten Mal vorgelesen, doch in diesem Moment fühlt es sich an, als wäre es erst gestern gewesen. Als wären wir noch immer der kleine Finn und die kleine Enna.

Während ich lese, merke ich, wie Enna sich neben mir immer mehr entspannt. Immer wieder fallen ihr die Augen zu, doch ich lese einfach weiter. Irgendwann drehe ich mich zu ihr. Friedlich liegt sie neben mir. Ennas Kopf liegt auf einem ihrer vielen rosa Kissen, eine Hand hat sie unter ihre Wange geschoben. Ihre gelockten braunen Haare verteilen sich auf dem Kissen in alle Richtungen. In mir regt sich der Wunsch, sie zu berühren. Bevor ich darüber nachdenken kann, klappe ich das Buch zu und streiche ihr vorsichtig eine Haarsträhne aus dem Gesicht.

Ich lege das Buch auf ihren Nachttisch, dann schaue ich ihr eine

Weile dabei zu, wie sich ihr Brustkorb gleichmäßig hebt und senkt. In diesem Moment könnte mich nichts glücklicher machen, als ihr beim Schlafen zuzusehen.

Irgendwann siegt meine Vernunft über meinen Wunsch, bei ihr zu bleiben. Es würde eine Grenze überschreiten, neben Enna einzuschlafen und am Morgen mit ihr aufzuwachen. Und obwohl in mir alles danach schreit, sie im Arm zu halten und weiterhin zu beschützen, erhebe ich mich von ihrem Bett. Beth schaut kurz zu mir auf und streckt sich, dann kuschelt sie sich neben Enna.

»Pass gut auf sie auf«, flüstere ich der Katze zu.

So leise wie möglich schleiche ich aus Ennas Zimmer in die Küche. Dort habe ich vorhin einen kleinen Notizblock entdeckt, auf den ich ihr nun eine kurze Nachricht kritzle. So ganz ohne Abschied möchte ich dann doch nicht verschwinden. Im Flur ziehe ich mir meine Schuhe an, öffne die Wohnungstür und ziehe sie dann so leise wie möglich hinter mir zu.

Auf dem Weg nach Hause werfe ich einen Blick auf mein Handy. Obwohl ich auch nicht damit gerechnet habe, schockiert es mich, dass Rachel sich tatsächlich nicht mehr gemeldet hat. Unser Streit sitzt mir noch immer im Kopf, obwohl mich die letzten Stunden mit Enna auf andere Gedanken gebracht haben.

Zurück in der WG, vergewissere ich mich, dass Mira und Jase ebenfalls gut zu Hause angekommen sind. Beide finde ich schlummernd in ihren Betten vor, also gehe ich schnell ins Bad und werfe mich danach auch in mein Bett.

Kurz bevor ich einschlafe, denke ich an Enna. Die letzten Stunden mit ihr habe ich sehr genossen. Es bedeutet mir viel, endlich wieder für sie da sein zu können. Es gibt mir das Gefühl, etwas wiedergutmachen zu können, auch wenn ich weiß, dass ich ihr nie das wiedergeben kann, was ich ihr damals genommen habe.

In dieser Nacht träume ich von einer mutigen Frau, die neben mir liegt, während ich ihr vorlese. Und selbst im Traum verspüre ich dabei eine unendliche Wärme in mir.

KAPITEL 14
Nicht gut genug

Enna

»Und deshalb waren wir dann so schnell weg«, beende ich meine Zusammenfassung des gestrigen Abends.

Vor einer Stunde haben Mira und ich uns im Café getroffen. Nachdem ich heute Morgen ein schlechtes Gewissen hatte, weil ich gestern so plötzlich verschwunden bin, war es mir wichtig, meiner Freundin nun in Ruhe alles zu erklären. Während ich Mira von meinen Ängsten erzählt habe, vor allem davon, wie sie mich gestern Abend überrollten, saß sie die ganze Zeit neben mir und hörte mir aufmerksam zu. Bisher hat sie keine einzige Frage gestellt. Sie hat mich einfach erzählen lassen, ohne mich zu unterbrechen, wofür ich ihr sehr dankbar bin.

Mira greift auf dem Tisch nach meiner Hand und umschließt sie mit ihrer. »Ich bin so froh, dass du dich mir anvertraut hast, Enna.«

Ich nicke. »Ich hätte es dir eher sagen sollen. Ich wollte nur nicht …«

»Du musst dich nicht entschuldigen«, fällt sie mir ins Wort. »Manche Dinge brauchen einfach ihre Zeit.«

Wahrscheinlich sieht Mira mir mein schlechtes Gewissen noch immer an, denn auf einmal zieht sie mich in eine herzliche Umarmung.

»Ich hab dich lieb, Enna.«

»Ich hab dich auch lieb.«

»Hat mich auch jemand lieb?«, ertönt Jasons Stimme plötzlich neben uns. Erschrocken fahren Mira und ich auseinander. Jason lacht. »Sorry, Mädels.« Entschuldigend hebt er die Hände. »Ich wollte euch nicht erschrecken.«

Wir stimmen in sein Lachen mit ein.

»Wir haben dich natürlich auch lieb«, antwortet Mira ihm schließlich. »Gruppenkuscheln?«

Jason sieht sie entsetzt an. »Vergiss es«, sagt er, doch schon im gleichen Moment hat Mira einen Arm um mich und den anderen um ihn geschlossen. Sie zieht uns in eine herzliche Umarmung. Irgendwann gibt Jase nach und legt auch seine Arme um uns.

Nachdem genug Liebe verteilt wurde, setzen wir uns wieder an den Tisch. Mira holt Jason einen Kaffee, während er sich einen Stuhl heranzieht.

»Alles wieder okay?« Ich weiß nicht, wie viel Finn seinem Freund bereits über mich erzählt hat, doch seltsamerweise stört es mich nicht, wenn ich daran denke, dass er von meinen Ängsten wissen könnte. Meine Freunde sind herzliche Menschen und ich weiß, dass ich ihnen vertrauen kann.

Ich nicke lächelnd. »Danke.«

»Hat es dir trotzdem gefallen gestern?«

»Es war superschön«, antworte ich ihm. »Ich finde euren Bandnamen total cool. Das wollte ich dir unbedingt noch einmal sagen.«

Jason grinst. »Den hat Finn sich ausgedacht.«

»Warum wundert mich das nicht?«, frage ich ihn lachend.

Jason stimmt mit ein, als Mira wieder zu uns kommt und den Kaffee vor ihm auf dem Tisch abstellt. »Danke, Schwesterherz«, bedankt er sich.

»Gerne«, sagt Mira und lässt sich wieder auf ihren Stuhl fallen. »Was war denn eben so witzig?«

»Finn und die Sterne«, antwortet Jason.

Mira nickt wissend und lächelt dabei, dann ändert sich ihre Miene plötzlich und sie schaut etwas ernster zu Jason.

»Wie geht es ihm denn?«, fragt sie ihren Bruder.

Jason rührt mit dem Löffel in seinem Kaffee herum. »Ich weiß es nicht. Heute Mittag meinte er, dass er morgen mit ihr reden will.«

»Was ist denn los bei Finn?«, frage ich die beiden verwirrt. »Rachel?«

Nachdem Finn mir gestern kurz vom Streit der beiden erzählt hat, kann ich mir nun denken, dass es um sie geht.

Jason nickt. »Rachel hat gestern ziemlich Mist gebaut.«

»Ich weiß. Die Aktion mit dem Handy war wirklich mies«, sage ich und nehme einen großen Schluck von meinem Kaffee.

»Wenn es nur das gewesen wäre …« Mira sieht nachdenklich aus dem Fenster.

»Was war denn noch?« Nun bin ich wirklich besorgt.

»Als ihr weg wart, hat Rachel später mit einem anderen Typen getanzt«, beginnt Jason, mir zu erklären. Ich ahne Schlimmes.

»Dann hat sie ihn geküsst«, fügt Mira hinzu und verzieht dabei das Gesicht.

»Bitte was?!«, entfährt es mir, bevor ich mich zurückhalten kann. »Das ist doch nicht ihr Ernst.«

Jason nickt. »Leider doch. Ich habe von Anfang an gewusst …«

»Jase«, unterbricht ihn seine Schwester. »Wir wissen nicht, was zwischen den beiden vorgefallen ist … Natürlich war es nicht in Ordnung, was sie gemacht hat.«

»Das kannst du laut sagen«, stimmt Jason ihr zu. »Ich mochte sie noch nie, das weißt du. Wir haben sie damals mit offenen Armen empfangen, doch sie hat sich nie wirklich mit uns anfreunden wollen.«

Mira nickt. »Da muss ich dir recht geben. Sie war wesentlich angenehmer, als Finn und sie nur befreundet waren. Die beiden passen als Paar einfach nicht zusammen.«

Noch immer versuche ich zu verarbeiten, was mir eben erzählt wurde. Rachel und ich haben bisher auch keinen besonders guten Draht zueinander gefunden, doch dass sie sogar dazu fähig ist, Finn zu hintergehen, hätte ich nicht gedacht.

»Wie geht es Finn jetzt?«, breche ich mein Schweigen.

Jason nimmt einen Schluck von seinem Kaffee. »Als ich es ihm vorhin erzählt habe, wirkte er relativ gefasst.«

»Das muss ihm das Herz gebrochen haben.«

Jason schüttelt mit dem Kopf. »So schnell bricht keiner Finns Herz. Es ist scheiße, was passiert ist, aber er wird das überstehen.«

»Und du hast es ihm erzählt?«, frage ich ihn.

»Japp«, antwortet Jason nickend. »Nachdem mir Rachel gestern Abend unmissverständlich klargemacht hat, dass sie es ihm nicht sagen will, habe ich das für sie übernommen. Ich lüge meinen besten Freund bestimmt nicht an.«

»Das ist richtig so.« Jason wirkte von Beginn an wie ein sehr loyaler Mensch auf mich. »Jetzt weiß er zumindest Bescheid. Hat er dir erzählt, was er jetzt vorhat?«

»Er will mit ihr sprechen. Heute noch.« Jason stellt die leere Tasse vor sich ab. »Sorry, Mädels. Ich muss los zur Probe!«

Er winkt uns zum Abschied und verschwindet aus dem Café. Nun sitzen Mira und ich allein am Tisch, der mittlerweile zu unserem Stammtisch im **C&C** geworden ist.

»Meinst du, Finn kommt wirklich klar?«, frage ich sie.

Mira nickt. »Finn ist stark. Außerdem sind wir alle für ihn da.«

Sie scheint mir anzusehen, dass mich die Sache ziemlich mitnimmt. »Weißt du, was? Ich hole dir jetzt erst mal ein Stück Vanilletorte. Einverstanden?«

»Gern«, antworte ich.

Mira verschwindet hinter der Theke, um mein Stück Kuchen zu holen. Die Zeit nutze ich, um in Ruhe den gestrigen Abend noch einmal Revue passieren zu lassen. Mira kassiert noch schnell einen anderen Tisch ab, dann ist sie wieder bei mir. Den Teller mit dem Kuchen stellt sie vor mir ab. Plötzlich fällt mir wieder ein, dass ich sie unbedingt noch auf die seltsame Begegnung mit dem Typen gestern Abend ansprechen wollte.

»Sag mal, Mira?«, wende ich mich ihr fragend zu, während ich meine Gabel in die Hand nehme. »Was war denn das gestern mit diesem Typen?«

»Welchem Typen?«, fragt sie mich, doch ich kann ihrer gespielten Unwissenheit keinen Glauben schenken.

Ich schiebe mir ein Stück der Vanilletorte in den Mund und ziehe eine meiner Augenbrauen nach oben.

Sie stöhnt auf. »Du meinst Zac, richtig?«

Ich nicke und bedeute ihr mit meiner Gabel, weiterzusprechen.

»Was soll da gewesen sein?«

»Als er den Raum betrat, warst du für mindestens zwei Minuten nicht mehr ansprechbar. Und als er dann an unseren Tisch kam, war für dich nichts interessanter als das Tischdeckchen. Und die Nussschale natürlich.«

Sie will gerade protestieren, als ich ihr schnell ins Wort falle. »Mira, ich kenne dich vielleicht noch nicht so lang, aber gut genug, um zu wissen, dass das da gestern Abend nicht du warst. Es steckt mehr hinter der Begegnung, oder?«

»Also gut«, beginnt sie schließlich. »Ich mag Zac. Ich kann mir nicht erklären, warum, aber etwas an ihm zieht mich an …« Sofort färben sich Miras Wangen rot. So verlegen kenne ich sie gar nicht. »Es ist kompliziert.«

»Ist es das nicht immer?«, frage ich sie kauend.

Mira nickt. »In diesem Fall aber besonders.«

»Wieso?«

Mira atmet einmal tief durch, dann beginnt sie zu erzählen. »Zac ist kein besonders netter Typ. Er hat den so ziemlich schlechtesten Ruf an der ganzen Uni. Würden wir nicht viele gemeinsame Kurse besuchen und uns denselben Studiengang teilen, hätte er mich bisher wahrscheinlich nicht einmal wahrgenommen. Außerdem könnte man sagen, dass Jase und er Feinde sind.«

»Jason hat einen Feind? *Dein* Bruder?«, frage ich sie überrascht.

»Er und Zac hatten in der Vergangenheit einige Probleme miteinander. Als Jase noch klein war, hat Zac ihn ziemlich fies behandelt.«

»Das ist mies«, sage ich zu ihr. »Aber du magst ihn, also muss doch etwas Gutes an ihm sein.«

Mira nickt. »Ich mag ihn sehr. Aber ich habe das Gefühl, dass ich das nicht darf. Außerdem bin ich wahrscheinlich die Letzte, mit der Zac etwas anfangen würde.«

»Quatsch. Du bist toll, Mira! Wenn er das nicht sieht, ist er dumm.« Wieder will sie widersprechen, doch erneut falle ich ihr ins Wort. »Außerdem sollte man einen Menschen nie zu schnell verurteilen. Ich bin mir sicher, auch Zac hat seine guten Seiten.«

Mira lächelt. »Danke, dass du das sagst.«

»Gerne. Und wenn du mal über diese Sache sprechen möchtest, bin ich immer für dich da.«

Wir lächeln uns an, dann wechselt Mira das Thema und ich beschließe, nicht weiter darauf herumzureiten. Sie hat mir so viel erzählt, wie sie möchte, und das ist vollkommen okay.

»Das hätte ich fast vergessen!« Sie kramt ihr Handy aus ihrer schwarzen Schürze. »Ich würde dich gern in unseren Gruppenchat einfügen, wenn du möchtest. Die Jungs sind auch einverstanden.«

»Das wäre schön«, erwidere ich lächelnd, woraufhin Mira auf ihrem Smartphone herumtippt. Schließlich steckt sie es wieder zurück in ihre Schürze. »Willkommen in unserer verrückten Gruppe. Wir werden jetzt bestimmt häufiger etwas zusammen unternehmen und so können wir uns viel besser kurzschließen.«

»Danke dir!«

Eine Weile unterhalten wir uns über die Uni. Mira muss für die nächste Woche einen Vortrag vorbereiten, während ich mich dringend an meine erste Hausarbeit setzen muss. Einer der Professoren ist schon zu Beginn des Semesters krank, deshalb sollen wir uns die Themen seiner Vorlesung selbst aneignen und eine Hausarbeit über ein Wunschthema aus diesem Gebiet abgeben, schon eher, als es normalerweise üblich ist. Ich nehme mir für diesen Abend vor, mich für ein Thema zu entscheiden und schon einmal zu recherchieren.

»Finn hat dich also gestern nach Hause gebracht?«, fragt Mira mich beiläufig.

»Ja, hat er.«

»Du magst ihn wirklich«, stellt Mira fest.

Kurz überlege ich, es einfach abzustreiten. Doch dann erinnere ich mich daran, dass Mira nun meine Freundin ist und ich mich ihr anvertrauen kann. »Ich mag ihn sehr.«

Schon zum zweiten Mal greift Mira über den Tisch nach meiner Hand. »Das ist okay, Enna. Finn ist toll!«

»Aber Finn hat auch eine Freundin. Und wir haben uns erst wiedergefunden, nach all der Zeit. Es hat sich viel verändert ...«

»Aber eure Liebe zueinander ist geblieben, Enna«, unterbricht Mira mich sanft. »Nur scheint sie jetzt eine andere zu sein.«

»Finn ist mit Rachel zusammen. Es ist total verwerflich von mir, auch nur daran zu denken, dass mehr zwischen uns sein könnte. Ich weiß auch nicht, was gerade mit mir los ist. Finn war immer mein bester Freund, dann war er so lange weg und jetzt ist auf einmal alles anders und da ist dieses komische Kribbeln in mir, wenn wir uns sehen und ...«

»Enna«, stoppt meine Freundin mich. »Vergiss nicht, auch mal Luft zu holen, du läufst schon rot an.« Mira lacht.

Ich atme einmal tief ein und wieder aus, um mich zu beruhigen. Schon seit Tagen beschäftigt mich dieses Gefühlschaos in mir.

»Du brauchst dich nicht schlecht fühlen, weil du ihn magst, Enna. Ihr steht euch viel näher, als Rachel und Finn es je werden. Finn liebt dich auch, Süße. Ich weiß nicht, ob er dich auf die gleiche Weise liebt, wie du ihn liebst, aber er liebt dich.«

Zuversichtlich lächelt sie mich an.

»Danke, Mira.«

Sie schaut auf meine leere Tasse. »Hast du noch Zeit für einen zweiten Kaffee?«, fragt sie mich.

»Für Kaffee habe ich immer Zeit!«

Finn

Ich laufe in meinem Zimmer auf und ab, Rachel sitzt neben mir auf meinem Bett. Bereits seit einer Stunde diskutieren wir über den gestrigen Abend. Nachdem ich sie mit dem Kuss konfrontiert habe, von dem Jase mir heute erzählt hat, habe ich eine Entschuldigung erwartet. Entschuldigt hat sie sich, nur um kurz darauf auch mir eine Teilschuld zuzuweisen. Dieses Gespräch hier ist schon lange überfällig und ich hoffe, dass wir nun endlich einige Dinge klären können.

»Wir hatten diese Diskussion jetzt schon so oft«, ruft Rachel aufgebracht. »Es ist jedes Mal das Gleiche. Ich verstehe dich nicht, du verstehst mich nicht. Wir drehen uns im Kreis, Finn!«

Überfordert mit der Situation, fahre ich mir durch die Haare. »Glaubst du etwa, ich weiß das nicht?«

»Keine Ahnung, Finn! Immerhin bin scheinbar wieder *ich* diejenige, die alles falsch gemacht hat!«

Ruckartig drehe ich mich zu ihr um. »Was erwartest du denn von mir? Dass *ich* mich dafür entschuldige, dass *du* einen anderen geküsst hast?«

Rachel wirft die Hände in die Luft. »Du hast mich so wütend gemacht, sonst wäre es gar nicht dazu gekommen!«

»Für dich bin also *ich* der Schuldige?« Ich lasse mich erschöpft neben sie auf mein Bett fallen. Dieser Streit raubt mir alle Nerven.

»Hättest du mich nicht ständig damit genervt, dass ich mein Handy weglegen soll, hätten wir uns nicht gestritten und dann hätte ich diesen Kerl auch nicht geküsst!«

»Hör auf«, sage ich so ruhig ich kann. Ich halte ihre Vorwürfe nicht aus.

Doch Rachel denkt scheinbar gar nicht daran. »Mal abgesehen davon, bin ich nicht die Einzige, die Scheiße gebaut hat. Immerhin bist du mit Enna abgehauen und hast mich einfach zurückgelassen. Erzähl mir nicht, dass da nicht auch mehr lief!«

Nun kann auch ich nicht mehr ruhig bleiben. »Lass sie da raus, Rachel! Du scheinst mich wirklich schlecht zu kennen, wenn du glaubst, dass ich dich betrügen würde.«

»Wie auch immer. Fakt ist, dass du mit ihr abgehauen bist, während ich allein in diesem Club stand …«

»Du warst nicht allein, Rachel. Mira und Jase waren bei dir«, berichtige ich sie. »Und ich Idiot schreibe ihm noch, dass er dich nach

Hause bringen soll, während du dir schon den nächstbesten Typen geschnappt hast.« Entsetzt über meine eigene Dummheit schüttle ich den Kopf.

»Das war nicht einfach irgendein Typ!«, entfährt es Rachel daraufhin.

Ich zucke zusammen. »Was meinst du damit?«

Sie senkt den Blick. »Mark ist nicht irgendein Typ. Er und ich chatten schon seit einer Weile.«

»Was?«, frage ich sie entsetzt. »Das läuft schon länger?«

»Bisher lief da nichts, außer dem Schreiben. Aber ich mag ihn. Er versteht mich, Finn. Er unterstützt meine Träume ...«

»Ich habe dich auch immer unterstützt, Rachel!«, unterbreche ich sie. »All die Male, die ich stundenlang Fotos von dir in irgendwelchen neuen Outfits gemacht habe. All die Messebesuche, zu denen ich dich gefahren habe ...«

»Darum geht es doch gar nicht, Finn! Es geht darum, dass du es nie *verstehen* konntest. Du hast es immer nur *respektiert*!«

Wieder fahre ich mir aufgebracht durch die Haare. Überraschenderweise kniet Rachel sich nun vor mich und legt ihre Hände auf meine Oberschenkel. »Entschuldige, das war nicht fair«, murmelt sie und sieht mir nun wieder in die Augen. »Es ist nur so, dass ich das Gefühl nicht loswerde, dass du meine Leidenschaft tolerierst, aber sie nicht nachempfinden kannst.«

Das ist das Ehrlichste, das sie seit Wochen zu mir gesagt hat. Ich beschließe deshalb, mich zu beruhigen und ihr weiter zuzuhören. Mit einem Nicken bedeute ich ihr weiterzusprechen.

»Es geht mir nicht darum, berühmt zu werden, mehr Follower zu bekommen und meine Fotos später in irgendeinem Modemagazin zu sehen«, erklärt sie mir. Es scheint ihr wirklich wichtig zu sein, dass ich sie verstehe. Es fühlt sich einfach toll an, etwas durch mich Entstandenes mit der Welt zu teilen. Es tut gut zu lesen, dass meine Arbeit geschätzt wird.«

»Das verstehe ich«, werfe ich schließlich ein und meine es komplett ehrlich. »Aber weshalb leidet ständig unsere Beziehung darunter?«

»Ich weiß es nicht, Finn.« Rachel erhebt sich und setzt sich schließlich wieder neben mich auf das Bett.

Eine Weile sitzen wir schweigend nebeneinander, während die vergangenen Wochen an mir vorbeiziehen. Jeder Streit, jede Meinungsverschiedenheit. Als Freunde haben Rachel und ich so gut funktioniert. Sie war schon immer eher verschlossen, besonders meinen Freunden gegenüber. Doch seit wir ein Paar sind, scheine auch ich kaum noch einen Draht zu ihr zu finden.

»Bist du noch glücklich, Rachel? Willst du diese Beziehung noch?«

Rachel schaut auf den Boden. Ich kenne ihre Antwort bereits, doch ich will, dass sie mir dabei in die Augen sieht.

»Schau mich bitte an«, sage ich ruhig.

Sie hebt den Blick und fängt meinen damit ein. »Nein«, bringt sie hervor. Es schimmern tatsächlich Tränen in ihren Augen. Noch nie zuvor habe ich sie so verletzlich gesehen. Es fühlt sich beängstigend an, doch es erleichtert mich zugleich zu sehen, dass sie dieses Gespräch scheinbar doch mehr bewegt, als ich annahm. »Es tut mir leid, Finn. Aber wir funktionieren nicht mehr. Nicht als Paar, auch wenn ich mir so sehr wünsche, dass es anders ist.«

Und obwohl sie es nicht ausgesprochen hat, sehe ich es in ihrem Blick. Ich genüge ihr nicht mehr. Und in diesem Moment fällt mir auf, dass wir diese Worte nie zueinander gesagt haben: Ich liebe dich.

Nie haben wir diese drei Worte ausgesprochen.

Und auch, wenn ich tief in mir bereits damit gerechnet habe, dass es keinen anderen Ausweg gibt, tut es weh, unsere Beziehung nun in Scherben zu sehen.

Fünf Jahre zuvor – 2015, Januar

»Ich kann es nicht mehr hören, Vera! Wir treten auf der Stelle!«, höre ich meinen Vater brüllen, während ich in meinem Bett liege.

Schon wieder streiten die beiden, und das so laut, dass ich nicht schlafen kann. Ich verstehe nicht, worum es geht, doch ich kann es mir denken. Seit Wochen geht das so, meinetwegen.

Weil ich schuld bin. Schuld daran, dass meine Familie Stück für Stück zerbricht und ich nichts tun kann, um das zu verhindern.

Hört auf!, *denke ich.* Hört doch endlich auf, so laut zu schreien!

Um mir die Zeit zu vertreiben und mich abzulenken, beginne ich damit, die Sterne zu zählen, die noch immer an der Decke über meinem Bett befestigt sind. Zu meinem neunten Geburtstag habe ich sie bekommen, nun kleben sie schon seit acht Jahren dort oben und selbst jetzt, kurz vor meinem siebzehnten Geburtstag, bringe ich es nicht über mich, sie endlich abzunehmen. Zu groß ist noch immer meine Verbindung zu den Sternen.

»Finn ist ein Jugendlicher, fast noch ein Kind, Collin! Er wusste doch nicht, was er tat!«, ruft meine Mum.

Ich bin ihr dankbar dafür, dass sie mich verteidigt und insgeheim weiß ich, dass auch Dad mir keinen Vorwurf machen möchte.

Jede verdammte Sekunde gebe ich mir die Schuld daran, dass Enna so traurig ist. Ich bin der Grund dafür, dass ich sie nicht mehr sehen darf und wir in wenigen Tagen wegziehen müssen. Meinetwegen konnten wir nicht zusammen auf den Ball gehen. Den Schulball, auf dem ich ihr doch sagen wollte, was ich für sie empfinde. Mein Fehler ist der Grund dafür, dass Mum und Dad sich noch mehr streiten als zuvor.

Und warum das alles? Weil ich einen Verdacht hatte. Einen dämlichen Verdacht, der dazu geführt hat, dass Ennas Lachen vielleicht nie mehr so unbeschwert klingen wird wie früher.

Jetzt sitze ich hier und heule wie ein kleines Baby. Dabei bin ich der Letzte, der einen Grund zum Weinen hat, während wenige Meter von mir entfernt die Welt des Mädchens, in das ich mich verliebt habe, in Scherben liegt.

Irgendwann höre ich die Haustür knallen und kurz darauf Mums Schluchzen aus der Küche. Ich werfe meine Bettdecke beiseite, verlasse mein Zimmer und gehe zu ihr.

»Mum?«, flüstere ich. Sie sitzt auf einem unserer Küchenstühle, den Kopf in die Hände gestützt. Als sie mich sieht, setzt sie ein Lächeln auf.

»Hey, Finn. Kannst du nicht schlafen?«

»Wo ist Dad?«, frage ich, ohne auf ihre Frage einzugehen.

»Dein Dad kommt gleich wieder.«

Ich nicke und setze mich an den Küchentisch, während Mum uns einen Tee macht. Nach ein paar Minuten stellt sie die dampfenden Tassen vor uns ab und setzt sich wieder zu mir.

»Alles wird gut, Finn«, sagt sie. »Hast du geweint?« Besorgt sieht sie mich an.

»Ja, aber alles wird gut, habe ich recht?«

Mum nickt und wir trinken schweigend unseren Tee. Doch auch die warme Flüssigkeit kann die Kälte in mir nicht vertreiben.

Irgendwann muss Rachel gegangen sein, denn als ich aus meiner Erinnerung wieder in die Realität finde, sitzt sie nicht mehr neben mir.

Ich bin wütend und enttäuscht darüber, dass ich so viel in diese Beziehung investiert habe, während Rachel schon länger mit uns abgeschlossen hatte. Obwohl es mich verletzte, dass sie bei unseren Treffen oft so abwesend war, habe ich mich nach ihr erkundigt. Ich habe mir ihre Fotos angesehen, mir Zeit für sie genommen und sie immer unterstützt.

In diesem Moment bereue ich, dass wir unsere Freundschaft damals aufgegeben haben. Wir dachten beide, dass wir das Richtige tun, und zu Beginn hat es sich auch so angefühlt. Doch mittlerweile bin ich mir sicher, dass es ein großer Fehler war. Wir sind einfach zu verschieden. Und wahrscheinlich habe auch ich durch die Dämonen meiner Jugend, die mich noch immer verfolgen, viel negative Energie in unsere Beziehung gebracht.

Unsere Trennung fühlt sich richtig an, und dennoch ist da wieder dieses Gefühl in mir, das mich nicht loslässt: das Gefühl, versagt zu haben. Ich konnte diese Beziehung nicht retten, genauso wie ich meine Freundschaft zu Enna damals nicht retten konnte.

Wieder einmal fühle ich mich, als würde mir alles aus den Händen gleiten, was ich berühre.

KAPITEL 15
Entschlossenheit

Enna

Am Dienstag nach der Party mache ich mich sofort nach der Uni an meine Hausarbeit. Mit meinem Laptop auf dem Schoß sitze ich im Schneidersitz auf meinem Teppich, um mich herum liegen kreuz und quer meine Unterlagen verteilt. Noch immer habe ich es nicht geschafft, mich nach einem Schreibtisch für meine Wohnung umzusehen. Mein alter von zu Hause war leider nicht mehr transportfähig und zudem auch noch viel zu klein für meine Zwecke. Deshalb habe ich mich jetzt einfach auf dem Zimmerboden ausgebreitet. Neben mir liegt Beth an mich gekuschelt auf dem Teppich und schläft.

Während ich das Internet nach Fachliteratur durchsuche, die ich in meinen Text einbauen kann, wandern meine Gedanken immer wieder zu Finn. Ich frage mich, wie es ihm geht, und mache mir Sorgen. Schon seit mittlerweile drei Tagen habe ich nichts mehr von ihm gehört. Als ich gestern mit Mira telefonierte, versicherte sie mir, dass es ihm so weit gut gehe, er aber Zeit brauche, um alles zu verarbeiten. Bisher konnte ich mich davon abhalten, ihm eine Nachricht zu schreiben, doch mit jeder Stunde fällt es mir schwerer, mich nicht bei ihm zu melden. Ich erinnere mich daran, wie sehr ich meinen besten Freund damals gebraucht hatte und wie weh es mir tat, dass er nicht da war. Natürlich ist mir bewusst, dass wir beide uns verändert haben und nicht mehr die kleine Enna und der kleine Finn sind, die ständig aufeinanderhingen. Dennoch frage ich mich, ob er mich vielleicht vermisst oder sich wünscht, dass ich mich bei ihm melde. Kurzerhand greife ich jetzt doch nach meinem Handy und öffne einen neuen Chat. Seit Mira mich zur Gruppe hinzugefügt hat, habe ich seine Nummer, doch bisher haben wir noch nicht privat miteinander geschrieben. Jedes Mal, wenn ich die App öffne, muss ich grinsen, weil mich unser Gruppenname anspringt. Für mich hat Mira ihn von *Die drei Musketiere* einfach zu *Die vier Musketiere* umbenannt. Jason hat mich im Chat bereits in der Gruppe willkommen geheißen, während von Finn noch keine Reaktion kam.

Ich klicke auf sein Profilbild und schaue es mir im Vollbildmodus an. Darauf ist Finn zu sehen, der an einem See sitzt, von dem ich annehme, dass es sich dabei um den **Starfall Lake** handelt, den ich bisher nur auf Bildern gesehen habe. Ich hoffe, dass ich bald auch dort stehen werde, denn die Landschaft sieht wundervoll aus. Bevor ich es mir anders überlegen kann, tippe ich eine kurze Nachricht an Finn.

Hey, Finn. Geht es dir gut?

Ich versende die Nachricht, die aber nur einen Haken bekommt. Er scheint sein Handy also ausgeschaltet zu haben. Ich starre noch einige Sekunden auf den Chat, dann lege ich das Handy wieder beiseite, um mich auf meine Hausarbeit zu konzentrieren.

Am Sonntag habe ich noch den ganzen Abend überlegt, welchem Thema ich sie widmen möchte. Schließlich habe ich mich dafür entschieden, über Jane Austen zu schreiben. Sie ist eine der berühmtesten britischen Schriftstellerinnen, doch auch in Amerika waren ihre Romane sehr bekannt und sind es auch heute noch. Ich möchte unbedingt eine gute Bewertung in meiner ersten Arbeit haben und deshalb all mein Herzblut für diese Autorin in meinen Text legen. Neben allgemeinen Informationen über sie und ihre Werke möchte ich am Ende der Hausarbeit noch eine Rezension zu einem ihrer Romane einbauen, um meiner Arbeit noch eine persönliche Note zu verleihen.

Eine Weile suche ich in der Onlinebibliothek der Universität nach Texten und Informationen, die ich mir ausdrucke, um dann alles durchzulesen und mir die wichtigsten Fakten daraus zu markieren. Zwischendurch koche ich mir einen Kaffee und füttere Beth, doch abgesehen davon arbeite ich konzentriert, bis mich das Klingeln meines Handys aus meiner Trance reißt. Auf dem Display erkenne ich das Gesicht meines Dads.

»Hey, Dad«, begrüße ich ihn herzlich. Wir haben schon einige Tage nichts mehr voneinander gehört, deshalb bin ich froh, dass er sich mal wieder meldet.

»Hallo, mein Liebling. Wie geht es dir?«

»Gut so weit. Ich arbeite gerade an einer Hausarbeit«, antworte ich und lasse meinen Blick dabei über das Chaos in meinem Schlafzimmer gleiten.

»Engagiert wie immer!« Dad lacht. »Kommst du voran?«

Ich nicke, obwohl er mich nicht sehen kann. »Es läuft super.«

»Ich bin stolz auf dich!«

»Danke, Dad. Wie geht es dir?« Ich speichere das Dokument auf meinem Laptop und klappe ihn zu.

»Gut«, antwortet er knapp. Irgendwie klingt er heute wirklich seltsam. Als würde er mir etwas verschweigen.

»Möchtest du mir etwas sagen?«, frage ich ihn also lachend.

Er atmet einmal tief durch. »Das möchte ich tatsächlich. Ich weiß nur noch nicht so genau, wie.«

Wenn er keine passenden Worte findet, ist es ernst. Doch ich erkenne eine leichte Freude in seinen Worten, weshalb ich dennoch mit einer positiven Nachricht rechne.

»Jetzt bin ich aber neugierig. Raus damit!«

Kurz ist es ruhig am anderen Ende der Leitung, dann spricht er leise seine Neuigkeit aus. »Ich habe jemanden kennengelernt, Enna.« Nach einer kurzen Pause fügt er hinzu: »Eine Frau.«

Im ersten Moment bin ich total überrascht und nehme mir einige Sekunden, um seine Worte zu verarbeiten. Dann werde ich mir ihrer Bedeutung bewusst und lächle.

»Das ist toll, Dad.«

»Wirklich?«, fragt er mich überrascht. »Ich weiß, dass das seltsam für dich sein muss. Ich wusste gar nicht, wie ich es dir sagen soll, und hatte total Angst, dass du vielleicht denkst ...«

»Stopp, Dad!«, unterbreche ich ihn lachend. »Ich freue mich für dich. Es ist so lange her, dass Mum gestorben ist.« Ich merke, wie sich sofort die Tränen in meinen Augen sammeln. So ist es immer, wenn ich von ihr spreche, auch nach all den Jahren noch. »Du verdienst es, glücklich zu sein, Dad.«

Ich sehe ihn vor mir, wie auch er den Tränen nahe ist. »Danke, meine Süße. Du weißt, dass ich deine Mum nie vergessen werde.«

»Das weiß ich, Dad.« Nun kullern die Tränen über meine Wange. Ich höre es am anderen Ende der Leitung schnauben. »Jetzt heulen wir beide, oder?«, frage ich ihn lachend, während ich mir mit den Ärmeln meines Pullovers die Tränen aus dem Gesicht wische.

»Scheint so«, antwortet er, ebenfalls lachend.

»Möchtest du mir von ihr erzählen?«

»Gern, Enna. Aber lieber persönlich, wenn ich dich mal wieder besuche.«

Ich nicke. »Das klingt gut, Dad.«

Wir quatschen noch eine Weile über die Uni, bis wir auflegen und uns für die kommenden Tage wieder zum Telefonieren verabreden. Anschließend widme ich mich wieder meiner Hausarbeit und stelle fest, dass ich wirklich stolz auf mich sein kann. Ich vermisse meine Mum, doch ich habe ihren Tod mittlerweile so gut verarbeitet, dass ich mich wirklich aus vollem Herzen für die neue Liebe meines Dads freuen kann.

Am Freitag arbeite ich vor der Uni einige Stunden im Buchladen. Meine erste Vorlesung habe ich an diesem Tag immer erst am Nachmittag, weshalb ich bis zum Mittag aushelfen kann.

Ernest hat mir bereits einen Überblick über meinen Aufgabenbereich gegeben. Ich darf Kunden beraten und auch abkassieren. Wenn es etwas ruhiger im Geschäft ist, nutze ich die Zeit, um neue Ware zu verräumen und gegebenenfalls auch die Lagerbestände zu checken und Bücher nachzubestellen. Während meiner ersten Schichten ist Ernest immer mit im Buchladen, um für meine Fragen bereitzustehen. Wir teilen uns die Arbeit und sind ein gutes Team. Ich habe das Gefühl, nicht nur eine Aushilfe zu sein, sondern wirklich ein Teil des Buchladens. Ernest bezieht mich in viele Entscheidungen mit ein. Heute darf ich sogar das Schaufenster neu bestücken.

Gerade breite ich eine samtrote Decke über einem kleinen Podest im Schaufenster aus, um darauf einige Bücher zu platzieren. Jeden Monat wird hier neu dekoriert und ich bin wirklich glücklich darüber, dass ich die Gestaltung für den Oktober übernehmen darf. Es wird herbstlich im Schaufenster. Zu Hause habe ich mir aus buntem Papier Blätter gebastelt, die ich zwischen den Büchern im Schaufenster verteilen möchte. Die Geschichten, die ich mir zum Ausstellen ausgesucht habe, sind alle für gemütliche Leseabende gedacht. Ich greife nach einer Ausgabe von Cornelia Funkes *Tintenherz*, einem meiner absoluten Lieblingsbücher der deutschen Schriftstellerin, die mittlerweile aber in Italien lebt und international erfolgreich ist. Ich streiche gerade über den roten Einband, als Ernest seinen Kopf ins Schaufenster steckt.

»Kommst du zurecht?«, fragt er mich grinsend.

Ich nicke. »Danke, dass ich mich hier austoben darf.«

Ernest lacht und betrachtet die vielen Blätter, die um mich herumliegen. »Du hast dir ja wirklich was überlegt. Wie toll!«

»Ich hoffe, die Buchauswahl ist in Ordnung?« Ich deute auf den Stapel neben mir, auf dem sich neben der *Tintenwelt*-Reihe auch einige aktuelle Bücher befinden. Er liest sich mit schief gelegtem Kopf die Titel der fünf Bücher durch, die ich ausgewählt habe.

Ein Lächeln breitet sich auf seinem Gesicht aus. »Und wieder einmal zeigt sich mir, dass du einen ausgezeichneten Buchgeschmack hast, meine liebe Enna.«

Grinsend danke ich ihm und setze meine Arbeit fort. Ernest verschwindet im hinteren Bereich des Buchladens. In der nächsten Stunde dekoriere ich das Schaufenster. Zwischendurch berate ich eine Kundin, die nach einem Geburtstagsgeschenk für ihre kleine Tochter sucht. Die Arbeit im Buchladen macht mir großen Spaß und ich freue mich, dass ich mein Wissen über Bücher einbringen und meine kreative Ader ausleben kann.

In meiner kurzen Pause schaue ich auf mein Handy und entdecke eine Nachricht von Mira, die fragt, ob wir uns zum Mittagessen treffen wollen. Ich antworte ihr, dass ich in einer Stunde fertig mit Arbeiten bin und sie mich gern an der Buchhandlung abholen kann. Die Zeit vergeht wie im Flug und schließlich läutet die kleine Glocke über der Tür des Buchladens und Mira kommt zu mir an die Kasse, an der ich gerade einen Kunden bediene.

»Viel Freude mit dem Buch!«, verabschiede ich den Mann, der sich eben eine Ausgabe von Roald Dahls *Hexen hexen* gekauft hat. Mira hat scheinbar gesehen, welches Buch er mitgenommen hat, denn als er an ihr vorbei in Richtung Ladentür läuft, stoppt sie ihn kurz. »Das ist toll. Sie werden es lieben!«, sagt sie grinsend zu ihm.

Lächelnd nickt er. »Den Film kenne ich schon. Jetzt bin ich gespannt auf das Buch.«

»Das Buch ist besser! Viel Spaß damit.« Mira wirft dem Mann ein letztes Lächeln zu, bevor er die Buchhandlung verlässt.

Ich laufe um die Ladentheke herum und begrüße meine Freundin mit einer herzlichen Umarmung. »Du hast Roald Dahl gelesen. Dich mag ich«, sage ich zu ihr, während wir uns umarmen.

Mira lacht. »Da bin ich aber froh.«

Wir lösen uns voneinander. Kurz laufe ich ins Hintere des Ladens, um mich von Ernest zu verabschieden, der mir für meine gute Arbeit heute dankt. Ich versichere ihm, dass es mir wie immer viel Freude gemacht hat, schnappe mir meinen Rucksack und meine Jacke und verlasse mit Mira den Buchladen.

Draußen empfängt uns ein kalter Windstoß. Langsam, aber sicher zieht der Herbst in Starfall ein, weshalb ich gestern auch meine dickere schwarze Jacke aus den Tiefen meines Schranks gekramt habe, die ich heute über Jeans und Pulli trage. Mira sieht heute wieder zauberhaft aus in ihrem roten Herbstrock und den schwarzen Stiefeletten, die sie dazu trägt. Auch sie hat sich in einen dunkelgrünen Mantel gekuschelt, der ihr Outfit super abrundet.

Während wir gemütlich zum Campus schlendern, unterhalten wir uns über die Fortschritte in unseren Ausarbeitungen. Mira ist fast fertig mit ihrem Vortrag, den sie in der kommenden Woche halten muss. Ich erzähle ihr, dass ich gut vorankomme mit meiner Hausarbeit, auch wenn ich sie bestimmt noch mehrmals überarbeiten werde. Ich bin Perfektionistin und möchte, dass ich das Beste aus meiner Aufgabe heraushole und sie möglichst fehlerfrei abgeben kann. Mira fragt mich, weshalb ich schon zu Beginn des Semesters eine schriftliche Arbeit abgeben muss, und ich erkläre ihr, dass der Professor wegen Krankheit nicht vor Ort sein kann und deshalb mit uns vereinbart hat, dass wir unsere Arbeiten zeitiger abgeben, was für uns den Vorteil hat, dass wir in der Klausurenphase entlastet werden. Für die theoretischen Inhalte des Moduls haben wir einen Onlinezugang erhalten und in unserer Themenwahl sind wir sehr frei, sodass wir über etwas schreiben können, das uns wirklich interessiert, und in der Untersuchung unsere eigenen Erfahrungen einbringen können. Aus diesem Grund waren auch alle direkt einverstanden mit der zeitigen Abgabe.

Als irgendwann Miras Handy vibriert, zieht sie es aus ihrer Tasche und tippt darauf herum. »Jase hat ein Video an die Gruppe geschickt.«

Gemeinsam schauen wir das Video an, in dem zwei Katzen zu sehen sind, die sich gegenseitig abschlecken. Sofort müssen wir beide grinsen. »Wie süß!«, sage ich begeistert.

»Das hat er bestimmt reingestellt, um Finn zu provozieren. Der kommt nämlich seit Tagen nur noch zum Essen und Duschen aus seinem Zimmer raus.«

Sofort breitet sich wieder dieses seltsame Gefühl in mir aus, das ich bereits seit einer Woche zu verdrängen versuche. Nun sind es schon sieben Tage, in denen ich nichts von Finn gehört habe, und meine Sorge um ihn ist mit jedem Tag größer geworden, weil er noch immer nicht auf meine Nachricht geantwortet hat.

»Meinst du, das Video holt ihn aus seinem Loch wieder raus?« Ich kann mir kaum vorstellen, dass es ihn aus seinem Zimmer lockt.

Mira schüttelt den Kopf. »Wahrscheinlich hofft Jase, dass ihn das Video so sehr provoziert, dass er ihm dafür eine runterhauen will. Aber Finn ist momentan alles so ziemlich egal.«

»Er vermisst Rachel bestimmt. Wie konnte sie ihm das nur antun?«
Noch immer bin ich entsetzt darüber, dass Rachel Finn verletzt hat. Es
fühlt sich an, als würde sich die kleine Enna, die Finns beste Freundin
war, in mir melden und gegen diese Frau in den Kampf ziehen wollen,
die ihm wehgetan hat.

»Ich glaube, Finns Problem ist eher, dass er in Selbstmitleid versinkt. Er zieht sich selbst oft in die Verantwortung, wenn schlimme
Dinge geschehen, und redet sich wahrscheinlich gerade ein, dass er die
Beziehung ruiniert hat. Das ist natürlich totaler Quatsch, das wissen
wir alle, aber momentan …«

»Er gibt sich die Schuld dafür, dass Rachel ihn betrogen hat?!«
Mira zuckt mit den Schultern. »Ich kann es mir vorstellen, ja.«

Ich erinnere mich daran, wie Finn mir von einer seiner Ängste erzählt hat – davon, dass er Panik davor hat, einem anderen Menschen
nicht genug zu sein und ihn dadurch zu enttäuschen. Es liegt also
nahe, dass er den Grund für die Trennung der beiden bei sich und
seinen Fehlern sucht.

Der Gedanke, dass Finn in Selbstmitleid versinkt, macht mich so
rasend, dass ich plötzlich stehen bleibe.

»Wo ist er gerade?«, frage ich Mira.

»In der WG. Er ist schon die ganze Woche nicht zur Uni gegangen,
obwohl er sonst zu jeder Vorlesung geht. Er ist da normalerweise total
penibel. Du kennst ihn ja.«

Kurzerhand fasse ich einen Entschluss. »Macht es dir etwas aus,
wenn wir unser Mittagessen heute verschieben?«

»Quatsch, das geht klar. Aber was hast du vor?« Überrascht sieht
Mira mich an und scheint zu überlegen, was mir durch den Kopf geht.

»Ich werde Finn aus seinem Loch holen. Was denn sonst?«

Mira sieht mich überzeugt an. »Ich glaube, wenn das jemandem
gelingt, dann dir.«

Ich nicke und überlege noch im selben Moment, wohin ich mit Finn gehen könnte, um ihn auf andere Gedanken zu bringen. Er muss raus aus seinem Zimmer und weit weg von der WG.

»Hat Finn einen Lieblingsplatz? Irgendeinen Ort, an dem er sich wohlfühlt und den er nicht mit Rachel verbindet?«

Mira blickt mich lächelnd an. »Der Starfall Lake!«

Ich nicke. Finn hat diesen Ort schon oft erwähnt. »Wie kommen wir da hin?«

»Mit dem Auto«, antwortet sie mir. »Es fährt auch ein Zug, der in der Nähe hält, aber der fährt nur ein paar wenige Male am Tag.«

»Mit dem Auto also«, sage ich. Allein bei dem Gedanken daran, in dieses enge Gefährt zu steigen, wird mir übel. Doch ich will Finn zu diesem Ort begleiten. Er war so oft für mich da, auch nach dieser Partynacht blieb er bei mir und befreite mich aus meiner Angst. Nun will auch ich ihm eine Stütze sein.

Entschlossen nicke ich. »So machen wir es.«

Mira legt mir einen Arm um die Schulter. »Ich bin froh, dass du für ihn da sein möchtest, Enna. Er braucht dich jetzt, glaub mir.«

Wir umarmen uns zum Abschied. Mira geht in Richtung Campus davon und ich mache mich auf den Weg nach Hause. Unterwegs schreibe ich Finn eine kurze Nachricht, dass er sich etwas anziehen und in der WG auf mich warten soll, obwohl ich ohnehin bezweifle, dass er auf sein Handy schaut. Einer Kommilitonin, die mit mir in den heutigen zwei Vorlesungen sitzt, schreibe ich noch in einer SMS, dass ich heute nicht komme, und bitte sie, mir später ihre Notizen zu schicken. Es ist das erste Mal, dass ich nicht zu einer Vorlesung gehe, doch ich habe dort keine Anwesenheitspflicht und die Themen, die heute durchgenommen werden, sind mir schon bekannt – das hat mir mein Uni-Planer auf dem Laptop heute Morgen verraten.

Also gut, Enna, mache ich mir in Gedanken Mut, während ich die

Straße entlang zu meiner Wohnung laufe. *Es wird Zeit, dass du dich der nächsten deiner Ängste stellst.*

Finn

Das laute Schrillen der Klingel reißt mich aus dem Schlaf. Ich werfe einen Blick auf den Wecker neben mir und stelle fest, dass es schon zwei Uhr nachmittags ist. Obwohl ich keine Lust habe aufzustehen, quäle ich mich aus dem Bett und schlurfe in meiner Boxershorts zur Wohnungstür.

Seit einer Woche habe ich keinen Fuß mehr aus der Wohnung gesetzt. Während Rachel, laut ihres Insta-Profils, ihr Leben genießt, habe ich noch immer an unserem Streit zu knabbern. Es ist nicht die Tatsache, dass wir uns getrennt haben, die mich belastet. Vielmehr sind es die Vorwürfe, die Rachel mir gemacht hat, und die Tatsache, dass ich mal wieder etwas in meinem Leben gehörig versaut habe.

Ich öffne die Wohnungstür und erwarte den Postboten oder Jase, der häufiger seinen Schlüssel vergisst. Als ich in Ennas warme braune Augen schaue, erstarre ich. *Was tut sie denn hier?*

»Hey«, begrüßt sie mich kurz. Bevor ich sie hereinbitten kann, stürmt sie bereits an mir vorbei. In der einen Hand trägt sie einen großen Korb und unter den anderen Arm hat sie eine große Picknickdecke geklemmt. Sie geht an mir vorbei in die Küche und ich laufe ihr hinterher. Ich bin noch gar nicht richtig wach und kann kaum klar denken.

»Was machst du hier?«, frage ich sie und fahre mir mit beiden Händen über das Gesicht. Ein lautes Gähnen entfährt mir.

Enna steht vor mir, den Korb und die Decke neben sich auf dem Boden, die Hände in die Hüften gestemmt. Sie will gerade zu einer Erklärung ansetzen, als sie zu realisieren scheint, wie knapp ich bekleidet bin. Ihr Blick wandert von meinem Gesicht über meinen Oberkörper und bleibt etwas zu lang in der Mitte meines Körpers hängen, bis er wieder nach oben wandert und auf meiner Brust liegen bleibt. Ich frage mich, was sie scheinbar so fasziniert, aber was es auch sein mag, es hinterlässt ein unglaubliches Gefühl in mir. Enna erröten zu sehen, lässt ein Prickeln durch meinen gesamten Körper schießen.

»Enna?« Sofort erwacht sie aus ihrer Trance und richtet den Blick wieder auf mein Gesicht.

Peinlich berührt räuspert sie sich. »Könntest du dir etwas anziehen?«, fragt sie mich, woraufhin ich beide Augenbrauen nach oben ziehe und sie belustigt anschaue. »Bitte«, setzt sie flehend hinterher.

»Warum sollte ich mir etwas anziehen? Ich habe nicht vor, irgendwo ...«

»Du verschwindest jetzt sofort in deinem Zimmer und ziehst dir etwas an!«, ruft Enna und scheint dabei noch mehr zu erröten. *Süß.*

»Erklärst du mir dann auch, weshalb du mich beim Schlafen störst?«

»Du hast nicht allen Ernstes bis jetzt geschlafen. Finn!«

Ich lache und in diesem Moment fällt mir auf, dass ich das schon seit Tagen nicht mehr getan habe. Während ich in meinem Schrank nach einer Hose, einem Shirt und meinem schwarzen Hoodie krame, frage ich mich erneut, was sie vorhat.

Enna schaut in den Picknickkorb, als würde sie sich vergewissern wollen, dass sie nichts vergessen hat und alles an Ort und Stelle ist.

»Was hat das alles zu bedeuten?«

Wieder stemmt Enna die Hände in ihre Hüften. Siegessicher sieht sie mich an. »Wir beide machen jetzt einen Ausflug.«

»Davon weiß ich ja noch gar nichts.«

»Hättest du in der letzten Stunde mal auf dein Handy geschaut, hättest du dich darauf vorbereiten können. Da du das nicht getan hast, musst du jetzt leider *sehr* spontan sein.«

»Wohin soll es denn gehen?« Eigentlich habe ich gar keine Lust, die Wohnung zu verlassen.

»Wir fahren an den See.«

»Enna. Nimm es mir nicht übel, aber ...«

»Vergiss es, Finn!«, ruft Enna und drückt mir ihren rechten Zeigefinger an die Brust. »Du hast seit Tagen diese Wohnung nicht verlassen. Und versuch erst gar nicht, dich da rauszureden, deine Freunde haben mir von deinem Igel-Verhalten erzählt!«

Ich lache. »Meinem *Igel*-Verhalten?«

»Genau. Seit Tagen vergräbst du dich hier in deiner Höhle. Das werden wir jetzt ändern!«

Ich sehe die Entschlossenheit in ihrem Blick und sehe ein, dass es wohl schlauer ist, jetzt nachzugeben. »Du weißt aber schon, dass es ungefähr fünf Stunden Fußmarsch sind bis zum Starfall Lake?«, frage ich sie belustigt.

»Wir werden nicht laufen«, sagt Enna entschlossen.

»Der Zug fährt nur ...«

»Einige Male am Tag, ich weiß. Wir werden mit deinem Auto fahren.«

Unsicher sehe ich sie an. »Enna, du musst das nicht tun.« Wenn ich an das letzte Mal denke, als ich sie in mein Auto setzen wollte, ist das nicht so gut gelaufen, und ich möchte sie auf keinen Fall erneut in Verlegenheit bringen.

»Ich *will* aber, Finn.« In ihrem Blick liegt Entschlossenheit.

»Bist du sicher?«, frage ich sie vorsichtig und lege meine Hand auf ihre Schulter. »Vielleicht ist es noch zu früh ...«

»Ich bin mir sicher. Ich habe eine Scheißangst, aber ich möchte es versuchen. *Mit dir.*«

Dass sie mir so sehr vertraut, haut mich in diesem Moment fast um.

»Also, was ist? Bist du dabei?« Fragend sieht sie mich an.

Ich atme tief durch. »Klar bin ich dabei.«

KAPITEL 16
Ehrliche Worte

Enna

Mit jedem Schritt, den ich Finns Auto näherkomme, wird das mulmige Gefühl in meinem Bauch schlimmer. Es ist nicht so, dass ich in den letzten fünf Jahren, die seit dem Unfall vergangen sind, nie in einem Auto mitgefahren wäre. Dad hat mich ab und zu mal mitgenommen, aber immer nur, wenn es gar nicht anders ging. Er ist immer extra langsam gefahren. Häufig mussten wir auf längeren Strecken auch mehrere Pausen einlegen, in denen ich mich erholen konnte, so auch auf dem Weg nach Starfall. Für mich ist das Autofahren seit dem Unfall wie eine Achterbahnfahrt für einen Menschen mit Höhenangst – einfach schrecklich und unbedingt zu vermeiden.

Ich bin selbst überrascht von mir, dass ich mich nun scheinbar doch traue. Wie leicht es mir über die Lippen kam, dass wir mit dem Auto an den See fahren. Finn weiß, wie schwer es mir fällt, mich zu überwinden.

Er öffnet die Klappe des Kofferraums, um den Korb und die Picknickdecke darin zu verstauen. Jetzt kann ich mir seinen Wagen auch endlich mal genauer anschauen. Vergangene Woche war es so dunkel, dass ich kaum etwas erkennen konnte. Er fährt einen mittelgroßen schwarzen Ford, der eher rundlich geformt ist. Ich kenne mich mit Autos nicht besonders gut aus, aber dieses hier sieht wirklich schick aus, obwohl ich ihn spontan als einen Gebrauchtwagen einstufen würde, denn hier und da hat er schon eine kleine Schramme oder Delle.

Finn sieht mir belustigt dabei zu, wie ich seinen Wagen abchecke.

»Gefällt er dir?«, fragt er mich.

Ich nicke. »Tolles Auto. Mal sehen, wie es ist, wenn ich drinnen sitze. Es ist lieb, dass du dir Sorgen machst. Aber ich möchte es probieren. Okay?«

Er nickt und öffnet mir die Beifahrertür. Ich atme einmal tief durch. Vor der Tür bleibe ich stehen. Mein Blick wandert auf den Sitz des Autos, den ich anschaue, als stünde er in Flammen. Finn drückt kurz meine Hand und wirft mir einen ermutigenden Blick zu.

Ich nehme all meinen Mut zusammen und lasse mich dann auf den Beifahrersitz fallen.

»Das wäre geschafft.«

»Was kann ich machen?«, fragt Finn mich besorgt.

»Du kannst mir sagen, wie ich meine Scheibe runterfahren kann.«

Finn beugt sich über mich und drückt einen Knopf auf der Mittelkonsole. Seine plötzliche Nähe lässt mich für einige Sekunden den Atem anhalten.

»Ist es so okay?« Er richtet sich wieder auf.

Ich nicke. »Du kannst die Tür jetzt zumachen.«

Sanft schließt Finn sie und nur wenige Sekunden später setzt er sich neben mich auf den Fahrersitz. Sobald er sitzt, wirft er mir einen fragenden Blick zu. Ich schenke ihm ein Lächeln, um ihn zu beruhigen. Er lächelt zaghaft zurück, dann schnallen wir uns an.

Obwohl ich noch immer weiß, dass ich das Richtige tue, werden meine Hände schwitzig, und ich merke, wie die Angst in mir mit jeder

Sekunde größer wird. Ich wische mir die Hände an meiner Hose ab und lege sie dann in meinen Schoß. Mit einem Blick zur Seite vergewissere ich mich, dass das Fenster noch immer geöffnet ist, und sauge die frische Luft ein, um meine Atmung zu beruhigen.

»Bereit?«, fragt Finn mich.

Ich richte meinen Blick auf ihn und verliere mich wie immer sofort in dem Grün seiner Augen. Je länger ich ihn betrachte, desto sicherer bin ich mir, dass ich das hier durchziehen will. Ich vertraue Finn genauso sehr, wie ich Dad vertraue. Ich weiß, dass er mich nie bewusst in Gefahr bringen würde.

»Bereit.«

»Wir können jederzeit anhalten, Enna. Wenn es dir zu viel wird, brauchst du nur ein Wort sagen und ich fahre an den Straßenrand.«

Ich nicke. »Ich vertraue dir, Finn.«

Wir lächeln uns an. *Ich schaffe das.*

Finn startet den Motor und lenkt den Wagen langsam auf die Straße. Meine Hände schwitzen noch immer ganz fürchterlich, doch die Angst in mir wird mit jedem Meter, den wir fahren, etwas weniger. Finn fährt ruhig und kontrolliert. Er strahlt Ruhe und Gelassenheit aus.

»Alles okay?«

Ich nicke. »Es ist nicht so schlimm, wie ich dachte.«

Finn lächelt, den Blick wieder nach vorn gerichtet. Eine Weile fahren wir schweigend die Straßen von Starfall entlang und an all den vielen kleinen Geschäften vorbei. Die Oktobersonne strahlt vom Himmel auf die bunten Herbstbäume um uns herum. Ein Schleier aus Orange, Rot und Braun hat sich über die Stadt gelegt, die zu dieser Jahreszeit wundervoll aussieht.

Nach einigen Minuten lassen wir Starfall hinter uns und fahren auf die Schnellstraße, die in die Wälder führt. Finn beschleunigt das

Tempo, fährt aber weiterhin nicht zu schnell. Die Natur nimmt mich so gefangen, dass es mir mit jeder Minute besser geht. Wir fahren durch die Wälder, die immer wieder von großen Feldern unterbrochen werden. Am Horizont erheben sich die Berge, deren Spitzen in den Wolken verschwinden. Die Natur hier in Connecticut ist atemberaubend schön, doch obwohl ich die Ruhe genieße, fehlt mir etwas ...

»Hast du CDs im Auto?«, frage ich Finn schließlich.

»Klar. Öffne mal das Handschuhfach.«

Ich entdecke sofort einige CD-Hüllen, die sich darin stapeln. Während ich mich durch die CDs wühle, sehe ich aus dem Augenwinkel, dass Finn mir immer wieder interessierte Blicke zuwirft. Sein Musikgeschmack scheint nicht schlecht zu sein. Er hat ein Album von The Chainsmokers und auch das neueste von Good Weather Forecast, das ich mir schon so lange zulegen möchte. Dennoch suche ich nach einer Band, deren Songs sich gut auf einer Autofahrt hören lassen, also krame ich weiter, bis ich schließlich das perfekte Album gefunden habe.

»Du hörst *For KING and COUNTRY*?«, frage ich ihn begeistert.

Finn grinst. »Ich liebe ihre Musik. Sie haben einfach für jede Stimmung einen passenden Song.«

»Oh ja!«, stimme ich ihm zu. Ich freue mich, dass Finn meinen Musikgeschmack teilt. Vorsichtig löse ich die CD aus der Hülle und lege sie ein.

Als die ersten Töne von »Run Wild« erklingen, entspannt sich auch die letzte Faser in mir. Die Landschaft zieht an uns vorbei und wird untermalt von den kräftigen Stimmen der Band. Nie hätte ich geglaubt, dass ich wieder angstfrei in einem Auto sitzen kann, doch soeben geschieht genau das. Noch immer spüre ich ein leicht mulmiges Gefühl in meinem Bauch, doch die Panik ist verschwunden. Ob es an Finns Fahrstil liegt oder an der Musik, kann ich nicht genau sagen, wahrscheinlich ist es eine Mischung aus beidem. Ich genieße die Entspannung, die sich Stück für Stück in mir ausbreitet.

Die Songs wechseln, während Finn und ich schweigend nebeneinandersitzen. Ich glaube, wir fühlen beide, dass Worte diesen Moment zerstören würden, also hören wir die Musik und genießen schweigend die Natur um uns herum. Irgendwann wechselt die CD zu einem meiner Lieblingssongs. Die ersten Töne von »No Turning Back« erklingen und ich wiege mich in ihrem Takt hin und her. Finn öffnet mit einem Knopfdruck das Schiebedach des Autos, wodurch noch mehr kühler Wind durch den Wagen streift und meine Haare durcheinanderwirbelt, worüber wir beide lachen müssen.

»Ich liebe diesen Song!« Finn sieht lächelnd zu mir herüber. Ich drehe die Musik lauter.

Wir fahren über die breite Landstraße, links von uns reihen sich die Bäume aneinander. Befreit strecke ich meinen Arm aus dem Fenster. Meine Haare tanzen im Fahrtwind, während ich die Zeilen dieses unglaublichen Songs mitsinge. Irgendwann steigt auch Finn mit ein, sodass wir das Lied gemeinsam singen. Immer wieder schauen wir uns grinsend an.

Irgendwann stellt Finn das Lied leiser. »Wir sind gleich da«, sagt er, als er die Geschwindigkeit drosselt. Wir biegen rechts ab und er lenkt den Wagen auf einen huckeligen Waldweg. Am Straßenrand steht ein Holzschild, auf das mit schwarzer Farbe **Starfall Lake** geschrieben steht.

Gespannt schaue ich aus dem Fenster, während wir durch den Wald fahren.

»Achtung, Schlagloch!«, warnt Finn mich, bevor wir direkt durch das Loch auf dem Weg fahren.

Kurz löst das Gefühl des schwankenden Wagens Panik in mir aus, doch dann setzt Finn schon den Blinker und wir fahren auf einen kleinen Parkplatz. Er stellt den Motor ab, dann dreht er sich auf dem Sitz zu mir.

»Du hast es geschafft, Enna.«

Ich nicke. »Das habe ich.«

Wir steigen aus dem Wagen. Während Finn den Korb und die Decke aus dem Kofferraum holt, strecke ich mich und atme die frische Seeluft ein. Zwischen den Baumstämmen kann ich bereits das helle Blau in der Sonne glitzern sehen.

Finn reicht mir die Picknickdecke und behält den Korb bei sich. Mit einem Klick auf seinen Autoschlüssel schließt er den Kofferraum und sieht mich dann gespannt an.

»Bist du bereit für die schönste Aussicht deines Lebens?«, fragt er mich grinsend.

»Und wie bereit ich bin!«

Ich freue mich darüber, dass Finn wieder lachen kann. Ich glaube, dass dieser spontane Ausflug uns beiden wirklich guttut und uns auf andere Gedanken bringt. Schon jetzt bin ich viel befreiter und ich bin mir sicher, dass es Finn genauso geht.

Wir machen uns auf den Weg zum See. Finn läuft ein Stück vor mir, um mir den Weg zu zeigen. Ich gehe hinter ihm und falle mehrere Male fast auf die Nase, weil ich mit meinen Schuhen an Wurzeln oder Steinen hängen bleibe. Gott sei Dank kann ich mich jedes Mal wieder fangen und vermeide einen Sturz.

Nach einigen Minuten treten wir aus dem Schatten der Bäume in die Sonne. Augenblicklich halte ich die Luft an.

Direkt vor uns erstreckt sich der See in seiner ganzen Pracht. Bereits auf den Fotos sah dieser Ort bezaubernd aus, doch nun wirklich hier zu sein, fühlt sich großartig an.

Wie angewurzelt bleibe ich stehen und lasse die Aussicht auf mich wirken. Der See liegt wie eine blaue Scheibe mitten im Wald und ist von den unterschiedlichsten Nadelbäumen umgeben: Fichten, Tannen, Kiefern. Vor uns erstreckt sich eine große Sandfläche und einige Meter entfernt führt ein Holzsteg einige Meter in den See hinein.

»Wow, ist das schön hier!«, sage ich.

Finn ist einige Meter vor mir stehen geblieben. »Willkommen an meinem liebsten Ort auf der Welt.«

Finn

Während Enna noch immer wie gebannt am Ufer des Sees steht, laufe ich den Steg bis ganz nach vorn und breite dort die Picknickdecke aus. Ich bin froh darüber, dass Enna mich aus meinem Loch gezogen hat und wir nun zusammen hier sind. Noch mehr freue ich mich aber darüber, dass sie sich tatsächlich zu mir ins Auto gesetzt und mir somit ihr Vertrauen geschenkt hat. Wie so oft beschleicht mich kurz der Gedanke, dass ich dieses Vertrauen von ihr eigentlich gar nicht verdient habe. Doch mit jedem Tag, der vergeht, seit ich Enna wieder in meinem Leben habe, wird diese Stimme in mir leiser. Sie wird verdeckt von all dem Glück, das ich spüre, wenn diese Frau in meiner Nähe ist.

»Kommst du her?«, rufe ich ihr zu.

Enna reißt sich vom Anblick der Landschaft los. Ich setze mich auf die Decke und strecke die Beine lang vor mir aus, während ich meinen Blick über das schimmernde Blau des Sees gleiten lasse. Enna setzt sich neben mich und stützt ihren Kopf mit den Händen ab. Eine Weile lang sitzen wir einfach schweigend nebeneinander. Irgendwann höre ich Ennas Gedanken aber so laut neben mir, dass ich mich zu ihr drehe.

»Was geht dir gerade durch den Kopf?«, frage ich sie.

Enna rutscht unruhig auf der Decke hin und her. »Ich denke darüber nach, dass ich dich gern fragen würde, wie es dir jetzt geht. Aber ich bin mir unsicher, ob das eine gute Idee ist.«

»Du kannst mich immer alles fragen, Enna«, mache ich ihr Mut. »Es ging mir in den letzten Tagen echt beschissen. Ich habe das Gefühl, mal wieder alles versaut zu haben.«

»Aber das hast du nicht«, sagt Enna und greift mit ihren Händen nach meinen. »Ich weiß nicht, was Rachel zu dir gesagt hat, aber du bist *nicht* schuld an der Trennung, Finn. Dazu gehören immer zwei Menschen.«

Dankbar lächle ich sie an. »Es ist lieb, dass du das sagst. Es fühlt sich nur einfach so an.« Ich lasse meinen Blick wieder auf den See wandern, während wir uns noch immer an den Händen halten. »Unsere Beziehung lief schon lange nicht besonders gut. Eigentlich tat sie das noch nie. Als Freunde waren Rachel und ich ein unschlagbares Team. Wir haben so viel gelacht und obwohl sie schon immer ihre Macken hatte, habe ich sie gerade deshalb so gemocht. Doch irgendwann haben wir uns beide eingeredet, dass da mehr sein muss. Wir dachten wirklich, dass wir uns lieben können. Ich dachte, dass ich sie lieben würde.«

»Aber das hast du nicht?«

Ich schüttle den Kopf. »Ich wollte es. Aber ich habe sie nie so geliebt, wie man seine Partnerin lieben sollte. Nie mehr als eine Freundin. Doch das ist mir erst in dem Moment klar geworden, als wir uns trennten.«

»Woran hast du es gemerkt?« Enna streicht vorsichtig mit ihren Daumen über meine Handrücken. Während sie mich ansieht, schaue ich noch immer in die Ferne. Es fällt mir leichter, darüber zu sprechen, wenn ich sie nicht direkt ansehen muss.

»Als sie mir klarmachte, dass sie keine Zukunft für unsere Beziehung sieht, war ich wütend. Ich war wütend und verletzt, aber ich war nicht traurig.« Nun drehe ich doch meinen Kopf zu Enna. »Ich habe keine Trauer darüber verspürt, dass sie gehen wird. Und dabei weiß ich genau, wie sich diese tiefe Traurigkeit anfühlt. Bisher habe ich sie nur ein einziges Mal so intensiv verspürt, als jemand aus meinem Leben verschwand.« Ich lege meinen Blick in Ennas, während ich ihre Hände in meinen etwas fester umfasse.

»Wann?«, fragt sie mich. In ihren Augen sehe ich, dass sie die Antwort bereits kennt, dennoch sieht sie mich erwartungsvoll an.

»Als ich dich vor fünf Jahren verließ.« Auch nach all den Jahren schmerzt die Erinnerung daran, wie ich meine beste Freundin zurückgelassen habe, ohne ein Wort des Abschieds.

»Finn.«

Ich richte meinen Blick auf die Decke. Auf keinen Fall will ich jetzt vor ihr anfangen zu heulen. Doch Enna hat meine Tränen längst bemerkt. Sie legt mir eine Hand unter das Kinn und hebt meinen Kopf an. Auch in ihren Augen sammeln sich Tränen.

Es ist einer diese Momente, in denen Worte keinen Platz finden, weil sie die eigenen Gefühle ja doch nicht beschreiben könnten. Enna überbrückt die Distanz zwischen uns, indem sie direkt neben mich rutscht und ihre zarten Arme um mich schlingt. Sie vergräbt ihren Kopf in meinem Pullover und ich merke, wie sie meinen Geruch tief einatmet. Einige Sekunden sitze ich da und versinke beinahe in dem Schmerz, der mich durchflutet, wenn ich an diesen Tag vor fünf Jahren denke. Doch dann halte ich mich genauso an Enna fest wie sie sich an mir. Ich lasse es einfach zu. Jetzt ist sie hier bei mir. In diesem Moment kann ich für sie da sein, sie halten. Ich kann die Dinge tun, die ich damals nicht tun konnte. Und dieses Gefühl, Enna hier bei mir zu spüren … Dieses Gefühl möchte ich um nichts auf der Welt wiederhergeben.

Ich ziehe Enna zu mir und streichle ihr sanft über das Haar. Ich lege meinen Kopf an ihren und atme den Duft ihres Shampoos tief ein. Enna riecht nach Vanille, und sofort beruhigt mich dieser Duft. In sanften Kreisen streiche ich über ihren Rücken. Mit jeder Minute, die vergeht, werde ich ruhiger und merke, wie der leichte Wind meine Augen trocknet.

»Finn?«, murmelt Enna irgendwann in meinen Pullover.

»Mhm?«

»Ich glaube, ich habe deinen Pullover total vollgeheult.«

Lachend schiebe ich sie ein Stück von mir und betrachte meinen Pullover, der tatsächlich ein bisschen nass geworden ist. »Das trocknet wieder.«

Enna nickt. Ich strecke meine Hände aus, um ihr die letzten Tränen von den Wangen zu wischen. Kurz schmiegt sie ihren Kopf in meine rechte Hand, dann löse ich mich wieder ein Stück von ihr. »Geht es wieder?«, frage ich sie.

Erneut nickt sie. »Ich bin so wahnsinnig froh, dass ich dich wiederhabe, Finn.«

Ich drücke ihr einen leichten Kuss auf den Scheitel. »Ich bin auch sehr froh darüber.«

Enna löst sich von mir. »Jetzt ist aber Schluss mit dem Rumgeheule! Das hier sollte ein schöner Tag werden, ein lustiger.«

»Der Tag ist bereits wunderschön, Enna«, sage ich. »Aber weißt du, was ihn noch schöner machen würde?« Fragend sieht sie mich an. »Essen!«, rufe ich und reibe mir dabei über den Bauch, dann beuge ich mich über den Picknickkorb. »Was hast du denn so Schönes eingepackt?« Gerade will ich den Korb öffnen, als Enna ihn mir wegnimmt und damit aufspringt.

»Halt, Stopp!«, ruft sie. »Das habe ich anders geplant.«

Ich ziehe meine Augenbrauen nach oben. »Wie denn?«

Enna fordert mich dazu auf, meine Augen zu schließen. Ich tue, wie mir geheißen, und höre ihr dabei zu, wie sie den Korb ausräumt und verschiedene Dinge vor uns auf der Decke ausbreitet. Erst als sie mir erlaubt, die Augen wieder zu öffnen, tue ich es.

Vor mir hat Enna die verschiedensten Leckereien ausgebreitet – alles Dinge, die ich gern esse. Neben aufgeschnittenen Erdbeeren und Äpfeln hat sie noch einen kleinen Schokokuchen mitgebracht. Für uns beide stehen zwei Teller bereit, auf denen jeweils eine kleine Gabel liegt. Daneben stehen zwei Tassen, aus denen warmer Dampf aufsteigt.

»Du hast sogar Tee gekocht?«, frage ich sie begeistert.

Enna nickt. »Ich weiß, dir ist nie kalt, aber mir schon«, sagt sie lachend.

»Danke, Enna.«

In der nächsten Stunde unterhalten wir uns angeregt über ganz banale Dinge, während wir picknicken. Enna beichtet mir, dass sie den Kuchen heute noch spontan im Supermarkt gekauft hat und er nicht selbst gebacken ist, woraufhin ich ihr versichere, dass mir das vollkommen egal ist. Wir quatschen über unsere Lieblingsserien und entdecken eine gemeinsame Leidenschaft für *Teen Wolf*. Es gefällt mir, dass wir beide so viel teilen, nicht nur unseren Musikgeschmack. Schon früher waren wir uns in solchen Dingen sehr ähnlich, und daran scheint sich bis heute nichts geändert zu haben.

Irgendwann holt Enna noch etwas aus dem Picknickkorb, das sie aber schnell hinter ihrem Rücken versteckt.

»Was hast du da?«, frage ich sie verwirrt.

Enna grinst mich herausfordernd an. »Ich halte gerade etwas in den Händen, das du *sehr* gern hast.«

Ich lache. »Warum gibst du es mir dann nicht?«

Enna zuckt mit den Schultern. »Weil ich damit eine Tradition brechen würde. Das wäre wirklich verheerend.«

Noch verwirrter schaue ich sie an. Ich versuche, um sie herum zu schauen, doch sie dreht sich immer so von mir weg, dass es mir nicht gelingt zu erkennen, was sie vor mir versteckt.

Schließlich steht Enna auf. Ganz langsam zieht sie ihre Hand hinter dem Rücken hervor, bis ich erkennen kann, was sie vor mir versteckt hat. Auf ihrer Hand balanciert sie nun eine Capri-Sun, von der sie weiß, dass ich dafür töten würde. Schon immer habe ich dieses süße Getränk geliebt und schon früher hat sie es mir immer weggenommen, um mich zu ärgern. Ich hoffe wirklich sehr, dass sie heute nicht das Gleiche vorhat.

»Schau mal, was ich hier habe«, sagt sie schelmisch grinsend und schwenkt das Getränk in ihrer Hand.

Ich richte mich auf und versuche, nach dem Trinkpäckchen zu greifen, doch schnell springt Enna nach hinten.

»Enna«, sage ich ruhig. »Gib sie mir.«

Herausfordernd sieht sie mich an. »Warum sollte ich?«

»Weil du genau weißt, wie gern ich dieses Zeug trinke, so ungesund es auch sein mag.«

Nun grinst sie noch breiter. »Eben. Warum sollte ich es dir da so einfach machen?«, fragt sie mich und beginnt, sich rückwärts langsam von mir wegzubewegen.

»Enna!«, rufe ich sie warnend. »Gib sie her!«

»Hol sie dir doch!«, ruft sie mir noch zu, bevor sie sich die Capri-Sun an die Brust drückt und damit den Steg entlang davonrennt.

Genau wie früher springe ich sofort auf und renne ihr hinterher, um sie zu fangen.

Na warte, denke ich.

KAPITEL 17
Das Gefühl von Sicherheit

Finn

Zwölf Jahre zuvor – 2008, Juni

»*Gib sie mir, Enna!*«*, rufe ich meiner besten Freundin entgegen. Eben hat sie mir meine Capri-Sun geklaut. Das macht sie ständig, obwohl sie genau weiß, wie sehr sie mich damit ärgert.*

»Nö!«, ruft sie lachend und dreht sich im Kreis.

Langsam gehe ich auf sie zu, um ihr das Trinkpäckchen wegzunehmen, doch Enna bemerkt es sofort und rennt damit vor mir weg. Total sauer laufe ich ihr hinterher. Ich weiß, dass ich sowieso schneller bin als sie und sie einholen werde. Trotzdem scheint sie nicht daraus zu lernen und nimmt es mir immer wieder weg.

Ich jage sie durch den gesamten Garten und rufe, dass sie aufgeben soll. Doch Enna hat einen Dickkopf und gibt sich immer erst dann geschlagen, wenn sie keine Kraft mehr hat. Heute hält sie ganz schön lange durch, bis ich sie endlich einhole.

Mit einem Arm halte ich sie fest, während sie versucht, sich zu befreien, mit der anderen Hand will ich ihr die Capri aus den Händen reißen. Doch sie hält sie so fest, dass es mir nicht gelingt. Also ändere ich meinen Plan und kitzele sie, weil ich weiß, dass sie das gar nicht leiden kann. Besonders am Bauch ist Enna kitzelig, also krabble ich sie dort so lange, bis sie schließlich aufgibt und mir die Capri überlässt.

Lachend stehen wir nebeneinander. Enna schnappt immer wieder nach Luft, während ich kaum aus der Puste bin und mir nun endlich den orangenen Strohhalm in den Mund schiebe.

Mum schiebt kurz darauf ihren Kopf aus dem Küchenfenster. »Geht es euch gut da draußen?«, fragt sie uns, wodurch wir beide noch mehr kichern müssen.

Obwohl Enna mich damit nervt, meine Capri zu klauen, macht es doch immer wieder Spaß, sie zu jagen. Lachend werfen wir uns nebeneinander auf die Wiese. Irgendwann reiche ich ihr die Capri, doch wie immer verzieht sie nur das Gesicht.

»Mum sagt, dieses Zeug ist total ungesund«, sagt sie angewidert.

»Das stimmt. Aber es ist auch verdammt lecker!«, rufe ich lachend.

Enna

Mit der Capri renne ich am Ufer des Sees entlang. Immer wieder schaue ich über meine Schulter, um mich zu vergewissern, dass Finn mir noch nicht zu dicht auf den Fersen ist.

»Enna!«, ruft er mir zu. »Das kann doch nicht dein Ernst sein!«

Es war nicht geplant. Eigentlich wollte ich ihm damit eine Freude machen, doch vorhin überkam es mich einfach. Ich weiß noch, wie viel Spaß wir immer an diesen Neckereien hatten, als wir klein waren, und ich hoffe, Finn damit nun vollends aus seiner Trauer befreien zu können. Es scheint mir auch gut zu gelingen, denn immer wieder höre ich ihn hinter mir laut lachen.

»Früher bist du wesentlich schneller gerannt!«, rufe ich ihm zu, was ihn dann schließlich so sehr zu provozieren scheint, dass er sein Tempo noch mal steigert.

Erschrocken quieke ich auf, als sich auf einmal seine Arme von hinten um mich schlingen und meine Füße kurz darauf vom Boden abheben. Finn wirbelt mich durch die Luft und vor lauter Schreck lasse ich das Trinkpäckchen fallen.

»Finn! Lass mich sofort runter!«, rufe ich, doch er scheint gar nicht daran zu denken, mich wieder abzusetzen.

»Warum sollte ich?« Nach einigen Sekunden setzt er mich dann doch wieder auf dem Boden ab. Sofort wirble ich zu ihm herum und schlage ihm gegen die Brust. »Tu das nie wieder!«

Einige Sekunden bleiben wir so stehen und schauen uns amüsiert an. Dann wandert Finns Blick auf den Boden hinter mir. Sofort weiß ich, was er vorhat. Ich drehe mich um und genau im selben Moment laufen wir beide in Richtung der Capri, die noch immer auf dem Boden liegt. Ich will gerade danach greifen, als meine Beine sich mit Finns verheddern. Mir entfährt ein Schrei, als wir beide zu Boden gehen.

Ich bin halb auf Finn gelandet, der unter mir liegt. Überrumpelt von dieser plötzlichen Nähe bin ich nicht dazu fähig, mich auch nur einen Zentimeter zu bewegen. Mein linkes Bein klemmt zwischen seinen, mein rechter Arm ist unter seinem Rücken eingeklemmt.

Finn dreht seinen Kopf zu mir. »Liegst du bequem?«

»Du bist bequemer als jede Matratze. Auf dir könnte ich ewig liegen bleiben«, antworte ich.

Als ich ein Funkeln in Finns Augen bemerke, wird mir die Bedeutung meiner Worte plötzlich bewusst. Sofort merke ich, wie ich rot anlaufe. Einen kurzen Moment verschmelzen unsere Blicke miteinander, dann dreht Finn uns in einer fließenden Bewegung um. Nun liegt er über mir und drückt meine Arme mit seinen Händen sanft in den Sand.

»Ich persönlich bevorzuge diese Position«, murmelt er, doch nun ist alle Belustigung aus seinem Blick verschwunden.

Auch ich lache nicht mehr, stattdessen breitet sich ein anderes Gefühl in mir aus. Ein Gefühl von Nähe, das ich zuvor nie gespürt habe, und eine Enge zwischen uns, die mir keine Angst macht. Hitze schießt durch meinen gesamten Körper. Auf einmal ist mir warm. Eingehend betrachte ich Finns Gesicht, wobei mein Blick wie von selbst von dem leuchtenden Grün seiner Augen über seine Nase wandert und schließlich an seinen Lippen hängen bleibt.

»Enna«, murmelt er. So wie jetzt hat er meinen Namen noch nie ausgesprochen. Es liegt eine überwältigende Wärme in diesem Wort, als es über seine Lippen kommt. Als ich ihm in die Augen schaue, scheint das Funkeln darin noch stärker geworden zu sein. »Ich würde gern etwas tun. Allerdings weiß ich nicht, ob es eine gute Idee ist.«

»Probiere es aus«, flüstere ich ihm zu. Wie von selbst lösen sich die Worte aus meinem Mund, unaufhaltsam. Der Drang in mir, Finn zu berühren, wird immer stärker, doch noch immer hält er meine Arme mit seinen Händen fest, sanft, aber bestimmend.

Nicht nur unsere Körper sind ineinander verschlungen, auch unsere Blicke sind es. Ich verliere mich im warmen Grün seiner Augen, als er die Distanz zwischen unseren Gesichtern überbrückt und seine Stirn an meine legt. Nun löst er eine seiner Hände von meinem Arm und streicht mir damit sanft eine Haarsträhne aus dem Gesicht, bevor er sie an meine Wange legt. Mit seinem Daumen hebt er mein Kinn ein Stück an. Ich kann diese Spannung zwischen uns keine Sekunde länger aushalten. Bevor ich realisiere, was ich tue, greife ich in seinen Nacken und ziehe ihn zu mir, um auch die letzten Zentimeter zwischen uns zu überbrücken.

Als seine Lippen sich sanft auf meine legen, scheint die Welt für einen Augenblick stillzustehen. Auf einmal ist da nichts mehr um uns herum, als wären wir die einzigen Menschen auf dieser großen Welt. Finn küsst mich so liebevoll, dass ich das Gefühl habe, jeden Moment unter ihm zu schmelzen. Die Wärme, die zuvor noch in meinem gesamten Körper zu spüren war, setzt sich nun in meinem Bauch fest. Zu ihr gesellt sich ein Kribbeln, das eine Gänsehaut über mir ausbreitet. Mir entfährt ein enttäuschtes Stöhnen, als Finn seine Lippen für einen kurzen Augenblick von meinen löst. Noch immer sind meine Augen geschlossen, doch ich spüre, wie er an meinem Mund lächelt, bevor er mich erneut küsst, diesmal intensiver.

Ich gewähre seiner Zunge Einlass in meinen Mund und als ich mit meiner über seine streiche, entfährt Finn ein Stöhnen. Diesmal bin ich diejenige, die uns über den Boden rollt. Nun sitze ich wieder auf ihm und umfasse sein Gesicht mit beiden Händen, während unsere Lippen noch immer vereint sind. Ich lasse mich von meinem Körper leiten, ohne nachzudenken. Dieses Gefühl ist neu für mich. Und es fühlt sich verdammt richtig und gut an.

Dieser Kuss raubt mir den Atem. Ich hätte nie geglaubt, dass es sich so anfühlt, einem Menschen auf diese Weise nah zu sein. Finn und ich küssen uns vorsichtig, und dennoch liegt eine Spannung zwischen uns. Wir erkunden den anderen, indem wir uns gegenseitig über den Körper streichen. Finn scheint genau zu spüren, wo ich berührt werden möchte. Alles fühlt sich richtig an. Vergessen sind alle Ängste und Zweifel. Vergessen ist das, was war, es zählt nur die Gegenwart.

Hier und jetzt gibt es nur uns beide.

Finn

Während sich unser Kuss intensiviert, halte ich Enna, die noch immer auf meinem Schoß sitzt, mit einem Arm fest umschlungen, während ich die andere Hand in ihren Haaren vergrabe. Noch nie habe ich so sanft und zugleich so leidenschaftlich geküsst. Ich verlor meine Kontrolle in dem Moment, in dem Enna mich zu sich heranzog. Es war um mich geschehen, als ich meine Lippen auf ihre legte.

Enna hat ein Feuer in mir entzündet. Ich stehe in Flammen und spüre die Nähe dieser Frau so intensiv, wie ich noch nie etwas gespürt habe. Es fühlt sich an, als hätte mein Körper jahrelang auf diese Nähe zu ihr gewartet. Nun, da ich sie endlich spüren kann, überwältigt es mich.

Während unsere Zungen den Mund des anderen erkunden, klammert Enna sich mit ihren Händen an meinen Schultern fest. Irgendwann löse ich mich sanft von ihr und lege meine Stirn an ihre. Wir atmen beide schwer, als ich meine Arme um sie lege und sie vorsichtig an mich ziehe. Eine Weile verharren wir in dieser Position, bis Enna leicht zu zittern beginnt.

»Alles okay?«, frage ich sie besorgt. »Ist dir kalt?«

An meiner Brust schüttelt sie den Kopf, doch noch immer spüre ich deutlich ihr Zittern in meinen Armen. Sanft greife ich mit einer Hand unter ihre Beine und drehe sie ein Stück, sodass ich ihr Gesicht betrachten kann. Besorgt stelle ich fest, dass Tränen in ihren Augen schimmern. »Hey, Enna«, sage ich vorsichtig und streichle ihren Arm.

Erleichtert stelle ich fest, dass sich ein Lächeln auf ihrem Gesicht ausbreitet. »Es geht mir gut«, sagt sie und vergräbt den Kopf in meinem Pulli.

»Weshalb weinst du dann?«

Den Kopf noch immer an meiner Brust, lacht sie in meinen Pulli. »Moment mal, lachst du gerade?«, frage ich sie grinsend.

Endlich löst sie sich ein Stück von mir, sodass ich ihr wieder ins Gesicht schauen kann. Ihre Augen strahlen und ihr Mund lächelt, doch über ihr Gesicht sind ganz eindeutig einige Tränen gelaufen.

»Entschuldige«, murmelt sie schließlich. »Ich bin nur so überwältigt und verwirrt.«

»Hey«, sage ich sanft und lege meine Hände an ihre Wangen, um ihr die Tränen vom Gesicht zu streichen. »Das ist okay. Du musst dich nicht schämen.«

Lächelnd sieht sie mir endlich in die Augen. »Das war … Das war mehr als gut, Finn«, antwortet sie.

Erleichtert atme ich auf.

»Es ist nur so …«

»Du kannst es mir sagen, Enna«, ermutige ich sie weiterzusprechen.

Sie schluckt, dann schaut sie auf unsere verschlungenen Hände. »Ich hätte nie gedacht, dass es sich so anfühlen kann, berührt zu werden, Finn.«

Es macht mich stolz, dass ich ihr dieses Gefühl geben konnte.

»Komm her«, sage ich leise und ziehe sie wieder an mich. Mit meinen Armen umschließe ich Enna, während sie sich mit ihren Händen an meinem schwarzen Hoodie festklammert.

»Das war wundervoll«, murmle ich und gebe ihr einen sanften Kuss auf die Schläfe.

In diesem Moment verschwinden alle Zweifel in mir. Ich halte diese einzigartige Frau in meinen Armen, die ich nie mehr loslassen möchte. Kurz denke ich an die Lüge, die noch immer zwischen uns steht. An all das Ungesagte zwischen Enna und mir, all die Dinge, von denen sie nichts weiß. Doch noch in derselben Sekunde lasse ich all die Zweifel fallen und konzentriere mich ganz auf das Gefühl, das Enna mir gibt.

Das Gefühl von Wärme und Nähe.

Und das Gefühl von Sicherheit.

Im Hier und Jetzt.

Erst als es irgendwann zu dämmern anfängt, packen wir unsere Sachen zusammen und laufen zu meinem Wagen. Dort verstauen wir alles im Kofferraum und werfen einen letzten Blick zum See zurück. Ich öffne die Beifahrertür für Enna, doch statt einzusteigen, bleibt sie einige Schritte neben der offenen Tür stehen. Sie knetet ihre Hände und scheint mit ihren Gedanken ganz woanders zu sein. In den letzten Stunden haben wir viel geredet. Die Zeit mit Enna hier war wundervoll und seit Langem hatte ich das Gefühl, endlich mal wieder frei atmen zu können. Auch Enna habe ich angemerkt, dass sie in den vergangenen Stunden befreiter war als sonst. Doch jetzt kann ich die Angst wieder in ihren Augen lesen, die bis eben verschwunden war.

Ich lasse die Tür offen stehen und umfasse ihre unruhigen Hände mit meinen. »Hast du Angst?«

Enna nickt. »Ein bisschen«, gesteht sie mir. »Es hat vorhin so gut geklappt, das hat mich glücklich gemacht. Doch jetzt ist es nicht nur die Enge, sondern ...«

»... auch die Dunkelheit«, vervollständige ich ihren Satz schließlich. Eine Hand löse ich von ihren und streiche ihr damit über die Wange. »Ich werde auf dich aufpassen. Versprochen.«

Enna schmiegt ihre Wange in meine Hand. »Ich weiß«, sagt sie, nun etwas mutiger. »Ich habe die Hinfahrt geschafft, also werde ich auch die Rückfahrt überstehen.« Entschlossen reckt sie das Kinn in die Höhe.

»Das ist mein Mädchen«, erwidere ich grinsend.

Enna grinst ebenfalls. »Das klingt schön.«

Ich ziehe sie an mich, dann gebe ich sie wieder frei und wir gehen zum Auto. Bevor ich ihre Tür schließe, achte ich darauf, das Fenster runterzulassen. Schließlich gehe ich um meinen Wagen herum und werfe mich neben Enna auf den Fahrersitz.

»Darf ich wieder die Musik aussuchen?«, fragt sie mich hoffnungsvoll.

Ich lache. »Klar. Tob dich aus!«

Als ich den Motor starte, kramt Enna nach einer neuen CD, die sie dann auch selbst einlegt. Die ersten Gitarrenklänge von »Push My Luck« ertönen, als ich den Wagen vom Waldweg auf die Landstraße lenke. The Chainsmokers höre ich seit einigen Jahren wirklich gern und ich freue mich, dass Enna die Band auch mag. Während der ersten Minuten Fahrt sagt keiner von uns beiden etwas, weil wir unseren eigenen Gedanken nachhängen. Ich frage mich gerade, was Enna durch den Kopf geht, als sie ihre Hand ausstreckt, um den Knopf zu drücken, der ihr Fenster schließt. Als die Scheibe bis ganz nach oben gefahren ist, dreht sie sich lächelnd zu mir.

»Ich glaube, es geht auch ohne offenes Fenster«, sagt sie. Noch immer steht ihr die Angst ins Gesicht geschrieben, doch ich weiß, dass Enna stark genug ist. Sie hat sich heute so viel getraut.

»Ich bin so stolz auf dich.«

Enna lächelt zaghaft, dann wischt sie sich die Hände an ihrer Jeans ab.

Bald darauf sind wir wieder in Starfall angekommen und wenig später biege ich in ihre Straße ein. Ein Schweigen hat sich über uns gelegt und obwohl es kein unangenehmes ist, scheinen wir doch beide sehr in unseren Gedanken gefangen zu sein.

Der Kuss war wundervoll. Ich frage mich, was er für unsere Freundschaft bedeutet und was Enna darüber denkt. Ich für meinen Teil kann mir einfach nicht vorstellen, dass es bei diesem einen Kuss bleiben soll.

Enna ist meine beste Freundin, das war sie schon immer. Doch heute hat sie mir einen noch viel innigeren Teil von sich geschenkt, den ich um nichts in der Welt mehr hergeben möchte.

Ich parke den Wagen vor Ennas Haus und stelle den Motor ab. Einige Sekunden sitzen wir schweigend nebeneinander, dann dreht Enna sich zu mir.

»Das war so ein schöner Tag«, sagt sie lächelnd. Doch auch ihr Lächeln kann die Zweifel nicht vertreiben, die ich deutlich in ihren Augen lesen kann.

Ich nicke. »Es war toll. Danke, dass du mich aus meinem Loch geholt hast.« Ohne sie würde ich wahrscheinlich noch immer in meinem Zimmer sitzen und in Selbstmitleid versinken.

»Gern«, sagt Enna.

Wir schauen uns kurz an, dann schnallt sie sich ab und steigt aus. Ich tue es ihr gleich und laufe um das Auto zum Kofferraum, aus dem ich ihr schließlich die Decke und den Picknickkorb reiche. Sie nimmt beides entgegen.

»Schlaf gut, Finn«, sagt sie.

»Du auch, Enna.«

In ihrer Jackentasche kramt Enna nach ihrem Hausschlüssel, dann schließt sie die Tür auf und winkt mir kurz zu, bevor sie im Inneren des Hauses verschwindet. Ich schließe den Kofferraum, setze mich wieder ins Auto und will den Wagen starten, doch meine Hand will den Schlüssel einfach nicht drehen. *Ich kann sie nicht einfach so gehen lassen*, schießt es mir durch den Kopf. Nichts möchte ich in diesem Moment mehr, als Enna zu zeigen, dass ich sie wieder küssen will. Wieder und wieder. Sie soll wissen, dass dieser Kuss heute keine einmalige Sache für mich war. Ich will Gewissheit, und die soll sie auch bekommen.

Ich schnalle mich wieder ab, reiße die Autotür auf, renne zur Haustür und drücke dann auf die Klingel. Kurz darauf ertönt Ennas Stimme aus der Freisprechanlage.

»Hallo?«, fragt sie verwundert.

»Ich bins«, sage ich. »Machst du mir kurz auf? Ich habe noch was vergessen.« Es ertönt ein lautes Summen, woraufhin ich die Haustür aufstoße. Immer zwei Stufen auf einmal nehmend, laufe ich im Haus bis ganz nach oben.

Wie ein aufgeregtes kleines Kind trete ich von einem Fuß auf den anderen, bis sich die Tür öffnet und Enna vor mir steht. Ihre Jacke hat sie bereits ausgezogen, sie steht in Hausschlappen vor mir. Ich trete über die Türschwelle zu ihr und ziehe sie an mich. Überrascht sieht sie mich an, während ich sie in den Armen halte.

»Ich will dich wieder küssen, Enna«, beginne ich. Die kleine Enna war süß und ich hatte sie wirklich lieb, aber die große Enna ist der Hammer. Heute an diesem See hat sie mich umgehauen und ich weiß nicht, wie es ihr geht, aber ich …«

Weiter komme ich nicht, denn schon zum zweiten Mal an diesem Tag zieht Enna mich zu sich und legt ihre Lippen auf meine. Dieser Kuss hat nichts Zärtliches mehr an sich. Sofort öffnet Enna ihre Lippen. Ein leises Stöhnen entfährt ihr, als ich mich von ihr löse, um Luft zu holen. Dieses bezaubernde Geräusch gibt mir dann den Rest.

Ich schiebe uns weiter in die Wohnung hinein und werfe die Tür mit meinem Fuß hinter mir zu. Ohne groß darüber nachzudenken, was ich gerade tue, hebe ich sie hoch. Sie reagiert sofort und schlingt ihre Beine um meine Hüften, während wir uns stürmisch weiterküssen. Mit ihr in meinen Armen taumle ich durch die Wohnung bis ins Zimmer, wo ich mich mit ihr auf den Teppich fallen lasse. Enna sitzt nun auf meinem Schoß und hat ihre Arme um meinen Hals geschlungen. Plötzliche Erregung schießt durch meinen Körper. Ich spüre die wachsende Härte in meiner Hose, für die allein diese unglaubliche Frau verantwortlich ist, doch ich möchte mit ihr nichts überstürzen.

Sanft löse ich mich von Enna und lege meine Stirn an ihre. »Du machst mich verrückt«, flüstere ich an ihre Lippen. Enna kichert und greift nach dem Saum meines Shirts, als ich ein leises Miauen direkt neben uns wahrnehme.

Erschrocken blicken wir uns an und drehen dann beide den Kopf nach links. Beth sitzt direkt neben uns auf dem Teppich. Scheinbar hat sie uns die ganze Zeit beobachtet, denn ihr Blick wirkt leicht verstört. Vielleicht liegt das aber auch daran, dass ich mit Enna auf dem Arm durch die gesamte Wohnung gepoltert bin.

Als unsere Blicke sich wieder treffen, müssen wir beide lachen. Enna krabbelt von meinem Schoß und streichelt Beth dann über den Kopf. »Hallo, Süße«, begrüßt sie ihre Katze liebevoll. Auch ich strecke meine Hand nach Beth aus und kraule ihren Rücken.

Begeistert sieht Enna mich an. »Du hast keine Angst mehr!«

»Beth und ich sind jetzt Freunde. Auch ich habe eine Angst überwunden«, sage ich lächelnd.

Eine Weile sitzen wir einfach so nebeneinander. Irgendwann löst Enna sich von Beth und krabbelt wieder auf meinen Schoß, ganz selbstverständlich, als wäre er ihr neuer Lieblingsplatz. Sie sieht mir tief in die Augen und nimmt meinen Kopf in ihre kleinen Hände. »Ich will auch, dass du mich küsst, Finn«, sagt sie leise. »Der kleine Finn war mein bester Freund, aber ich habe das Gefühl, dass der große Finn viel mehr für mich sein kann.«

Wieder lege ich meine Stirn an ihre.

»Das Gefühl hat der große Finn auch«, sage ich, bevor wir uns erneut in einem innigen Kuss verlieren.

KAPITEL 18

Glücklichsein

Enna

»Ich will *alles* wissen, Enna!« Erwartungsvoll sieht Mira mich an. Die Ellbogen auf den Tisch und den Kopf in ihre Hände gestützt, sitzt sie vor mir und wartet darauf, dass ich ihr vom gestrigen Tag erzähle.

Sofort wird mir warm und ich merke, wie meine Wangen glühen. »Ich weiß gar nicht, wo ich anfangen soll.«

Seit gestern Abend bekomme ich das Grinsen einfach nicht mehr aus dem Gesicht. Sofort als ich das **C&C** betrat, wusste Mira, dass gestern etwas passiert sein musste. Etwas Schönes, das mich zum Lächeln bringt, denn damit konnte ich gar nicht mehr aufhören. Sofort bugsierte sie mich an meinen Stammtisch, der zu meinem Glück unbesetzt war, und ließ sich auf den Stuhl neben mich fallen. Ich war nicht mal dazu gekommen, meine Jacke auszuziehen.

Ich erzähle ihr alles: Wie ich mich in Finns Auto gewagt habe und wie schön die Fahrt trotz meiner Angst war. Von unserem Picknick und wie Finn mich den See entlanggejagt hat, um sich die Capri zu schnappen. Wie wir dann im Sand gelandet sind. Schließlich der Kuss, dieser innige Moment, den wir miteinander teilten

»Ihr habt was?!«, ruft Mira überrascht und springt vom Tisch auf.

»Pscht!« Lachend ziehe ich sie wieder auf ihren Stuhl zurück. Einige Köpfe drehen sich schon in unsere Richtung.

Mit leuchtenden Augen sieht sie mich an und greift nach meiner Hand. »Das ist wundervoll, Enna.«

Ich nicke lächelnd. »Es war total unerwartet und ich hätte nie damit gerechnet, aber es ist einfach passiert, aus dem Moment heraus.«

Verträumt sieht Mira mich an. »War er schön? Der Kuss?«, fragt sie mich.

»Das war er. Mehr als schön. Es war …« Ich lache. »Ich kann es gar nicht richtig beschreiben.«

»Dann war es gut. Die besten Küsse sind die, für die man keine Worte findet.« Mira strahlt mich an.

»Da scheint sich aber jemand auszukennen.«

Empört sieht Mira mich an. »Wer hat denn gestern einen Typen verführt? Das warst ja wohl du und nicht ich!«

»Ich habe Finn nicht *verführt*«, sage ich. »Obwohl … Um genau zu sein, habe *ich* ihn zuerst geküsst.«

»Meine schüchterne Enna hat einen Mann geküsst. An einem See. Im Sand. *Wow*.«

Natürlich möchte Mira dann auch noch wissen, wie der Abend weiter verlief, also erzähle ich ihr, wie Finn mich nach Hause brachte und ich schon in meiner Wohnung war, es aber noch mal klingelte. Lächelnd berichte ich ihr von Finns warmen Worten und unserem erneuten Kuss, während mein Herz immer mehr zu rasen beginnt.

»Es scheint euch beide so richtig erwischt zu haben«, sagt Mira.

Ich lasse den gestrigen Tag im Schnelldurchlauf in meinem Kopf Revue passieren. Doch obwohl ich so glücklich bin wie schon lange nicht mehr, breiten sich plötzlich Zweifel in mir aus.

»Was ist, wenn das alles zu schnell geht, Mira?«, frage ich sie, nun weniger euphorisch als eben noch. »Finn hat sich erst vor einer Woche von Rachel getrennt und wir haben uns doch auch erst vor Kurzem wiedergefunden. Was, wenn …«

»Hey, Enna«, unterbricht Mira mich liebevoll. »*Schnell* bedeutet nicht immer *schlecht.* Um genau zu sein, kennt ihr euch schon seit über zehn Jahren. Ihr seid vielleicht für eine lange Zeit getrennt voneinander gewesen, doch im Herzen wart ihr doch immer beieinander. Oder?«

»Wir haben gestern viel geredet, auch darüber, wie sehr wir einander vermisst haben.«

»Siehst du! Und jetzt habt ihr euch wieder. Lass es einfach geschehen, Enna. Genieß es, dass du ihn wiederhast. Dass ihr euch wiederhabt.«

»Danke, Mira«, sage ich nun zuversichtlicher.

»Ihr seid euch also nähergekommen, ja? Sind Klamotten auf den Boden gefallen?«

»Mira!« Mein Gesicht hat nun mit Sicherheit die Farbe einer Tomate angenommen. »Nein«, murmle ich.

»Wolltest du weitergehen?«

Ich löse die Hände von meinem Gesicht und falte sie stattdessen in meinem Schoß. Der Kuss war unglaublich und es kribbelten Stellen an meinem Körper, die ich nie zuvor gespürt hatte. In diesem Moment wollte ich Finn so nah sein wie nur möglich.

Schließlich nicke ich. »Ich denke schon.«

Wieder wirft Mira mir einen verträumten Blick zu. »Aber?«

»Aber Beth hat uns unterbrochen und den Moment zerstört.«

Mira bricht in schallendes Gelächter aus. Sofort falle ich mit ein bei der Erinnerung daran, wie meine Katze neben uns saß und uns beim Küssen beobachtete.

»Die arme Beth! Bestimmt ist sie jetzt ganz verstört.« Mira wischt sich die Lachtränen aus dem Gesicht.

Eine Weile sitzen wir schweigend nebeneinander, dann greift Mira nach meinen Händen und sieht mich liebevoll an.

»Bist du glücklich, Enna?«, fragt sie mich.

Über die Antwort auf diese Frage muss ich diesmal nicht nachdenken. »Das bin ich.«

Finn

Während mein Kaffee durch die Maschine läuft, vernehme ich leise Gitarrenklänge aus Jases Zimmer. Gestern Nacht bin ich erst so spät nach Hause gekommen, dass er und Mira bereits schliefen. Ich habe keine Ahnung, ob er überhaupt mitbekommen hat, dass Enna und ich gestern unterwegs waren. Immerhin hatte ich mich in den letzten Tagen nur in meinem Zimmer verschanzt.

Ich schnappe mir meine Tasse und nehme einen großen Schluck vom Kaffee. Den brauche ich nach der letzten Nacht, die ich schlaflos in meinem Bett verbracht habe. Enna geht mir nicht mehr aus dem Kopf. Seit unserem Kuss gestern Abend rasen die Gedanken. Größtenteils Bilder von mir und Enna in ihrem Bett mit wesentlich weniger Kleidung, als wir gestern trugen.

Es fiel mir wirklich schwer, mich zurückzunehmen, als wir später in ihrem Bett lagen und ich ihr vorlas, bis sie einschlief. Ihr Kopf an meiner Brust, ihre Beine mit meinen verschlungen und ihre weiche Haut, über die ich meine Finger gleiten ließ. Doch trotz meines unglaublichen Verlangens nach dieser Frau war es richtig, dass noch nicht mehr passiert ist. Mit Enna soll es anders werden. Langsamer, inniger. Vertrauter.

Mit meinem Kaffee in der Hand schlurfe ich zu Jases Zimmer und klopfe an. Ich finde ihn mit der Gitarre auf dem Schoß auf seinem

Bett vor. Als er mich sieht, breitet sich ein überraschter Ausdruck auf seinem Gesicht aus.

»Finn!«, ruft er begeistert. »Du bist von den Toten auferstanden!«

»Übertreib nicht, Mann.« Lachend schließe ich die Zimmertür hinter mir und lasse mich auf seinen Schreibtischstuhl fallen.

Jase lacht. »Wer hat dich denn aus deinem Loch gezogen?«

»Enna«, antworte ich knapp. Sofort breitet sich ein verräterisches Grinsen auf meinem Gesicht aus.

Jase legt seine Gitarre neben sich auf das Bett und sieht mich an, wobei er seine Augenbrauen erwartungsvoll in die Höhe zieht.

»Unsere Enna? Wie hat sie das denn geschafft?«

»Mit einem Picknick am Starfall Lake. Nachdem sie mich am Nachmittag aus dem Bett geklingelt und dann vor vollendete Tatsachen gestellt hat.«

Jase lacht. »Dieses Mädchen gefällt mir immer besser.«

In Gedanken bin ich ganz bei Enna, während ich ihm vom gestrigen Tag erzähle. Dabei lasse ich unseren Kuss natürlich nicht aus, denn der war schließlich mein ganz persönliches Highlight.

»Es geht zwar krass schnell mit uns, aber es fühlt sich genau richtig an. Als würden wir all das, was wir in den letzten Jahren verpasst haben, jetzt nachholen.«

Jase nickt lächelnd und legt seinen Arm um mich. »Ich freue mich, dass du wieder der Alte bist, Mann. Enna scheint dir gutzutun. Und Rachel konnte ich eh nie …«

»Du konntest sie noch nie leiden, ich weiß«, falle ich ihm ins Wort. »Sie hat mir trotz allem etwas bedeutet, Jase. Nur eben nicht auf die Weise, die unsere Beziehung gebraucht hätte.«

»Ich weiß, Mann. Entschuldige«, sagt er. »Vermisst du sie?«

Ich denke über seine Worte nach. Rachels Freundschaft hat mir in den letzten Monaten viel bedeutet, doch die Beziehung mit ihr vermisse ich nicht, denn die tat uns beiden nicht gut. »Ich vermisse die alte Rachel.«

Wissend nickt Jase. »Sie hat sich wirklich krass verändert.«

»Und dennoch ist sie irgendwie sie selbst geblieben. Keine Ahnung, Jase. Ich hätte sie gern wieder als Freundin in meinem Leben. Aber ich glaube, erst mal muss Gras über diese Sache wachsen.«

»Da hast du recht. Wer weiß, was die Zukunft bringt.« Ermutigend klopft er mir auf die Schulter. »Aber viel interessanter finde ich gerade die Sache mit Enna und dir.«

»›Interessant‹ trifft es ganz gut«, erwidere ich.

»Fühlst du mehr für sie?«, fragt Jase. Noch bevor ich ihm antworten kann, spricht er schnell weiter. »Wir haben sie wirklich sehr gern, Finn. Ich persönlich war schon ein Fan von euch, seit sie zum ersten Mal hier war.«

Ich nicke. »Enna ist toll. Ich mag sie sehr. Definitiv mehr als eine gute Freundin.« Ein Grinsen breitet sich auf meinem Gesicht aus, doch dann beschleichen mich für einen kurzen Moment wieder Zweifel. »Trotzdem steht diese unglaubliche Lüge zwischen uns. Was, wenn sie irgendwann alles zerstört?«

Jase lässt sich wieder auf sein Bett fallen und denkt kurz über meine Worte nach. »Ich bin immer ein Fan von Ehrlichkeit, Finn. Das weißt du«, beginnt er. »Irgendwann wirst du es ihr sagen müssen.«

Ich nicke. »Das weiß ich. Aber es macht mir eine Scheißangst. Was, wenn ich sie dadurch wieder verliere? Noch mal halte ich das nicht aus.«

»Enna wird das verkraften. Sie ist stark.«

»Aber was, wenn sie mich hasst? Sie hätte jeden Grund dazu, Mann. Ich bin schuld daran, dass ...«

»Enna könnte dich *nie* hassen, Finn«, unterbricht mein bester Freund mich. »Der Einzige, der sich für dieses Scheißereignis die

Schuld gibt, bist du. Es wäre ein Schock für sie, ganz klar. Aber du musst es ihr sagen, bevor sie sich irgendwann selbst daran erinnert. Du weißt, dass das jederzeit passieren kann.«

Wissend nicke ich. In mir regt sich der Wunsch, die Zeit zurückzudrehen und einfach alles anders zu machen. Das Kind in mir anschreien und belehren zu können, meine Taten rückgängig zu machen.

»Du kannst es nicht ungeschehen machen«, sagt Jase, als hätte er meinen Gedanken erraten. »Aber du kannst *jetzt* das Beste daraus machen. Gib dem Ganzen Zeit. Gib *euch* erst mal Zeit.«

Dankbar ziehe ich ihn in eine kurze Umarmung.

»Du bist glücklich.«

Obwohl es keine Frage, sondern eine Feststellung war, antworte ich ihm. »Wahnsinnig, ja.«

Einige Stunden später decken Jase und ich den Tisch, als es an der Tür klingelt. Mit einem Stapel Teller in den Händen stehe ich auf der Terrasse und will Jase gerade zurufen, dass ich aufmache, als er mir zuvorkommt.

»Ich gehe!«, ruft er mir aus der Küche zu, und wenig später erfüllt das Lachen der Mädels die Wohnung. Dabei sticht Ennas Lachen besonders hervor und wie immer, wenn sie in meiner Nähe ist, breitet sich eine angenehme Wärme in mir aus. Ich verteile die Teller auf dem Tisch, als Enna zu mir auf die Terrasse kommt. Im Türrahmen bleibt sie stehen und lächelt mich schüchtern an.

Enna sieht einfach zum Anbeißen aus in ihrer langen dunkelblauen Latzhose. Für Oktober ist es heute wirklich angenehm draußen, beinahe sommerlich, weshalb wir uns dafür entschieden haben, auf der Terrasse Kaffee zu trinken. Ich lasse meinen Blick von ihrem Kopf einmal nach unten wandern, bis er sich wieder in das warme Braun ihrer Augen legt.

Als sie noch immer keine Anstalten macht, zu mir zu kommen, strecke ich ihr meine Hand entgegen. »Komm her«, fordere ich sie liebevoll auf.

Langsam kommt sie auf mich zu. Sobald sie nah genug ist, greife ich nach ihrer Hand und ziehe sie an mich. »Hey«, begrüße ich sie, während sich meine Arme wie von selbst um ihre Hüften legen. Unsere Blicke verfangen sich ineinander. »Hey«, murmelt Enna erneut.

Ich lache. »Das hast du eben schon gesagt.«

»Wirklich?«, fragt sie verträumt und als ihr Blick zu meinem Mund wandert, kann ich einfach nicht anders, als sie für einen Kuss noch näher an mich zu ziehen. Enna entfährt ein leises Seufzen, als ich meine Lippen auf ihre lege. Unsere Zungen spielen miteinander, während sie ihre Arme um meinen Hals schlingt und mich noch ein Stück weiter zu sich herunterzieht.

Ein lautes Pfeifen reißt uns aus unserer Trance. Jase lehnt an der Terrassentür. »Das nenne ich mal eine stürmische Begrüßung«, sagt er lachend.

»Halt die Klappe, Jase!«

Enna lässt ihren Kopf an meine Brust fallen, um ihr Gesicht in meinem Shirt zu vergraben. Noch immer stehen wir eng umschlungen beieinander. Nun kommt auch Mira auf die Terrasse getreten, einen großen Kuchen auf einer Platte in der Hand balancierend. Mir läuft jetzt schon das Wasser im Mund zusammen.

»Hab ich was verpasst?«, fragt sie Jase, der daraufhin in unsere Richtung nickt. »Unsere beiden Turteltauben.«

»Ich habe den ersten Finna-Kuss in unserer Wohnung verpasst?«

»Den ersten *was*?«, frage ich sie, und auch Enna scheint verwirrt zu sein, denn langsam löst sie sich von mir und schaut Mira an.

»Den ersten Finna-Kuss in unserer WG.« Scheinbar schauen Enna und ich noch immer genauso verdutzt drein. Mira lacht. »Das ist euer Ship Name. Finna. Finn und Enna. Versteht ihr?«

Enna und ich werfen uns einen kurzen Blick zu, dann brechen wir im gleichen Moment in schallendes Gelächter aus. Auch Jase steigt mit ein, als er die Bedeutung des Wortes verstanden hat. »Ist das dein Ernst, Mia?«, fragt er seine Schwester. Mira versucht, krampfhaft ernst zu bleiben, doch irgendwann muss auch sie grinsen.

»Ich mag den Ship Name«, sagt Enna schließlich. »Er gefällt mir.«

»Um Himmels willen«, murmle ich nur, dann drücke ich ihr einen Kuss auf die Stirn, bevor wir uns alle um den Tisch herum versammeln.

»Ihr habt Kuchen mitgebracht!«, stelle ich fest. Mira hat eine große Kirschtorte auf den Tisch gestellt, von der sie nun jedem ein Stück auf den Teller gibt. In den nächsten zehn Minuten sind wir alle damit beschäftigt, den Kuchen zu verdrücken, weshalb sich ein gefräßiges Schweigen über uns legt. Irgendwann unterhalten wir uns über die Uni. Enna erzählt, dass sie vor zwei Tagen ihre erste Hausarbeit über eine britische Schriftstellerin beendet hat und ganz nervös ist, sie bald einzureichen. Jase berichtet von einem neuen Song, an dem er und die Band für ein gemeinsames Projekt in einem Musikseminar schreiben.

»Seid ihr eigentlich nächste Woche alle dabei?«, fragt er irgendwann in die Runde.

»Klar«, antworten Mira und ich wie aus einem Mund, während Enna ihn fragend ansieht.

»Wobei denn?«, fragt sie und nimmt dann einen großen Schluck von ihrem Kaffee.

Mir fällt ein, dass ich ihr noch gar nichts von dem großen Event erzählt habe, das kommendes Wochenende stattfindet. Bewusst habe ich es noch nicht angesprochen, weil ich mir unsicher war, ob Enna uns begleiten möchte. Der Abend würde sie definitiv mit ihren Ängsten konfrontieren. Doch nach dem Mut, den sie gestern bewiesen hat, kann ich ihr nun mit einem besseren Gefühl davon erzählen.

»Heute in einer Woche findet die *Night of Shootingstars* statt. Hast du davon schon etwas gehört, seit du hier bist?«

Sie nickt. »Irgendwo habe ich davon gelesen. Ich glaube auf der Website der Uni.« Sie versucht sich daran zu erinnern, scheinbar ohne Erfolg.

»Das kann gut sein«, sagt Mira lächelnd. »Starfall ist berühmt für diese Nächte.«

»In diesen Nächten gibt es einen besonders guten Blick auf die Sterne, außerdem sollen wieder einmal viele Sternschnuppen unterwegs sein«, erkläre ich weiter.

»Das klingt toll«, sagt Enna lächelnd. »Und wie wird diese Nacht gefeiert?«

»Der gesamte Astronomie-Jahrgang macht einen Ausflug an den See. Die meisten von uns nehmen ihre Teleskope mit, weil der Ausblick auf die Sterne einfach einmalig ist. Trotzdem sind aber immer auch viele andere Studenten dabei. Jeder kann sich uns anschließen und mitkommen«, antworte ich.

Jase nickt. »Jeder bringt etwas zum Essen und Trinken mit. Meistens bilden sich kleine Gruppen, die sich dafür absprechen, und dann verteilen wir uns alle am See und genießen den Abend.«

»Wie ein riesiges Picknick also?«, fragt Enna. »Das stelle ich mir toll vor.«

»Es ist immer so schön«, sagt Mira. »Alle sind zusammen und genießen den Abend. Ich liebe diese Nächte.«

»Begleite uns«, sage ich hoffnungsvoll zu Enna.

Sie lächelt zurück, doch dann huscht ein kurzer Zweifel über ihr Gesicht. Unter dem Tisch greife ich nach ihrer Hand und umschließe sie mit meiner. »Natürlich nur, wenn du möchtest.«

Sofort scheint sie sich zu entspannen. »Ich komme gern mit«, antwortet sie schließlich und lächelt, wenn auch etwas unsicher.

»Wie schön, Enna.« Mira grinst breit.

»Wir werden dich beschützen«, sagt Jason, wobei er die Stimme eines Kriegers imitiert und Enna somit zum Lachen bringt. Innerlich danke ich meinem besten Freund dafür, dass er so locker mit der Situation umgeht und Enna eine Stütze ist.

Irgendwann verschwinden Mira und Jase in der Küche, um den restlichen Kuchen kalt zu stellen und das Geschirr zu spülen. Ich nutze den Moment allein mit Enna und ziehe sie auf meinen Schoß. »Alles okay?«, frage ich sie und streichle ihr Bein mit meiner Hand.

Enna nickt lächelnd. »Ich freue mich auf die Zeit mit euch.«

»Ich war mir nicht sicher, ob du mitkommen möchtest, deshalb habe ich dich auch erst jetzt gefragt«, erkläre ich ihr.

Verständnisvoll nickt sie. »Es wird auch nicht leicht für mich, aber mit euch werde ich das hinkriegen. Außerdem möchte ich auch mal eine Sternschnuppe sehen.«

»Du hast noch nie eine Sternschnuppe gesehen?«, frage ich sie überrascht.

»Noch nie. Deshalb will ich die Gelegenheit unbedingt nutzen.« Lächelnd sieht sie mich an.

Kurz überlege ich, wie ich Enna den Abend so angenehm wie möglich machen kann, und schmiede einen Plan, während sie sich an mich kuschelt.

»Was hältst du davon, wenn ich dich am Samstag abhole und wir zusammen zum See fahren?«, frage ich sie. Ich kann mir nichts Schöneres vorstellen, als diese besondere Nacht mit Enna zu verbringen und ihr die Sterne zu zeigen.

»Das klingt gut.«

»Mira und Jase werden mit seinem Wagen fahren und bestimmt

am See campen, wie jedes Jahr«, erkläre ich ihr, woraufhin sie sich kurz an mir versteift. »Aber ich fahre dich natürlich nach Hause, wenn du möchtest«, füge ich schnell hinzu.

Zweifelnd blickt sie zu mir auf. »Willst du nicht mit den anderen am See übernachten?«

»Ich habe die Wahl zwischen Campen und Zeit mit dir zu verbringen. Diese Entscheidung fällt mir nicht besonders schwer«, versichere ich ihr lächelnd.

»Du bist toll, Finn«, murmelt Enna.

»Ich weiß«, entgegne ich grinsend, lege meinen Finger unter ihr Kinn und ziehe sie näher zu mir, um meine Lippen auf ihre legen zu können. Enna führt ihre Hand zu meiner Wange, ich lasse meine über ihr Bein streichen. Unser Kuss intensiviert sich, als meine Zunge sanft über ihre fährt. Weil ich sie so nah wie möglich bei mir haben will, nehme ich meine Hand von Ennas Bein und ziehe damit leicht an den Trägern ihrer Latzhose, sodass ihr Oberkörper nun fest an meinen gepresst ist. Als ich ihre Brüste durch den Stoff an meiner Brust fühle, entfährt mir ein Stöhnen. Eine angenehme Erregung strömt durch meinen Körper, doch ich löse mich sanft von ihr und lege meine Stirn an ihre. »Wir müssen aufhören«, murmle ich leise an Ennas Wange.

»Nicht aufhören«, murmelt sie zurück und drückt mir einen Kuss auf meinen Hals. Diesem Kuss folgt ein weiterer. Enna küsst sich meinen Hals entlang und wie von selbst lege ich den Kopf in den Nacken. »Enna«, stoße ich hervor. »Ich verliere die Beherrschung, wenn du mich weiter so küsst«, flüstere ich ihr ins Ohr.

»Das ist der Plan.«

»Erinnerst du dich an unsere Freunde? Mira und Jase fänden es bestimmt nicht besonders toll, wenn ...«

»Oh doch! Mira und Jase fänden das ganz wunderbar!«, ruft Jase lachend. Sofort fahren wir auseinander. Ich hebe Enna von meinem

Schoß und setze sie neben mich auf die Bank, während sie sich mit ihrer Hand beschämt über den Mund wischt. Bei mir verliert sie die Kontrolle, doch sobald wir bei unserem Kuss beobachtet werden, ist sie wieder so schüchtern wie vorher. Irgendwie finde ich das sehr niedlich.

»Wie lange steht ihr schon da?«, frage ich Jase und Mira, die grinsend neben ihm steht, die Arme vor sich verschränkt.

»Lang genug. Findest du nicht auch, dass die beiden unglaublich süß zusammen sind?«, fragt sie ihren Bruder.

»*Zu* süß, wenn du mich fragst«, antwortet er. »Das ganze Finna-Geknutsche wird mir jetzt schon zu viel und …«

Lachend ziehe ich das Sitzkissen unter mir hervor und werfe es ihm entgegen. Es landet mitten in Jases Gesicht – *Volltreffer!* »Dich fragt aber keiner!«, rufe ich.

Mira zieht Jase zurück ins Wohnzimmer, trotz seines Protestes. »Weitermachen!«, ruft sie uns zu. Kurz darauf schließt sich die Tür hinter den beiden und wir sind allein.

Als ich wieder zu Enna schaue, liegt ein Funkeln in ihren Augen, sodass ich gar nicht anders kann, als sie wieder auf meinen Schoß zu ziehen. »Ihr Wunsch ist mir Befehl«, sage ich schulterzuckend und ziehe Enna wieder an mich, damit wir genau dort weitermachen können, wo wir eben aufgehört haben.

Kichernd legt sie ihre Lippen auf meine und kurz darauf verlieren wir uns erneut in einem Kuss, der mich für wenige Minuten vergessen lässt, wo wir uns befinden. Es gibt nur Enna und mich. Nur *uns*.

KAPITEL 19
Sonnenuntergang

Enna

»Du weißt aber schon, dass am See kein Haus steht, in das wir einziehen, oder?«, fragt Finn mich lachend, als er eine Woche später in meiner Wohnung steht.

Den ganzen Vormittag über war ich mit Packen beschäftigt, um mich bestmöglich für den heutigen Abend zu rüsten. Nun werfe ich einen letzten Blick auf meine Liste, von der ich schon fast alle Dinge abhaken konnte, die in meinem großen Wanderrucksack gelandet sind. »Meine Taschenlampe fehlt noch!«, stelle ich fest. Finn schlingt die Arme um mich.

»Ich kann dir den Weg leuchten«, murmelt er an meinem Hals, während er ihn mit Küssen bedeckt.

Ich lache. »Wie denn? Mit deinem Heiligenschein?«

Finn wirbelt mich zu sich herum. »Wirst du gerade frech?«, fragt er mich.

»Würde mir nie in den Sinn kommen.« Mit meinen Händen wandere ich an seinen Armen entlang und lege sie schließlich auf seine Schultern.

Finn zieht mich ein Stück näher zu sich. »Ich freue mich, dass du mitkommst«, sagt er lächelnd. Dann wird sein Blick ernster. »Aber wenn dir irgendwas zu viel wird, musst du es mir sagen. Versprochen?«

Ich nicke. »Verprochen.« Bevor ich mich auf meine Zehenspitzen stelle, um ihn zu küssen. Sofort lasse ich zu, dass seine Zunge meine Lippen öffnet und in meinen Mund gleitet. Ein Kribbeln schießt durch meinen gesamten Körper und setzt sich in meinem Unterleib fest. Als Finn sich kurz von mir löst, entschlüpft mir ein enttäuschtes Seufzen. »Wir müssen los«, murmelt er an meinem Mund.

Langsam löse ich mich von ihm. »Ich packe nur noch schnell die Taschenlampe ein.«

Während ich in den Flur laufe, in dem Beth an die Kommode gelehnt schläft, wirft Finn einen Blick in meinen Rucksack, der bis oben hin vollgepackt ist. »Was zur Hölle ist denn da alles drin?«, ruft er mir zu, während ich in der Kommode krame.

Da ich meine Liste ohnehin auswendig kenne, beginne ich, sie einfach runterzurattern. »Meine Picknickdecke, eine Thermoskanne mit Tee, Kekse, eine Decke zum Zudecken und dein Pulli.«

»Mein Pulli?«, fragt Finn verdutzt.

»Ja, dein Pulli«, antworte ich ihm, während ich die Taschenlampe in eine Seitentasche des Rucksacks schiebe. »Mit dem du mich zurückgelassen hast, anstatt bei mir zu bleiben.«

Finn scheint sich zu erinnern und zieht mich dann zu sich. »Ich erinnere mich an einen kalten Nachhauseweg in dieser Nacht.«

Gequält verzieht er die Miene. »Du hast ihn mir freiwillig überlassen!«, rufe ich empört.

Ein Funkeln liegt in seinen Augen. »Wenn du magst, kannst du ihn behalten.«

Lächelnd nicke ich. »Aber du musst ihn trotzdem immer mal wieder tragen, damit dein Geruch an ihm hängen bleibt.«

»Deal«, sagt er, bevor er mich zu sich zieht und wir uns erneut in einem Kuss verlieren.

Eine Stunde später haben wir es dann endlich aus der Wohnung geschafft, nachdem ich noch mehrere Male kontrollieren musste, ob ich auch wirklich alles eingepackt hatte. Mit Mira habe ich vor einigen Tagen abgesprochen, wer was zum Picknick beisteuert. Sie hat für heute Muffins gebacken und belegte Brötchen mit den Jungs vorbereitet, während ich den Tee und die Kekse beisteure. Jase wollte sich um die Musik kümmern und Finn hat mir eben erzählt, dass er Holz in seinen Wagen geladen hat, um ein Lagerfeuer zu machen. In der vergangenen Woche ist es immer kälter geworden. Der Sommer hat sich nun endgültig verabschiedet und der Herbst liegt in all seinen bunten Farben über Starfall.

Während Finn meinen Rucksack in den Kofferraum wuchtet, steige ich ins Auto und ziehe die Beifahrertür zu, ohne vorher das Fenster öffnen zu müssen. Ich sehe mich nach hinten zu Finn um, dann bleibt mein Blick an der Rückbank hängen. Dort entdecke ich nämlich Finns Kameratasche.

»Du hast deine Kamera dabei?«, frage ich ihn begeistert, als er sich neben mich auf den Fahrersitz fallen lässt.

»So ist es. Diese Nacht muss festgehalten werden.«

Wir schnallen uns an, Finn startet den Wagen und wenige Minuten später biegen wir auf die Landstraße in Richtung des Sees ab. Die Songs, die gerade im Radio laufen, verbreiten eine angenehme Stimmung, weshalb ich mich dazu entschließe, diesmal keine CD einzulegen. Ich überlege, ob ich Finn nach seinem Hobby fragen soll. Ich erinnere mich daran, wie Mira mir vor der Party von seinem Instagram-Account erzählt hat. Wie gern würde ich seine Bilder sehen.

»Finn?«

»Ich wusste, dass es in deinem Kopf gerade rattert«, erwidert er lachend.

»Wie lange fotografierst du schon?«

Ein Lächeln breitet sich auf seinem Gesicht aus. »Schon einige Jahre. Zu meinem Abschluss schenkte Mum mir eine Kamera, die irgendwann zu meinem treuen Begleiter wurde. Ich liebe es, Momente festzuhalten«, erzählt er mir.

Ich nicke. Dieses Gefühl kenne ich gut. Meine Polaroids tauchen vor meinem inneren Auge auf. »Ich weiß genau, was du meinst.«

»Vor einem Jahr habe ich mir dann eine neue Kamera zugelegt, die auch supergute Nachtaufnahmen macht. Man kann Sternenbilder damit einfangen. Ich kann es dir später gern zeigen«, sagt er begeistert und lächelt mir zu.

»Gern«, erwidere ich und freue mich schon darauf. »Mira hat erwähnt, dass du bei Instagram auch immer mal Fotos postest«, beginne ich. »Darf ich sie mir mal anschauen?«

Lächelnd nickt er mir zu. »Klar.«

Kurzerhand ziehe ich mein Handy aus meiner Jackentasche. »Wie heißt du denn?«, frage ich ihn, während ich die App auf meinem Smartphone öffne. Ich hätte auch einfach Mira danach fragen können, doch es ist mir lieber, wenn Finn weiß, dass ich auf seinem Profil stöbere. Immerhin ist das Fotografieren etwas sehr Privates. Man hält Momente fest, die einem viel bedeuten, und auch wenn Finn sie bei Instagram mit der Welt teilt, wollte ich vorher sichergehen, dass er sie auch mit *mir* teilen möchte.

»acollectionofinfinity. Alles zusammengeschrieben«, antwortet er mir. Ich tippe den Namen in die Suchleiste und erhalte sofort ein Ergebnis. Mit einem Klick öffnet sich sein Profil. Auf dem Profilfoto ist Finn zu sehen, wie er auf einem Berg steht und durch sein Teleskop in den Nachthimmel schaut. Es ist eine Schwarz-Weiß-Aufnahme und man erkennt nur seine Umrisse und die des Fernrohrs. Ich scrolle mich durch seinen Account. Mir stockt der Atem.

Finns Fotos sind wunderschön. Die meisten davon zeigen Sterne, doch es sind auch andere dabei. Ein Foto zeigt nadelige Bäume. Die Sonne strahlt sie von hinten an und wirft ihre Schatten auf den Waldboden. Auf einem anderen ist der **Starfall Lake** zu sehen. Er liegt ruhig im Bild, während im Hintergrund die Sonne aufgeht. *Enjoy the little things*, steht in der Bildbeschreibung.

»Diese Fotos sind wundervoll, Finn«, lobe ich ihn, während ich weiter durch seine Bilder scrolle.

»Danke. Es freut mich, dass sie dir gefallen.«

Ich scrolle wieder nach oben und plötzlich fällt mir seine Abonnentenzahl ins Auge, die im vierstelligen Bereich liegt. »Scheinbar gefallen die Fotos nicht nur mir«, sage ich voller Bewunderung. »Du erreichst so viele Menschen damit, Finn. Das ist Wahnsinn.«

»Ich schreibe nie viel unter meine Fotos. Manchmal frage ich mich, ob der Account nicht zu langweilig wirkt, denn ...«

»Quatsch!«, unterbreche ich ihn. »Diese Bilder sprechen für sich. Worte würden deren Atmosphäre nur zerstören, glaub mir.«

Bevor ich das Handy wieder in meiner Jacke verschwinden lasse, klicke ich noch auf *abonnieren*. Ich möchte in Zukunft keins seiner Bilder mehr verpassen.

Fünfzehn Minuten später biegen wir in den Waldweg ein, der zum Parkplatz führt. Wieder warnt Finn mich vor dem Schlagloch, doch diesmal bin ich vorbereitet und halte mich am Sitz fest. Wir müssen lachen, weil uns die Erschütterung hin und her wirft, dann parkt Finn den Wagen. Diesmal ist der Parkplatz nicht so leer wie beim letzten Mal, im Gegenteil. Wir konnten gerade so noch einen der letzten freien Plätze ergattern, um das Auto abzustellen.

»Ist das voll hier«, sage ich überrascht, während wir uns abschnallen.

Finn lacht. »Warte mal ab, wie viele Menschen uns gleich begegnen werden.«

Er wuchtet meinen Rucksack aus dem Kofferraum. Als ich nach ihm greifen will, winkt Finn ab und schnallt ihn sich kurzerhand selbst auf den Rücken.

»Du kannst meinen tragen, der ist nicht so schwer wie deiner«, sagt er. Er ist nur halb so groß wie meiner und als ich ihn anhebe, stelle ich fest, dass er tatsächlich fast gar nichts wiegt. »Kannst du mir meine Kameratasche von der Rückbank geben?«

Ich schnappe mir die Tasche und gebe sie ihm, dann schließt Finn das Auto ab und wir laufen in Richtung See los.

Sofort umhüllt uns ein frischer Wind, der meine Haare durch die Luft tanzen lässt. Es ist kühl, aber nicht unangenehm kalt. Heute habe ich mich für eine Jeans entschieden und mich dann nach dem Zwiebelprinzip angezogen: Unterhemd, T-Shirt, langärmliger Pullover und meine Softshelljacke darüber. Für später habe ich ja noch Finns Pulli dabei, falls es kälter werden sollte. Ich lasse meinen Blick über Finn gleiten. Auch er trägt Jeans und ein weißes Shirt, über das er eine dunkelgrüne Jacke gezogen hat. Ich spare mir die Frage, ob ihm nicht jetzt schon kalt ist, weil ich die Antwort bereits kenne. Dennoch hoffe ich für ihn, dass er sich noch einen Pulli oder eine dickere Jacke eingepackt hat.

Als sich der **Starfall Lake** in seiner blauen Pracht vor uns ausbreitet, raubt er mir schon zum zweiten Mal den Atem. Wieder muss ich stehen bleiben, um diesen friedlichen Anblick der Natur auf mich wirken zu lassen.

»Dieses Gefühl hört nie auf«, sagt Finn und legt einen Arm um mich. »Egal, wie oft ich herkomme. Es ist jedes Mal wieder überwältigend.«

Ich nicke und lehne meinen Kopf für einen kurzen Moment an seinen Oberarm. »Es ist unglaublich schön.«

Wir lösen uns voneinander und laufen weiter. Erst jetzt fallen mir die vielen Menschen auf, die sich im Sand und auf den Wiesen um den See herum versammelt haben. Die Natur wirkt nun noch mächtiger als zuvor, besonders die Wälder, die den See umgeben. Die Menschen sehen aus wie viele kleine Punkte in einem riesigen Bild. Der See liegt in seiner vollen Größe vor uns, hinter ihm heben sich die kräftigen Bäume in die Höhe, hinter denen die Spitzen der Berge die Wolken zu berühren scheinen. Es dämmert bereits und am Horizont versteckt sich die Sonne schon bald hinter den großen Bergen.

Nebeneinander laufen wir zwischen einigen Grüppchen hindurch, die es sich alle bereits gemütlich gemacht haben. Überall liegen die Studenten auf großen Decken, einige hören leise Musik durch kleine Boxen, andere unterhalten sich angeregt. Es liegt eine freudige Stimmung in der Luft, und dennoch tut sie der Ruhe der Natur keinen Abbruch. Beinahe scheinen sich die Geräusche der Menschen mit der Stille des Sees zu vermischen.

In der Ferne sehe ich ein Mädchen kräftig winken. Nach einem Moment erkenne ich Mira an ihren langen blonden Haaren. Sie streicht sich den Pony aus dem Gesicht und strahlt uns entgegen. Finn winkt zurück, um ihr zu zeigen, dass wir sie gesehen haben. Ich kann noch eine weitere Person auf der Decke ausmachen, die ich zwar noch nicht erkennen kann, aber bestimmt ist es Jase.

Ein unsicheres Gefühl breitet sich in mir aus. Finn und ich sind uns vor Mira und Jase zwar schon nähergekommen, dennoch bin ich mir noch nicht sicher, wie ich mich ihm gegenüber verhalten soll, wenn seine Freunde dabei sind. Alles fühlt sich noch so neu und ungewohnt an, vielleicht geht es den anderen genauso. Doch im nächsten Atemzug erinnere ich mich daran, dass es mittlerweile nicht nur seine, sondern auch *meine* Freunde sind. Er nimmt meine Hand in seine und verschränkt unsere Finger miteinander, als wir auf die anderen zugehen.

»Da seid ihr ja endlich!«, ruft Mira uns entgegen. »Wir wollten schon einen Suchtrupp losschicken.«

»*Du* wolltest einen Suchtrupp losschicken. *Ich* habe dir gesagt, dass die beiden bestimmt anderweitig beschäftigt sind.« Wissend grinst Jase erst Finn und dann mich an.

Finn lacht neben mir. »Enna musste noch zehnmal checken, ob sie auch wirklich alles dabeihat.«

Ich gebe ihm einen Klaps auf den Oberarm. »Das ist überhaupt nicht wahr, du Spinner!«, sage ich lachend. »Es waren nur fünfmal«, füge ich ertappt hinzu.

Wir setzen die Rucksäcke ab und begrüßen unsere Freunde. Mira und Jase ziehen mich in eine innige Umarmung. Als ich mich von meiner Freundin löse, tritt sie zur Seite und deutet auf das Mädchen, das hinter ihr auf der Decke sitzt und mir bisher verborgen blieb. »Enna, das ist …«

»Harlow!«, rufe ich überrascht und ziehe sie sofort an mich. »Das ist ja ein Zufall. Was machst du denn hier?«

»Hey, Enna«, begrüßt sie mich.

»Ihr kennt euch?«, fragt Finn mich verwundert.

»Wir sitzen in einigen Kursen zusammen«, antworte ich.

»Das ist ja cool!«, ruft Mira.

»Und woher kennt ihr euch?« Nun bin ich diejenige, die verwirrt nachfragt. Sofort breitet sich eine seltsame Stille unter meinen Freunden aus, die ich gar nicht verstehen kann.

»Leute, schon okay«, sagt Finn. »Harlow ist Rachels Mitbewohnerin.«

»Oh«, bringe ich nur hervor. »Ihr beide wohnt zusammen?«, frage ich Harlow und hoffe, dass man mir meine Verwunderung nicht zu deutlich anmerkt.

Harlow nickt. »Wir wohnen nicht zur zusammen, Rachel ist zudem auch noch meine beste Freundin.«

Ich kann einfach nicht verhindern, dass mir daraufhin die Kinnlade runterklappt. Doch schnell fange ich mich wieder und greife nach Harlows Hand. »Entschuldige, ich wollte nicht unhöflich sein. Ihr seid nur so unglaublich verschieden.« Harlow nickt. »Das stimmt. Aber wir ergänzen uns perfekt«, sagt sie und scheint mir meine Reaktion nicht übel zu nehmen.

Während wir Mädels uns zusammensetzen, laufen Finn und Jase zu Finns Wagen, um schon mal das Feuerholz für später zu holen. Ich lasse meinen Blick über die Wiese wandern, während Mira uns Getränke in mitgebrachte Gläser einschenkt. Hinter der riesigen Picknickdecke stehen zwei Zelte für heute Nacht bereit. Um uns herum verteilen sich Knabberzeug, Gummibärchen und andere Leckereien, von allem ist etwas dabei. Ich ziehe meine Kekse aus dem Rucksack und stelle sie zusammen mit der Thermoskanne zu den anderen Dingen.

»Du und Finn also, ja?«, fragt Harlow mich lächelnd.

»Ist das blöd für dich? Rachel ist deine beste Freundin und ich …«

»Quatsch«, beruhigt sie mich und legt mir einen Arm um die Schultern. »Rachel mag meine beste Freundin sein, aber *du* bist auch meine Freundin. Ich freue mich für euch beide. Außerdem glaube ich, dass die Trennung richtig war. Finn und Rachel waren beide nicht mehr glücklich mit ihrer Beziehung.«

Mira reicht uns jeweils ein Glas Saft, dann setzt sie sich zu uns. »Ist Rachel heute gar nicht hier?«, fragt sie Harlow.

»Ich glaube, sie wollte heute bei Mark übernachten. Ihrem neuen Freund.«

»Das ging aber schnell«, spricht Mira meinen Gedanken aus. Doch dann geht mir durch den Kopf, dass Finn und ich uns auch sehr schnell angenähert haben. Also beschließe ich, nicht über Rachel zu urteilen.

»Schau dir Finn und mich an«, sage ich zu Mira. Gerade will sie etwas erwidern, doch ich komme ihr zuvor. »Ich wünsche Rachel jedenfalls, dass sie glücklich wird.«

»Finn scheint es wieder zu sein«, sagt Harlow. »War er der Grund für dein Schwänzen letzte Woche?«

Ertappt nicke ich. »Ich musste ihn aus seinem ›Ich-bin-an-der Trennung-schuld‹-Loch befreien, also bin ich mit ihm hergefahren.«

»Und hier haben die beiden sich dann im Sand gewälzt«, ergänzt Mira.

»Wir haben uns nicht im Sand *gewälzt*.«

»Aber geküsst habt ihr euch«, sagt sie.

Ich nicke und merke, wie meine Wangen trotz der Kälte zu glühen beginnen.

»Da ist aber jemand total verliebt«, sagt Mira und stupst mich liebevoll mit der Schulter an.

»Wer ist verliebt?«, fragt Jase, der mit Finn im Schlepptau wieder bei uns ankommt. Die beiden tragen einen großen Stapel Holz, das sie nun neben uns an einem Baum aufschichten.

»Du«, antwortet Mira lachend. »Und zwar in dich selbst.«

»Na warte, Schwesterherz«, erwidert Jase und streckt wie ein Monster die Hände vor sich aus. »Hast du immer noch Angst vor dem Keksmonster?«

»Wovor soll sie Angst haben?«, frage ich lachend, während Jase mit langsamen Schritten auf Mira zugeht.

Ihr entfährt ein Quieken, als er sich auf sie schmeißt. Sofort beginnen die beiden eine Kabbelei neben uns. Finn lässt sich neben mich fallen und legt einen Arm um mich. »Jase hat früher immer das Keksmonster gespielt, um Mira Angst einzujagen«, erklärt er Harlow und mir.

»Und warum Keksmonster?«, fragt sie Finn lachend, während Jase seine Schwester neben uns durchkitzelt und Mira vor Lachen brüllt.

»Mira hat Jase immer seine Kekse geklaut. Das da«, er deutet auf die beiden, »ist bis heute seine Rache.«

Mira ergibt sich schwer atmend und Jason lässt sie endlich frei. Lachend fährt sie sich durch die Haare, während Jase sich ein Bier schnappt. »Für dich auch, Finn?«, fragt er und hält ihm seine Flasche entgegen.

Finn schüttelt den Kopf. »Ich muss später noch fahren«, antwortet er und drückt mich daraufhin etwas fester an sich. Ich lasse meinen Kopf an seine Brust fallen, während Jase ihm stattdessen eine Cola reicht und er und Mira sich dann zu uns setzen. Im Kreis sitzen wir auf unserer großen Decke und unterhalten uns über die Uni. Ich erzähle von meiner ersten Hausarbeit, die ich nun endlich final eingereicht habe, und von den Buchprojekten, die in den kommenden Wochen auf mich warten. Gespannt hören meine Freunde uns zu, als Harlow und ich von einer gemeinsamen Präsentation in einem Seminar erzählen, welches sie in ihrem Lehramtsstudiengang ebenfalls besucht. Dort werden wir eine halbe Stunde lang über die Geschichte der amerikanischen Sprache sprechen, über die Entstehung von Dialekten und deren Einfluss auf das Miteinander der Menschen. Neben der vielen Lektüre sind solche theoretischen Seminare eine schöne Abwechslung und bereiten mir ebenso Freude wie die praktischeren Inhalte. Für die Sprache und ihre Entstehung habe ich mich schon immer interessiert und es ist spannend, mit Harlow in die Tiefe des Themas einzutauchen und mit jemandem zusammenzuarbeiten, der meine Liebe zu Worten teilt.

»Wie geht es Rachel?«, fragt Finn Harlow schließlich, als Mira und Jase die ersten Lampen aus ihren Rucksäcken kramen. Mittlerweile ist die Sonne beinahe vollständig hinter den Bergen verschwunden, mit jeder Minute wird es dunkler. Mit seiner Hand fährt er mir in sanften Kreisen über den Rücken, als würde er mir damit zeigen wollen, dass er trotz seiner Frage froh ist, hier mit mir zu sein. Doch das muss er nicht. Ich weiß, dass Finn ein herzlicher Mensch ist, und mir ist auch klar, wie viel Rachel ihm noch immer bedeutet.

»Gut«, antwortet Harlow knapp und nimmt einen Schluck von ihrer Limo, bevor sie Finn ansieht. »Ich weiß, dass die Situation komisch ist, Finn. Rachel ist meine beste Freundin und du bist jetzt ihr Ex-Freund …«

»… es muss deshalb aber nicht auch zwischen uns komisch werden«, vervollständigt er ihren Satz lächelnd.

»Genau. Das wäre mir wichtig.«

Finn nickt. »Sie bedeutet mir noch immer viel, Harlow. Ich bin zwar noch wütend, aber mehr auf mich selbst als auf sie.«

»Das musst du nicht, Finn. Rachel hat sich wirklich scheiße verhalten, das weiß sie selbst. Aber genauso hat sie mir gesagt, dass es ihr jetzt besser geht.« Sie schaut zwischen Finn und mir hin und her. »Und du scheinst auch glücklich zu sein.«

Finn drückt mir einen kurzen Kuss auf die Stirn. »Das bin ich«, sagt er zu Harlow, sieht dabei aber mich an.

»Meinst du, ihr könnt irgendwann wieder normal miteinander sprechen? Eure Freundschaft wieder aufbauen?«

»Ich würde es mir wünschen.« Sein Blick wandert auf den See hinaus, dann sieht er wieder Harlow an. »Ist Rachel glücklich mit ihm?« Wieder einmal bewundere ich Finn für sein großes Herz. Obwohl Rachel ihn betrogen hat, sorgt er sich noch immer um sie.

»Es scheint so, ja. Mark ist ein cooler Typ. Natürlich bei Weitem nicht so cool wie du.«

Finn lacht und ich stimme mit ein. »Finn kann niemand toppen«, rutscht es mir heraus, bevor ich es verhindern kann. Obwohl meine Worte absolut ehrlich gemeint sind, beschleichen mich erneut Zweifel, weil die Sache zwischen Finn und mir so unsicher ist. Ich frage mich, was wir sind. In mir regt sich zunehmend der Wunsch, uns beiden eine Überschrift geben zu können, einen festen Platz in meinem Leben. Doch ich möchte nichts überstürzen und nehme mir vor, meinen Kopf zumindest für heute Abend einfach mal abzuschalten.

Mira und Jase stellen an jede Ecke der Decke eine kleine Lampe. Jede spendet ein sanftes Licht in einem warmen Gelbton. Ein angenehmes Schweigen legt sich über uns, während wir alle dabei zuschauen, wie die Sonne nun endgültig hinter den Bergen verschwindet.

Das Gefühl von Glück durchströmt mich, als ich daran denke, dass diese wundervollen Menschen meine Freunde sind und ich nun zu ihnen gehöre.

KAPITEL 20
Keine Angst mehr

Finn

Während ich zu meinem Wagen laufe, um mein Teleskop zu holen, habe ich ein Grinsen im Gesicht. Enna so nah bei mir zu haben, fühlt sich einfach nur richtig an. Nach langer Zeit kann ich wieder frei atmen und schon jetzt vermisse ich sie in meinen Armen, obwohl ich gerade mal drei Minuten getrennt von ihr bin.

Dass Enna und Harlow sich kennen, war für uns alle eine Überraschung. Obwohl ich zunächst unsicher war, wie ich Rachels bester Freundin gegenübertreten soll, bin ich zufrieden mit unserem Gespräch. Harlow ist einfach ein liebevolles Mädchen und ich finde es toll, dass sie ebenfalls an unserer Freundschaft festhalten will. Und obwohl noch immer ein Funke Wut in mir aufglimmt, wenn ich an unser letztes Gespräch denke, gönne ich auch Rachel ihr Glück. Dass ich keine Eifersucht empfinde, wenn ich an sie und ihren neuen Freund denke, bestätigt mich darin, dass die Trennung die einzig richtige Lösung für uns beide war. Dennoch regt sich in mir der Wunsch, irgendwann noch einmal mit ihr zu sprechen.

Bei meinem Wagen angekommen, krame ich die große blaue Tasche aus dem Kofferraum. Mit meinem Teleskop unter dem Arm geklemmt laufe ich wieder zurück zu meinen Freunden. Während Harlow, Enna, Jase und Mira sich über ihre liebsten Filme unterhalten, baue ich einige Meter entfernt mein Teleskop auf. Viele um uns herum tun es mir gleich, einige Male kommen auch Kommilitonen an mir vorbei, die mich kurz begrüßen, und wir wünschen uns eine klare Sicht für den heutigen Abend.

Als es warm in meinem Rücken wird, drehe ich mich um und sehe, dass Mira und Jase mittlerweile schon das Lagerfeuer entzündet haben. Ich recke beide Daumen nach oben, als Jases und mein Blick sich begegnen, dann schaue ich wieder zur Decke, auf der Enna und Harlow sich noch immer angeregt unterhalten. Enna hat sich in der Zwischenzeit meinen Pulli angezogen. Bei dem Anblick dieser wunderschönen Frau in meinem Hoodie wird mir warm ums Herz. Ich werfe einen letzten Blick auf mein Teleskop, dann gehe ich zu den anderen zurück und schlinge von hinten meine Arme um Enna. »Na, du«, flüstere ich ihr ins Ohr und drücke ihr einen sanften Kuss auf die Wange. »Ist euch warm genug?«

Beide nicken. »Das Feuer spendet Wärme«, antwortet Harlow.

»Und dein Pulli auch«, sagt Enna grinsend.

Mira und Jase stoßen nun ebenfalls wieder zu uns. Wir versammeln uns alle auf der Decke und schauen den Flammen dabei zu, wie sie in der Luft tanzen. Irgendwann krame ich Ennas Decke aus ihrem Rucksack und breite sie über ihr und Harlow aus. Jase und Mira haben sich eine eigene mitgebracht und mir ist ohnehin immer warm. Um uns herum hört man die Leute leise murmeln, irgendwo singt eine Gruppe Studenten ein Lied über Sterne. Kurzerhand läuft Jase zu seinem Zelt und kommt mit seiner Gitarre in der Hand wieder zu uns.

Sofort richtet Enna sich auf. »Spielst du für uns?«

Jase nickt und setzt sich dann wieder neben Mira. Er stimmt kurz die Saiten der Gitarre und eine gespannte Stille legt sich über uns.

Als er die ersten Akkorde spielt, kuschelt Enna sich eng an mich, während Mira ihren Kopf auf Jases Schulter legt. Jase spielt »Wonderwall« von Oasis auf seiner Gitarre und bald singt er auch dazu. Seine rauchige Stimme haut mich jedes Mal aufs Neue um und auch den anderen scheint sie zu gefallen. Harlow wiegt sich im Takt des Songs hin und her. Kurz darauf legt Enna einen Arm um sie und lachend schaukeln wir dann zu dritt im Takt, während Mira noch immer an ihren Bruder gelehnt sitzt.

So sitzen wir eine Weile beisammen, während Jase all sein Songrepertoire auspackt und ein Lied nach dem anderen spielt. Als er »Bless the broken Road« anstimmt, beginnen Enna und Mira sofort begeistert mitzusingen, während ich lachend den Kopf über diesen Song schüttle. Besorgt frage ich mich, woher Jase die Musik aus diesem schrecklichen Teenie-Film kennt.

»Spiel mal was von Taylor!«, ruft Mira ihrem Bruder irgendwann lachend zu. Wie erwartet schüttelt Jase den Kopf, doch da hat er die Rechnung ohne Enna gemacht. »Biiiitte, Jase!«, ruft sie und zieht kurz darauf einen Schmollmund.

»Ich bin auch dafür«, schließt Harlow sich Enna an.

»Ha, ihr seid überstimmt!«, ruft Mira daraufhin begeistert.

Ergeben wirft Jase die Hände in die Luft und wirft mir einen entschuldigenden Blick zu. »Sorry, Mann.«

»Für die Mädels«, sage ich lachend. »Aber bitte nicht diesen Song, bei dem sie in diesem Schloss …«, beginne ich, doch da ist es bereits zu spät. Die ersten Akkorde von »Lovestory« erklingen, als ich meinen Kopf hinter Enna vergrabe. »Nach Hannah Montana dachte ich, dass es nicht mehr schlimmer werden kann«, murmle ich, obwohl mich über das laute Singen hinweg ohnehin niemand versteht.

Die nächsten Songs sind dann wieder nach meinem Geschmack. Wir singen gemeinsam, trinken Ennas heißen Tee und unterhalten uns, aber vor allem lachen wir unendlich viel. Für Mitternacht sind die ersten Sternschnuppen angekündigt, also verschwinde ich einige Minuten vorher aus unserer Runde, um einen letzten Blick auf mein Teleskop zu werfen. Ich knie mich auf den Rasen und lege meine Hände um das Fernrohr. Schon jetzt liegen die Sterne hell und klar vor mir. Ein Lächeln breitet sich auf meinem Gesicht aus, als ich die ersten Sternbilder erkennen kann. Bald legen sich zarte Arme um mich und ich muss mich nicht umdrehen, um zu wissen, dass sie zu Enna gehören.

»Hey«, murmelt sie mir leise ins Ohr. »Siehst du schon was?«

»Noch keine Sternschnuppe«, beruhige ich sie. »Du hast nichts verpasst.«

Enna legt ihren Kopf auf meiner Schulter ab. Gemeinsam schauen wir in den Sternenhimmel. Ich umschließe ihre Hände mit meinen.

»Geht es dir gut?«, frage ich sie.

Enna nickt an meiner Schulter. »Ich fühle mich wohl.«

»Magst du auch mal durchschauen?« Enna nickt und dann tauschen wir Plätze. Während sie durch das Fernrohr in den Himmel schaut, umschlinge ich sie mit meinen Armen und halte sie fest. Und dann passiert es. Die erste Sternschnuppe zischt über den beinahe schwarzen Nachthimmel. Für eine Sekunde leuchtet ein heller Streifen auf, der kurz darauf wieder verschwunden ist.

»Hast du das gesehen?«, fragt Enna aufgeregt und richtet sich in meinen Armen auf. Ein leises Raunen geht durch die Menge. Ich drehe meinen Kopf zur Seite und erkenne, dass sich die Grüppchen nun um die Teleskope versammeln.

»Aber sicher«, murmle ich in Ennas Haare. »Das war deine erste Sternschnuppe.«

»Ich darf mir jetzt etwas wünschen, richtig?«

Ich nicke. Enna kneift für einen kurzen Moment die Augen fest zusammen, wobei sich ihre Stirn runzelt. Dabei sieht sie so unglaublich süß aus, dass ich gar nicht anders kann, als ihr einen Kuss auf die Stirn zu drücken. Enna kichert, dann öffnet sie ihre Augen wieder. »Fertig.«

»Komme ich in deinem Wunsch vor?«, frage ich sie.

»Das darf ich doch nicht verraten. Sonst geht er nicht in Erfüllung.« Ich werfe einen Blick zu unseren Freunden. Jase, Mira und Harlow liegen auf dem Rücken auf der Decke und beobachten ebenfalls die Sterne.

»Weißt du, was?«, fragt Enna mich und verschränkt ihre Hände mit meinen. »Gerade macht mir die Dunkelheit gar keine Angst mehr.«

»Das muss sie auch nicht«, murmle ich und lege meine Wange an ihre. »Sie schenkt uns nämlich jede Nacht etwas ganz Besonderes.«

»Was denn?«, fragt Enna und schmiegt ihre Wange an meine.

»Na, die Sterne. Denn ohne die Dunkelheit könnten wir sie gar nicht sehen.«

Enna dreht ihren Kopf zu mir und sieht mich lächelnd an. »Diese Vorstellung gefällt mir. Die Dunkelheit schenkt uns die Sterne.«

»Weißt du, welcher Stern mein liebster ist?«

Sie schüttelt den Kopf, die Augen geschlossen, ihre Stirn noch immer an meiner. »Welcher?«

»Du, Enna«, antworte ich und schließe meine Augen. Es mag kitschig klingen, doch ich spreche aus, was ich tief in meinem Inneren empfinde. Was ich schon so lange aussprechen will. »Du magst kein Stern am Himmel sein, aber hier unten auf der Erde bringst du meine Welt zum Leuchten.«

Die Augen noch immer geschlossen, höre ich sie nach Luft schnappen, bevor sich ihre Lippen sanft auf meine legen. Wir verlieren uns in diesem Kuss, bis ich mich langsam von ihr löse. Mit meinen Händen umfasse ich ihr Gesicht, sodass wir uns nun tief in die Augen schauen. »Du bist das Licht in meiner Welt«, flüstere ich ihr zu. »Das warst du schon immer.«

Enna

Während die dunklen Wälder an uns vorbeiziehen, sitze ich auf dem Beifahrersitz von Finns Wagen, die Beine angezogen und den Kopf seitlich an die Lehne gestützt. Ich beobachte die Bäume, die miteinander zu verschmelzen scheinen und als eine einzige schwarze Masse an uns vorbeirauschen.

Irgendwann fallen mir dabei die Augen zu und ich kann nicht mehr gegen meine Müdigkeit ankämpfen. Als wir uns gegen zwei Uhr von unseren Freunden verabschiedeten, war ich noch hellwach, doch bereits auf dem Weg zu Finns Wagen merkte ich, wie müde ich war. Es war ein wundervoller Abend mit vielen schönen Momenten, die mir viel bedeutet haben.

Geweckt werde ich schließlich durch einen kühlen Windhauch und ein sanftes Murmeln.»Enna«, flüstert Finn, während er mir mit seiner Hand über die Wange streicht. Langsam öffne ich meine Augen und stelle fest, dass wir bereits vor meinem Wohnhaus angekommen sind. Finn kniet neben der offenen Beifahrertür vor mir und lächelt mich liebevoll an.

»Sind wir schon da?«, murmle ich verschlafen und wische mir mit den Händen über die Augen.

»Sind wir.« Finn erhebt sich.»Komm, ich bringe dich hoch.«

Langsam schäle ich mich aus dem Autositz und gehe zu Finn an den Kofferraum. Er schultert meinen großen Rucksack und legt mir meine Jacke um die Schultern, dann drückt er mir die kleine Brotdose in die Hand, in die Mira uns noch zwei ihrer Muffins eingepackt hat. Mit einem leisen Klicken schließt er die Klappe des Kofferraumes, dann gehen wir zur Haustür. Ich krame meinen Schlüssel aus der Tasche meiner Jacke.

In meiner Wohnung stellt Finn meinen Rucksack an die Wand im Flur und schließt die Tür hinter sich. Ich stelle die Dose auf meine Kommode, schäle mich aus meiner Jacke und ziehe meine Schuhe aus, dann drehe ich mich wieder zu Finn. »Hat es dir gefallen?«, fragt er mich leise und zieht mich an sich.

Meine Arme legen sich wie von selbst um seinen Hals, während ich lächelnd nicke. »Es war wunderschön«, antworte ich.

Finn legt seine Stirn an meine und plötzlich bin ich wieder hellwach, als hätte ich Stunden im Auto geschlafen und nicht nur wenige Minuten. Seine Worte von vorhin tauchen wieder in meinem Inneren auf und lassen erneut eine angenehme Wärme durch meinen Körper strömen. »Was du da heute gesagt hast, nachdem wir die erste Sternschnuppe sahen«, flüstere ich, »das war wirklich schön.«

»Es war nur die Wahrheit.«

»Eine wundervolle Wahrheit«, murmle ich an seinem Mund.

Seine Lippen legen sich sanft auf meine und er drückt mir einen liebevollen Kuss auf den Mund.

»Finn?«

»Enna?«

»Was sind wir?«, frage ich ihn nun endlich. Mein Verstand schreit mir entgegen, dass ich mit dieser Frage alles zerstören könnte, doch mein Herz sagt mir, dass ich keine Angst vor seiner Antwort haben muss.

Finn nimmt mein Gesicht in seine Hände und schaut mich an. In seinem Blick liegt eine beruhigende Wärme, die dafür sorgt, dass ich mich entspanne. »Wir sind, was immer du dir wünschst, Enna.«

Ich verliere mich im Grün seiner Augen, die zu leuchten scheinen. Mein Herz beginnt, wie wild zu pochen. »Soll ich dir verraten, was *ich* mir wünsche?«, fragt er mich, während seine Daumen sanft über meine Wangen streichen. Ich nicke. »Ich wünsche mir, dass ich dich für immer küssen kann. Ich möchte dich immer im Arm halten und nie wieder loslassen. Ich will, dass wir zwei ein Team sind, so, wie wir es damals waren.«

Ich merke, wie sich Tränen in meinen Augen sammeln. Tränen des Glücks und der Freude darüber, dass Finn genauso empfindet wie ich. »Der kleine Finn wünscht sich, dass die kleine Enna für immer seine beste Freundin bleibt. Für den großen Finn ist die große Enna viel mehr. Und gerade fragt er sich, ob die große Enna genauso empfindet.«

»Die große Enna fühlt genauso.«

Er legt seine Stirn wieder an meine. »Darf ich meine Freundin dann jetzt endlich küssen?«

Bei seinen Worten halte ich kurz inne. Ich konzentriere mich ganz auf das Gefühl, das mich durchströmt. Die Liebe, die ich für diesen Menschen empfinde, durchflutet mich in dieser Sekunde so stark wie nie zuvor.

Nickend ziehe ich Finn an mich und lege meinen Mund auf seinen. Ein erleichtertes Seufzen entfährt ihm, als ich mir mit meiner Zunge einen Weg in seinen Mund bahne, bis sie auf seine stößt. Wie von selbst wandern meine Hände zum Reißverschluss von Finns Jacke und öffnen ihn.

»Was tust du da?«, fragt Finn mich leise, als ich den Kuss kurz unterbreche. Wortlos schiebe ich ihm die Jacke von den Schultern, woraufhin er sie sich ganz auszieht. Während sie leise auf den Boden fällt, ziehe ich ihn wieder an mich. Eine unglaubliche Sehnsucht durchfährt mich. Ich möchte Finn nie wieder loslassen, schon gar nicht jetzt.

»Bleib«, flüstere ich ihm zu und öffne die Augen.

Das Grün seiner Pupillen scheint zu lodern, wie die Flammen des Lagerfeuers.

»Bist du dir sicher? Ich kann gehen, Enna …«

Sofort unterbreche ich ihn. »Das Letzte, was ich gerade will, ist, dass du gehst«, sage ich entschlossen.

Als ich mich nun erneut in seinem Blick verliere, sind alle Zweifel verschwunden. Meine Liebe zu Finn setzt sich in meiner Brust und in meinem Bauch fest und hinterlässt dort ein aufgeregtes Kribbeln. Die Zweifel, die sich zuvor in mir versteckten, hat er eben mit seinen Worten vertrieben. Und nun zeigt mir sein Blick, dass er mir genauso nah sein will wie ich ihm. Ich spüre den Wunsch, dass nichts mehr zwischen uns steht, nie wieder.

»Ich glaube, ich bin gerade dabei, mich in den großen Finn zu verlieben«, kommen mir meine Gefühle über die Lippen, bevor ich mich stoppen kann.

Finns Augen weiten sich, dann überbrückt er auch die letzten Zentimeter zwischen uns. »Ich habe mich auch in dich verliebt«, erwidert er, während sich seine Hände an meine Taille legen. »Gott, Enna. Du machst mich verrückt seit dem Tag, an dem du im Café vor mir standest.«

Ich lege meine Arme um seinen Hals, Finn umfängt mich mit seinen und hebt mich in einer fließenden Bewegung hoch. Ich lege meine Beine um seine Taille und lasse mich von ihm zu meinem Bett tragen. Davor bleibt er stehen, legt seine Lippen auf meine und kurz darauf lässt er sich zur Seite fallen. Lachend landen wir auf der Matratze, lösen unsere Münder für einen kurzen Moment voneinander und blicken uns tief in die Augen. Finn streicht mir eine verirrte Haarsträhne aus dem Gesicht und sieht mich ein letztes Mal fragend an. Und ich kann gar nicht anders, als zu nicken und ihn gleich darauf wieder an mich zu ziehen.

Und dann gibt es nichts mehr, das noch zwischen uns steht. In dieser Nacht öffne ich mich ihm, körperlich und emotional, wie ich mich noch nie zuvor einem Menschen gegenüber geöffnet habe. Bei

Finn kann ich ganz ich selbst sein, er nimmt mir meine Nervosität durch seine Zärtlichkeit, während wir diese unglaubliche Intimität miteinander teilen. Unsere Kleidung landet Stück für Stück auf dem Boden, unsere Blicke verfangen sich ineinander, wir sind uns unendlich nah.

Da sind nur Finn und ich in der Dunkelheit meiner Wohnung und weit über uns die Sterne in der Schwärze der Nacht. Und beides macht mir in diesem Moment keine Angst mehr.

KAPITEL 21
Leben im Moment

Enna

»Geht es dir gut?«, flüstert Finn mir sanft ins Ohr. Wir liegen an-einandergekuschelt in meinem Bett, die Bettdecke über uns aus-gebreitet, mein Kopf an seine Schulter gelehnt und seine Arme um mich geschlungen. Ich kann einfach nicht verhindern, dass mir Trä-nen in die Augen steigen und schließlich still über meine Wangen rollen.

»Enna?«, besorgt rückt Finn ein Stück von mir ab, um mir in die Augen sehen zu können.

»Es ist okay«, murmle ich ihm leise entgegen. »Ich bin nur so un-glaublich glücklich.«

Erleichtert atmet Finn aus, dann beugt er sich zu mir und küsst mich ganz sanft.

»Wie war es für dich?«, fragt er mich dann liebevoll.

Ein Lächeln breitet sich auf meinem Gesicht aus. »Es war perfekt.«

»Hattest du starke Schmerzen?« Mit seiner Hand zieht er sanfte Kreise auf meinem nackten Rücken.

»Anfangs ja«, antworte ich ehrlich. »Aber mit der Zeit wurde es besser.« Ich hebe meinen Kopf und sehe, dass Besorgnis in seinen

Augen liegt. »Es war wundervoll, Finn. Und mit der Zeit werde ich bestimmt auch besser, sodass …«

»Enna«, unterbricht er mich und legt einen Finger unter mein Kinn. »Es war vielleicht nicht das erste Mal für mich. Aber dennoch hat es mir genauso viel bedeutet wie dir.«

Ein Lächeln breitet sich auf meinem Gesicht aus. »Danke«, murmle ich.

»Wofür?«, fragt Finn, während er sich eine meiner Haarsträhnen um den Finger wickelt.

»Dafür, dass ich mich bei dir fallenlassen und einfach mitten im Moment leben kann«, antworte ich.

Lächelnd legt er seine Lippen auf meine und küsst mich.

Unter dem sanften Streicheln von Finns Hand auf meinem Rücken falle ich schließlich in einen ruhigen Schlaf. Und zum ersten Mal seit Langem fühle ich mich dabei sicher und beschützt. Schon bevor ich in den Schlaf gleite, weiß ich, dass die Albträume heute ausbleiben werden.

Weil er bei mir ist.

KAPITEL 22
Erinnerungen

Enna

Am Montagmorgen weckt mich das Klingeln meines Handys auf dem Nachttisch. Ich werfe einen Blick zu Finn, der ruhig neben mir schläft und den das Geräusch nicht gestört hat. Vorsichtig löse ich seinen Arm von mir, den er um meinen Bauch geschlungen hat, greife mir mein Handy und gehe damit in den Flur, um ihn nicht zu wecken. Die Schlafzimmertür schließe ich hinter mir, dann nehme ich Ernests Anruf entgegen.

»Ernest?«, frage ich und klinge dabei noch total verschlafen.

»Guten Morgen, Enna«, begrüßt er mich. »Ich habe dich doch hoffentlich nicht geweckt?«

»Nein, Ernest. Ich war ohnehin schon wach«, lüge ich, um ihm kein schlechtes Gewissen zu machen. »Was gibt es denn?«

»Ich muss dich um einen Gefallen bitten. Ich weiß, dass du montags eigentlich nicht eingeplant bist, aber meiner Frau geht es nicht sonderlich gut heute. Ich würde gern nach Hause gehen, um nach dem Rechten zu sehen, also …«

»Ich springe natürlich gern ein«, unterbreche ich ihn. »Das ist gar kein Problem. Eine Freundin kann im heutigen Seminar für mich mitschreiben.« Wenn es Ernests Frau nicht gut geht, sollte er sich um sie kümmern, anstatt im Buchladen zu stehen und sich Sorgen zu machen. Und ich habe immerhin Harlow, auf die ich mich verlassen kann.

»Du bist ein Schatz, Enna«, bedankt er sich.

»Ich mache mich schnell fertig und bin in einer halben Stunde im Buchladen.« Mit dem Handy am Ohr laufe ich ins Badezimmer.

»Ich danke dir, meine Liebe«, erwidert Ernest, dann verabschieden wir uns.

Während ich mir die Zähne putze, lasse ich den gestrigen Tag Revue passieren. Finn und ich haben beinahe den ganzen Tag mit Kuscheln verbracht. Gestern Abend haben wir dann ein weiteres Mal miteinander geschlafen. Finn so nah zu sein, erfüllt mich mit so viel Glück und Liebe, dass ich es in vollen Zügen genieße. Gestern war das Ziehen schon viel weniger zu spüren, obwohl ich noch immer keinen Orgasmus hatte. Doch ich habe für mich beschlossen, mir damit keinen Druck zu machen. Finn ist der wundervollste Mensch, den ich kenne. Er ist geduldig und liebevoll. Ihm kann ich vertrauen und mit ihm ist alles so viel leichter.

Ich hatte mich auf den Tag heute mit ihm gefreut, doch Ernest braucht meine Hilfe und die Arbeit in der Buchhandlung macht mir Spaß. Außerdem würde ich nach dem Mittag schon wieder hier sein, da das **Starfall Books** montags ohnehin nur bis dreizehn Uhr geöffnet hat und ich den Laden somit schon zur Mittagszeit schließen kann.

Nachdem ich meine Haare zu einem hohen Pferdeschwanz gebunden und mir meine Jeans und einen gemütlichen Pullover angezogen habe, werfe ich noch einen kurzen Blick in das Zimmer. Finn liegt mit nacktem Oberkörper in meinem Bett, den einen Arm hinter seinem Kopf verschränkt und den anderen unter dem weißen Laken vergraben. Beth hat sich in der Zwischenzeit an seine Beine gekuschelt und schläft neben ihm. Bei diesem Anblick geht mir das Herz auf. Am liebsten würde ich mich wieder zu den beiden legen und mich an Finn kuscheln, um seine Wärme spüren zu können, doch ich bleibe standhaft. Ich beschließe, ihn nicht zu wecken, da ich mich erinnere, dass er montags ohnehin keine feste Vorlesung hat und den Tag meistens nur zur Vorbereitung auf die Woche nutzt.

In der Küche greife ich nach meinem Notizblock und hinterlasse Finn eine kurze Nachricht darauf. Anschließend schnappe ich mir meine Handtasche und den Wohnungsschlüssel und mache mich auf den Weg zur Buchhandlung.

Finn

Ich werde von einem lauten Geräusch aus dem Schlaf gerissen und brauche einen Moment, um zu realisieren, dass ich nicht in meinem Bett liege, sondern in Ennas aufgewacht bin. Ein Grinsen bei der Erinnerung an die letzte Nacht überkommt mich, doch als ich nach Enna greifen will, stelle ich fest, dass sie nicht mehr neben mir liegt.

Verwirrt richte ich mich auf, als das nervige Geräusch erneut ertönt. Diesmal bin ich wach genug, um es deutlich als Türklingeln identifizieren zu können. Beth gibt einen murrenden Laut von sich, als ich mich aus dem Bett quäle und sie allein darin liegen lasse. Auf dem Weg zur Tür frage ich mich, wo Enna ist und wer um Gottes willen vormittags an ihrer Tür klingelt. Nur in meiner Boxershorts schlurfe ich zur Wohnungstür und ziehe sie auf, während ich mir verschlafen über das Gesicht reibe.

»Na endlich, Enna. Ich dachte schon, du hast mich …«, beginnt der Mann vor mir, während er sein Handy von seinem Ohr löst. Als er mich ansieht, stockt er in seinen Worten. Und mir bleibt im selben Moment der Atem weg.

Ich erkenne ihn sofort. In den letzten Jahren ist er gealtert, doch wie könnte ich mich nicht an ihn erinnern?

»Collin«, bringe ich nur hervor, während er mich aus geweiteten Augen einmal von oben bis unten mustert.

Nie wieder, Finn. Nie wieder wirst du ihr zu nahekommen.

Bei der Erinnerung an die letzten Worte, die er zu mir sagte, als ich fünfzehn Jahre alt war, durchfährt mich eine eisige Kälte. Plötzlich werde ich mit all dem konfrontiert, was ich in den letzten Wochen krampfhaft versuchte zu vergessen. Auf einmal prasseln all die Erinnerungen an damals auf mich ein, die ich verdrängen wollte. Für Enna. Für mich. Für *uns*.

»Finn«, presst er meinen Namen schließlich hervor.

Enna

Ich ziehe die schwere Tür der Buchhandlung hinter mir zu und schließe sie ab, bevor ich den Schlüssel in meiner Handtasche verschwinden lasse. Lächelnd laufe ich die Straße entlang in freudiger Erwartung, mich gleich wieder zu Finn kuscheln zu können.

Nachdem ich Ernest abgelöst und seiner Frau alles Gute gewünscht habe, verbrachte ich die letzten drei Stunden damit, Kunden zu bedienen und die neue Ware zu verräumen. Eine Kundin bedankte sich mehrmals für meine gute Empfehlung bei mir. Vor einigen Tagen hat sie auf meinen Rat hin einen Liebesroman gekauft, den sie dann in wenigen Stunden verschlungen hat. Heute hat sie sich den zweiten Teil der Buchreihe gekauft und mir mit ihrem Lob ein Lächeln aufs Gesicht gezaubert.

Ich ziehe mein Handy aus meiner Jackentasche, um meine Nachrichten zu checken. Sofort springen mir drei verpasste Anrufe von Dad entgegen. Abrupt bleibe ich stehen, als mich die Erkenntnis trifft: *verdammt.* Wie zur Hölle konnte ich ihn vergessen? Erst letzte Woche haben wir telefoniert und darüber gesprochen, dass er mich heute an seinem freien Tag besuchen kommen möchte. Doch während all der schönen Momente mit Finn an diesem Wochenende habe ich gar nicht mehr daran gedacht. Zum ersten Mal seit einer Ewigkeit habe ich etwas vergessen. Ich werfe einen Blick auf die Zeitanzeige auf meinem Handy und stelle entsetzt fest, dass er bereits vor einer halben Stunde bei mir sein wollte.

Sofort rufe ich Finn an, um ihn vorzuwarnen, in der Hoffnung, dass Dad sich wie immer etwas verspätet und noch nicht vor meiner Wohnung steht. Bei dem Gedanken daran, wie Dad Finn halb nackt in meinem Bett vorfindet, muss ich beinahe lachen, doch ich möchte meinem Freund diesen peinlichen Moment gern ersparen. Immerhin hat Dad einen Zweitschlüssel für meine Wohnung und würde bestimmt nicht zögern, diese zu betreten, wenn er sich sorgt, weil ich ihm nicht öffne.

Finn nimmt nicht ab. *Vielleicht schläft er noch und Dad ist noch gar nicht da*, beruhige ich mich, während ich die Straße zu meiner Wohnung entlanglaufe. Als ich Dads Pick-up vor meinem Wohnhaus stehen sehe, verflüchtigt sich diese Hoffnung allerdings sofort.

Schnell öffne ich die Haustür und renne beinahe bis zu meiner Wohnung in den obersten Stock. Während ich nach dem passenden Schlüssel an meinem Schlüsselbund suche, halte ich abrupt inne. Aus dem Inneren meiner Wohnung sind laute Stimmen zu hören. Deutlich erkenne ich die meines Dads, der sich total in Rage redet. Verwirrt bleibe ich einige Sekunden vor meiner Wohnung stehen, doch von hier aus kann ich die Worte der beiden nicht verstehen, also sperre ich meine Wohnungstür auf.

»Ich kann es einfach nicht glauben!«, brüllt Dad aus der Küche. Vor lauter Schreck bleibe ich im Flur stehen. Unfähig, auch nur einen Mucks zu machen, höre ich den beiden Menschen, die ich am meisten liebe auf der Welt, beim Streiten zu.

»Wie kannst du ihr das antun, Finn?«, ruft Dad entsetzt. »Nach allem, was passiert ist? Nach allem, was du getan hast?«

»Glauben Sie, ich habe mir das ausgesucht?«, fragt Finn ihn ruhig, dennoch so laut, dass ich ihn verstehen kann. »Glauben Sie wirklich, ich wollte mich in ihre Tochter verlieben? Glauben Sie, es macht mir Spaß, sie jeden Tag aufs Neue zu belügen?« Ich trete einen Schritt näher an die offene Küchentür heran, um ihn besser hören zu können. Ich verstehe die Bedeutung seiner Worte nicht, bin verwirrt und nicht dazu in der Lage, auch nur einen Ton von mir zu geben.

»Du hast kein Recht dazu, hier das Opfer zu spielen!« Dads Brüllen lässt mich augenblicklich zusammenzucken.

»Ich werde ihr die Wahrheit sagen, Collin. Ich habe es wirklich vor, aber ich kann ihr momentan einfach nicht so sehr wehtun.«

Welche Wahrheit? Was geht hier vor sich?

»Einen Teufel wirst du tun!«, brüllt Dad. »*Du* wirst meine Tochter nicht noch einmal verletzen. Nicht, nachdem sie schon ihre Mutter deinetwegen verloren hat!«

Ich halte augenblicklich die Luft an.

Mum.

»Sie haben keine Ahnung, welche Vorwürfe ich mir seit diesem Tag mache!« Nun schreit auch Finn. »Ich leide seit verdammten fünf Jahren unter diesem Unfall!«

Der Unfall.

»Wenn ich die Zeit zurückdrehen könnte, würde ich es tun. Aber verdammte Scheiße, das kann ich nun mal nicht! Ich kann nicht mehr rückgängig machen, dass ich in diesem verdammten Auto saß!«

Mum. Der Unfall. Das Auto.

»Du hättest dich damals einfach zusammenreißen können, verdammt! Wegen deiner dämlichen Vermutung hast du alles …«

»Ich war fast noch ein Kind, Collin«, unterbricht Finn ihn. »Glauben Sie, ich wusste, was ich da tat? Ich hatte keine gottverdammte Ahnung!«

Ein lautes Schlagen auf den Küchentisch lässt mich zusammenzucken. »Du hattest nie das Recht dazu, Enna damit zu konfrontieren. Eine *Affäre*, Finn«, Dad lacht laut auf. »Wegen dieser lächerlichen Unterstellung entstand dieser dämliche Streit und nur deshalb liegt meine Frau jetzt unter der Erde, verdammt noch mal!«

Wenn Herzen wirklich brechen können, dann bin ich mir sicher, dass meins in diesem Moment in mehrere Teile zerfällt. Als die ersten Erinnerungen über mich einströmen, wird mir schwindelig. Ich greife nach der Kommode, um mich daran festzuhalten.

Mum. Der Unfall. Das Auto. Der Streit.

Wie ein Blitzschlag durchfährt die Erkenntnis meinen gesamten Körper. In derselben Sekunde wird mir schlecht und die Tränen steigen mir in die Augen. Die Erinnerungen, die ich mir seit Jahren herbeisehne, von denen ich nicht akzeptieren konnte, dass sie verschwunden sind – sie alle strömen in diesem Moment auf mich ein.

Mum. Der Unfall. Das Auto. Der Streit.

Finn.

Die Bilder dieses schrecklichen Tages ziehen an mir vorbei wie ein Film. Ich kann nicht verhindern, dass ein Zittern durch meinen Körper fährt und meine Beine weich werden lässt. Ich verliere die Kraft, kann mich nicht mehr aufrecht halten und kippe nach rechts. Mit meinem Arm fange ich mich ab, bevor ich zu Boden gehen kann. Ein lautes Klimpern erfüllt den Raum, als mir mein Schlüssel aus der Hand fällt.

Sofort verstummen die Stimmen in der Küche. Schnellen Schrittes kommt Finn in den Flur gelaufen. Einige Meter vor mir bleibt er stehen. Mit geweiteten Augen sieht er mich an. Durch meinen verschwommenen Blick sehe ich Wut, Angst und Verzweiflung in seinen Augen. Kurz darauf taucht auch Dad neben ihm auf und sieht mich ebenso schockiert an.

»Enna«, sprechen beide im selben Moment meinen Namen aus.

Das Bild der beiden verschwimmt. Stattdessen reihen sich die Bilder aus der Vergangenheit vor meinem inneren Auge aneinander und geben mir endlich alle Antworten, nach denen ich bisher vergeblich gesucht habe.

Ich höre Mums Lachen in meinem Ohr, als sie den Anruf über die Freisprechanlage entgegennimmt. Ich sehe meinen besten Freund neben mir sitzen, den Blick wütend auf sie gerichtet. Kurz darauf höre ich unsere lauten Stimmen durch das Auto rufen. Ich sehe meine Mum, wie sie sich nach hinten dreht, um uns zu beruhigen. Dann höre ich mich. Ich schreie sie an, als ich die rote Ampel erkenne.

Und dann höre ich den Knall, der mein Leben für immer veränderte.

Nichts bleibt in mir. Nichts als Dunkelheit.

Wie von selbst bewegen sich meine Füße in Richtung Schlafzimmer. In diesem Moment kann ich nichts mehr ertragen. Ich will die beiden Menschen, von denen ich nun weiß, dass sie mich jahrelang belogen haben, nicht mehr sehen. Ich will nichts mehr hören, nichts mehr sehen, aber vor allem nichts mehr fühlen.

Finn greift nach meinem Arm, doch ich entreiße ihn ihm, bevor er mich festhalten kann. Ich laufe ins Schlafzimmer, fühle mich wie gelähmt, betäubt. Die Tür werfe ich hinter mir zu und drehe dann den Schlüssel im Schloss. Ich werfe mich auf den Teppich, lasse mich einfach nach unten fallen, weil ich keine Kraft mehr habe, mich auf den Beinen zu halten.

Ich blende das Rufen aus dem Flur aus. Ich blende die helle Sonne aus, die auf mich scheint und meinen Körper wärmt, obwohl es in mir so kalt geworden ist. Ich blende alles aus, schließe meine Augen und lasse den Tränen freien Lauf.

KAPITEL 23
Alles verloren

Enna

Fünf Jahre zuvor – 2015, Januar

»Please forgive me«, singt Mum laut einen ihrer liebsten Songs mit, der gerade im Radio läuft.

Als Finn und ich uns vor einigen Stunden in den Kopf setzten, unbedingt Pizza bei unserem Filmeabend essen zu wollen, war Mum davon nicht wirklich begeistert. Doch ich konnte sie schon immer gut überreden und auch heute gelang es mir. Durch den heftigen Schneefall in den letzten Stunden pausieren die Lieferdienste ihre Auslieferung, weshalb Mum uns nun zum Italiener fährt, damit wir uns die Pizzen selbst abholen können.

Schon seit Stunden schneit es, doch wir haben nur einen kurzen Weg zum Einkaufszentrum, weshalb sie sich dann doch breitschlagen ließ. Nun sitzen wir im Auto, Mum fährt, Finn und ich sitzen auf der Rückbank und verdrehen bei ihrem lauten und schiefen Gesinge die Augen. Mum liebt es, ihre liebsten Songs im Auto mitzusingen.

Das Lied endet und irgendwann klingelt Mums Handy. Sie drückt einen Knopf vorn im Auto, nimmt den Anruf an, dann ist die Stimme von Finns Dad zu hören. »Olivia«, begrüßt er sie. »Wohin seid ihr denn unterwegs um diese Zeit? Vera und ich haben euch eben wegfahren sehen.«

Mum lacht. »Hallo, Martin. Enna und Finn haben sich in den Kopf gesetzt, dass sie unbedingt Pizza zum Abendbrot essen wollen.«

Finns Dad stimmt in ihr Lachen mit ein. »Und du hast dich überreden lassen, deshalb noch mal loszufahren?«

»Du kennst mich doch. Meiner Kleinen kann ich nichts abschlagen.«

»Was macht mein Sohn?« Kurz wirft sie einen Blick in den Rückspiegel zu uns beiden. »Gerade schaut er etwas grimmig«, antwortet sie dann.

Verwirrt drehe ich meinen Kopf vom Fenster weg und schaue meinen besten Freund an, der bis eben noch mit mir gelacht hat. Doch jetzt schaut er wirklich sehr komisch. Wütend starrt er meine Mum an.

»Finn?«, frage ich ihn leise, während Mum sich weiter mit seinem Dad unterhält. Doch anstatt mich anzusehen, schaut er verbittert geradeaus.

Mum und Martin lachen gemeinsam über irgendwas, doch ich höre den beiden nicht mehr zu. Finn ist wie ausgewechselt. Ich kann gar nicht verstehen, was auf einmal mit ihm los ist.

»Bis morgen, Olivia«, verabschiedet sich sein Dad dann. »Ich freue mich!«

Mum beendet lächelnd das Gespräch.

»So, ihr beiden«, sagt sie. »Wir sind gleich da. Habt ihr euch schon überlegt, welche Sorte Eis …«

»Lassen Sie meinen Dad in Ruhe!«, ruft Finn auf einmal laut.

Ich zucke zusammen und auch Mum scheint geschockt zu sein. »Finn«, sagt sie. »Was ist denn auf einmal mit dir …«

»Sie zerstören meine Familie!«, brüllt Finn. »Wegen Ihnen streiten Mum und Dad sich, oder? Weil Sie mit meinem Dad schlafen!« Mum zuckt augenblicklich zusammen.

»Finn!«, rufe ich entsetzt. »Hör auf, meine Mum so anzuschreien.«

»Enna, verstehst du es denn nicht? Deine Mum betrügt deinen Dad mit meinem Dad!«

»Wie bitte?«, ruft Mum nun aufgebracht. »Finn, wieso denkst du denn so was?«

»Ich habe Sie gesehen. Mit meinem Dad. Er hat Sie umarmt, und zwar nicht gerade freundschaftlich!«

Ich erkenne meinen besten Freund einfach nicht wieder. Es ist nicht in Ordnung, wie laut er meine Mum anschreit. Außerdem glaube ich ihm kein Wort.

»Wieso lügst du, Finn?« Sonst werde ich nie laut, aber er darf meine Mum nicht so anschreien. Niemand darf das.

»Ich lüge nicht!«

»Doch, das tust du!«

»Wieso glaubst du ihr mehr als mir?«

»Weil Mum so etwas nie tun würde!«

Wir schreien uns weiter an, während Mum die ganze Zeit über versucht, uns zu beruhigen. Doch wir hören ihr gar nicht zu. Irgendwann dreht sie sich ruckartig zu uns um.

»Jetzt hört doch auf zu schreien!« Ich schaue in ihr verzweifeltes Gesicht.

Dann erkenne ich die rote Ampel vor uns.

»Mum, pass auf!«, rufe ich ihr noch zu, doch es ist bereits zu spät.

Wir fahren auf die Kreuzung zu, als Mum sich erschrocken wieder nach vorn dreht und das Lenkrad krampfhaft umklammert hält.

Das Letzte, woran ich mich erinnere, ist das laute Hupen der Autos. Mum schreit auf, dann ist da ein lauter Knall und plötzlich fühlt es sich an, als würden wir fliegen. Ich werde in meinen Sitz gepresst und höre einen weiteren Schrei, von dem ich nicht weiß, ob er von Finn oder von mir kommt. Ein lautes Piepen ertönt in meinem Kopf.

Dann ist da nur noch Dunkelheit.

Finn

»Enna! Bitte mach die Tür auf.«

Als ich sie eben so vor mir stehen sah, mit diesem unglaublichen Schmerz in den Augen, blieb mir beinahe das Herz stehen. Dass sie dieses Gespräch mit anhören musste und so auf diese Weise die Wahrheit erfuhr, zerreißt mich innerlich.

Wieso habe ich nicht eher mit ihr gesprochen, verdammt?

»Sie wird nicht öffnen«, murmelt Collin hinter mir. »Wir haben es gehörig versaut.«

Ich drehe mich um, lehne meinen Kopf an die Tür und fahre mir mit den Händen durch die Haare. »Scheiße.« Tränen treten mir in die Augen. Ich kann nichts dagegen tun. All der Schmerz in mir überflutet mich in diesem Moment. »Ich kann sie nicht verlieren. Nicht noch einmal«, flüstere ich, mehr zu mir selbst als zu Ennas Vater.

Fast rechne ich damit, dass er mich daraufhin wieder mit Vorwürfen überschüttet, doch stattdessen macht er einen Schritt auf mich zu. »Ich hätte dich nicht so anschreien dürfen. Ich war sauer, ich habe die Beherrschung verloren und dafür entschuldige ich mich.«

Ich bringe nur ein kurzes Nicken zustande. Eine Weile stehen wir schweigend nebeneinander, die Sorge um Enna scheint uns beide abzulenken und zu verhindern, dass unser Streit erneut eskaliert. Nichts ist mehr von Bedeutung, vergessen scheint seine Wut. Was in diesem Moment zählt ist nur Enna. Irgendwann höre ich sie leise schluchzen, und nun bin ich mir sicher, dass mein Herz tatsächlich einen Riss bekommt. Ich drehe mich wieder zur Tür um und lege meine Stirn an das Holz, das genauso kalt zu sein scheint wie mein Inneres in diesem Moment. Nichts wünsche ich mir mehr, als Enna zu halten, sie zu beruhigen, für sie da zu sein. »Enna«, flüstere ich. »Vergib mir. Ich …«

Eine Hand legt sich von hinten auf meine Schulter. »Finn«, sagt Collin eindringlich. »Ich kenne meine Tochter sehr gut. Sie wird nicht aus diesem Zimmer kommen. Nicht, solange wir hier sind.«

»Aber wir müssen doch ...«, beginne ich.

»Hör mir zu, Finn.« Collin dreht mich zu sich. Ich erkenne keinen Hass und keine Wut mehr in seinem Blick. Stattdessen scheint uns die Sorge um Enna zu verbinden. »Ich liebe mein Kind über alles. Und es fällt mir nicht leicht, dich nach all der Zeit wiederzusehen, glaub mir. Doch dir scheint auch sehr viel an Enna zu liegen. Richtig?«

Ich nicke, während ich meine Tränen wegblinzle. »Nichts ist mir wichtiger als sie.«

»Wir müssen ihr die Zeit geben, die sie braucht.«

Das Letzte, was ich gerade möchte, ist, Enna allein zu lassen. Allein mit all den Fragen, die sie haben, und all dem Schmerz, den sie empfinden muss. Dennoch nicke ich zustimmend.

»Ich schreibe Mira eine Nachricht«, erwidere ich und ziehe mein Handy aus der Hosentasche.

»Das ist deine Mitbewohnerin, richtig?«, fragt Ennas Dad mich.

Ich nicke. »Und mittlerweile auch Ennas beste Freundin hier. Wenn jemand zu ihr durchdringen kann, dann sie.«

Während ich die Nachricht an Mira schreibe, zieht Collin sich Jacke und Schuhe an und kramt seinen Autoschlüssel aus der Jackentasche hervor. Ich tue es ihm gleich, nachdem ich die WhatsApp an Mira geschickt habe. Schweigend laufen wir das Treppenhaus nach unten. Vor dem Haus bleiben wir unschlüssig nebeneinander stehen.

»Ist das dein Wagen?«, fragt Collin mich.

Ich nicke. »Wenn ich daran denke, dass wir vorgestern noch damit unterwegs waren. Es war alles gut. Enna war glücklich, als wir ...«

»Moment«, unterbricht Collin mich. »Enna ist mit dir in diesem

Auto gefahren?«, fragt er mich überrascht, scheint kaum glauben zu können, was ich eben gesagt habe.

»Ist sie«, antworte ich ihm. Wir beide wissen, was das für Enna bedeutet.

Kurz scheint Collin seinen eigenen Gedanken nachzuhängen, dann sieht er mich wieder an. »Ich kenne dich nicht, Finn. Nicht mehr. Meine Wut kann ich beim besten Willen nicht abstellen. Es fällt mir schwer, dir in die Augen zu schauen, weil ich dann all die Bilder von damals wieder vor mir habe.« Kurz macht er eine Pause und atmet einmal tief durch, als würden ihn seine nächsten Worte eine Menge Überwindung kosten. »Aber du *musst* ihr einfach guttun, wenn sie dir so sehr vertraut, dass sie sogar mit dir in diesen Wagen gestiegen ist.«

Abgesehen von einem kurzen Nicken bringe ich nichts zustande. Das sind die ersten beinahe freundlichen Worte, die Collin in der letzten Stunde zu mir gesagt hat.

»Vielleicht können wir uns bald über alles unterhalten«, sagt er. »Ich habe mit Sicherheit auch nicht alles richtig gemacht damals und denke, dass uns ein Gespräch helfen könnte. Für Enna.«

»Das wäre gut, denke ich.«

Collin geht zu seinem Pick-up, öffnet die Wagentür und dreht sich noch einmal um. »Sie wird uns verzeihen, Finn.« Wenige Sekunden später startet er den Motor und fährt davon.

Ihnen wird sie verzeihen, denke ich, während nun auch ich zu meinem Auto laufe. Bei mir bin ich mir da nicht so sicher.

Ich starte den Wagen und lenke ihn auf die Straße. Mit jedem Meter, den ich fahre, zieht sich mein Herz ein Stück weiter zusammen.

Enna

Mit Beth an meinem Bauch muss ich irgendwann eingeschlafen sein. Die Ereignisse der letzten Minuten waren einfach zu viel für mich und haben mich erschöpft. Ich habe keine Ahnung, wie spät es ist, als mich das Klingeln an der Tür weckt. Nicht dazu fähig, mich auch nur einen Millimeter zu bewegen, bleibe ich liegen. All die Erinnerungen an die Nacht, in der ich meine Mum verlor, haben mich ausgelaugt. Zu wissen, dass mein Dad und mein bester Freund mich all die Jahre belogen haben, lässt mich an allem zweifeln, woran ich bisher geglaubt habe. Irgendwann haben die beiden die Wohnung verlassen, nachdem sie es aufgaben, immer wieder nach mir zu rufen und an die Tür zu klopfen.

Ich bin wütend auf Dad und Finn. *Wie konnten sie mich so belügen? Wie konnten sie mir vorenthalten, was damals wirklich geschah?*

Ich bin wütend auf mich selbst. *Wie konnte ich vergessen, dass Finn neben mir saß?*

Als es erneut klingelt, löse ich mich langsam von Beth und erhebe mich. Noch immer wacklig auf den Beinen, als hätte ich einen Marathonlauf hinter mir, schlurfe ich zur Tür. Ich drücke auf den Türöffner, ohne zu wissen, wen ich da überhaupt ins Haus lasse. Mir fehlt die Kraft, die Freisprechanlage zu nutzen.

Spätestens als ich hastige Schritte höre, weiß ich, dass es schon mal nicht die Post sein kann, denn die lässt sich immer Zeit. Doch egal, wer es ist, ich hoffe, dass derjenige schnell wieder verschwindet. Ich kann kaum klar denken, weil ich mit meinen Gedanken ganz woanders bin.

Miras blonder Haarschopf taucht auf der Treppe auf. Schnellen Schrittes läuft sie zu mir hoch, immer zwei Stufen auf einmal nehmend. Ihre Uni-Tasche um die Schulter gehängt, steht sie schließlich außer Atem vor mir. Ein Blick in mein Gesicht scheint ihr zu reichen, um meinen Schmerz zu erkennen.

»Enna«, sagt sie nur, lässt ihre Tasche neben sich auf den Boden sinken und breitet wortlos die Arme aus.

Ein Blick in ihre warmen Augen reicht, um mir erneut die Tränen in die Augen zu treiben.

»Komm her«, murmelt Mira noch, dann lasse ich mich von ihr in eine innige Umarmung ziehen und meinen Tränen erneut freien Lauf. »Alles wird wieder gut«, murmelt sie, während sie mich fest umschlungen hält und mir beruhigend über den Rücken streichelt.

Wenig später sitzen Mira und ich auf meinem Bett im Schneidersitz nebeneinander. Zwischen uns steht eine Taschentuchbox, aus der meine Freundin mir alle paar Minuten eins reicht, während ich ihr unter Tränen von den Ereignissen der letzten Stunden erzähle. Finn scheint nicht nur mir nichts von seinem Geheimnis erzählt zu haben, denn auch Mira ist geschockt darüber, dass er so etwas Bedeutendes verheimlicht hat.

»Ich kann kaum glauben, was du mir da gerade erzählst«, sagt Mira und sieht mich aus geweiteten Augen an.

»Es ist heftig, Mira. Es tut so unendlich weh.«

Sie greift nach meinen Händen. Mit ihren Daumen streicht sie mir sanft über die Handrücken, während ich weiterspreche. »Die beiden Menschen, die mir am meisten bedeuten auf der Welt, haben mich belogen. Mein Dad ...« Kurz stockt mir der Atem. »Wie konnte er es all die Jahre wissen und mir verheimlichen? Wieso hat er mir damals nicht erzählt, wie es zu dem Unfall kam? Er wusste doch, wie sehr ich darunter litt, dass ich mich nicht mehr genau an alles erinnern konnte.«

Mira zuckt mit den Schultern, einen mitleidigen Ausdruck auf dem

Gesicht. »Ich kann mir vorstellen, wie sehr dich das verletzt, Enna. Es scheint noch viele offene Fragen zu geben.«

»Die beiden haben sich so heftig gestritten. Dad scheint Finn die Schuld am Unfall zu geben.«

»Gibst *du* ihm denn die Schuld?«, fragt sie mich dann vorsichtig. Sofort schüttle ich entschieden den Kopf. »Meine Mum saß am Steuer. Niemand von uns hätte ahnen können, dass sie die Ampel übersieht. Hätte Finn sie nicht abgelenkt, wäre es vielleicht etwas anderes gewesen. Es war nie seine Absicht, uns zu verletzen. Er wollte nie, dass so etwas passiert, das weiß ich.«

»Deine Mum hatte aber keine Affäre mit seinem Dad?«, fragt sie mich dann noch vorsichtiger.

»Nein«, antworte ich intuitiv, obwohl ich die Antwort selbst nicht kenne. »Mum hätte Dad niemals betrogen. Das kann ich mir einfach nicht vorstellen.«

»Nach allem, was du mir über deine Eltern erzählt hast, kann ich mir das auch nicht vorstellen. Aber irgendetwas muss Finn ja auf diesen Gedanken gebracht haben. Ich möchte ihn keinesfalls in Schutz nehmen, Enna, aber ...« Sie scheint sich nicht zu trauen, ihren nächsten Gedanken auszusprechen.

»Du kannst ehrlich sein«, ermutige ich sie.

»Finn war noch jung. Es muss furchtbar für ihn gewesen sein, zu glauben, dass deine Mum ein Verhältnis mit seinem Dad hat. Mit sechzehn Jahren wirft einen so etwas schnell aus der Bahn. Für ihn war sie diejenige, die seine Familie zerstört«, meint Mira.

Ich denke über die Bedeutung ihrer Worte nach. Das Bild von Finn taucht vor meinem inneren Auge auf. Wie er neben mir saß, den Blick nach vorn gerichtet und die unglaubliche Wut in seinen Augen, die ich mir einfach nicht erklären konnte..

»Ich erinnere mich an den Streit. Gott, Mira, jetzt weiß ich alles wieder. Warum nur habe ich es so lange verdrängt? Warum konnte ich mich nicht daran erinnern, dass er neben mir saß? Warum ...?

»Enna«, unterbricht sie mich sanft. »Du hast etwas wirklich Schlimmes durchgemacht. Ein Erlebnis, das traumatisierend war. Ich bin keine Spezialistin auf diesem Gebiet, aber ich denke, es ist ganz normal, dass das Kind in dir sich einfach nicht an alles erinnern *wollte*.«

»Aber warum haben sie mich belogen, Mira? Weshalb hat mir denn niemand gesagt, was wirklich passiert ist?«, frage ich sie verzweifelt.

»Die einzige Möglichkeit, das herauszufinden, besteht darin, mit den beiden zu sprechen«, spricht sie das aus, was ich eigentlich selbst schon weiß. »Es ist wahnsinnig schwer, ich weiß. Aber wenn du Antworten auf deine Fragen willst, musst du mit deinem Dad sprechen. Und auch mit Finn.«

»Ich weiß.« Wieder steigen mir Tränen in die Augen. »Aber es tut so weh, Mira. Ich habe Finn vertraut. Ich habe ihm so viel von mir gegeben. Er war der Einzige, dem ich mich anvertrauen konnte, abgesehen von dir und Dad natürlich. Aber das mit Finn war anders. Er und ich ...«

»Ihr liebt euch«, beendet Mira meinen Satz. »Er bedeutet dir auf eine andere Weise etwas, als dein Dad und ich es tun. Für dich ist Finn ein ganz besonderer Mensch, daher trifft dich sein Schweigen so sehr.«

Am liebsten würde ich es abstreiten. Ich würde nichts lieber tun, als mir einzureden, dass ich nichts für Finn empfinde. Seine Lüge versetzt mir einen Stich ins Herz. Das Herz, das ich ihm geschenkt habe. Doch ich weiß selbst, dass ich mich Hals über Kopf in ihn verliebt habe und keine Ausrede der Welt darüberstehen könnte. Also nicke ich.

»Verdammt, ich liebe ihn so sehr, wie ich nie zuvor einen Menschen geliebt habe.«

Mira zieht mich in ihre Arme und streichelt mir sanft über den Kopf, während ich in ihren Pullover weine. »Warum hat er mich angelogen, Mira? Wieso?«, bringe ich unter Schluchzern hervor, die mir den Atem rauben.

»Weil er dich genauso sehr liebt, wie du ihn liebst«, antwortet sie mir. Dann schiebt sie mich leicht von sich, nimmt mein Gesicht in ihre Hände, damit ich sie ansehe. »Wenn man einen Menschen liebt, dann tut man manchmal blöde Dinge, Enna. Ich kenne Finn und ich weiß, wie verrückt er nach dir ist.«

»Warum lügt er dann?«

»Wahrscheinlich, weil er dich schützen wollte. Dich, sich selbst und eure Liebe.«

Ich lasse meinen Blick hinter Mira aus dem Fenster wandern. Die Sonne steht hoch am Himmel und leuchtet direkt auf mein Bett. Sie wärmt mich und langsam scheint ihre Wärme auch wieder in mein Inneres zu gelangen. Das Gespräch mit Mira holt mich wieder in die Realität zurück. »Hör mal, Enna. Wenn du mich fragst, gibt es noch einige Dinge, die ungeklärt sind. Und du verdienst die Antworten auf all deine Fragen.« Sie schiebt mir sanft eine Haarsträhne aus dem Gesicht. »Du musst mit deinem Dad reden. Gib ihm die Chance, dir alles zu erklären. Er wird sich wahnsinnige Sorgen machen.«

»Wieso bist du eigentlich hier?«, frage ich Mira. Ich habe gar nicht darüber nachgedacht, dass wir gar nicht verabredet waren.

»Finn hat mir eine Nachricht geschrieben. Nimm dir heute erst mal Zeit für dich. Es ist wichtig, dass du deine Gedanken sortierst. Gerade bist du ohnehin viel zu aufgedreht für ein klärendes Gespräch. Außerdem sehen deine Haare wirklich furchtbar aus.«

Damit entlockt sie mir tatsächlich ein kurzes Lächeln. »Und dann?«

»Dann rufst du deinen Dad an und bittest ihn, zu dir zu kommen«, meint Mira. »Was Finn angeht …«

Sofort schüttle ich den Kopf. »Ich bin so verletzt, Mira. Er hat mir auf eine ganz andere Weise wehgetan, als es mein Dad getan hat. Mit meinem Dad kann ich sprechen, das schaffe ich, aber mit Finn …«

»Das ist okay«, unterbricht Mira mich. »Sprich erst mal mit deinem Dad und gib ihm die Chance, dir alles zu erklären. Dann hast du die Antworten auf deine Fragen und kannst entscheiden, was als Nächstes passiert.«

»Also ein Schritt nach dem anderen?«, frage ich Mira.

Sie nickt. »Ein Schritt nach dem anderen.«

KAPITEL 24
Ein Schritt nach dem anderen

Enna

Mit »Right Here« von Ashes Remain auf den Ohren jogge ich durch eine von Starfalls vielen Alleen in der Nähe des Campus. Nachdem Mira sich gestern vergewissert hat, dass ich allein zurechtkomme, habe ich den Abend mit Putzen verbracht. Ich musste mich ablenken und auf andere Gedanken kommen. Nachdem ich drei verpasste Anrufe von Finn auf meinem Handy entdeckt habe, drehte ich mein Spotify laut und legte mich wieder aufs Bett, nur um dann erneut in einem Meer aus Tränen zu versinken.

Heute Morgen habe ich nach einer beinahe schlaflosen Nacht beschlossen, dass es an der Zeit ist, aus meiner Trauer herauszufinden. Ich vermisse meine Mum gerade so sehr wie nie zuvor. Sie war meine engste Vertraute, mein liebster Mensch auf Erden. Dass sie mir genommen wurde, schmerzt noch immer tief, doch gerade jetzt, da ich weiß, dass ich so lange in einer Lüge lebte, vermisse ich sie noch mehr. Ich wünschte, sie könnte mir zu etwas raten. Mich an die Hand nehmen und mir sagen, was ich jetzt tun soll. Aber das kann sie nicht.

Ich kann sie nicht mehr um Rat fragen und der Gedanke daran, dass ich das auch in Zukunft nie mehr werde tun können, erfüllt mich mit tiefer Trauer und Wut.

Und genau diese Gefühle versuche ich jetzt aus meinem Körper zu vertreiben, indem ich laufe. Ich renne die Straßen von Starfall entlang, werde immer schneller und schneller, bis der Schmerz in meiner Seite den Schmerz in meiner Seele vertreibt. Ich konzentriere mich ganz auf meine Atmung und gebe mich dem Gefühl der Erschöpfung hin. Es ist das erste Mal seit Jahren, dass ich mich wirklich sportlich betätige. Mit Mum habe ich früher manchmal Yoga gemacht und diese Tradition nach ihrem Tod auch beibehalten, doch irgendwann war die Erinnerung daran, wie wir uns gemeinsam lachend auf unseren Matten in Pose warfen, einfach zu schmerzhaft.

Auch jetzt treten bei dem Gedanken daran Tränen in meine Augen. Ich kann kaum fassen, dass ich nach dem gestrigen Tag überhaupt noch weinen kann. Als der Song meiner Playlist dann auch noch wechselt und die ersten Töne von »Quite Miss Home« ertönen, strömen mir die Tränen unaufhaltsam über das Gesicht. Dieser Song erinnert mich an alles, was ich verloren habe. Meine Erinnerung an diese Nacht, die mir geraubt wurde. Die Menschen, die mich belogen haben, anstatt mir diese Erinnerung wiederzugeben. Den Mann, dem ich mein Herz zu Füßen gelegt habe und den ich noch immer so sehr liebe, obwohl er mir so sehr wehgetan hat.

Ich renne immer schneller und schneller, bis ich irgendwann nicht mehr kann und die letzten Meter zurück zu meiner Wohnung nur noch gehe. Meine schwarze Jogginghose klebt an meinen Beinen, mein Shirt unter meiner Trainingsjacke ist komplett durchgeschwitzt. Mit dem schwarzen Schlauchtuch, das ich um den Hals trage, wische ich mir den Schweiß von der Stirn und die Tränen aus dem Gesicht.

Wieder in meiner Wohnung, springe ich unter die Dusche und

lasse mich vom Vanilleduft meines Shampoos umhüllen. Eine Weile stehe ich einfach unter dem warmen Wasserstrahl, der auf mich niederprasselt, und genieße die Wärme auf meiner Haut. Nachdem ich meine Haare gewaschen und getrocknet habe, werfe ich mich in eine bequeme Hose und ein lockeres Oberteil und schließlich auf mein Bett. Ich schnappe mir mein Handy und antworte Mira auf eine Nachricht, in der sie mich fragt, wie es mir geht. Anschließend mache ich mir einen starken Kaffee, den ich am Küchentisch trinke. Doch auch das Koffein kann mir meine Müdigkeit aufgrund des Schlafmangels von letzter Nacht nicht austreiben. Zurück in meinem Zimmer, rolle ich mich auf meinem Bett zusammen und hole die Stunden Ruhe und Entspannung nach, die ich in der letzten Nacht wegen meiner rasenden Gedanken nicht bekommen konnte.

Am späten Nachmittag wache ich auf. Blinzelnd öffne ich die Augen und bleibe eine Weile einfach so liegen, während mein Blick immer wieder zu meinem Nachttisch wandert, auf dem mein Handy liegt. Mein Entschluss, die Uni heute nicht zu besuchen, fühlt sich noch immer richtig an. Ich liebe mein Studium, doch ich fühle mich einfach nicht dazu in der Lage, heute auch nur eine Veranstaltung zu besuchen.

Dad hat heute mehrmals versucht, mich zu erreichen, doch auch er hat es irgendwann aufgegeben. Ich kenne ihn und weiß, dass er sich wahrscheinlich seit gestern unglaubliche Sorgen um mich macht. Und auch wenn ich noch immer so enttäuscht von ihm bin wie nie zuvor, möchte ich ihn zumindest wissen lassen, dass es mir gut geht. Kurzerhand greife ich nach meinem Smartphone und tippe eine kurze Nachricht an ihn, in der ich schreibe, dass er sich keine Sorgen machen soll. Er antwortet nach wenigen Sekunden nur mit einem Herz, was mich kurz zum Lächeln bringt. Immer wenn Dad mir sagen möchte, dass er mich liebt, schickt er mir dieses Herz-Emoji. Er war schon immer der Meinung, dass man Liebesbekundungen persönlich machen sollte und nie über das Handy.

Den Rest des Tages verbringe ich damit, mit Beth zu kuscheln. Sie scheint zu merken, dass es mir nicht gut geht, denn sie ist anhänglich und kommt mir ständig hinterhergetrottet. »Tiere sind die ehrlichsten Wesen auf diesem Planeten«, murmle ich, während sie neben mir auf dem Bett liegt und ich ihren Kopf streichle. Beth schnurrt und schmiegt sich an meine Hand. »Du würdest mich nie anlügen, oder, Süße?« Beth miaut zustimmend.

Irgendwann greife ich noch ein weiteres Mal nach meinem Handy. Es bringt mir nichts, hier im Selbstmitleid zu versinken. Jede Minute, die vergeht, ohne dass ich eine Antwort auf all meine Fragen erhalte, macht mich rasender. Der Wunsch in mir, endlich Klarheit zu schaffen, wird schließlich so groß, dass ich mich überwinde und meinem Dad eine Nachricht schreibe. Ich frage ihn, ob er morgen zum Reden vorbeikommen möchte, und erhalte wenige Minuten später eine Antwort. Er schreibt, dass er sich freut, und fragt mich, wann er da sein soll. Nachdem ich heute nicht in die Uni gegangen bin, um mir Zeit für mich zu nehmen, habe ich vor, morgen wieder meine Vorlesungen zu besuchen. Also schreibe ich Dad, dass er am späten Nachmittag vorbeikommen kann. Erst übermorgen arbeite ich wieder im Buchladen, weshalb ich morgen Nachmittag nichts vorhabe. Wir vereinbaren eine Uhrzeit, und dann lege ich mein Handy wieder beiseite.

Bis spät in die Nacht hinein arbeite ich dann an meinem Präsentationsteil des Vortrags mit Harlow, um mich abzulenken. Gerade recherchiere ich den Einfluss der Einwanderer aus England, Schottland und Irland auf das amerikanische Englisch und versinke in Artikeln über die damalige Geschichte. In zwei Wochen sind wir an der Reihe, unsere Ergebnisse vorzustellen, kurz vor Beginn der Weihnachtsferien.

Bei dem Gedanken daran, nun schon ein fünftes Mal Weihnachten ohne meine Mum zu verbringen, überkommt mich erneut Trauer. »Ich vermisse dich, Mum«, murmle ich in Richtung meines Fensters. Immer wieder gibt es Momente, in denen ich hoffe, dass sie vom Himmel aus zu mir schaut. Der Gedanke daran, dass sie nicht verschwunden ist, sondern dort oben noch immer über mich wacht, erfüllt mich mit Liebe und Wärme. Er macht den Verlust erträglicher, weshalb ich für immer daran festhalten möchte. Ein leichter Windhauch streift durch das gekippte Fenster in den Raum, als würde mir Mum damit eine Umarmung schenken. Für einen kurzen Moment schließe ich die Augen und erinnere mich an sie zurück.

Zwölf Jahre zuvor – 2008, Dezember

»Darf ich die Kugeln an den Baum hängen?«, frage ich Mum hoffnungsvoll.

»Wollen wir das nicht lieber deinen Dad machen lassen?« Aus strahlenden Augen sieht sie mich an.

»Aber du weißt doch, was letztes Jahr passiert ist«, sage ich belustigt.

Schon seit einer Stunde schmücken wir unsere Wohnstube mit der Weihnachtsdekoration. Dad hat eben den Weihnachtsbaum aufgestellt. Er ist viel größer als der, den wir letztes Jahr hatten, und darüber freue ich mich sehr.

»Ich erinnere mich daran.« Lachend greift Mum nach einer weiteren Kiste mit Baumschmuck. »Erzähl uns doch noch mal, was Dad passiert ist, meine Süße.«

»Bitte nicht!«, ruft Dad entsetzt aus der Küche. »Ich brauche nicht noch eine weitere Erinnerung daran, dass ich …«

»Du bist von der Leiter gefallen«, sage ich schmunzelnd. »Du wolltest den Stern ganz oben auf die Spitze setzen, dann hast du aber gewackelt und bist mit der Leiter umgekippt.«

Belustigt sehen wir uns an.

»Lacht ihr mich etwa gerade aus?«, fragt Dad entsetzt. Mit einer Kanne voll dampfendem Tee kommt er zu uns in die Stube. Er stellt den Tee und die Tassen auf dem Tisch ab, dann kommt er zu uns.

»Wir würden dich doch nie auslachen, Liebling«, sagt Mum.

Dad gibt ihr einen Kuss auf die Wange, dann drückt er mir einen auf den Kopf. »Also, Enna«, sagt er dann. »Du willst in diesem Jahr die Kugeln aufhängen?«

Ich nicke eindringlich. »Bitte!«, bettle ich ihn an.

Dad greift nach einer der vielen Kisten mit Baumschmuck und zieht einige rote Kugeln daraus hervor. »Was hältst du von folgender Idee?«, fragt er mich. »Unten am Baum hängst du die Kugeln auf und für den oberen Teil hebe ich dich hoch.«

»So machen wir es!«, rufe ich begeistert.

Als Dad mich wenig später für die erste Kugel nach oben hebt, schnappt Mum nach Luft. »Collin!«, ruft sie. »Lass bitte nicht auch noch unser Kind fallen!«

Dad dreht sich zu ihr um, mich noch immer hoch über sich in seinen Armen. »Hast du das gehört, Enna?«, fragt er mich. »Deine Mum hat Angst, dass ich dich fallen lasse.« Während er mich noch immer in der Luft hält, rennt er durch das Wohnzimmer, sodass ich mich fühle, als würde ich schweben.

»Schau mal, Mama!«, rufe ich begeistert. »Ich kann fliegen!«

Nun lacht auch Mum mit uns. Sie springt auf, breitet die Arme wie Flügel neben sich aus und rennt hinter uns her. Wir fliegen alle gemeinsam durchs Wohnzimmer, bis wir erschöpft auf dem Teppich landen und kaum noch Luft bekommen.

»Ich freue mich auf Weihnachten«, sage ich irgendwann.

»Ich mich auch«, antworten Mum und Dad wie aus einem Mund.

Finn

Die Stunden ohne Enna ziehen an mir vorbei, während ich beinahe die ganze Zeit über die Decke meines Zimmers anstarre. In meinem Bauch hat sich ein Gefühl breitgemacht, das ich seit vorgestern nicht mehr loswerde. Ich kann nicht genau sagen, ob es Wut oder Verzweiflung ist, wahrscheinlich eine Mischung aus beidem.

Sie ist raus. Die Wahrheit, die mich seit Jahren beinahe jeden Tag verfolgte, ist endlich ausgesprochen. Doch statt mich deshalb erleichtert zu fühlen, fühle ich beinahe gar nichts, abgesehen von dem riesigen Knoten in meinem Inneren. Nie hätte sie es so erfahren sollen. Nicht auf *diese* Art und Weise. Meine Anrufe hat Enna ignoriert, nur von Mira weiß ich, dass es ihr so weit gut geht. Mehr habe ich aus ihr aber auch nicht herausbekommen, stattdessen hat sie mir etwas von wegen Freundschaftsehrenkodex und Solidarität erzählt. Obwohl ich weiß, dass es richtig ist, dass sie mir nichts über das Gespräch der beiden verrät, könnte ich platzen. Ich will wissen, was in Enna vorgeht. Ob sie mich bereits aufgegeben hat, ob sie sauer ist oder wütend oder einfach enttäuscht. Und vor allem will ich wissen, ob sie *uns* aufgegeben hat. Bei dem Gedanken daran, sie erneut zu verlieren, zieht sich mein Herz schmerzhaft zusammen.

Die Erinnerungen an den Tag, an dem ich meine beste Freundin enttäuscht habe, durchfluten mich immer wieder. Ich bin einfach nur wütend. Wütend auf mich, auf diese scheißrote Ampel und auf die ganze gottverdammte Welt. Die Gedanken rasen so schnell durch meinen Kopf, dass ich nicht mehr ruhig liegen kann, also springe ich von meinem Bett auf und tigere unruhig durch mein Zimmer. *Wie konnte ich nur so dumm sein zu glauben, dass diese Lüge uns nicht zerstören würde? Wie konnte ich die Frau, die mir am meisten bedeutet, nur so verletzen?*

Wütend trete ich gegen den Bettpfosten, doch auch der kurze

Schmerz, der meinen Fuß durchfährt, kann den in meinem Inneren nicht überdecken. Ich balle meine Hand zur Faust und lasse sie in einer schnellen Bewegung auf meinen Kleiderschrank knallen. Immer wieder schlage ich auf das weiße Holz ein, während mir erneut Tränen der Verzweiflung in die Augen steigen. Ein Schrei der Verzweiflung löst sich aus meiner Kehle, bevor ich ihn unterbinden kann.

Ich höre gar nicht, wie die Tür aufgeht und Jase in mein Zimmer gelaufen kommt. Ich bemerke ihn erst, als sich seine Hand auf meine Schulter legt und er mich zu sich zieht. Erschöpft lasse ich meinen Kopf an seine Schulter fallen und lasse meinen Tränen freien Lauf.

Fünf Jahre zuvor – 2015, Januar

»Finn?«, höre ich meine Mum leise flüstern. »Finn, Schatz?«

Langsam öffne ich meine Augen, doch das Leuchten um mich herum ist so hell, dass ich sie sofort wieder schließe. »Mum?«, murmle ich leise.

Ich bewege vorsichtig meine Hände. Die eine liegt auf der Matratze neben mir, die andere hält Mum fest. Über mir ist eine große Decke ausgebreitet, mein Kopf liegt in einem Kissen. »Wo sind wir?«, frage ich.

»Wir sind im Krankenhaus, Finn«, erklärt Mum. »Du hattest einen schweren Autounfall. Ich bin so froh, dass dir nichts Schlimmeres passiert ist.«

Sofort kann ich mich an alles erinnern. An den Streit, den lauten Knall und dann die plötzliche Dunkelheit. Und an …

»Enna«, sage ich so fest ich kann. »Wo ist Enna?«

»Es geht ihr gut«, antwortet Mum. »Sie liegt einige Zimmer weiter. Bisher ist sie noch nicht aufgewacht, aber die Ärzte sagen …«

»Ich muss zu ihr, Mum.« Ich versuche, mich aufzurichten, aber mir tut alles weh, weshalb ich mich wieder zurück ins Kissen fallen lasse. »Ich muss ihr sagen, dass es mir leidtut.«

Ich drehe meinen Kopf zu Mum und sehe, dass sie weint. »*Warum willst du dich entschuldigen, Finn? Du kannst doch nichts dafür, dass* ...«

»*Doch*«, *presse ich hervor.* »*Ich habe Ennas Mum angeschrien. Ich war so wütend, dass sie und Dad* ...«

»*Was ist mit ihr und Dad?*« *Verwundert sieht Mum mich an.*

»*Ich habe die beiden zusammen gesehen. Sie haben sich umarmt*«, *antworte ich ihr.* »*Trennt ihr euch jetzt, Mum? Wird Dad dich wegen ihr verlassen?*«

»*Was redest du denn da für wirres Zeug, Finn?*«

»*Ich muss mich bei Enna entschuldigen*«, *sage ich wieder.* »*Bei Enna und bei ihrer Mum. Ich hätte ihre Mum nicht anschreien dürfen, dann hätte sie sich auch nicht umgedreht und wäre nicht über Rot gefahren.*«

Kurz hält Mum die Luft an. Tränen laufen ihr über das Gesicht, während sie weiterspricht. »*Alles wird wieder gut, mein Schatz. Schlaf noch ein bisschen.*« *Irgendetwas sagt mir, dass das nicht alles ist, was sie mir sagen möchte. Da ist noch etwas, etwas, das sie mir verschweigt.*

»*Was ist los, Mum?*«, *frage ich sie deshalb.* »*Was verheimlichst du vor mir?*«

»*Finn, das ist nicht der richtige Zeitpunkt* ...«

»*Sag es mir*«, *bitte ich sie, während sich Tränen in meinen Augen sammeln. Ich ahne Schlimmes.*

»*Ennas Mum*«, *beginnt meine Mutter schluchzend.* »*Sie hat den Unfall leider nicht überlebt, mein Schatz.*«

Und plötzlich ist da nur noch Schmerz in mir. Mit jeder Sekunde breitet er sich weiter in mir aus. Doch mein Körper ist noch zu schwach, um ihn zu spüren, holt sich die Ruhe, die er braucht, indem er mich, begleitet von unendlicher Angst und Trauer, wieder in den Schlaf geleitet.

Irgendwann werde ich von lauten Stimmen geweckt. Ich öffne langsam meine Augen und sehe mich um, doch ich scheine allein im Krankenhauszimmer zu sein.

»Haltet euren Sohn gefälligst von meiner Tochter fern!«, brüllt Ennas Dad.

»Collin«, höre ich meine Mum flüstern. Die Zimmertür ist einen Spalt breit geöffnet, weshalb ich jedes Wort verstehen kann. »Du kannst doch nicht allen Ernstes Finn dafür die Schuld geben, dass …«

»Meine Frau ist tot!«, ruft Ennas Dad. »Wegen ihm wird Enna ihre Mum nie wiedersehen!« Er schlägt mit der Faust gegen das Fenster an meinem Zimmer. Keiner merkt, dass ich wach bin.

Ich bin schuld. Ich habe sie abgelenkt. Ich habe sie angeschrien. Sie ist tot.

»Was fällt dir ein, meinem Sohn die Schuld dafür zu geben?«, ruft nun mein Dad aufgebracht. »Er ist ein Kind, verdammt noch mal!«

»Hättet ihr euch nicht immer vor ihm gestritten, wäre er nie auf diese dumme Idee gekommen! Meine Frau eine Affäre mit dir, dass ich nicht lache!«

»Du kannst uns nicht für diesen Unfall verantwortlich machen, Collin. Und schon gar nicht Finn«, verteidigt Mum mich. »Es ist furchtbar, was geschehen ist, aber …«

Den Rest des Gesprächs höre ich nicht mehr. Ich greife nach dem Kissen unter meinem Kopf, drehe mich zur Seite und presse es mir auf die Ohren. Tränen rinnen mein Gesicht herunter.

Sie ist tot. Ich bin schuld.

Enna.

»Finn!«, reißt Jase mich aus meinen Gedanken.

Wir sitzen nebeneinander auf dem Boden meines Zimmers und ich frage mich, wann das passiert ist. Ich war so in meiner Erinnerung versunken, dass ich scheinbar gar nichts mehr mitbekommen habe.

Ich schaue ihn an, während mir noch immer die Tränen über die Wangen laufen. »Was ist?«, frage ich ihn mit leerer Stimme.

»Du warst gerade total weg, Mann. Ich habe versucht, dich zu beruhigen, aber du hast mir gar nicht zugehört.«

»Ich habe meinen schlimmsten Albtraum noch mal durchlebt«, antworte ich, meinen Blick aus dem Fenster gerichtet.

Eine Weile sitzen wir schweigend nebeneinander, bis ich meine Gedanken mit ihm teile. »Das wird sie mir nicht verzeihen, Jase«, beginne ich. »Ich bin ein verdammter Lügner.«

»Sie wird dir verzeihen, Finn.«

Ich lache auf. »Was macht dich da so sicher?«

»Enna liebt dich. Das sieht selbst ein Blinder. Und diese Liebe ist stärker als deine Scheißlüge. Ich glaube an euch. Das solltest du auch.«

Als ich erneut protestieren und ihm meine Zweifel mitteilen will, steht Jase auf und zieht mich kurzerhand mit sich nach oben. »Wir gehen laufen.«

»Jase. Ich habe gerade echt keinen Bock ...«

»Weißt du, wie verdammt scheißegal mir das gerade ist?«, fragt er mich mürrisch. »Ich werde nicht dabei zusehen, wie du hier in deinem Selbstmitleid versinkst und ständig auf dein Handy starrst.«

Jase und ich gehen regelmäßig zusammen laufen und meistens lenkt mich das Adrenalin, das ich dabei verspüre, ab.

Kurz darauf verlassen wir in Laufklamotten die Wohnung. Eine Weile joggen wir locker nebeneinanderher, bis wir das Tempo irgendwann steigern. Tatsächlich löst sich mit jedem Meter, den ich renne, ein Stück meiner Wut. Ich stecke all meine Kraft und Energie in diesen Lauf, spüre jeden Muskel meines Körpers, während wir immer schneller rennen.

Doch selbst das Gefühl meiner brennenden Lungen kann den Schmerz in meinem Herzen nicht vertreiben.

KAPITEL 25
Endlich Wahrheit

Enna

»Danke, dass du mir die Möglichkeit gibst, dir alles zu erklären, Enna.« Dad sitzt mir gegenüber am Tisch in meiner Küche, die Hände auf dem Tisch gefaltet, die Stirn gerunzelt.

Seinen roten Augen sehe ich an, dass auch er in den letzten Stunden viel geweint haben muss. Bei diesem Anblick zerreißt es mir beinahe das Herz, obwohl ich noch immer so enttäuscht von ihm bin.

Ich nicke, meine Teetasse fest mit den Händen umschlungen und die Beine auf dem Stuhl angezogen, sodass ich mich mit den Armen darauf abstützen kann.

»Bitte sei ehrlich zu mir, Dad«, bitte ich ihn. »Ich kann keine weiteren Lügen ertragen.«

Er nickt, atmet einmal tief durch und beginnt dann, zu erzählen. »Ich bekam damals einen Anruf aus dem Krankenhaus. Man sagte mir, dass deine Mum und du einen Unfall hattet und mit einem Jungen in deinem Alter eingeliefert worden seid. Ich wusste natürlich sofort, dass es Finn ist, immerhin seid ihr ja zusammen losgefahren, um die Pizzen zu holen. Ich habe sofort Vera angerufen, um auch sie zu benachrichtigen, nachdem die Ärzte mir am Telefon mitgeteilt hatten, dass Finn keinen Ausweis bei sich trug und sie ihn somit nicht identifizieren konnten.«

»Und dann bist du ins Krankenhaus gefahren?«

Dad nickt. »Ich wollte so schnell es geht zu euch, also habe ich mich in meinen Wagen gesetzt und bin sofort losgefahren. Als ich dann im Krankenhaus ankam, hat die Schwester am Empfang mir die Nummer des Zimmers gegeben, in dem ich dich finden kann. Du wurdest bereits aus der Notaufnahme in ein Bett verlegt. Als ich dich da so liegen sah, Enna …« Kurz ringt er mit den Tränen, dann spricht er weiter. »Du hattest so viele Schrammen im Gesicht. Als ich zu dir kam, hast du geschlafen, also habe ich mich sofort auf die Suche nach einem Arzt gemacht.«

Ich nehme einen großen Schluck von meinem Tee, um die Kälte in mir mit der warmen Flüssigkeit zu vertreiben.

»Die Ärztin versicherte mir, dass es dir gut geht. Dass du nur ein paar wenige äußere Verletzungen hast und auch kurz wach warst, sodass sie sich versichern konnten, dass es dir so weit gut geht. Als ich nach deiner Mum fragte und sie kurz den Atem anhielt, wusste ich Bescheid.«

Nun rinnen die Tränen sein Gesicht herunter und ich kann gar nicht anders, als nach seiner Hand zu greifen. Wir haben nie darüber gesprochen, wie genau Dad von ihrem Tod erfuhr.

Mit meinem Daumen fahre ich sachte über seinen Handrücken, während sich auch in meinen Augen die Tränen sammeln. Doch ich versuche, mich zusammenzureißen, um mich weiter auf seine Worte konzentrieren zu können. »Was ist dann passiert?«, frage ich ihn.

»Ich war wie erstarrt, Enna. Im ersten Moment konnte ich nicht realisieren, dass deine Mum wirklich von uns gegangen war. Im Flur habe ich mich hingesetzt und minutenlang einfach nur an die Wand gestarrt. Irgendwann kamen Finns Eltern, um nach ihm zu sehen. Eine Weile verschwanden sie in seinem Zimmer, das nur wenige Türen von deinem entfernt war, dann kam Finns Dad zu mir und versuchte, zu mir durchzudringen. Wie betäubt nahm ich wahr, dass irgendwann auch Vera wieder aus dem Zimmer kam und sie ihrem Mann erzählte, wie es zum Unfall kam. Sie rückten zwar einige Meter von mir ab, dennoch konnte ich jedes Wort verstehen.

»Was genau haben sie besprochen, Dad?«, ermutige ich ihn ruhig, weiterzusprechen.

»Sie haben über Finn geredet«, spricht er weiter. »Vera hat erzählt, dass es einen Streit im Auto gegeben hat. Finn hat ihr davon berichtet und sie meinte, dass er einen ganz lächerlichen Verdacht habe. Da bin ich dann auch hellhörig geworden.«

»Als ich euch belauscht habe, hast du etwas davon erzählt, dass Mum eine Affäre mit Finns Dad gehabt haben soll.« Diese Vorstellung ist noch immer absurd für mich. »Aber sie hatte nicht …«

»Nein!«, ruft Dad und umschließt meine Hand fester. »Enna, deine Mum hätte mich nie betrogen. Finn hat die beiden bei einer sehr innigen Umarmung beobachtet, doch die hatte andere Gründe.«

Erleichtert atme ich aus. »Welche denn?«

»Vera und Finns Dad hatten Eheprobleme, Enna. Sie haben beinahe jeden Tag gestritten. Finns Dad hat sich deiner Mum anvertraut.«

»Finn hat mir erst vor Kurzem davon erzählt, dass seine Eltern sich oft stritten«, erinnere ich mich.

Er nickt. »Es lief schon eine Weile nicht mehr gut zwischen ihnen und Finn muss das sehr getroffen haben. Er nahm deshalb an, dass deine Mum der Grund für die Streitereien seiner Eltern war.«

Ich kann noch immer nicht glauben, dass Finn so sehr unter diesem Verdacht gelitten, mir aber nichts von den Streitereien seiner Eltern erzählt hat. Er wirkte doch immer so fröhlich, wenn er bei mir war. Als könne ihm nichts und niemand etwas anhaben. Stattdessen muss er so viel Angst verspürt haben.

»Du hast die beiden also bei ihrem Gespräch belauscht«, spreche ich weiter. »Was ist dann passiert?«

»Nach der Starre kam die Wut«, beginnt Dad. Ein schmerzhafter Ausdruck huscht über sein Gesicht und Trauer legt sich darauf nieder. »Ich bin ausgeflippt, als ich von dem Streit erfuhr, den Finn durch seinen Verdacht ausgelöst hatte.«

»Ich erinnere mich wieder«, erzähle ich Dad.

»Du weißt alles wieder?«

Ich nicke. »Nachdem ich euch belauscht habe, war auf einmal alles wieder da. Jedes Geräusch, jedes Bild und auch der Streit im Auto. Es tut weh, aber es ist auch erleichternd, endlich Klarheit zu haben.«

»Ich bin total wütend geworden. Ich konnte mit all der Trauer in mir nicht umgehen, mit all der Verzweiflung nicht fertigwerden. Ich wusste nicht, wohin mit meiner Wut, also habe ich mir einen Schuldigen gesucht. Jemanden, den ich dafür verantwortlich machen konnte, dass meine Frau tot ist und meine Tochter im Krankenhaus liegt.«

Das Gespräch, das ich gestern mit angehört hatte, läuft erneut in meinem Kopf ab. All die Vorwürfe, die Dad Finn gemacht hat. »Du hast Finn die Schuld gegeben.«

Er löst seine Hand von meiner und fährt sich damit stattdessen unruhig über das Gesicht. »Für mich war in diesem Moment alles klar. Finn hatte diesen dämlichen Verdacht. Er hat den Streit verursacht und deine Mum abgelenkt. Für mich stand fest, dass der Unfall seine Schuld ist, und das habe ich seinen Eltern auch gesagt. Deine Mutter war unfallfrei, nie hat sie sich am Steuer ablenken lassen ...«

»Aber Dad«, beginne ich aufgebracht. »Finn war verletzt und verunsichert! Er konnte doch nicht ahnen, was passieren würde ...«

»Mittlerweile weiß ich das doch auch!«, ruft Dad. »Es war falsch von mir, ihm die Schuld dafür zu geben. Er war verdammte sechzehn Jahre alt, ein Jugendlicher, und er dachte, dass deine Mum seine Familie zerstört. Natürlich wurde er wütend, als sie und sein Dad telefonierten. Das ist ganz normal für einen Teenager. Dass ich als erwachsener Mann ihm die Schuld an diesem Unfall gab …« Kurz macht er eine Pause, dann vollendet er seinen Satz. »Das war absolut nicht in Ordnung. Das ist mir nun klar geworden.«

»Nein, das war es nicht«, gebe ich ihm recht, auch wenn ich weiß, dass es die Sache nicht besser macht. »Aber warum ist Finn nicht zu mir gekommen? Warum konnten wir nicht einfach miteinander reden? Ich hätte ihm doch niemals die Schuld gegeben, und das hätte ich ihm auch gesagt …«

»Ich habe es ihm verboten«, bringt Dad hervor.

Alles in mir zieht sich in diesem Moment zusammen. »Was?«, frage ich entsetzt. »Du hast ihm *was* verboten?«

»Ich habe seinen Eltern klargemacht, dass er sich von dir fernhalten soll.«

»Dad …«, beginne ich ruhig, doch wieder unterbricht er mich.

»Ich wollte dich doch nur beschützen, Enna! Ich musste dir an diesem Tag sagen, dass deine Mum nicht mehr am Leben ist. Du hast dich an nichts Genaues erinnert, du hattest sogar vergessen, dass du nicht allein mit deiner Mum im Auto warst. Du hast einfach ausgeblendet, dass Finn dabei war, und auch von eurem Streit schienst du nichts mehr zu wissen. Also ließ ich dich in dem Glauben…«

Nun bin ich diejenige, die ihn unterbricht. »Du hättest es zulassen müssen, Dad! Ich hätte die Wahrheit erfahren müssen, um dann selbst zu entscheiden, wie ich darüber denke! Du hast mir meinen besten Freund genommen!« Nun laufen auch mir die Tränen über das Gesicht, während ich aufstehe und in meiner Küche auf und ab gehe. »Verdammt, Dad. Ich will mir gar nicht ausmalen, was Finn sich all die Jahre für Vorwürfe gemacht haben muss.« Ich bin noch immer sauer auf Finn, weil er mich ebenso belogen hat, doch nun wird mir auf einmal vieles klar.

»Das weiß ich doch, Enna«, sagt Dad verzweifelt. »Ich weiß es doch«, bringt er noch hervor, bevor seine Stimme bricht.

Ihn so am Ende zu sehen, nimmt mir den Wind aus den Segeln. Wie er zusammengekauert an diesem Tisch sitzt, das Gesicht in den Händen vergraben. Dieser Anblick zerreißt mir das Herz.

»Daddy«, flüstere ich und gehe dann langsam auf ihn zu. »Ich hätte dich nicht anschreien dürfen, es tut mir leid.«

»Du hast jeden Grund, mich anzuschreien«, bringt er hervor. »Ich habe alles kaputtgemacht.«

Vorsichtig lege ich meine Hand auf seine Schultern. »Sieh mich an, Dad.«

Langsam hebt er den Kopf. »Was du getan hast, war nicht richtig. Du hast mich belogen und Finn die Schuld an Mums Tod gegeben …« Kurz halte ich inne, dann spreche ich ruhig weiter. »Aber du hast deinen Fehler eingesehen«, fahre ich dann fort. »Wir dürfen uns nicht streiten, Dad. Nicht jetzt, wo Mum nicht mehr da ist, um sich zwischen uns zu stellen und beruhigend auf uns einzureden.«

Ein kurzes Lächeln huscht über sein Gesicht. »Sie würde uns gehörig den Marsch blasen, wenn sie jetzt hier wäre.«

»Das würde sie«, stimme ich ihm lachend zu. »Komm her, Dad.«

Ich ziehe ihn von seinem Stuhl hoch und schlinge meine Arme um ihn. Seine väterliche Wärme umhüllt mich sofort. In diesem Moment sind all meine Wut und meine Verzweiflung vergessen. Als Dad seine Arme um mich legt, zählt nur noch, dass er noch bei mir ist.

Er ist hier bei mir, und das soll er auch immer bleiben.

»Ich verzeihe dir«, flüstere ich ihm ins Ohr.

»Ich liebe dich, Enna«, murmelt er in mein Haar.

»Ich liebe dich auch, Daddy.«

Und in diesem Moment bin ich mir ganz sicher, dass Mum uns von oben beobachtet und stolz darauf ist, dass wir uns wieder vertragen haben. Ich stelle mir vor, wie sie uns leise zuflüstert, dass sie uns auch liebt, während ich mich in Dads Wärme hülle.

Nach mehreren Tassen Tee und langen Gesprächen verabschiedet Dad sich von mir.

In den letzten Stunden haben wir nicht nur über die Vergangenheit gesprochen. Ich habe die Gelegenheit außerdem genutzt, um ihn wie geplant nach seiner neuen Liebe zu fragen. Also hat Dad mir viel von Marlene erzählt. Darüber, wie die beiden sich in einem Restaurant kennenlernten. Als er mir berichtete, wie er und sie jeweils allein an einem Tisch saßen und sich die ganze Zeit heimlich beobachteten, musste ich einfach grinsen. Irgendwann hat er sich dann getraut und ist zu ihr hinübergegangen, und somit hatten die beiden ihr erstes Date. Ich freue mich sehr darüber, dass Marlene meinen Dad so glücklich macht. Nach einiger Zeit schlug ich ihm ganz spontan vor, sie bei seinem nächsten Besuch einfach mitzubringen, damit ich sie kennenlernen kann, worüber er sich gefreut hat wie ein Schneekönig.

Nun stehen wir in meinem Flur, während Dad in der großen Tasche seiner Jacke nach etwas kramt. In Jogginghose und Shirt lehne ich an meiner Kommode und sehe ihm dabei zu, wie er ein Buch aus seiner Jacke zieht und kurz darüberstreicht.

»Das hier hat deiner Mum gehört«, sagt er leise und reicht mir dann das rote Buch, dessen Seiten schon ganz vergilbt sind.

In meinen Händen drehe ich es hin und her, dann öffne ich es. Als Mums Handschrift sich vor mir ausbreitet, schlägt mein Herz ein Stück schneller. »Ist das Mums Tagebuch?«

Dad nickt. »Sie hätte gewollt, dass es bei dir bleibt. Lies es, Enna.

Deine Mum mag nicht mehr bei dir sein, doch du weißt, dass sie immer einen guten Rat parat hatte. Vielleicht findest du darin Worte, die dir den Weg weisen und dir Mut schenken. Es gibt keinen besseren Zeitpunkt, dir einen Rat von deiner Mum zu holen.«

Mit Tränen in den Augen klappe ich das Tagebuch wieder zu und ziehe Dad in eine letzte innige Umarmung. »Danke, Dad.«

Wir lösen uns voneinander, doch kurz bevor er die Wohnungstür erreicht, dreht er sich noch einmal zu mir um. »Vergib ihm, Enna«, sagt er eindringlich. »Er ist ein guter Junge, auch wenn ich das lange Zeit anders gesehen habe.«

Ich muss schlucken. »Mach's gut, Dad«, sage ich nur.

Er winkt zum Abschied und zieht dann die Tür hinter sich zu.

Mit dem Tagebuch laufe ich ins Zimmer und setze mich auf mein Bett.

»Hey, Mum«, murmle ich leise, bevor ich die erste Seite aufschlage und zu lesen beginne.

Finn

»Schön, dass du gekommen bist.« Rachel sitzt neben mir auf der Parkbank, die einmal unser Lieblingsplatz war.

Als sie mir heute Morgen eine Nachricht schickte mit der Frage, ob wir reden könnten, durchströmten mich gemischte Gefühle. Einerseits freute ich mich, dass wir so die Gelegenheit hätten, uns auszusprechen, andererseits habe ich in meinem Kopf gerade kaum Platz für etwas anderes als Enna. Ich vermisse sie so sehr, dass es wehtut. Viel lieber hätte ich gerade sie neben mir sitzen, doch diesen Gedanken führe ich nicht zu Ende. Es ist schön, dass Rachel sich gemeldet hat und wir uns nun aussprechen können.

»Ich freue mich, dass du mir geschrieben hast«, sage ich deshalb. »Nachdem unser letztes Gespräch ja nicht besonders gut verlief.«

Ich höre Rachel neben mir einmal tief durchatmen, meinen Blick auf die Bäume vor uns gerichtet. »Es tut mir leid, Finn.« Zu meiner Überraschung sehe ich ehrliches Bedauern in ihren Augen. »Ich habe Dinge gesagt, die ich nicht so gemeint habe. Und natürlich trägst du nicht die Schuld an der Trennung.«

»Niemand von uns beiden trägt Schuld daran«, stelle ich in diesem Moment selbst fest. »Es lief von Anfang an nicht gut bei uns.«

»Als Freunde haben wir mir besser gefallen«, sagt sie und ein kleines Lächeln stiehlt sich auf ihre Lippen.

»Mir auch«, erwidere ich, ebenfalls lächelnd.

»Es war falsch von mir, Mark zu küssen, während wir noch zusammen waren. Dafür möchte ich mich entschuldigen.«

»Woher der plötzliche Sinneswandel?«

Rachel stöhnt auf. »Harlow hat mir mal wieder den Kopf gewaschen.«

»Ich habe es mir fast gedacht«, sage ich daraufhin lachend. Harlow ist die Einzige, der es gelingt, zu Rachel durchzudringen.

»Sie hat mir auch geraten, noch mal mit dir zu sprechen. Außerdem hat sie mir gedroht.«

»*Harlow* hat dir gedroht?«, frage ich. »*Unsere* schüchterne Harlow?«

Rachel grinst. »Ja, ob du es glaubst oder nicht. Sie war wirklich wütend. Ich will unsere Freundschaft nicht verlieren, Finn.«

»Das will ich auch nicht«, erwidere ich, nun wieder ernst.

»Deshalb wollte ich auch mit dir sprechen«, sagt sie. »Zum einen wollte ich mich bei dir entschuldigen, zum anderen aber auch fragen, ob du dir vorstellen könntest, dass wir wieder Freunde werden? Mir ist schon klar, dass es nicht genau wie früher …«

»Das wäre schön«, falle ich ihr ins Wort. »Wir funktionieren vielleicht nicht als Paar, aber als Freunde waren wir ein gutes Team, meinst du nicht auch?«

»Du warst ein wirklich guter Freund, Finn. Ich war nicht immer fair zu dir, weil auch ich nicht glücklich war in unserer Beziehung. Aber du trägst dafür nicht die Verantwortung.«

»Komm mal her.« Kurzerhand ziehe ich Rachel zu mir und umarme sie. Noch immer bedeutet sie mir eine Menge, unsere Trennung hat daran nichts geändert. Dass sie nun so offen und ehrlich zu mir ist, bestätigt mich in meinem Gefühl – als Freunde kommen wir besser zurecht. Und obwohl Rachel nie ein wirklicher Teil der WG-Clique war, ist sie mir dennoch wichtig und ich wünsche mir, die Freundschaft zu ihr wiederzufinden.

»Du und Enna also?«, fragt sie mich, als wir uns wieder voneinander lösen.

»Es ist kompliziert.«

»So wie Harlow euch beschrieb, dachte ich, ihr wärt glücklich?«, fragt sie mich verwundert. Es scheint, als ob sie wirklich für mich da sein will und sich für meine neue Liebe interessiert.

»Das waren wir auch, aber ich habe Scheiße gebaut«, erkläre ich ihr. »Ich habe sie angelogen, was sie sehr verletzt hat.«

»Ich weiß nicht genau, was vorgefallen ist, Finn. Aber ich konnte mir bisher ein gutes Bild von Enna machen. Sie scheint toll zu sein. Vor allem aber ist sie verrückt nach dir, das war mir schon klar, als wir noch zusammen waren. Ich glaube, ich war auch ziemlich mies zu ihr. Das tut mir leid. Es ist nur so, dass ich mitbekommen habe, wie nah ihr beide euch steht, und das hat mich eifersüchtig gemacht. Ich hätte das aber nicht an ihr auslassen dürfen.«

»Enna ist ein guter Mensch, Rachel. Sie weiß, dass du es nicht so gemeint hast. Da bin ich mir sicher«, beruhige ich sie. Ich bin froh, dass sie sich mir endlich öffnet und ehrlich zu mir und zu sich selbst ist.

Rachel nickt. »Ich hoffe es. Aber ich glaube vor allem daran, dass ihr zwei das wieder hinbekommt.«

»Wie läuft es denn mit dir und …?«

»Mark«, beendet sie meinen Satz. Ein Lächeln breitet sich auf ihrem Gesicht aus. »Wir haben die Sache mit uns noch nicht genau definiert, aber ich mag ihn. Es passt gut zwischen uns.«

»Das freut mich für dich, Rachel. Wirklich«, sage ich lächelnd.

»Danke, Finn. Ich hatte überlegt, ob ich ihn zum Konzert vor Weihnachten mitbringe, aber ich bin mir noch nicht sicher.«

»Ich würde mich freuen, wenn du ihn mitbringst.«

»Wirklich?« Überrascht schaut Rachel mich an. »Ich würde total verstehen, wenn das komisch für dich und die anderen wäre.«

»Quatsch!« Entsetzt schaue ich sie an, dann lasse ich mir die mögliche Szene durch den Kopf gehen. »Jase wird vielleicht kurz ein bisschen schief schauen und für uns alle wird es erst mal seltsam sein. Aber ich würde ihn gern kennenlernen. Außerdem muss ich ihn erst mal absegnen, bevor ihr dieser Sache zwischen euch irgendeinen Titel gebt«, füge ich lachend hinzu.

»Richtig«, sagt Rachel ironisch. »Wie konnte ich das nur vergessen?«

Und in diesem Moment habe ich das Gefühl, dass wir das schaffen können. Dass unsere Freundschaft vielleicht doch wieder so werden kann, wie sie einmal war.

»Ich werde mir Mühe geben, mich mehr zu öffnen, Finn«, verspricht sie mir schließlich. »Auch Mira, Jase und Enna gegenüber. Und ich werde mir Mühe geben, das Handy öfter mal zur Seite zu legen.«

Lächelnd nicke ich. »Das wäre schön.«

KAPITEL 26
Liebe siegt

Enna

Liebes Tagebuch,

heute war ein wunderschöner Tag. Die Sonne kitzelte mich aus dem Schlaf – gibt es einen besseren Start in den Tag? Ich glaube nicht! Collin überraschte mich mit einem zauberhaften Frühstück, während Enna noch schlief. Frische Croissants und Kaffee standen bereit, er hatte sogar Rührei gemacht (ja, ich spreche hier tatsächlich von meinem Ehemann, der die Küche sonst meidet). Enna und Finn spielen gerade im Garten. Ich liebe es, einfach hier auf der Terrasse zu sitzen und den beiden zuzuschauen. Meine Tochter sitzt auf dem kleinen Auto, das wir ihr schon vor Ewigkeiten geschenkt haben. Finn rennt hinter ihr her und schiebt sie an. Beide lachen so laut, dass es das Zwitschern der Vögel übertönt, das ich nun nur noch leise im Hintergrund vernehme. Dieser Moment ist einfach wundervoll.

Meine Tränen kullern auf die offenen Seiten des Tagebuchs und lassen einige Buchstaben auf dem Papier verschwimmen. Ich weiß nicht, wie lange ich schon hier sitze und in Mums Tagebuch lese, doch es ist bereits dunkel draußen. Ich kann gar nicht aufhören damit, weil mich diese Worte Mum so nahebringen. Es sind ihre Worte, die ich hier lese. Beinahe fühlt es sich an, als würde sie neben mir sitzen. Man spürt ihre Liebe zu Worten in jedem einzelnen Satz. Mum konnte gut mit Sprache umgehen. Sie hatte immer die richtigen Worte für mich parat, konnte mir mit ihrem guten Zureden meine Zweifel nehmen und meine Ängste vertreiben.

Ich blättere die nächste Seite um, auf der ein neuer Eintrag beginnt.

Liebes Tagebuch,

Nachdem ich eben einige Hundert Wörter gelesen habe (meine Güte, ist der neue Stephen King spannend!), sitze ich nun in der Küche und trinke Kaffee. Collin zupft im Garten Unkraut, wobei ich ihn regelmäßig fluchen höre und darüber lache. Er ist immer mit vollem Körpereinsatz dabei, wenn es um seine Gartenarbeit geht! Heute trage ich mein Lieblingskleid – das gelbe, das von der Taille abwärts ganz locker fällt und im Wind tanzt, wenn ich draußen bin. Ich liebe es, wie der weiche Stoff sich an meinen Körper schmiegt, als hätte ich eine zweite Haut. Ich kann es kaum erwarten, bis ich es Enna endlich ausborgen kann.

Ich schaue vom Tagebuch auf. Mum wollte also schon immer, dass ich eines Tages ihr Kleid trage. Das Wissen, dass es noch immer in meinem Schrank hängt, erfüllt mich mit Glück. Ein Stück von ihr ist noch immer bei mir, etwas, das sie so sehr geliebt hat. Als mir im darauffolgenden Eintrag erneut Finns Name ins Auge fällt, beginne ich auch diesen zu lesen.

Liebes Tagebuch,

heute übernachtet Finn bei uns. Enna war schon den gesam-

ten Tag sehr aufgeregt und hibbelig. Gerade hören die beiden in ihrem Zimmer Musik, immer wieder höre ich ihr lautes Lachen bis ins Wohnzimmer. Collin sitzt neben mir und löst ein Kreuzworträtsel, während ich wie so oft bei ihm sitze und hier meine Gedanken niederschreibe. In diesem Moment bin ich dankbar. Ich bin dankbar dafür, diesen tollen Ehemann und ein fröhliches, gesundes Kind zu haben. Aber vor allem dafür, dass das Schicksal Finn in Ennas Leben brachte. Er ist ihr engster Vertrauter, ihr bester Freund. In ihm hat sie einen Menschen gefunden, dem sie sich anvertrauen kann, mit dem sie lacht und weint. Solche Menschen muss man festhalten und ich hoffe, dass Enna genau das tun wird. Ich wünsche mir für sie, dass Finn immer in ihrem Leben bleibt und es mit Freude und Liebe füllt. Sie soll diese Freundschaft, diese ganz enge Bindung, immer beschützen. Zusammen sind sie unschlagbar und ich wünsche mir, dass das immer so bleibt. Das Licht in ihren Welten soll nie verschwinden. Ob das Schicksal mir diesen Wunsch erfüllt?

»Mum.« Nun liegt das Tagebuch geschlossen in meinem Schoß, während ich mir mit meinem Pullover die Tränen aus dem Gesicht wische. »Du fehlst mir so.«

Meine Arme um ihr Tagebuch geschlungen, lasse ich mich nach hinten fallen, dabei fällt ein Foto heraus. Sofort schlage ich das Buch wieder auf. Eine unglaubliche Sehnsucht durchströmt mich, als ich die Seite betrachte.

Mum muss das Bild eingeklebt haben, doch scheinbar hat es sich von der Seite gelöst. Darunter stehen zwei Worte in Mums geschwungener Handschrift, die mir beinahe den Atem rauben: ›Für immer.‹

Ich verliere mich in dem Foto, das ich noch immer festhalte. Darauf zu sehen sind Finn und ich. Ich kann mich noch genau an den Moment erinnern, in dem es entstand, doch Mum hat mir das Foto nie gezeigt. Eine Träne fällt auf die glatte Oberfläche des Bildes. Vorsichtig wische ich sie mit dem Ärmel meines Pullovers weg.

Das Foto zeigt mich, wie ich auf einer Schaukel sitze und in die Kamera grinse. Mir fehlt mein rechter Schneidezahn, dennoch lächle ich aus vollem Herzen. Finn steht hinter mir und hat die Arme um mich geschlungen. Ich erinnere mich daran, dass wir an diesem Tag den Spielplatz besuchten und ich Finn dazu überredete, mich eine Stunde lang immer wieder auf der Schaukel anzuschubsen. Wie immer tat er mir den Gefallen. Wir haben so viel gelacht an diesem Nachmittag.

Ich lege das Foto zurück in das Buch, schließe meine Augen und lege meine Arme um mich. Dabei stelle ich mir vor, dass es Finns Arme sind. Ich vermisse ihn so sehr, dass es wehtut. Das wird mir in diesem Moment schmerzhaft bewusst. Meine Mum hat sich gewünscht, dass wir unsere Freundschaft beschützen. Daraus ist mittlerweile Liebe geworden und ich weiß, dass Mum mir nun geraten hätte, auch diese zu beschützen.

Irgendwann öffne ich meine Augen wieder und betrachte das Foto. Nichts wünsche ich mir mehr, als diesen Jungen wieder an mich zu ziehen. Den kleinen Finn zu umarmen und den großen Finn zu küssen. Ich möchte diesem Menschen wieder nah sein, auf jede nur erdenkliche Weise, egal, wie sehr er mich mit seiner Lüge verletzt haben mag.

Der Schmerz über sein Schweigen sitzt tief, doch in diesem Moment realisiere ich, dass mir nichts mehr wehtun könnte, als von ihm getrennt zu sein. Nichts auf der Welt könnte mir mehr Schmerzen zufügen, als Finn nicht sehen, berühren, riechen und lieben zu können.

Ohne zu wissen, was ich da gerade tue, stehe ich von meinem Bett auf. Mit schnellen Schritten laufe ich zu meinem Kleiderschrank, tausche meine Jogginghose gegen eine frische Jeans und meinen Pulli gegen einen Hoodie. Ich schnappe mir das Foto aus dem Tagebuch, schultere im Flur meine Handtasche, vergewissere mich, dass Beth noch immer in der Küche auf dem Stuhl schläft, und verlasse dann die Wohnung. Ich laufe die Straßen von Starfall entlang, mit nur einem Ziel vor Augen. Nichts wünsche ich mir sehnlicher, als dass der Mensch auf dem Foto wieder seine Arme um mich legt. In meinem Inneren kämpfen meine Zweifel gegen meine Liebe und ich bin mir nicht sicher, wer gewinnen wird. Doch in diesem Moment spüre ich, wie sehr ich mir wünsche, dass die Liebe siegt.

Finn

Mit meinen Kopfhörern auf den Ohren stehe ich auf der Terrasse und lasse zu, dass die kalte Novemberluft eine Gänsehaut über meinem Körper ausbreitet. Normalerweise wird mir so gut wie nie kalt, doch momentan ist nichts mehr *normal.*

Mit »Only You« von Hurts auf den Ohren stütze ich mich auf das Geländer und starre in die Ferne. Normalerweise wirkt der Ausblick auf die Wälder beruhigend auf mich, doch nicht heute. Nicht, wenn meine Gedanken immer wieder zu Enna wandern. Ich würde alles dafür geben, sie endlich wieder im Arm halten zu können. Sie zu küssen, zu berühren, einfach bei ihr zu sein. Seit Tagen fällt mir das Atmen schwer und mehrere Male musste ich mich davon abhalten, einfach zu ihr zu fahren, um mit ihr zu sprechen.

Jase und Mira redeten in den letzten Tagen dauernd auf mich ein und versicherten mir, dass es das Beste wäre, wenn ich Enna erst einmal Zeit gebe, alles zu verarbeiten. Aus Mira habe ich weiterhin nichts herausbekommen, obwohl ich genau weiß, dass sie die Einzige ist, zu der Enna noch Kontakt hält. Es kostet mich alle Kraft, die ich aufbringen kann, um mich zurückzuhalten, sie nicht einmal mehr anzurufen.

Der Text der Band passt perfekt zu meinen Gedanken und Gefühlen. Ich raufe mir die Haare auf dem Kopf zusammen, konzentriere mich auf meine Atmung, um nicht komplett durchzudrehen. Ich habe mir geschworen, Enna nie wieder zu verlieren. Die letzten Jahre ohne sie waren hart, auch wenn ich mir immer wieder einzureden versuchte, dass es nicht so wäre. Die Wahrheit ist, dass sie mir unendlich gefehlt hat.

Ich lasse meinen Blick über die Straße wandern. Mira und Jase sind schon seit heute Morgen in der Uni, während ich mal wieder schwänze. Gestern habe ich mir die heutige Vorlesung selbst erarbeitet, weil der Dozent sie schon online zur Verfügung gestellt hatte. Auf den Inhalt konnte ich mich kaum konzentrieren, doch das hätte ich auch heute im Vorlesungssaal nicht gekonnt.

Eine Frau taucht in meinem Blickfeld auf. Schnellen Schrittes läuft sie den Fußweg entlang, bleibt dann stehen, schaut nach rechts und links und überquert die Straße. Sie erinnert mich mit ihren kurzen braunen Haaren und der grünen Jacke an Enna. Beinahe muss ich darüber lachen, dass ich scheinbar schon halluziniere. Ich drehe mich um, nehme die Kopfhörer ab und schmeiße sie aufs Sofa im Wohnzimmer, dann werfe ich mich daneben. Wahllos zappe ich mich durch das Fernsehprogramm, bis es kurz darauf an der Tür klingelt.

Ich spiele mit dem Gedanken, einfach sitzen zu bleiben, als es erneut klingelt. Und kurz darauf noch einmal, diesmal länger. Seufzend erhebe ich mich und werfe einen Blick an mir nach unten. Ich trage meine schwarze Jogginghose, dazu ein graues Shirt mit V-Ausschnitt, das ich Gott sei Dank heute Morgen frisch angezogen habe. Sonst müsste unser Postbote Frank jetzt mit meinem Gestank klarkommen, der in den letzten Tagen an mir haftete. Jase überredete mich zudem heute Morgen dazu, nach zwei Tagen mal wieder duschen zu gehen, wofür ich ihm jetzt sogar dankbar bin. Schon seit Monaten bringt uns immer derselbe Postbote die Pakete, mittlerweile sind wir deshalb schon beim Du angekommen.

Ohne die Freisprechanlage zu benutzen, drücke ich auf den Knopf, der die Haustür öffnet, und höre kurz darauf Schritte im Flur. Ich lasse die Tür offen und laufe zurück zum Sofa.

»Lass mich raten, Frank«, rufe ich über meine Schulter, als sich das Geräusch der Schritte der Wohnungstür nähert. »Pakete für Mira?«

Als ich keine Antwort erhalte und die Schritte plötzlich innehalten, drehe ich mich um. Und schnappe überrascht nach Luft. *Enna.*

In ihrer grünen Jacke steht sie vor mir, die Haare vom Wind total durcheinandergewirbelt, mit roten Wangen. Wie erstarrt stehe ich da und betrachte sie. Unsere Blicke begegnen sich. Beinahe wirkt es auf mich, als würden sie gegeneinander kämpfen, denn die Gefühle, die sich in ihrer Mimik spiegeln, scheinen mit jeder Sekunde zu wechseln.

»Verdammte Scheiße«, bringt Enna stockend hervor. Bei diesem vulgären Ausdruck aus ihrem süßen Mund muss ich beinahe lächeln, doch ich bin viel zu mitgenommen, um es tatsächlich zu tun.

Enna macht einen Schritt nach vorn und betritt die Wohnung, die Tür schmeißt sie hinter sich zu, den Blick aber weiterhin auf mich gerichtet. »Ich bin so verdammt sauer, Finn. Du hast mich angelogen auf eine wirklich verletzende Weise. Ich habe mich dir geöffnet, habe dir von meinen schlimmsten Ängsten erzählt, und du …« Nun läuft sie ziellos im Flur hin und her, während sie mit ihrer Hand in der Luft herumfuchtelt. Erst jetzt fällt mir das Foto auf, das sie in der anderen Hand hält, doch sie bewegt sich so schnell, dass ich nicht erkennen kann, was darauf abgebildet ist.

Hastig spricht sie weiter. »Ich habe wirklich versucht, dir böse zu sein. Verdammt, ich *bin* auch so böse und wütend auf dich. Aber ich halte es nicht mehr aus.«

Endlich finde ich meine Stimme wieder. »Enna«, bringe ich hervor, doch sie spricht einfach weiter.

»Wieso gehst du mir nicht aus dem Kopf, Finn?«, fragt sie mehr sich selbst als mich, und bleibt dann endlich stehen. »Ich bin verletzt. Ich bin verletzt, wütend, sauer und verwirrt, aber …« Kurz hält sie inne und scheint mit sich selbst zu ringen. »Nichts wünsche ich mir mehr, als dass du mich wieder berührst, Finn. Ich wünsche mir unsere Gespräche zurück, unser gemeinsames Lachen.«

Mir stockt der Atem. Unfähig, etwas zu erwidern, stehe ich da wie der letzte Depp. Ich bin mindestens genauso verwirrt wie sie.

»Noch nie habe ich einen Menschen so sehr vermisst, Finn. Ich will, dass du mich in den Arm nimmst, mich küsst, überall.«

»Enna, ich …«, beginne ich und gehe einen Schritt auf sie zu, doch wieder unterbricht sie mich und hebt abwehrend die Hände.

»Ich wollte hier reinkommen und dich als Arschloch beschimpfen, bevor ich dir sage, dass ich dir verzeihe, doch ich kann es nicht, weil du selbst nach dieser Lüge der wichtigste Mensch für mich bist, Finn.« Tränen treten ihr in die Augen und es zerreißt mir fast das Herz. »Du machst mich verrückt. Du hast meine Mauern eingerissen, nicht Stück für Stück, sondern mit einem Mal. Wenn du bei mir bist, vergesse ich alles um mich herum. Wenn du mich küsst, weiß ich nicht mehr, wie man atmet oder wie spät es ist und …«

»Enna, warte, bitte, ich will dir …«, beginne ich.

»Nein!«, ruft sie laut. »Ich muss das hier jetzt aussprechen, auch wenn es mich noch verletzlicher macht.« Enna holt tief Luft, dann lässt sie die Hände an ihre Seiten sinken und sieht mich aus ihren warmen braunen Augen an. »Ich habe mich in dich verliebt, Finn.«

Als sie diese Worte sagt, setzt mein Herz für einen Schlag aus. In Dauerschleife höre ich ihre Stimme nun in meinem Kopf, mit jedem Mal wird mir etwas wärmer, bis ich irgendwann in Flammen aufzugehen scheine. »Ich habe dich schon immer geliebt«, spricht Enna leise weiter. »Die kleine Enna hat ihren besten Freund *ge*liebt, aber die große Enna hat sich in den großen Finn *ver*liebt.«

Wir stehen schweigend voreinander, ihre Worte schweben zwischen uns in der Luft. Enna hält mir das Foto entgegen, auf dem wir beide zu sehen sind. Ich kann mich noch genau an den Tag erinnern, an dem es entstand. »Ich will diesen Finn in meinem Leben«, sagt Enna. Tränen strömen ihr die Wangen hinab, während sie spricht. »Du bist mein bester Freund, mein Beschützer. Das warst du schon immer. Aber ich will mehr, Finn. Ich will alles von dir und ich will alles für dich sein. Ich will uns ganz und gar, ich wünsche mir, dass wir …«

»Darf der große Finn jetzt auch mal etwas sagen?«, unterbreche ich sie. Ich greife nach dem Bild in ihrer Hand und lege es behutsam auf die Kommode neben uns, dann nehme ich ihre Hände in meine. Tränen sammeln sich in meinen Augen, als ich realisiere, welche Worte ich jetzt aussprechen werde. Die Worte, von denen ich mir schon so lange wünsche, dass ich sie einem Menschen sagen kann. Und nun habe ich diese Frau vor mir und weiß, dass ich sie nur ihr schenken will.

»Ich liebe dich, Enna«, sage ich. Nun laufen auch mir die Tränen das Gesicht herunter, ohne dass ich etwas dagegen tun kann. Ich habe die Kontrolle über meine Emotionen verloren, doch die über meine Worte habe ich behalten. »Ich habe dich schon immer geliebt. Und ich habe nie damit aufgehört.«

Ihre Augen weiten sich. Ich lasse ihre Hände los und nehme stattdessen ihr Gesicht in meine Hände. »Ich will auch alles, Enna. Ich will alles für dich sein. Dein bester Freund, dein Beschützer, einfach *alles*.« Mit meinem Daumen wische ich ihr sanft eine Träne von der Wange. »Du machst mich glücklich. Seit du wieder bei mir bist, kann ich seit Jahren endlich wieder atmen. Ich wusste nicht, dass ich fünf Jahre lang die Luft anhielt, bis du wieder vor mir standest. Schon damals wollte ich dich küssen, dich in meine Arme ziehen. Auf dem Schulball wollte ich dir sagen, dass ich viel mehr für dich empfinde als Freundschaft und ich verfluche das Schicksal dafür, dass ich diese Gelegneheit habe verstreichen lassen.« Ich atme tief durch, bevor ich weiterspreche. »Es tut mir so unendlich leid, dass ich dich belogen habe. Ich werde dir alles erklären, versprochen, doch wenn ich dich nicht gleich küsse, dann ...«

Bevor ich meinen Satz beenden kann, schlingt Enna die Arme um meinen Hals und zieht mich zu sich herunter. Der Moment, in dem unsere Lippen sich berühren, fühlt sich an wie ein Feuerwerk. Als meine Zunge mit ihrer zu tanzen beginnt, sprühen Funken in mir. Die buntesten Farben schießen durch jede Pore meines Körpers, während wir uns küssen.

»Ich liebe dich auch«, murmelt Enna, als wir uns schwer atmend voneinander lösen. Meine Stirn liegt an ihrer, mit meiner Nase streiche ich sanft über ihre. Unsere Tränen vermischen sich auf unserer Haut, ihr Atem legt sich in meinen, unsere Blicke umkreisen sich. Nichts liegt mehr zwischen uns.

In diesem Moment sind wir eins.

Wenig später sitzen wir auf dem Sofa und tun das, was wir schon so lange hätten tun sollen: Wir reden. Endlich kann ich Enna alles erzählen, was mir schon so lange auf der Seele brennt. Ich bin ehrlich zu ihr, verschweige ihr keinen meiner Gedanken, weil ich sie nie wieder belügen will.

»Ich habe mir die Schuld gegeben«, sage ich. Wir sitzen uns auf der Couch gegenüber, Enna im Schneidersitz, ich ein Bein angezogen. »Du hast den wichtigsten Menschen in deinem Leben verloren, und ich war schuld daran.«

Ennas Kopfschütteln lässt mich von meinem Schoß zu ihr aufblicken. Mit ihren Händen greift sie nach meinen. »Hör mir gut zu, Finn«, bittet sie mich, weshalb ich meinen Blick nicht von ihr nehme. »Niemand ist schuld an diesem Unfall. Nicht du, nicht ich und auch nicht Mum. Du warst ein Teenager. Vielleicht hast du den Streit begonnen, vielleicht hat Mum sich deshalb umgedreht, aber es spielt keine Rolle.« Sie legt eine Hand an meine Wange. »Wenn es nicht unser Streit gewesen wäre, hätte es etwas anderes sein können, Finn. Das Telefonat oder unser Lachen auf der Rückbank. Du. Bist. Nicht. Schuld.«

Noch immer spüre ich all die Vorwürfe in mir, doch diese Worte aus Ennas Mund zu hören, scheinen mir diese riesige Last endlich von den Schultern zu nehmen. Niemand anderes hätte das gekonnt. »Danke«, bringe ich hervor.

Enna krabbelt auf meinen Schoß und beginnt, mein Gesicht mit Küssen zu bedecken. Ich umschlinge sie mit meinen Armen und atme ihren Duft nach Vanille ein, bis sie sich wieder von mir löst und unsere Blicke sich begegnen. »Glaubst du an Schicksal?«, fragt sie mich schließlich.

»Seit dem Tag, an dem wir uns wieder gegenüberstanden«, antworte ich ehrlich. Wenn es das Schicksal gibt, dann danke ich ihm dafür, dass es Enna wieder in mein Leben brachte.

Enna nickt. »Ich glaube auch daran. Außerdem glaube ich daran, dass Mum noch immer bei mir ist.« Es ist das erste Mal, dass sie offen über den Tod ihrer Mum mit mir spricht. Doch jetzt steht nichts mehr zwischen uns, also gibt es auch keine Tabuthemen mehr. »Sie sitzt oben im Himmel auf einer Wolke«, spricht sie weiter, während sich Tränen in ihren Augen sammeln. »Und weißt du, was sie jetzt gerade tut?«

Ich schüttle den Kopf. »Erzähl es mir«, fordere ich sie liebevoll auf.

»Sie lächelt auf uns herab«, sagt Enna. Ihre Mundwinkel ziehen sich nach oben und ihre Augen leuchten. »Ich habe ihr Tagebuch gelesen, Finn. Weißt du noch, was du am See zu mir gesagt hast?«

»Natürlich weiß ich das noch. Ich habe jedes Wort genau so gemeint.«

»Mum hat es gespürt, Finn. Sie wusste, dass wir zusammengehören. Und sie wusste, dass wir unsere Welten zum Leuchten bringen.« In ihrem Blick liegt nichts als Liebe, und in diesem Moment weiß ich, dass sie mir wirklich vergeben hat. »Mum hat dich geliebt, Finn. Sie hätte nicht gewollt, dass du dein Leben damit verbringst, diese Schuld auf deinen Schultern zu tragen.«

Ihre Worte bedeuten mir unendlich viel und ich weiß, dass sie wahr sind. Tief in meinem Inneren spüre ich endlich, dass ich keine Schuld empfinden muss, auch wenn dieses Gefühl vielleicht nie ganz verschwinden wird. Ich will nicht mehr, dass es mich einnimmt und kontrolliert. Nie wieder soll es mich lähmen und daran hindern, glücklich zu sein.

»Du musst dir selbst vergeben, Finn«, spricht Enna meine Gedanken aus. »Niemand gibt dir die Schuld, aber du selbst darfst es auch nicht tun. Nur so kannst du wieder glücklich sein. Dad hat seinen Fehler eingesehen und macht sich mindestens genauso große Vorwürfe wie du, Finn. Es war nicht richtig, dass er dir das alles an den Kopf geworfen hat, das hat er jetzt auch verstanden.«

Ich nicke. »Das bedeutet mir sehr viel. Bestimmt können wir beide uns mal unterhalten und über alles sprechen.«

»Ganz bestimmt«, macht Enna mir Mut. »Immerhin gehören wir beide jetzt zusammen. Ihr werdet euch also anfreunden müssen«, sagt sie lächelnd. »Und noch etwas, Finn. Du hättest mir erzählen können, dass deine Eltern sich so oft gestritten haben.«

»Ich habe mich geschämt. Außerdem wollte ich für dich da sein und dich nicht auch noch mit meinen Ängsten belasten.«

»So funktioniert das aber nicht, Finn.« Eindringlich sieht Enna mich an. »Eine Beziehung beruht auf Gegenseitigkeit. Du musst mir die Chance geben, genauso für dich da sein zu können, wie du es für mich bist.«

Enna stand bei mir immer an erster Stelle und daran wird sich nie etwas ändern. Doch vielleicht sollte ich, anstatt mich an die zweite Position zu setzen, einfach zu ihr auf die erste Stufe steigen und mich neben sie stellen.

»Du hast recht«, sage ich schließlich. »Ich werde es versuchen. Keine Lügen mehr. Nur noch Ehrlichkeit.«

Zufrieden nickt Enna. »Das klingt toll.«

Ich drücke ihr einen sanften Kuss auf den Mund, dann dreht Enna sich ein wenig und kuschelt sich an meine Brust. Eine Weile liegen wir einfach nur so da, während ich ihr über den Arm streichle. Ich genieße den Moment. Ich genieße es, sie wieder in den Armen zu halten. Und ich genieße die Gefühle der Freiheit und Leichtigkeit, die Ennas Worte in mir ausgelöst haben.

»Du hast dich also mit deinem Dad ausgesprochen?«

Enna nickt. »Wir haben lange geredet. Er hat eine neue Freundin, Finn. Ich freue mich so sehr für ihn.«

»Das klingt wundervoll«, erwidere ich. Collin hat es verdient, wieder glücklich zu werden.

»Kommt deine Mum zum Konzert vor Weihnachten?«, fragt Enna mich schließlich leise.

»Ich habe sie eingeladen«, antworte ich ihr. »Meinst du, es wird seltsam, wenn unsere Eltern wieder aufeinandertreffen?«

Ich spiele den Abend in Gedanken durch, kann mir aber kaum vorstellen, wie unsere Familien nach all der Zeit wieder aufeinandertreffen.

»Ich weiß es nicht«, antworte ich also ehrlich. »Vielleicht schon.«

»Was hältst du davon, wenn wir sie schon einen Tag eher zu uns einladen?« Sie dreht sich in meinen Armen so, dass wir uns anschauen können. »Dad möchte Marlene mitbringen. Sie scheint wirklich nett zu sein und vielleicht ist sie ein kleiner Puffer zwischen deiner Mum und meinem Dad bei einem gemeinsamen Kaffeetrinken?«

Ich denke einige Sekunden über ihren Vorschlag nach, dann nicke ich. »Ich rufe Mum heute Abend an.«

Enna nickt zufrieden, dann kuschelt sie sich wieder an mich. Ich greife nach der grauen Decke, die neben uns liegt, weil ich davon ausgehe, dass wir uns eine Weile nicht von der Stelle rühren werden und Enna bestimmt kalt ist. Ich küsse sie sanft auf den Scheitel und atme ihren Geruch tief ein. »Du glaubst nicht, wie froh ich bin, dass ich dich wiederhabe«, flüstere ich ihr zu.

»Du hast mich nie verloren, Finn. Ich war immer da drinnen«, sagt sie und legt ihre Hand auf mein Herz.

Diese Vorstellung bringt mich zum Lächeln. Ich ziehe Enna noch ein bisschen näher zu mir. »Ich liebe dich«, murmle ich in ihre Haare.

»Ich kann dich das gar nicht oft genug sagen hören.«

»Ich liebe dich«, flüstere ich erneut. Wieder und wieder, bis sie sich lachend in meinen Armen dreht und wir uns in einem innigen Kuss verlieren.

»Liebe siegt, Finn«, murmelt Enna irgendwann, ihre Stirn an meiner. Unsere Oberkörper liegen aneinander, ich spüre ihr Herz unter meinem schlagen. »Sie siegt immer.«

Lächelnd nicke ich, bevor ich erneut meine Lippen auf ihre lege. Unsere Herzen schlagen in einem Takt, nichts ist mehr zwischen uns. Es gibt nur Enna und mich.

Nur noch *uns*.

KAPITEL 27
Endlich wieder Licht

Finn

»Ich glaube, ich muss gleich kotzen, Leute.« Jase steht die Panik ins Gesicht geschrieben, während er seine E-Gitarre von der Wand nimmt und in den dafür vorgesehenen Koffer packt.

»Hier kotzt niemand!«, ruft Mira lachend.

»Du schaffst das, Jase«, mache ich meinem besten Freund Mut.

»Ich habe eure Songs schon gehört. Ihr seid der Hammer!«

»Ich weiß, dass wir gut sind, Finn. Aber ich habe total Schiss, dass ich es verkacke. Alle werden da sein und …«

»Und auch all deine Freunde sind da, um euch anzufeuern«, beendet Mira seinen Satz und legt ihm ihre Hände auf die Schultern. »Beruhige dich.«

Jase atmet tief durch. »Also los«, sagt er, schnappt sich den Gitarrenkoffer und verlässt sein Zimmer. Mira und ich laufen ihm hinterher, und gemeinsam machen wir uns auf den Weg zum Starfall College.

Heute ist der letzte Tag vor den Weihnachtsferien. Wie jedes Jahr veranstaltet die Uni eine Feier, zu der alle Studenten und deren Familien eingeladen sind. Anschließend fahren die meisten mit ihren Eltern nach Hause. Nach dem Gespräch mit Enna vor einigen Wochen habe ich noch am selben Abend meinen Dad angerufen. Wir vereinbarten, dass ich am fünfundzwanzigsten wie immer bei meiner Mum bleibe und am Tag darauf zu ihm komme. Er hat sich extra freigenommen, um mit mir Weihnachten feiern zu können.

Jase läuft vor Mira und mir, den Gitarrenkoffer auf dem Rücken. Er trägt Jeans und einen Pulli, genau wie ich, Mira hat sich für eine dicke Strumpfhose und ein Strickkleid entschieden, in dem sie aussieht wie eine Weihnachtselfe. Wir alle tragen Stiefel, weil in der letzten Woche der erste Schnee in Starfall fiel. Auch jetzt rieseln weiße Flocken vom Himmel. Normalerweise bin ich kein Fan von Schnee, doch in diesem Jahr ist alles anders. Es fühlt sich an, als könnte ich die schönen Dinge des Lebens endlich wieder wahrnehmen, so seltsam es sich auch anhören mag.

Während wir zum Campus laufen, erzählt Mira mir von ihren geplanten Ferien. Jase und sie werden die Weihnachtszeit bei ihren Eltern verbringen, worauf beide keine Lust zu haben scheinen. Ich weiß, dass sie ein sehr angespanntes Verhältnis zu ihren Eltern haben, obwohl beide so gut wie nie darüber sprechen. Den ersten Feiertag wollen sie hingegen bei ihrer Grandma verbringen, worauf Mira sich schon sehr freut.

Als wir um die Ecke des Hauptgebäudes der Uni biegen, in der sich auch der große Festsaal befindet, sehe ich sofort meine Mum winkend am Tor stehen. Ihr braunes Haar hat sie heute zu einem Dutt gebunden. Sie trägt ein dunkelrotes Kleid und ein Lächeln im Gesicht. Nach der Aussprache mit Ennas Dad gestern Nachmittag ist auch ihr eine Last von den Schultern gefallen. Als Enna und ich ihr eröffneten, dass wir ein Paar sind, hat sie sich riesig mit uns gefreut. Auch Dad habe ich am Telefon davon erzählt, und zu meiner Überraschung war er ebenfalls begeistert. Er sprach sogar davon, dass er Ennas Dad in den kommenden Tagen noch mal anrufen möchte. Es geschehen doch noch Zeichen und Wunder. Ich glaube, wir sind alle einfach erleichtert, dieses Erlebnis und all die Vorwürfe endlich hinter uns lassen und nach all der Zeit wieder nach vorn blicken zu können.

Mum zieht mich in eine herzliche Umarmung, dann begrüßt sie auch Mira und Jase, die sie schon ewig nicht mehr gesehen hat. »Seid ihr gewachsen?«, fragt sie die beiden lachend, woraufhin Jase und Mira den Kopf schütteln.

»Wie war die Nacht im Hotel?«, frage ich Mum. Ich hatte ihr angeboten, bei uns auf dem Sofa zu übernachten, doch sie wollte unbedingt den Spa-Bereich im **Starfall Inn** ausprobieren, das erst vor einigen Monaten eröffnet hat.

»Ich habe mir heute Vormittag eine Massage gegönnt. Und diese Kopfkissen im Hotelzimmer sind ein Traum! Ebenso die Matratze. Ich habe schon lange nicht mehr so bequem gelegen.«

»Es freut mich, dass es dir dort gefällt.«

»Wir gehen schon mal rein«, sagt Jase und geht dann mit Mira im Schlepptau in das Hauptgebäude.

»Er ist nervös, oder?«, fragt Mum mich.

Grinsend nicke ich. »Ja, aber er wird das rocken.«

Einige Minuten stehen wir beieinander, dann sehe ich mich um und entdecke Enna mit ihrem Dad und Marlene. Die drei laufen auf uns zu, doch ich habe nur Augen für meine Freundin. Enna trägt einen langen schwarzen Mantel, unter dem ein gelber Stoff hervorschaut. Ihre Haare trägt sie offen mit einem schwarzen Haarreif.

Während meine Mum Collin und Marlene begrüßt, ziehe ich Enna an mich und küsse sie sanft. »Hey«, murmle ich an ihre Wange, während ich sie fest umschlungen halte.

»Selber hey«, sagt sie leise, dann löst sie sich sanft von mir, um meine Mum zu begrüßen. Collin zieht mich in eine kurze Umarmung und Marlene tut es ihm gleich. Mein erster Eindruck von ihr war gestern wirklich positiv, sie scheint sehr herzlich zu sein. Zu fünft betreten wir schließlich das Gebäude.

Die Studenten der Kunstfakultät haben sich mal wieder selbst übertroffen. Im Eingangsbereich des Festsaals stehen einzelne Tische, von denen man sich Getränke nehmen kann. Alles ist in weißen Farben dekoriert, es liegen sogar überall kleine Schneeflocken verteilt. Normalerweise bin ich kein Fan von Kitsch, doch die Dekoration strahlt etwas Friedliches aus, was mir gut gefällt. Nachdem wir unsere Mäntel an der Garderobe abgegeben haben, lasse ich meinen Blick an Enna entlangwandern. Sie trägt ein tailliertes gelbes Trägerkleid, das ihr von der Taille abwärts locker um die Beine schwingt, darunter trägt sie einen schwarzen Pulli, ihre Haare fallen ihr locker auf die Schultern. Während wir den Festsaal betreten, lege ich meinen Arm um sie. »Du siehst wunderschön aus«, flüstere ich ihr leise zu, während Collin, Marlene und Mum nach einem passenden Platz für uns suchen.

In der Mitte des Saals gibt es eine große Tanzfläche, darum verteilen sich U-förmig Tische und Stühle. Auch hier ist alles in Weiß geschmückt, nur vereinzelt gibt es farbige Akzente. Wir setzen uns an einen der vielen Tische am Rand des Raumes. Ennas Dad und Marlene besorgen die erste Runde Getränke und stoßen dann wieder zu uns. Irgendwann gesellt sich auch Mira zu uns und wird herzlich von allen begrüßt.

»Sie sind ein wirklich tolles Paar«, sagt sie lächelnd zu Ennas Dad und seiner Freundin. Marlene legt einen Arm um Collin. Kurz werfe ich meiner Freundin einen Seitenblick zu und stelle fest, dass sie bei dem Anblick der beiden lächelt. »Das finde ich auch«, sagt sie dann.

»Fehlt nur noch der passende Mann für mich«, sagt Mum gespielt schmollend, was uns alle zum Lachen bringt.

»Der wird kommen, Mum«, erwidere ich. »Ganz sicher.«

Sie schenkt mir ein Lächeln. »Danke, Finn.«

Wir unterhalten uns darüber, wie das Studium läuft. Enna erzählt von der vollen Punktzahl, die sie in ihrer Hausarbeit erreichte, ebenso in ihrem Referat mit Harlow, und ich freue mich erneut für sie. Als sie mir vor einigen Tagen von ihrem Ergebnis erzählte, wirbelte ich sie in meinen Armen durch die Luft vor lauter Begeisterung. Ich weiß, wie viel Liebe sie in ihre Arbeit gesteckt hat und sie hat ihre gute Note mehr als verdient. Unter dem Tisch greife ich nun nach ihrer Hand.

»Ich bin wirklich stolz auf dich«, sage ich zu ihr.

»Und ich bin stolz auf dich«, erwidert sie.

Nach der Eröffnung des Büfetts füllen wir uns alle reichlich die Teller. Mira erzählt uns, dass Jase hinter der Bühne verschwunden ist, um mit seinen Bandkollegen die Songliste noch einmal durchzugehen. Nach dem Essen huscht sie kurz nach hinten, um ihrem Bruder auch etwas vom Büfett zu bringen.

Wir unterhalten uns weiter über alles Mögliche, bis Collin kurz um unsere Aufmerksamkeit bittet. »Ich würde gern etwas sagen.«

Gespannt schauen wir ihn an, die Anspannung steht ihm deutlich ins Gesicht geschrieben. Seine nächsten Worte scheinen ihm wirklich wichtig zu sein, das ist ihm deutlich anzusehen. »Obwohl ich es gestern schon mehrfach getan habe, möchte ich mich noch einmal bei euch entschuldigen«, sagt er an Mum und mich gewandt. »Besonders dir habe ich viel Unrecht getan, Finn. Ich bin froh, dass Marlene und Enna mir den Kopf gewaschen haben.«

»Gern, Schatz«, flüstert Marlene ihm zu, bevor er weiterspricht.

»Ich liebe meine Tochter über alles«, sagt Collin, weiterhin liegt sein Blick auf mir. »Ich bin froh, dass sie einen Mann wie dich an ihrer Seite hat. Und Olivia wäre das auch, da bin ich mir absolut sicher.«

»Es bedeutet mir viel, dass du das sagst«, erwidere ich.

Enna greift unter dem Tisch nach meiner Hand, weil sie zu spüren scheint, wie nah mir seine Worte gehen. »Ich werde Enna immer beschützen.«

Collin nickt, dann wendet er sich seiner Partnerin zu. »Ich bin so froh, dass wir uns gefunden haben, Marlene. Ich danke dir dafür, dass du so viel Verständnis für mich aufbringst und mir eine Stütze bist.« Mit seiner Hand streicht er ihr eine blond gelockte Haarsträhne aus dem Gesicht.

»Ich liebe dich«, flüstert sie Collin zu. »Und ich bin froh, dass wir uns auch so gut verstehen«, sagt sie liebevoll zu Enna.

Enna lächelt. »Du machst meinen Dad glücklich und damit auch mich.«

Dann führt Collin seine Rede fort. »Mira, ich bin sehr dankbar dafür, dass Enna in dir eine so gute Freundin gefunden hat.«

»Ich habe sie sehr lieb«, sagt Mira und wirft Enna über den Tisch eine Kusshand zu.

Nun dreht Ennas Dad sich zu meiner Mum. »Vera«, beginnt er. »Ich danke dir dafür, dass du mir meine Wut verziehen hast. Und ich hoffe, dass wir alle eine große Familie werden können«, sagt er dann und schaut jeden von uns einzeln an. Tränen sammeln sich in seinen Augen.

»Nicht weinen, Dad«, sagt Enna, und ich sehe, dass auch ihre Augen schimmern.

»Na aber, meine Lieben«, ermahnt Mum die beiden. »Heute ist kein Tag zum Weinen. Wir haben ja wohl genügend Gründe, um zu feiern.« Sie hebt ihr Glas und wir tun es ihr gleich. »Auf die Liebe.«

»Auf die Liebe«, erwidern wir alle im Chor, bevor unsere Gläser aneinanderklirren.

Und in diesem Moment weiß ich, dass ich nicht nur wieder zu Enna gefunden habe. Ich habe auch zu mir selbst zurückgefunden und bin nun ein Teil dieser wundervollen Familie.

» Die Liebe siegt immer«, sage ich in die Runde, doch schaue dabei nur Enna an. Und wieder schenkt sie mir ihr wundervolles Strahlen.

Enna

»Es geht los«, ruft Mira aufgeregt. Sofort richten wir alle unseren Blick zur Bühne, auf der in der letzten Stunde die Technik aufgebaut wurde. Der Direktor unserer Universität tritt ans Mikrofon und räuspert sich. Finn und ich drehen uns auf der Bank um, sodass wir ihn sehen können.

»Guten Abend, Starfall«, begrüßt er uns. »Ich heiße Sie alle herzlich willkommen zu unserer jährlichen Weihnachtsfeier und freue mich, dass Sie so zahlreich erschienen sind.« Ein kurzer Applaus hallt durch den Raum, dann spricht er weiter. »In diesem Jahr muss ich endlich mal keinen DJ ankündigen«, sagt er lachend, und sofort stimmen alle mit ein. »Stattdessen darf ich Ihnen voller Stolz die Band unserer Musik-Fakultät präsentieren. Viel Spaß mit den Jungs von *Sound of the Stars*!«

»Das ist unser Zeichen«, ruft Mira aufgeregt. Sofort erheben wir uns und gehen auf die Tanzfläche, um Jase und die Band bei ihrem ersten Auftritt zu unterstützen. Einige Studenten tun es uns sofort gleich, sodass sich die Menge in der Mitte des Raumes sammelt.

»Ist das okay?«, fragt Finn mich liebevoll, als wir in der Mitte stehen bleiben und sich die Menschen um uns herum sammeln.

Lächelnd nicke ich. »Schirmst du mich ab?«, frage ich ihn.

»Nichts lieber als das«, murmelt er und zieht mich vor sich. Finn legt seine Arme um mich, und sofort breitet sich eine unglaubliche Wärme in mir aus. Vor einigen Tagen habe ich eine Psychologin in der Nähe kontaktiert. Mir ist bewusst, dass ich etwas gegen meine

Ängste unternehmen muss, damit ich mein Leben wieder in vollen Zügen genießen kann. Ich möchte endlich dafür kämpfen. In einigen Wochen habe ich meine erste Sitzung und bin erleichtert, dort über meine Ängste sprechen zu können. Finn unterstützt mich in meiner Entscheidung und auch Dad war froh, als ich ihm davon erzählte.

Mira steht neben uns, als die Jungs auf die Bühne kommen und die Menge in einen lauten Jubel ausbricht. Während Jase seine Gitarre stimmt und Jonathan sein Schlagzeug testet, kommen auch noch Harlow und Rachel zu uns. Als Finn mir von seiner Aussprache mit Rachel erzählte, habe ich mich sehr für ihn gefreut. Ihre Entschuldigung habe ich sofort ohne Bedenken akzeptiert. Rachel hat ihre Macken, doch auch ich habe meine eigenen und im Inneren ist sie ein guter Mensch. Ich freue mich für Finn, dass er seine gute Freundin wiederhat. Wir begrüßen uns alle mit einer Umarmung und bleiben dann als Grüppchen zusammenstehen. Ich schaue wieder auf die Bühne und sehe Jase, der direkt zu uns schaut. Harlow steht vor Finn und mir und reckt beide Daumen in die Höhe, was Jase zum Lächeln bringt.

»Do it, Jase!«, ruft Mira ihrem Bruder laut zu, was ihn zwar erröten lässt, doch sein Lächeln wird noch breiter.

Als die ersten Klänge von Jases Gitarre erklingen, nehme ich aus dem Augenwinkel wahr, wie auch Mark zu uns stößt. Rachel hat ihn uns allen schon vor einigen Tagen bei einem gemeinsamen Kaffeetrinken vorgestellt. Er ist eher ein ruhiger Typ, obwohl man ihm das gar nicht ansieht bei seiner Größe und den vielen Muskeln, und ich mag ihn. Er scheint nett zu sein und tut Rachel wirklich gut. Finn begrüßt ihn mit einem Handschlag, dann legt er seine Arme wieder um mich.

In der letzten Woche hat Rachel das Gespräch mit mir gesucht und sich für ihr abweisendes Verhalten entschuldigt. Für mich war es nie eine Frage, ob ich ihr verzeihe. Sie ist ein wichtiger Mensch in Finns Leben und gibt sich seit deren Aussprache wirklich Mühe, ein Teil der Clique zu sein. Auch Rachel scheint viel Dunkelheit in sich zu tragen, doch ich lerne sie mehr und mehr kennen und mittlerweile kommen wir sehr gut aus. Die besten Freundinnen werden wir wohl nie, aber das macht nichts. Immerhin habe ich die beste Freundin, die ich mir wünschen kann, bereits an meiner Seite.

Ich werfe einen Blick zu Mira, die ihren auf jemanden in der Menge vor uns geworfen hat. Ich folge ihren Augen und entdecke Zac etwas abseits der Tanzfläche. Die Sehnsucht in Miras Augen lässt mich hoffen, dass auch sie ein Happy End erleben wird. Ich wünsche mir für meine beste Freundin, dass sie ihr Glück findet, und nehme mir vor, ihr auf diesem Weg immer beizustehen, was auch kommen mag.

Während die Band spielt, stehen wir alle beisammen und feuern Jase und seine Bandkollegen an. Die Jungs gehen total auf in ihrer Musik und nach wenigen Sekunden scheint all die Aufregung vergessen zu sein. Bei den ruhigeren Songs wiege ich mich in Finns Armen, bei den schnelleren nimmt er meine Hände in seine und wirft sie lachend in die Luft. Die Songs sind energiegeladen und beeindruckend tiefgründig, sie verbreiten gute Laune und sind dennoch emotional. Ich mag den Stil der Band und freue mich, dass Jase seinen Platz dort gefunden hat. Stephan hat eine unglaublich rauchige und angenehme Stimme, doch als Jase einen Song übernimmt und Stephan dazu am Klavier sitzt, füllt mein Herz sich sofort mit Wärme.

»Wow«, entfährt es mir und ein Blick zu meinen Freunden zeigt mir, dass wir alle überrascht zu sein scheinen. Rachel und Mark fallen fast die Augen raus, während sie auf die Bühne schauen, Harlow hat Tränen in den Augen. Ich habe Jase am Lagerfeuer schon einmal singen gehört, doch hier in diesem Raum, in dem die Akustik einfach perfekt zu sein scheint und seine Stimme durch das Mikrofon noch klarer klingt, raubt es mir beinahe den Atem.

In Finns Armen wiege ich mich zu dem Song, während ich einen Blick zu unserem Tisch werfe. Dad hat einen Arm um Marlene und den anderen um Finns Mum gelegt. Alle drei haben ein Lächeln im Gesicht und schunkeln gemeinsam zur Musik. Dad grinst mich an und ich grinse zurück, bevor ich meinen Blick über meine Freunde wandern lasse. Harlow und Mira liegen sich ebenfalls in den Armen und bewegen sich langsam zur Musik. Mark steht als Einziger da, ohne sich zu bewegen, doch er schaut mit einem Lächeln auf Rachel, die sich in seinen Armen wiegt.

Ein Grinsen breitet sich auf meinem Gesicht aus. Nach langer Zeit fühle ich mich zum ersten Mal komplett unbeschwert. Ich habe nicht nur meinen besten Freund wieder, sondern auch all die anderen Menschen um mich herum in mein Leben gelassen. Diese wundervollen Freunde möchte ich nicht mehr missen, ebenso wenig meine Liebe zu dem Mann, der mich in diesem Moment mit den Armen umschlungen hält.

»Bist du glücklich?«, fragt Finn mich an meinem Ohr, gerade als der Gedanke in meinem Kopf Gestalt annimmt.

Lächelnd nicke ich. »Das bin ich.«

Eine Weile hören wir einfach nur Jase dabei zu, wie er von einer verlorenen Liebe und dem damit verbundenen Schmerz singt. In der zweiten Strophe erzählt er uns mit seiner Stimme von einem Neubeginn und davon, wie es sich anfühlt, ganz bei sich selbst anzukommen, als wäre der Song eben für genau diesen Moment geschrieben. Als wäre er für Finn und mich geschrieben. Ich kuschle mich an meinen Freund, schließe die Augen und lasse Jases Gesang und die Worte seines Songs in mir tanzen und leuchten.

And after all this time
I fall in love with you again.
Cause you light up the darkness
Inside me, deep inside me.

With your smile and
By just being you,
you light up the darkness
and I hope you feel it, too.

Irgendwann löst Finn seine Arme von mir, doch das nehme ich nur nebenbei wahr, weil die Musik mich so sehr gefangen nimmt. Plötzlich legt sich etwas Kühles um meinen Hals und ich spüre Finns Hände in meinem Nacken. Mit meiner Hand greife ich an meinen Hals und stelle fest, dass Finn mir eine Kette umgelegt hat. Ich schaue nach unten, während ich mich zu ihm umdrehe. Mein Blick fällt auf einen kleinen goldenen Stern, der nun knapp über meinem Dekolleté liegt.

Mir fehlen die Worte angesichts dieser liebevollen Geste. Langsam hebe ich meinen Blick und sehe in Finns strahlend grüne Augen. Er legt seine Arme um mich und zieht mich fest an sich. »Diese Kette soll dich immer beschützen, egal, wo du auch bist«, sagt er leise zu mir.

Nun treten auch mir Tränen in die Augen. »Ein Stern?«, frage ich ihn lächelnd, während mir eine Träne über die Wange kullert.

Finn nickt lächelnd, dann wird seine Miene wieder ernster. »Du bist mein Licht, Enna. Du machst mich einfach nur bedingungslos glücklich.«

Während weitere Tränen der Freude über meine Wangen laufen, lege ich meine Stirn an seine. »Ich liebe dich«, flüstere ich leise.

»Und ich liebe dich. So sehr, Enna«, erwidert Finn, bevor er seine

Hände um mein Gesicht legt. Liebevoll zieht er mich an sich und legt seine Lippen auf meine.

Kurz darauf liege ich wieder in seinen Armen. Mein Gesicht an seiner Brust, direkt über seinem Herzen. Ich kann es schlagen fühlen und schließe meine Augen, um mich ganz darauf zu konzentrieren.

Und während Jase zu den sanften Tönen das Klaviers von der großen Liebe singt, weiß ich in diesem Moment, dass ich sie längst gefunden habe. In meinen Freunden, in meiner Familie, in Finn. Und auch in mir selbst habe ich sie entdeckt.

Langsam öffne ich meine Augen wieder, blicke zu Finn auf. Als ich mich im warmen Grün seiner Augen verliere, spüre ich es. Ich kann es sehen, fühlen, riechen und schmecken, mit jeder Faser meines Körpers.

Ich habe es wiedergefunden. Das Licht in meiner Welt.

Der Traum der kleinen Enna hat sich erfüllt. Und die große Enna freut sich auf alles, was das Leben noch für sie bereithält.

Denn Liebe siegt.

Immer.

Danksagung

Mit *Du bist das Licht in meiner Welt* ist mein größter Wunsch in Erfüllung gegangen. Auch ich war einmal ein kleines Mädchen und habe immer davon geträumt, eines Tages mein eigenes Buch in den Händen halten zu können. Ich habe Geschichten geschrieben, Welten erschaffen, Worte zu Papier gebracht und mir vorgestellt, wie verrückt und wunderschön es wäre, wenn meine Zeilen Menschen erreichen könnten. Dass genau dieser Traum Wirklichkeit geworden ist, wäre ohne die bedingungslose Unterstützung vieler Menschen nicht möglich gewesen. Die Geschichte von Enna und Finn ist aus meinem Herzen entsprungen, doch ohne den Mut, den mir meine Herzensmenschen geschenkt haben, wäre sie wahrscheinlich nie zwischen zwei Buchdeckeln gelandet.

Keine Worte dieser Welt können beschreiben, wie dankbar ich euch bin, und dennoch möchte ich versuchen, die richtigen zu finden.

Die Idee für dieses Buch trug ich zwar schon eine Weile in mir, doch ich erinnere mich noch genau an den Tag, an dem sie zum ersten Mal wirklich Gestalt annahm – auf dem großen gemütlichen Bett meiner besten Freundin Miri. In ihre Kissen gekuschelt saßen wir dort, zwei große Tassen mit dampfendem Tee und ein Notizbuch zwischen uns, in dem wir einfach *alle* Ideen für meine Geschichte festgehalten haben. Stundenlang haben wir geplottet, gelacht, begeistert die Arme in die Luft geworfen, uns umarmt und Enna und Finn immer mehr Leben eingehaucht. Miri war die Erste, der ich mich geöffnet habe, die meine Figuren kennengelernt und mit der ich meine Liebe für Starfall geteilt habe.

Miri ... Ich danke dir unendlich für deine Finna-Liebe, deine Begeisterung für meine Ideen, deine Unterstützung und dafür, dass du einfach immer an mich geglaubt hast. Vor allem aber danke ich dir für deine Freundschaft. Uns verbindet so unendlich viel und ich bin jeden einzelnen Tag dankbar dafür, dich in meinem Leben zu haben, und freue mich auf alles, was im Leben noch vor uns liegt. Ich werde immer an deiner Seite gehen und deine Hand halten, wenn du mich brauchst. Danke, dass es dich gibt. Danke für die schönsten Treffen, das gemeinsame Lachen und Weinen, dass ich dir bedingungslos vertrauen kann.

Nachdem Miri so begeistert von meiner Idee war, habe ich begonnen, meine Geschichte aufzuschreiben. Während meiner Semesterferien 2021 habe ich jeden Tag Stunden am Laptop gesessen, geschrieben und mich nach Starfall geträumt. Dabei hatte ich oft tatkräftige virtuelle Unterstützung.

Josi ... Du hast mir so oft Mut gemacht, wenn ich an mir gezweifelt habe. Ich danke dir für deine motivierenden Worte und dein offenes Ohr, für deine Plot-Ideen und deine Erklärungen. Oft habe ich dich gefragt, wie das denn so läuft, wenn man Autorin ist, und du hast mir unendlich geduldig die scheinbar einfachsten Dinge erklärt, weil ich sie nicht verstanden habe. Ohne dich hätte ich meinen Weg nur schwer gefunden, und dafür danke ich dir. Auf weitere Pancake-Schreibdates mit viel Koffein. Mit einer *Menge* Koffein!

Jessi ... Erinnerst du dich an unseren Motivationsweihnachts-mann? Der saß bei unseren gemeinsamen Work-Sessions auf deinem Schreibtisch, hat uns streng beim Schreiben beobachtet und an unsere Wortziele erinnert. Ich bin nicht nur dem Weihnachtsmann dankbar, sondern vor allem dir. Danke für deine Unterstützung!

Irgendwann war da eine Datei auf meinem Computer. Eine Datei mit meinem fertigen Manuskript. Auf einmal hatte ich ein komplettes Buch geschrieben und mich gefragt, wie das denn überhaupt möglich sein kann! Und dann habe ich damit begonnen, Enna und Finn aus meinen Händen zu geben.

Franka ... Du warst die erste Leserin, die mein Buch beendet hat. Mit deinem Feedback hast du es geschafft, dass ich wirklich an mich geglaubt habe. Du hast mir das Gefühl gegeben, dass ich eine be-deutende Geschichte geschrieben habe, die wirklich Potenzial hat. Ich danke dir für deine Unterstützung, deine große Finna-Liebe, all die Lese-Update-Audios und die Mail mit dem wohl schönsten Betreff: »Starfall Love oder auch mein neues Herzensbuch«. Ich habe dich sehr lieb und bin unglaublich dankbar für unsere Freundschaft. Dich lasse ich jederzeit gern wieder testlesen, hihi.

Auf meinem Weg zur Veröffentlichung haben mich Menschen an die Hand genommen, ohne deren Unterstützung ich meinen Weg wahr-scheinlich nicht so leicht gefunden hätte. Durch euch habe ich ge-lernt, dass es wichtig ist, Hilfe anzunehmen, und dass es immer eine Möglichkeit gibt, wenn man nur fest an sich und sein Können glaubt.

Immi ... Ich danke dir für deine Unterstützung, deine lieben Worte, die mir so viel Mut gemacht haben. Du bist eine so liebe Seele, hast ein unendlich großes Herz und brennst für das, was du tust. Dafür bewundere ich dich sehr. Fühl dich umarmt von mir!

Sophie ... Deine Begeisterung für Starfall und deine Worte nach dem Testlesen haben mich bestärkt. So sehr, dass ich mich irgendwann wirklich getraut und mein Buch an Literaturagenturen geschickt habe. Du bist der bunteste, offenste und ehrlichste Mensch, den ich kenne. Für mich bist du ein Regenbogen, eine Frau, die einfach immer Liebe für Menschen übrighat, egal, wie schwer das Leben manchmal sein kann. Ich danke dir für deine Worte, deine Freundschaft und deine Begeisterung für Rachel, die es ohne dich gar nicht geben würde.

Eva ... Deine Mail kam damals im genau richtigen Moment in mein Postfach. Zu einer Zeit, in der ich schon nicht mehr daran glaubte, dass meine Geschichte Potenzial hat, hast du mich vom Gegenteil überzeugt. Du bist die beste Agentin, die ich mir für mein erstes Buchprojekt hätte wünschen können. Ich danke dir dafür, dass du mit mir gemeinsam dafür gekämpft hast, dass Enna und Finn in einem Verlag ihr Zuhause finden. Ohne deine Unterstützung wäre ich nicht dort, wo ich heute bin. Danke, dass es dich gibt und du diesen Weg mit mir gegangen bist. Ich freue mich auf weitere gemeinsame Projekte in der Zukunft, auf spannende Telefonate und tolle Gespräche.

Schon immer war ich bei meinen Freundinnen für meine Bücherliebe bekannt. Meine Mädels wissen, dass sie mir mit einem guten Buch die größte Freude machen können, und dem Himmel sei Dank habe ich nur Freundinnen, die selbst gern lesen, denn so sind die schönsten Gespräche über Bücher und Geschichten entstanden! Dass wir aber irgendwann mal über *mein* Buch sprechen werden, hätte ich vor ein paar Jahren nie für möglich gehalten.

Chenoa ... Du bist Enna und Finn zum ersten Mal in Kanada begegnet, während deiner großen Reise. Das war eine so aufregende Zeit für dich, und dennoch hast du dir die Zeit genommen, nach Starfall zu reisen. Dafür bin ich dir sehr dankbar! Ich danke dir für die schönsten Telefonate, für Spieleabende mit unseren Mamas, für gemeinsames Kochen und dafür, dass du nie daran gezweifelt hast, dass aus mir wirklich eine Schriftstellerin wird. Danke für die lustigsten Mathe-Stunden im Abitur, dafür, dass du mit mir das Zimmer verlassen hast, wenn ich wegen einer schlechten Note weinen musste. Und danke, dass du Tränen der Freude mit mir geweint hast, als ich dir erzählte, dass Enna und Finn Wirklichkeit werden.

Lisl ... Ich denke oft daran, wie mein Leben verlaufen wäre, hätte ich dich am ersten Tag an der Uni nicht angesprochen. Gott sei Dank hattest du diesen coolen Pullover mit dem auffälligen Blumenmuster an und bist mir dadurch direkt aufgefallen! Mit dir die Liebe zu Worten und zur deutschen Sprache zu teilen, bedeutet mir unendlich viel. Noch mehr bedeutet mir aber deine Freundschaft und deine bedingungslose Unterstützung. Dank dir haben Enna und Finn ein Gesicht, die wichtigsten Orte in Starfall Farbe und eine Form bekommen. Für mich bist du eine der talentiertesten Künstlerinnen und ich bin mir sicher, dass du mit deinen Zeichnungen irgendwann Großes erreichen wirst, denn genauso sehr wie du an mich glaubst, glaube ich auch an dich.

Meli ... Du bist die Freundin, die am weitesten entfernt von mir ist, und dennoch einer der Menschen, dem ich mich am nächsten fühle. Ich danke dir dafür, dass ich mit dir über einfach alles reden kann und niemals Angst davor haben muss, dir etwas anzuvertrauen. Du hast immer an mich geglaubt, warst für mich da in Zeiten, in denen ich eine imaginäre Schulter zum Anlehnen gebraucht habe. Danke, dass es dich gibt. Wir sind der Beweis dafür, dass wahre Freundschaft keine Entfernung kennt.

Mona ... Dass du von meiner Lieblingsautorin zu meiner Freundin geworden bist, finde ich noch immer absolut verrückt! Mit Allie und Kaden, mit Woodshill und deiner wundervollen Reihe hast du meine New-Adult-Liebe entfacht und dafür gesorgt, dass ich selbst in diesem Genre schreiben möchte. Ich danke dir dafür!

Du bist das Licht in meiner Welt wäre nicht die Geschichte, die sie heute ist, ohne meine wundervollen Testleser. Ich danke euch für euer wertvolles Feedback und die Zeit, die ihr euch für mein Projekt und mich genommen habt.

Lauri ... Dass du Damon Salvatore auf dem TV pausiert hast, um stattdessen Finn auf seinem Abenteuer zu begleiten, werde ich dir nie vergessen. Danke, dass es dich gibt und ich dich meine Freundin nennen darf. Ich habe dich sehr lieb!

Nils ... Wir zwei kennen uns schon so viele Jahre und haben uns dabei nie ganz aus den Augen verloren. Mir war es unendlich wichtig, dich meine Geschichte lesen zu lassen, denn ich schätze dich nicht nur als Blogger und Leser, sondern vor allem als Menschen sehr. Danke für deine Zeit, deine lieben Worte und einfach dafür, dass du eine Bookstagram-Bereicherung für uns alle bist!

Ela ... Deine Kommentare an meinem Manuskript waren definitiv die kreativsten! Ich danke dir dafür, dass du dich mit dem Lesen meiner Geschichte in ein für dich völlig neues Genre gewagt hast.

Dass dir mein Buch gefallen hat, macht mich noch immer unendlich glücklich!

Ich habe mir immer einen Verlag für meinen Debütroman gewünscht. Enna und Finn haben ihr Zuhause bei LAGO gefunden und könnten sich dort nicht wohler fühlen. Es war Schicksal, dass meine Geschichte dort gelandet ist, da bin ich mir absolut sicher. Ich danke euch dafür, dass ihr mein Projekt genau so umsetzt, wie ich es mir immer gewünscht habe, und dafür, dass ich euch als Mensch genauso wichtig bin wie als Autorin.

Karina ... Ich habe sofort gespürt, dass mein Roman bei dir in den besten Händen ist. Du bist ein so liebenswerter Mensch, die beste Lektorin, die ich mir für Enna und Finn hätte wünschen können. Unsere Liebe für *Gilmore Girls* verbindet uns, genauso wie so viele andere Gemeinsamkeiten, die wir bereits in unserem ersten Telefonat entdeckt haben, nach dem ich tanzend durch mein Zimmer gesprungen bin, weil ich so unendlich erleichtert war, dass wir uns gut verstehen. Du bist nicht nur meine Lektorin, sondern auch eine gute Freundin für mich geworden, und dafür danke ich dir.

Laura ... In der Pressearbeit bist du absolut unschlagbar! Ich danke dir für deine leidenschaftliche Arbeit für mein Buch, für deine tollen Ideen und deinen Einsatz für Enna und Finn.

Jasmin ... Was würde ich nur ohne dich tun? Diese Frage stelle ich mir immer wieder. Auf einmal bist du bei LAGO aufgetaucht und hast mein Buchbaby betreut. Plötzlich habe ich eine neue Freundin gefunden, die mich zu jeder Tageszeit unterstützt, die tollsten Ideen hat und mit der ich die längsten spontanen Telefonate führen kann.

Ich schätze deine Arbeit so sehr, doch viel mehr weiß ich deine Freundschaft zu schätzen. Danke, dass es dich gibt! Danke für deine tollen Fotos, kreativen Ideen, deine Leidenschaft für Bücher.

Am längsten auf meinem Weg begleitet hat mich meine Familie. Ich danke euch dafür, dass ihr einfach immer an mich geglaubt habt, egal, was ich mir für meine Zukunft gewünscht habe. Ohne eure Unterstützung, eure Umarmungen und euren Rückhalt hätte ich die schweren Zeiten nicht überstanden.

Papa ... Ich danke dir dafür, dass du der coolste Dad bist, den es gibt. Mit dir über die Autobahn zu düsen ist genau das, was ich oft brauche, um den Kopf freizubekommen. Du hast dein Leben lang wie ein Löwe für mich gekämpft, mir so unendlich viele Dinge ermöglicht, und dafür bin ich dir so wahnsinnig dankbar.

Oma Moni ... Danke, dass du mein Buch öfter vorbestellt hast als alle anderen. Ich freue mich immer wieder darüber, dass du Enna und Finn an deine Freundinnen weitergeben möchtest und dich sogar mit Instagram auseinandersetzt, um Werbung für mich zu machen. Du bist die coolste und modernste Oma ever!

Die letzten Worte, die ich in dieses Buch schreibe, möchte ich dem Menschen schenken, dem ich diese Geschichte gewidmet habe: meinem Engel auf Erden, der Lorelai zu meiner Rory, meinem absoluten Lieblingsmenschen auf der ganzen weiten Welt.

Mama ... Ich finde keine Worte, um zu beschreiben, wie sehr ich dich liebe. Ohne deine Liebe, deine bedingungslose Liebe, wäre ich nicht der Mensch, der ich heute bin. Du hast mir beigebracht, wie wichtig es ist, dass ich an mich selbst glaube. Meine Bücherliebe hast du mir in die Wiege gelegt. So oft hast du mit mir gesprochen, mir vorgelesen. Jedes einzelne Wort, das in diesem Buch geschrieben steht, verdanke ich vor allem dir. Uns verbindet etwas, das niemand außer uns beiden fühlen kann. Wir zwei sind viel mehr als Mutter und Tochter: Wir sind Schwestern, Seelenverwandte, beste Freundinnen, ein Herz und eine Seele. Wir sind immer verbunden, niemals getrennt, eine Einheit und eine Liebe.

Ich liebe dich unendlich, Mama.

Nun hältst **DU** dieses Buch in deinen Händen, und natürlich möchte ich mich auch bei dir bedanken. Danke, dass du Enna und Finn auf ihrem Abenteuer begleitet und dich dafür entschieden hast, mein Buch zu lesen. Danke, dass du dir die Zeit für meine Zeilen genommen hast. Ich hoffe von ganzem Herzen, dass sie dich berühren und bewegen konnten, und freue mich jederzeit über dein Feedback! An dieser Stelle danke ich der gesamten Bookstagram-Community, jeder einzelnen Seele, die ihren Weg auf meinen Account gefunden hat und mich dort begleitet. Danke für jede liebe Nachricht, eure lieben Worte, die mich jeden Tag erreichen.

Vertraue darauf, dass du dein Licht wiederfinden wirst, egal, wie dunkel die Welt um dich herum vielleicht gerade erscheint. Kämpfe für deine Träume und glaube daran, dass du deinen Weg finden wirst. **DU** bist der wichtigste Mensch in deinem Leben. Vergiss das bitte nie. Und vielleicht haben Enna und Finn dich daran erinnert, wie wichtig es ist, an sich selbst zu glauben und die Hoffnung niemals aufzugeben.

Starfall Pies

ein veganes und zuckerfreies Sterngebäck

Das brauchst du für 7 Pies:

für die Zimtfüllung

- 1 ½ Äpfel
- 1 Bio-Orange (Saft und Abrieb)
- 50 g blaue Weinbeeren (Rosinen)
- 1 TL Zimt
- ½ TL Kardamom-Gewürz
- ½ TL Ingwer (gemahlen)

für den Teig

- 1 EL Kokosöl
- 200 g Hafermehl (gemahlene Haferflocken)
- 100 g Reismehl
- 3 EL Apfelmark
- 100 ml pflanzliche Milch (z. B. Mandelmilch)
- 1 TL Kokosöl (zum Einfetten der Backform)

So zauberst du das Gebäck:

 Äpfel waschen, schälen und entkernen. Anschließend in kleine Würfel schneiden. Orange heiß abwaschen und zur Hälfte die Schale abreiben. Dann den Saft auspressen. Alle Zutaten für die Zimtfüllung zusammen in einen kleinen Topf geben.

 Lass die Füllung für ca. 10–15 Minuten auf einer niedrigen Stufe leicht köcheln. Rühre sie dabei immer wieder um und stelle sie anschließend beiseite.

 Als nächstes bereitest zu den Teig vor. Schmelze dafür das Kokosöl in einem Topf auf dem Herd und lasse es kurz abkühlen. Das Hafermehl kannst du ganz einfach selbst herstellen, indem du 200 g Haferflocken in einen Mixer gibst, bis ein feines Pulver entstanden ist. Knete alle Zutaten mit deinen Händen zu einem homogenen Teig in einer Schüssel zusammen. Heize dann den Ofen auf 180 Grad (Umluft) vor.

 Nimm dir ein Stück vom Teig (ungefähr so viel, dass du 7 Sterne daraus gewinnen kannst), rolle ihn mit einem Nudelholz aus und steche mit einem Förmchen (ca. 5 cm im Durchmesser) die Sterne aus. Alternativ kannst du die Sterne auch mit einem Messer in den Teig schneiden. Fette 7 Förmchen einer Muffinform mit etwas Kokosöl ein und teile den restlichen Teig in 7 gleich große Stücke. In jedes Förmchen gibst du nun ein Stück Teig und drückst mit deinen Fingern eine Mulde hinein.

 Gib nun jeweils 1 EL der Zimtfüllung in die Mulden und lege anschließend einen Stern auf jede Füllung. Drücke die Sterne leicht an.

 Die Pies werden nun im Ofen auf mittlerer Schiene für 25–30 Minuten gebacken.

Lass es dir schmecken!